MEMORY HOUSE
记忆坊文化

朱颜

ZHU
YAN

（全二册）上

沧月 著

江苏凤凰文艺出版社
JIANGSU PHOENIX LITERATURE AND
ART PUBLISHING

阅尽天涯离别苦，不道归来，零落花如许。
花底相看无一语，绿窗春与天俱暮。
待把相思灯下诉，一缕新欢，旧恨千千缕。
最是人间留不住，朱颜辞镜花辞树。

——王国维《蝶恋花》

目录

ZHU
YAN

第一章

朱颜

朱颜被逼着嫁到苏萨哈鲁那一年，正是十八岁。

深夜子时，盛大的宴饮刚刚结束，广漠王金帐里所有人都横七竖八趴在案几上，金壶玉盏打翻了一地。帝都来赐婚的使节一行挡不住霍图部贵族连番敬酒，早就被灌得酩酊大醉，连帐外的守卫都醉意熏熏，鼾声此起彼伏。

"外面都喝得差不多了吧？"朱颜坐在另一座相连的金帐内，听到外面的劝酒歌渐渐低下去，便站了起来，一把扯掉绣金缀玉的大红喜服，匆匆换上了一身利落的短打，匆匆说了一句，"我得走了。"

"郡主。"侍女玉绯有些担心，"不如让云缦陪你去？"

"没事，云缦还得在前边盯着霍图部的大巫师，我自己走就行。"她打开了从赤王府带来的一个匣子，拿了一件东西出来——一支一尺长的玉簪，玲珑剔透，如琉璃宝树，通体雪白，只在顶上有一点朱红，在灯光下隐约流动着如云的光华。

师父说这支簪子叫"玉骨"，出自碧落海里连鲛人都游不到的海底，长在鬼神渊的裂口处，被地火煎熬、海水浸漫，在冰火淬炼之下，一百年方长得一寸，乃白薇皇后的上古遗物，世间法器中最珍贵的一种。

白薇皇后？开什么玩笑，那岂不是有七千年了？这些九嶷山上的神官总是喜欢拿这些神神道道的话来骗空桑的王室贵族。

然而，此刻她握起玉骨，却略略有点紧张。

自从师父传了这件法器，她只用它施过一次法。上次不过是牛刀小试，还弄得鸡飞狗跳，这次可算真刀真枪要用到了，也不知……她吸了一口气，握起玉骨，对着自己的左手干脆利落地扎了下去。

"唰"的一声，左手中指上顿时冒出了一点殷红。

血滴在白皙的指尖凝聚，如同一颗珊瑚珠子一样渐渐变大。然而在即将滚落的那一瞬，仿佛被吸住了似的，竟是顺着簪子倒流了上去——玉骨吸了那滴血，末端那一点朱红瞬间浓艳，竟转瞬开出一朵花来。

她连忙合起双手，默默念动咒术。

短短的祝颂声里，那朵奇妙的花以肉眼可见的速度开放，凋谢，最后化作五瓣，落到了床榻柔软的锦缎上。

落地的瞬间，锦缎上竟出现了另一个一模一样的朱颜！

一旁的侍女玉绯倒吸了一口冷气，差点惊叫出来——这是术法吗？王府里都说朱颜郡主小时候曾经在九嶷山学过术法，原来，竟是真的！

"别怕，这只是借我的血化出的一个空壳子罢了。"她安抚着玉绯，抬手掐了掐榻上那个"朱颜"的脸——触手之处温香玉软，是实实在在的肌肤，骨肉均匀，和活人一般。然而那个被掐的人毫无表情，如同一具木偶。

朱颜拈起玉骨，在那个"朱颜"的眉心点了一点，口唇微微翕动。人偶渐渐垂下头去，似乎在聆听着她的吩咐。

"这个术法只能撑十二个时辰，得抓紧了。"朱颜施法完毕，仔细检验了下自己的成果，转头吩咐贴身侍女，"快给她穿上我的衣服，戴上我的首饰，从里到外一件都不能少，知道吗？"

玉绯看着那个木然的人偶，心里发怵："郡主，你真的打算……"

"少啰唆！这事儿我路上不是和你们两个早商量好了吗？到现在你怕了？难道真的想在这鸟不拉屎的大漠里过一辈子啊？"朱颜性格毛毛躁躁，顿时不耐烦起来，"等一下事情结束，你就立刻冲出去喊救命，知道了吗？"

玉绯怯怯地点了点头，握紧了衣带。

"别怕，事情很简单，一定能成。"朱颜安慰了她一句，将玉骨收起，插入了发髻，披上大氅就走了出去，"等一下听我信号，按照计划行事就行。"

外面天寒地冻，寒风呼啸着卷着雪花吹来，令人几乎睁不开眼睛。她用风帽兜住头脸，绕过了一座座燃着篝火的帐篷，小心翼翼地避开那些喝醉了的西荒人，双手拢在袖子里，捏了一个隐身诀。

还好云缦在前头想方设法地留住了霍图部的大巫师，否则以那个老家伙的法力和眼力，自己只怕还不能这样来去自如吧。

她一头冲入风雪中，一直往远离营帐的地方走去。不知道走了多远，直到耳边再也听不见喧嚣的人声，她才筋疲力尽地停了下来，用僵硬的手指抖了抖风帽，发现口唇里全都是碎雪，几乎无法呼吸。

这里已经是苏萨哈鲁的最外围，再往外走，便是草场了。

据说这入冬的第二场雪已经下了一个多月，足足积了两尺厚。这样冷的冬季，只怕放牧在外面的牲畜都会冻死吧。那些牧民，又是怎么活下来撑到开春的呢？

这里是西荒相对富庶的艾弥亚盆地——沙漠里的绿洲、霍图部的本旗所在，牛羊成群，蜜奶流淌。可是，和赤之一族所在的天极风城比起来，依旧一个天上一个地下，更不用说和繁华鼎盛的伽蓝帝都相比了——难怪听说她要远嫁到苏萨哈鲁时，母妃对着父王垂泪了好几天。

"阿颜可是您唯一的孩子啊……其他六部藩王哪个不是争着把自

家的孩子送去帝都？为啥偏偏要让我家阿颜去那种荒凉的地方，嫁给野蛮人？！"

"就算嫁给野蛮人，也总比跟着那个鲛人奴隶跑了强！"父王却是一反常态，恶狠狠地回答，"此事你不必多言！我已经从帝都请了御旨，她敢不去，赤之一族就等着被天军讨伐吧！"

母妃不敢再说，只是搂着她默默流泪。而她想着父王嘴里的那个"鲛人奴隶"，不由得一时间失了神，破天荒地忘了顶嘴。

"要不，你还是逃出去找你的师父吧。"在出嫁的前夜，母妃悄悄塞给她一个沉甸甸的锦囊，里面装满了体己细软，每一件首饰都足够普通人过上一辈子，"时影大人是九嶷山上的大神官……喀喀，就是伽蓝帝都，也忌讳他三分。"

她心下感动，嘴里却道："师父他经常云游闭关，谁知道现在在哪儿？而且九嶷山和这里隔了十万八千里呢，远水哪救得了近火？"

"你……你不是跟着他学了好几年术法吗？不是会飞天，还会遁地吗？"母妃咳嗽着，"喀喀……我替你挡着你父王，你偷偷去吧！"

"能是能，只是我一个人跑了又有什么用？"她嘟囔了一句，"我走了，赤之一族怎么办？帝君还不是会找父王的麻烦？"

看着母妃愁眉不展的脸，她顿了顿，放松了语气，反过来安慰母妃："没事，和亲就和亲，怕什么？好歹是嫁给西荒四大部落里最强大的霍图部，也不算辱没了。"

"可你又看不上人家。"母妃看着她，欲言又止，"你喜欢的不是那个，那个……"

"你想说渊是吧？都已经两年多没见了。"她笑了笑，手指下意识地在衣带的流苏上打了个结，装作若无其事地说道，"没事，反正他也看不上我，我已经想开了。"顿了顿，又叹了口气，轻声道，"其实不想开又能怎样？如今他在云荒的哪一处我都不知道。"

"唉……毕竟是个鲛人。"母妃喃喃，也是叹了口气，"空桑王族的郡主，怎么可能和世代为奴的鲛人在一起？虽然那个渊……唉，人其实还挺好的。"

朱颜脸上的笑容微微停了一瞬，似乎没有想到母妃会说出这样的话来。

渊，这个名字在王府里存在了上百年，却一直是个忌讳，赤王每次提及都伴随着愤怒的辱骂——如果不是这个鲛人和赤之一族有着上百年的渊源，为赤王府立下过大功，手里还握有高祖赐予的免死丹书，父王在盛怒之下估计早就把他拉出去五马分尸了吧。

"最是人间留不住，朱颜辞镜花辞树。"

在离开寄居了百年的赤王府的前夜，他曾经说过这一句话。那一句话，竟然让天不怕地不怕的她听得怔了半天，心里空空荡荡。

"那些来自碧落海的鲛人，拥有天神赐予的美丽容颜……太阳般耀眼、春水般温柔，哪个女孩儿会不喜欢呢？"母妃微微叹息，欲言又止，"别说你了，想当年，曾太夫人也是……"

"嗯？"朱颜忍不住好奇，"高祖母怎么了？"

母妃沉默了一下，摇了摇头，岔开了话题："唉，如果不是出了这事儿，本来你父王打算让你和其他六部的郡主一起到帝都去参加选妃的——我家阿颜的姿容，未必就比白族的雪莺郡主逊色了，说不定……"

"哎，真是亲娘眼里出西施——雪莺可比我美多啦！"她不客气地打断了母亲的臆想，直白地泼了冷水，"何况空桑历代皇后和太子妃都是要从白之一族里遴选的，哪里有我什么事情？莫不成你想女儿去给人做小？"

母妃皱了皱眉头："娘嫁给你父王的时候也不是正妃啊……能和喜欢的人在一起就好，名分有那么重要吗？"

当然重要啊！不然你早年也不会老被那个老巫婆天天欺负，直到她死了才能翻身。朱颜心里嘀咕着，然而害怕母妃伤心，嘴里是一句也不敢说。

母妃看了看她倔强的表情，轻轻地叹了口气："也是，你怎么肯屈居人后？以你这种没大没小的火暴脾气，要是真的去了伽蓝帝都，一定时刻都会惹祸。说不定还要株连全族——"说到这里，母妃含泪笑了起来，咳嗽了几声，"所以，喀喀，不嫁去帝都，也算因祸得福吧……"

"别这么说啊，娘！"她有些讪讪，"女儿我很识大体的！"

"那你还和父王顶嘴？"母妃咳嗽，训斥她，"那时候……喀喀，那时候你如果低一低头，说点好听的让你父王息怒，那个鲛人估计也不会有那样的下场了……人家都在王府里安安生生住了一百多年了，也没惹出什么麻烦来，如果不是你作天作地地闹腾，怎么会……"

朱颜脸上的笑容消失了，没有说话。

是啊，如果那时候她肯好好跪下来哀求父王，渊或许不会……

"阿颜，你从小被宠坏了。"母妃看着她，摇头，"胆子大，身手好，聪明能干，又不服输——如果是个男孩，你父王不知道该多高兴，可偏偏又是个女儿身……"

"这难道也怪我咯？"她有些恼了，跳了起来，"明明是父王他生不出儿子！你看他娶了那么多房姬妾，十几年了，就是没能——"

"说什么呢？"门外传来雷鸣般的厉喝，赤王大步踏入。

她吓得缩了一下头，把后半截话生生吞了回去。

"过几天就要嫁人了，还在说这些混账话！"赤王怒视着这个不省心的女儿，气得两条浓眉倒竖，如雷怒喝，"这般没大没小、口无遮拦，等你嫁去了苏萨哈鲁，看还有谁给你撑腰！"

于是，她又被指着额头、滔滔不绝地教训了一个时辰，几次想顶嘴，看到一旁母妃那可怜兮兮的眼神，都只能忍了——算了，反正再过一个多月自己就要远嫁了，父王的骂，就当挨一顿少一顿吧！而且父王也只是说说而已，就算她千里迢迢嫁去了苏萨哈鲁，霍图部的人要是敢碰她一根手指头，父王还不提兵从天极风城直杀过去？

她，朱颜郡主，是赤王唯一的女儿。如果父亲将来没有再给她添新的弟妹，她就会继承赤王的爵位，掌管整个西荒——所以在她及笄之后，砂之国四个部落便争先恐后地前来求婚，成堆的藩王世子几乎踏破了门槛。

原本父王看不上这些西荒部落，想从空桑六部王族里选一个佳婿，却不想她挑来挑去，最后竟看上了一个鲛人奴隶，还差点私奔！赤王一怒之下便从伽蓝帝都请了旨意，干脆利落地为这个不省心的女儿选定了夫家，打发她出嫁。

赤王选中的佳婿，是霍图部的新王、二十岁的柯尔克。

柯尔克比朱颜只大了两岁，性格骁勇，酷爱打猎，据说能赤手撕裂沙漠里的白狼，老王爷去世后继承了王位，替空桑守护着云荒的西方门户，获得了帝都册封的"广漠王"称号。而他的生母是老王爷的大妃，萨其部的长公主，性格严酷，心机过人。据说这次柯尔克顺利击败诸位兄弟成为新的王，又能抓住机会向赤王求婚，娶到未来的赤之一族女王储，每一步都和生母的精心谋划脱不了关系。

有这么一个婆婆，自己孤身嫁到大漠，日子想必也不会太轻松。

朱颜叹了口气，在风雪里悄悄地绕过大营，来到了荒僻的马厩。

在西荒四大部落里，艾弥亚盆地里的霍图部以盛产骏马著称，马厩里自然也排满了各种宝马名驹。管理马厩的仆人此刻都已经醉倒在酒桌上了，因为寒冷，那些价值万金的名马相互靠得很紧，低头瞌睡，微微打着响鼻，喷出的热气在夜里瞬间凝结成白烟。

她的脚步很轻，即便是最警醒的马也不曾睁开眼睛。

"好了，就在这里吧。那么冷，冻死人了。"朱颜嘀咕了一声，从袖子里拿出一只玉瓶，拔掉了上面的塞子。一瞬间，有几缕烟雾从玉瓶里升起，瞬间被风雪卷走。那些骏马打了个响鼻，却没有醒，尾巴一扫又沉沉睡去。

这样就可以了，等下也不会让这些惊马搅了局。

料理完了马匹，朱颜回到空地上，从头上拔下了那支玉骨。簪子一抽走，一头暗红色的长发顿时如同缎子一样散开，在风里猎猎飞扬，如同一面美丽的旗帜。

她弯下腰，将玉骨插入了雪地。

荒漠的深冬，严寒可怖，地面已经被冻得很坚硬了，簪子插下去的时候甚至发出金铁般的摩擦声。

她双手握着玉骨，非常吃力地在雪地上歪歪扭扭画了一个圈，将自己围在中间。

"唉，练了几百次，还是画不圆。"她看了一眼自己的成果，忍不住嘀咕了一句，"师父看到又要骂了吧？"

朱颜叹着气，以右臂为圆心，开始细细地在雪地上刻出一个复杂的图案，一笔一画都不敢有偏差。

足足过了一刻钟，才将那个复杂的图形在雪地上画全了。

"好了，应该没错了。"最后检查了一遍，手指都快要冻僵了，她呵了口热气暖了暖，手里用了一点真力，"唰"的一声，将玉骨在符咒的中心点直插到底，只露出末梢一点殷红在雪堆外。

然后合起双手，开始念起一段咒语。

牧灵术。这是她学过的最复杂的咒术，还是第一次实战使用，难免有些紧张。然而越紧张越出错，刚念了三四句，立刻就错了一个字。她轻轻"呸"了一声，心里着急，只能苦着脸从头再来。

这一次她没有分神，祝颂如水一样吐出，绵长流利。

随着咒语声，那支插入雪地的玉骨汲取了大地的力量，以肉眼可见的速度，从不足一尺迅速长大，转眼就破雪而出，化为一支玉树般玲珑剔透的法杖！而她脚下画过符咒的地面也忽然发出光芒来！

发着光芒的圆里，积雪覆盖的地面开始起伏，仿佛雪下有什么东西苏醒了，在不安地蠕动着。马厩里的骏马似是感受到了某种不祥的气息，也起了骚动，但是被她刚才的术法困住，一时也无法跑开。

"起！"最后一个字念完，朱颜抬起手握住了玉骨，将它拔起。

只听"唰"的一声，满地大雪随之纷飞而起！

雪下传来一阵低低的咆哮，大地瞬间破裂，有什么飞腾而出。

那是世间从未见过的巨兽，一只接着一只从地底飞扑而出！一跃而起，在空中凝聚成形，刹那落地——那些巨兽落下来，围绕着她，狰狞可怖，跃跃欲试地想要扑过来，却又畏惧着什么，退缩在那个发着光的圆圈之外。

朱颜抬起玉骨，凌空往下一指："跪下！"

那些巨兽瞬间一震，仿佛被一股不可抗拒的力量一压，竟然齐齐身体一矮，前膝一屈跪在了雪地上！

她抬起玉骨，轻点那些魔兽的额头，照本宣科地念完牧灵术的最后一句："六合八荒所有生灵，听从我的驱遣！"

巨兽战栗着低下头，俯首帖耳。

她用玉骨点着巨兽的额头，喃喃低语，似是下达了什么指令。当玉骨收起时，她抬起手，一指远处的帐篷，低喝："去吧！"

只听"唰"的一声，风雪狂卷，群兽已然朝着金帐飞扑而去！

朱颜远远看着，松了一口气。

这事情总算办好了，得赶紧逃了。她不敢久留，将玉骨握在手心，等摊开时已经重新变为一支玉簪。她将簪子插入发髻，将风帽拉起，兜住了头脸，从马厩里选了一匹最好的夜照玉狮子马，准备作为跑路时的坐骑。

从这里往北疾驰一百里，穿过星星峡，就能抵达空寂之山了。山上设有神殿祭坛，等到了那里再做打算也不迟。

然而，她牵着马，刚一转身，就在空荡荡的马厩里听到了一种奇怪的声音——似乎有什么东西从身后的黑暗里轻轻走过，爪子摩擦着地面。

朱颜悚然一惊，顿住了身形，细细倾听。

刚开始她以为那是一只因为寒冬而饿极了闯入大营的狼，细听又似乎是金铁在地上拖过的声音。为了以防万一，她还是从腰后抽出了短刀，朝着声音的来处走过去，利落地挑开了那一堆挡着的草料。

奇怪的声音顿时停止了。一双眼睛在黑夜里闪现，看着她。

"嗯？"她皱了皱眉头，发现那只是一个小孩。

很小很瘦，看起来大概只有六七岁的样子，如同一只蜷缩着的沙狐。大约是饿得狠了，一双眼睛在那张苍白的小脸上便显得特别大，瞳子是深碧色的，满脸脏污，看不出是男是女。

那个孩子正躲在秫秫堆后看着她，湿淋淋的手指间抓着一小块浸透了泔水的馕饼，手指上布满了红肿的冻疮。

她愣了一下，这分明是他们刚才在宴会上吃剩下的东西——这个孩子，居然半夜偷偷地用手从马厩的泔水里捞东西吃？

刚才她做的这一切，这孩子都看到了吧？那可真麻烦。

她叹了口气，把刀收入鞘，蹲下身来。

"你是哪家的孩子？为什么没有去前头吃饭？"她平视着那个孩子乌黑的眼睛，开口问，带着不解——今天是霍图部大喜之日，所有的奴仆都可以去领一份肉和酒，为何这个孩子却独独在这里挨饿？

她说得温柔亲切，手指却悄然抬起，想要一把扣住对方的脉门。然而，那孩子居然极警惕，不等她手指靠近，瞬地便往后缩了一缩，避开了她的手。

他一动，那种奇怪的声音顿时又响了起来。

朱颜看了一眼，脸上顿时微微变色——这个孩子的双脚上居然锁着一条粗重的铁链！冰冷的铁镣锁住了孩子的两只脚踝，他缩在那里，看着她，警惕地朝后爬行，铁和地面相互摩擦，发出之前她听到的那种奇怪的声音。

铁链的另一端，通向马厩后一个漆黑的柴房。

在这样滴水成冰的夜里，这孩子衣衫褴褛，露出的手脚上全是冻疮，小小的脚踝上全是层层叠叠的血痂，愈合又溃烂——更可怖的是，她发现孩子之所以一直爬行，是因为肚子高高鼓起，似乎腹内长了一个肉瘤，完全无法直立。

难道是罪人的孩子吗？否则怎么会落得如此凄惨的地步？

她想着，不知不觉往前走了一步。

而那个野兽般的孩子警惕地盯着她，拖着铁镣飞快地往后爬去，死活不让她靠近，手里还攥着那块泔水里捞出的馕饼。

"喂，不许走！"在他快要爬回门口的时候，朱颜轻轻一伸手，捏住了他的后颈，一把就将他凌空提了起来。那个孩子拼命地舞动着手脚，不顾一切地挣扎，却带着一种奇怪的倔强沉默着，一直不肯开口说话。

"还想咬我？"她脾气也不好，不由分说地微微一用力，便将孩子的手臂扭脱，冷哼道，"三更半夜的，不好好回去睡觉，偏偏要在这个地方？饶不得你。"

她扣住了那只暴躁的小兽，另一只手从发间拔出了玉骨。

"嗯……嗯！"忽然间，黑暗里传来了模糊的声音，急切惊恐。

那一刻，沉默的孩子骤然脱口而出："阿娘！别说话！"

朱颜吃了一惊——原来，这孩子不是个哑巴？

"谁？"她皱了皱眉头，知道这里居然还有第二个目击者，心里更是烦躁，便站起身来，推开了柴房的门。

房间很小，里面漆黑一团，有难闻的腥臭味扑鼻而来，似乎存放着腐烂的肉类。柴房里横七竖八全是东西，她一时看不清，脚下被铁索一绊，一个踉跄差点跌倒，"哐啷"一声踢到了什么东西。

玉骨通灵，瞬间放出了淡淡的光，替她照亮了前方。

那一刻，她抖了一下，忍不住失声惊呼！

刚才她踢倒的是一个酒瓮。粗陶烧制，三尺多高，应该是大漠那些豪饮的牧民用来存放自酿的烈酒的——那个酒瓮在地上"咕噜噜"地滚动着，直到最后磕在屋角的墙壁上，才堪堪停了下来。

然而，那个酒瓮，长着一个女人的头！

那个披头散发的女人横倒在黑暗里，从酒瓮里探出头瞪着她，双眼深陷，满脸都是鲜血——那样狰狞的表情，纵使胆大如朱颜也倒抽了一口冷气，往后直退。

女鬼！这个柴房里，居然关着一个女鬼！

"阿娘……阿娘！"那个孩子却爬了过去，一边喊着，一边抬起麻秆儿一样细瘦的双臂，拼了命想把酒瓮扶起来。然而人小力弱，怎么也无法把沉重的酒瓮竖起，每次刚努力竖起一半，便又一次地倒在了地上。

酒瓮横在地上，不住滚动。女人的头颅从酒瓮口上伸出，死死盯着她，嘴里发出"呵呵"的声音，口腔里舌头却已经被齐根割断。

那一刻，朱颜终于明白过来，失声："人……人瓮？"

——是的，那个女人并不是鬼，而是活生生被砍去了四肢装进酒瓮的人！

怎么……怎么还会存在这种东西？！她全身发冷，一时间竟怔在了原地。是的，她不害怕任何鬼怪妖物，却不知道如何面对这种样子的活人。

这个马厩，简直是人间地狱。

自从北冕帝即位以来，在大司命和大神官的请求之下，伽蓝帝都下过旨意，在云荒全境废除了十种酷刑，其中就包括了人瓮。为何在霍图部的马厩里，居然还藏着这样一个女人？

她一时间有些回不过神来，震惊到发呆。

那个孩子竭尽全力，终于扶起酒瓮，用肮脏的袖子擦拭着母亲额头上磕破的地方，一边将手里攥着的那块馕饼递到了她的嘴边。那个瓮中的女人显然是饿得很了，一口就吞了下去，差点没咬到儿子的手。

朱颜怔怔看着她，依稀觉得眼熟，忽然失声："你……难道是鱼姬？"

人瓮里的那个女人震了一下，抬起眼睛看着她——那张脸血肉模糊，似被利刃割得乱七八糟，头发也已经脏污得看不出颜色了。可那双眼睛，依然是湛碧的，宛如宝石。

那一刻，朱颜恍然大悟。

是的，那是鱼姬！是霍图部老王爷在世时最宠爱的女人！

在遥远的过去，大约十年前，自己曾经见过她。

在她小时候，霍图部老王爷曾带着这个女子来到天极风城，秘密拜访了赤王府。那个铁血的男人放下了大漠王者的尊严，低下头，苦苦哀求统领西荒的赤王给予支持，帮他弹压部族里长老们的异议，以便能顺利将这个鲛人女子纳为侧妃。

"一个鲛人女奴，还生过一个孩子！能当个侍妾就不错了，还想立她当侧妃？"父王却忍不住冷笑起来，毫不客气地数落他，"我说，格达老兄弟，你都四十几岁的人了，别被猪油蒙了心——"

然而，话刚说到一半，父王的声音忽然停顿了。因为那个时候正好有一阵风吹起了面纱，露出了那个一直低着头、安静地坐在下首的女子的容颜。

在那一刻，连躲在一边偷听的她也忍不住"啊"了一声。

真美啊……简直像画上的仙女一样！

那个有着水蓝色长发的鲛人女子低着头，薄如花瓣的嘴唇轻抿着，似是羞愧地垂下了睫毛，自始至终并没有说一个字。然而面纱后，她那一双湛碧色的眼睛如同春水般温柔，明亮又安静，令所有语言都相形失色。

父王顿时不说话了，最后叹了口气："我见犹怜，何况老奴？"

古板的父王到后来有没有支持这个请求，她已经不记得了。当时八岁的她怔怔地看着那个绝色的鲛人女子，心里只想着老天是如此不公平，竟然把天下最美的容颜赐予了来自碧落海的鲛人，而让陆地上的各种族类相形见绌。

趁着大人们在帐子里激烈地争论，她忍不住偷偷地跑了过去，趴在对方膝盖上，仰着头从面纱下面偷偷看了那个鲛人女子半天。而那个女子看起来非常羞涩温柔，只是默默地看着这个小女孩，也不说话。

她生性活泼，终于沉不住气先开了口，将握在手心的糖果举起来，小声地问："你一个人在这里坐了半天了……饿不饿？要吃糖吗？"

那个美丽绝伦的女子有些不好意思地笑了一声，低下头来，脸颊上有淡淡的红晕："不饿，谢谢你。"

"哎,你真好看!"小女孩满心羡慕,"我要是有你那么好看就好了!"

"你也很好看啊,小囡囡。"那个鲛人女子笑了下,轻轻地回答,语声柔软,如同一阵春风吹过,"等你长大了,一定会出落得比我更好看。"

"真的吗?"孩子信以为真,摸了摸自己的脸,"你怎么知道的?"

"因为你是个好孩子。"那个鲛人女子抬起手摸了摸孩子柔软的头发,手指如同白玉,隐隐透明,"心地善良的孩子,长大了都会是大美人呢。这是天神赐予的礼物。"

"是吗?太好了!"她得到了许诺,忍不住开心地笑了起来。

"郡主!你又跑哪里去了?"帐子外面忽然传来声音。

"哎呀,我得回去了!不然盛嬷嬷要骂我了!"她吐了吐舌头,对着那个鲛人女子笑着,"哎,等我长大了变漂亮了再来找你!会不会比你还美,到时候比一比就知道了!"

在她的童年里,关于这个女人的回忆其实只是短暂的一瞬。然而,那样惊人的绝艳,在当时还是个孩子的她的心里留下了惊鸿一瞥的烙印,久久不能遗忘。

——没想到那么多年后,竟然在这种地方又见到了她!

鲛人的寿命是人类的十倍。十年的光阴,足以让她从一个孩子出落成待嫁的少女,然而对鲛人漫长的千年生命而言,十年不过是弹指一瞬。这个鲛人女子历经坎坷,陪伴老王爷走完了最后十年人生,却依旧保持着初见时的容貌。

但是,连时间都未能夺去的美貌,如今竟已经被人之手摧毁!

她怔怔地看着这一对母子,又看了看那个被铁链锁住的小孩,半晌才喃喃:"天啊……按照老王爷的遗命,你、你不是在三年前就被一起殉葬了吗?怎么会在这里?"

鱼姬张开了没有舌头的嘴,拼命地摇头,有眼泪流下,一滴一滴坠落在地,在光线暗淡的柴房内发出柔光。

朱颜不由得看得发呆——

传说中鲛人生于碧落海上，坠泪成珠、织水为绡。可从小到大她只见过渊一个鲛人，他又怎么也不肯哭一次满足她的好奇心，她自然不知道真假。此刻看着从鱼姬眼角坠落化为珍珠的泪，她一时间说不出话来。

"我明白了……一定是苏妲大妃干的！"她皱起了眉头，愤怒地道，"是那个该死的毒妇捏造旨意，在老王爷死后把你活活弄成了这样！是不是？"

鱼姬不能说话，只有默默垂泪。

霍图部老王爷的大妃悍名在外，连身为赤王独女、挟天子之威下嫁的朱颜心里都有些忐忑，何况这个只凭着一时宠爱的鲛人女奴？

朱颜叹了口气，看向一边的小男孩。

"这个是你孩子？没听过老王爷五十岁后还添过丁啊……哦，难道他就是那个你带过来的拖油瓶？"朱颜仿佛明白了什么，拉过那个孩子，拨开他的乱发，想要看他的耳后。然而那个孩子拼命挣扎，一口就咬在了她的手背上。

"哎！"她猝不及防，一怒之下反手就打了过去，"小兔崽子！"

那个孩子拖着铁镣踉跄倒地，人瓮里的鱼姬急切地"呵呵"大叫。

"果然是个小鲛人。"朱颜摁住孩子的头，拨开他的头发，看到了孩子耳轮后面那两处细细的纹路，仿佛两弯小小的月牙——那是鳃，属于来自大海深处的鲛人一族特有的标记。这个小孩，真的是鱼姬以前带来的拖油瓶？

"他的父亲是谁？"朱颜有些好奇，"也是个鲛人？"

鱼姬没有说话，表情有些奇特，只是死死地看着她，眼里露出恳求的光。

"你是想求我带他走吗？"朱颜看了看被做成人瓮的可怜女人，又看了看那个孩子，心里微微动了一动。老王爷死后，霍图部上下早已被大妃把持，这一对母子落到如此地步，任人凌虐，求生不得求死不能，这才会贸贸然向她这个外来者求助吧。

鱼姬急切地点着头，又看了看地底下，眼里流下泪来。

鲛人的泪，一滴一滴化为珍珠。

"喂，你叫什么名字？"她叹了口气，问被她摁在地上的那个孩子，"几岁了？有没有六十岁？你能跟着我走多长的路？"

那个鲛人孩子冷冷地瞪着她，轻蔑地"哼"了一声，不说话。那种刻骨的敌意和仇恨，让刚刚起了同情之心的朱颜顿时皱起了眉头。

"不知好歹。"她嘀咕了一句，"我现在自身还难保呢，才懒得救你！"

然而，就在这个当口上，外面起了一阵骚动，似是无数人从醉梦中惊起奔跑，每一座营帐都惊动了，一个声音在遥远的风雪中尖声呼救——

"来人……来人啊！有沙魔！"

"郡主被沙魔拖走了！救命！救命——"

第
二
章

时
影

那是玉绯的声音，尖厉而恐惧，如同一根扔向天际的钢丝，一下子穿透了风雪，刺耳地扎破西荒如铁的夜幕，让朱颜瞬地站了起来。

看来，这丫头是被那群沙魔给吓坏了吧。喊得如此凄厉，完全不像是装出来的——明明交代过她，那些巨兽领了自己的命令，除了那个假朱颜之外，并不会攻击帐篷里的其他人，她还在那里怕个鬼啊！

朱颜心里一急，再也顾不得这边的事——她这次来苏萨哈鲁，人地生疏、势单力薄，在这场混乱里能保全自己、顺利脱身就不错了，哪里管得了这突然冒出来的一对母子？

她轻巧地捏住了那个孩子的后颈，玉骨瞬地点在了他的眉心，一点光如同飞萤一样注入。旁边的鱼姬拼命地张嘴大喊，然而没有舌头的嘴发不出声音，她猛烈地摇着头，几乎把酒瓮又重新摇得倒了下去。

"别怕，我不会杀你儿子的。"朱颜叹了口气，将软倒的孩子扔回地上，"这孩子看到了不该看的事情，我得用术法消除他今晚的记忆才行。

至于你……反正你也说不出话不能告密，算了。"

一边说着，她一边抽出短刀，"唰"的一声削断了孩子脚上的铁镣，抬头看了看装在瓮中的鱼姬，又摇了摇头："算了，你身上这个酒瓮还是留着比较好，都长到肉里去了。要是砸了，估计你也活不了。"

她拍了拍手，站起身来："好了，接下来你们自己想办法吧——我得忙我的事情去了！"

她随手将那把短刀扔给孩子，转身出门。

所有人都朝着金帐奔去了，这边更是空荡荡的没人理会。风雪里她听到玉绯的尖叫，以及沙魔的嘶吼。金柝声响彻内外，将霍图部的勇士惊醒。一旦族里的大巫师出动，那些沙魔估计过不了多久就会被全数歼灭吧。

没关系，只要有这半个时辰的时间，她就可以顺利离开了。

——朱颜郡主在大婚前夜，遇到了雪下沙魔的攻击，惨遭横祸，尸骨不全。这个消息传到帝都后，此生就再也不会有人逼着她成亲了，多好。

朱颜心急如焚地出了柴房，赶着离开。然而出去一看，外面准备好的那匹夜照玉狮子马不见了，甚至马厩里所有的马匹都不在原地，雪地上蹄印散乱，显然是已经四散而去。

什么？她不由得大吃一惊，变了脸色。

谁干的？那些马，明明被她施了术法定住了！怎么还会跑掉？

风雪还在呼啸，她听到远处沙魔的惨叫，它们在一头一头地倒下去——看来霍图部的人已经控制住了局面，很快就要杀到金帐里面去了。她心下焦急，抬起双手在胸口结了一个印，瞬间就隐身于风雪之中。

等不得了，就算没有马，她也得马上离开！

雪积得很厚，几乎到了膝盖。她隐了身，跌跌撞撞地往外走，想要飞升空中，疾行而去。然而风雪实在太大，偏偏又是逆风，把她吹得歪歪扭扭怎么都飞不起来。她如同一只笨鸟，挣扎着起飞了好几次都被狼狈地吹了回来，最后颓然落在雪地上，只能深一脚浅一脚地跋涉，尽快离开苏萨哈鲁。

然而她走着走着，忽然间一头撞上了一个人。

"喂，没长眼睛吗？"朱颜被撞得一屁股跌倒在雪地里，心头大怒，脱口就骂了一声。然而话一出口她就回过神来，连忙捂住了嘴——是的，她现在是隐身的状态，又怎么可能被别人看到？这一说岂不是暴露了？

"自己用了隐身术，还怪别人不长眼？"一个声音冷淡地回答，如同风送浮冰，"都长这么大了，怎么还跟个没头苍蝇似的？"

她听到那语声，忽然间打了个寒战。

什么？难道……是、是他？

荒漠风雪之夜，一个打着伞的年轻男子从黑暗中走来，轻飘飘地站在了她的面前。一袭白袍在眼前飞舞，袍角上绣着熟悉的云纹。簌簌的雪花落满了那一把绘着白色蔷薇的伞，伞下是一双淡然的双眸，正俯视着狼狈跌坐在地上的她，微微蹙起眉头。

"师……师父？"她结结巴巴地看着那人，一时不敢相信自己的眼睛。

在这个雪夜的荒漠里骤然出现的男子二十五六岁，一头长发用玉冠束起，额头发际有一个清晰的美人尖。眉目清朗，双瞳冷澈，宛如从雪中飘然而至的神仙。

这个人，居然是九嶷神庙的大神官——时影！

那个远在天边的师父，怎么会忽然出现在了这里？自己不会是在做梦吧？朱颜目瞪口呆地看着他，直到那个人伸出手，一把将她从雪地上托起来。

他的手是有温度和力度的，并非幻象。

"师……师父？"她忍不住又结结巴巴问了一声，不知所措。

时影没理她，只是侧过头倾听。远方的风里传来巨兽的嘶吼，一声比一声弱。风雪里有隐约的祝颂声，忽然间，一道光划破了夜幕，轰然大盛！

"霍图部的大巫师果然厉害，才短短一刻钟，就已经把你召唤出的沙魔全部灭了。"时影淡淡道，"走吧，过去看看热闹。"

"啊？"她吓了一跳，往后退了一步。

——以她的这点修为，瞒过那些守卫也罢了，如果在大巫师面前使用隐身术，只怕瞬间就会被识破吧。

"怕什么？"他侧过伞，罩住了她的头顶，淡淡道，"有我在呢。"

凌厉的风雪顿时息止，伞下的气息温暖宁和，如同九嶷清晨山谷中的雾气。她贪恋着这种温暖，却又有些畏惧地看了师父一眼，缩了缩肩膀，嘀咕："还……还是赶快趁乱跑路，比……比较好吧？"

她从小就怕师父，一到他面前，连说话都结结巴巴。

"你以为这样就能跑得了？"时影看了她一眼，神色冷淡，"就算大巫看不出这群沙魔是被你召唤来的，就算他们看不出那个被吃掉的只是个替身——可是，这些呢？"

他顿了顿，指了指雪地上那些散乱的脚印，其中有沙魔的爪印，也有骏马的蹄印，密密麻麻印满了雪地。

朱颜一阵心虚，问："这……这些又怎么了？"

时影皱了皱眉，不得不耐心地教导徒弟："这些沙魔的脚印分明是从马厩附近的地下忽然冒出来的。可它们偏偏没有袭击这些近在咫尺的马匹，反而直接冲着你的帐篷去了，而那些马，居然还毫不受惊地呆立着？你觉得霍图部的人，个个都是和你一样的傻子吗？"

朱颜愣了一下，说不出话来，半晌，才喃喃问："那……那些马，难道是你放掉的？"

"当然。不放掉的话，明眼人一看就露馅了。而且王族的坐骑都打过烙印，你骑着偷来的马招摇过市，是准备自投罗网吗？"时影摇了摇头，恨铁不成钢地看了她一眼，"就靠着你那个破绽百出的计划，还想逃婚？"

被一句话戳破，朱颜不由得吓了一跳，失声："你……你怎么知道我要逃婚？"

"呵。"时影懒得回答她，只道，"走，跟我去看看那边的热闹。"

她被师父押着，不情不愿地往回走，忍不住嘀咕了一声："师父，你……你不是在帝王谷闭关修炼吗？怎……怎么忽然就来了这里？"

"来喝你的喜酒不行吗？"时影淡淡道。

"师父……你！"她知道他在讥讽，心里郁闷得很，跺了跺脚，却不敢还嘴——该死的，他是专程来这里说风凉话的吗？

时影没理睬她，只顾着往前走。也不见他如何举步，便逆着风雪前掠，速度快得和箭似的。朱颜一口气缓了缓，立刻便落在了后头，连忙紧跟了上去，将自己的身子缩在那把伞下，侧头觑着师父的脸色，惴惴不安。

作为九嶷神庙的大神官，时影虽然年纪不大，在空桑的地位却极高，仅次于伽蓝白塔上的大司命。自从离开九嶷之后，自己已经有足足五年没见到他了——师父生性高傲冷淡，行踪飘忽不定，一贯神龙见首不见尾，此刻为何会忽然出现在这西荒，确实令人费解。

莫非……他真的是来喝喜酒的？

然而刚想到这里，眼前一晃，一道黑影直扑而来，戾气如刀割面。

糟糕！她来不及多想，十指交错，瞬地便结了印。然而身子还没动，只听一声闷响，远处一道火光激射而来，"唰"地贯穿了那个东西的脑袋。那东西大吼一声，直直便跌在了脚边，抽搐了几下，便断了气息。

朱颜低头看了一眼，脸色微微变了一下，这分明是被她派遣出去的沙魔，嘴里还咬着半截子血淋淋的身体，是那个假新娘。

时影举着伞站在那里，不动声色。

"幻影空花之术？那是你的杰作吗？"他看着沙魔嘴里衔着的一角大红织金凤尾罗袖子，淡淡开口——这是帝都贡绸，只赐给六部王室使用，上面的刺绣也出自御绣坊，是她作为新嫁娘洞房合卺之夜穿的礼服。

"嗯。"她瞥了一眼，只得承认。

那个"朱颜"的整个上半身已经被吞入了沙魔口里，只垂着半个手臂在外面。魔物利齿间咬着的那半只胳膊雪嫩如藕，春葱般的十指染着蔻丹，其中一根手指上还带着她常戴的宝石戒指。

"人偶倒是做得不错。"时影好容易夸了她一句，"可惜看不见头。"

"估……估计已经被吃掉了吧？"朱颜想象着自己血糊糊的样子，不禁背后一冷，打了个寒战——今天真是倒霉，逃婚计划乱成一团不说，居然还被逼着看自己的悲惨死相，实在是不吉利。

"可惜。"时影摇头，"看不到头，我也不知道你到底算出师了没。"

她实在没好气，嘀咕："原来你是来考我功课的……"

师徒两人刚说了几句，已经有许多人朝着这边奔跑过来，大声呐喊。火把明晃晃地照着，如同一条火龙呼啸着包过来，将那一头死去的沙魔团团围住。

看到来势汹汹的人群，朱颜下意识地想躲，时影却将伞压了一压，遮住两人的头脸，道："没事，站在伞下就好。他们看不见你。"

她愣了一下，很快便镇定了下来——也是，以师父的修为，整个云荒都无人匹敌，他如果出手护着自己，那个霍图部的大巫师又算什么？

两个人便打着伞站在原地，看着那群人狂奔而来。

"在这里……郡主她在这里！"当先的弓箭手跳下马，狂喜地呼喊，然而走过去只看了一眼死去的沙魔牙齿间的尸体，声音便一下子低了下去，颤声道，"郡主……郡主她……"

"她怎么了？"马蹄声疾风般卷来，有人高声问。

紧跟着而来的是一个四十多岁的西荒妇人，高大健壮，衣衫华丽，全身装饰满了沉甸甸的黄金，马还未停，便握着鞭子从马背上一跃而下，身手竟比男人还利落——那是霍图部老王爷的大妃，如今部落的实际掌权者，所有人看到她都退避一旁。

朱颜明知她看不见自己，还是下意识地往伞下缩了一缩。

"这个就是你婆婆吧？看上去的确是蛮厉害的。"时影看着那个人高马大的西荒贵妇人，又转头打量了她一番，"你肯定打不过她。"

"喂！"朱颜用力扯了一下师父的袖子，几乎把他的衣服拉破。事情越闹越大，她实在是不好意思继续在这里看这场自己一手导演的闹剧了，然而这个该死的家伙怎么也不肯走。

天哪，当初自己为啥要拜这个人为师？

"神啊……"大妃跳下马背，走过来只看了一眼，脸色顿时煞白，然而顿了顿，很快又定下神来，猛地厉喝了一声，"先不要动！"

霍图部的勇士刚刚围上去，想要把人从沙魔嘴里拉出来，听到这话顿时一震，退到了一边。大妃快步走上前，在雪地上跪了下来，握了一握那只垂落在外面的手臂，身子一震，不作声地吸了一口气。

她抬起头，吩咐旁边的人："还有救！快，去叫大巫师过来！"

"郡、郡主怎么样？哦，天哪！这是——"这时候，又有一个人气喘吁吁地从马背上连滚带爬地下来，却是从伽蓝帝都来的使者，看到眼前这一幕，连声音都发抖了——送赤之一族的郡主来苏萨哈鲁和亲，本来是一件美差，没想到最后竟是这样一个结果。如此失职，回到帝都，会被帝君处死吧？

使者心里一惊一急，加上风寒刺骨，顿时昏了过去。

"来人，快带大人回金帐里休息！"大妃处乱不惊，吩咐周围霍图部族人带着昏迷的帝都使者离开，然后看了一眼那只挂出来的手臂，又道，"郡主受了重伤，千金玉体，不便裸于人前，所有人给我退开十丈，靠近者斩！"

"是！"霍图部战士一贯军令严格，立刻便齐刷刷往后退去。

在这样呼啸的风雪夜，十丈的距离，基本上便隔绝了所有耳目。

朱颜隐身在一旁看着，忍不住嘀咕了一声："呸，一搭脉搏就知道死透了，这个老巫婆干吗还这般惺惺作态？无事生非，必有妖孽！"

"老巫婆？"时影眉梢抬了一下，"这么说你婆婆合适吗？"

"谁是我婆婆了？"她冷哼了一声，想起了马厩里鱼姬的悲惨境遇，心底忍不住生出一股厌恶来，双眉倒竖，"如果不是怕给父王惹事，我恨不得现在就悄悄过去掐死了这恶毒的老巫婆！"

时影没有搭话，饶有深意地看了她一眼，转过头去。

当所有人都退下后，霍图部的大妃一个人跪在雪地上，面对着那只死去的庞然大物，竟然亲自挽起了袖子，赤手撬开沙魔的嘴，扯出了被吞噬的儿媳妇来——残缺尸体耷拉了出来，肩膀以上血肉模糊，整个头都已经不见了。

"果然看不到脸了。"时影在伞下喃喃，"啃得七零八落。"

朱颜站在一边，皱着眉头扯了扯他的衣服，示意赶紧走。这场面血腥得实在受不了，再看下去她都要吐了。

然而此刻，又有一骑绝尘而来，急急翻身下马。

"喏，那就是你的夫君，新王柯尔克。"时影忽然笑了一笑，指着那个满脸络腮胡的大漠男儿，"倒是一条昂藏好汉。"

"丑。"朱颜撇了撇嘴，"哼"了一声。

作为赤王的独女，她生长在钟鸣鼎食的王府，从小倾慕的是渊那样的绝世美人。以鲛人中的佼佼者作为审美的启蒙标准，长大后对男子眼光更是高得无以复加——即便是师父，在她眼里也只能算是清俊挺拔气质好而已，又怎能看上这粗鲁的西荒大汉？

"浅薄。"时影摇了摇头。

"母妃！郡主她怎样了？"对方跳下马背，急急地问，一眼看到了地上那一具没头的尸体，他喉咙动了一动，血腥味刺鼻而来，顿时忍不住胃里翻上来的满腔酒气，转头扶着马鞍，"哇"的一声呕吐了出来——想必新郎也听说赤之一族的朱颜郡主是个美人，心里满怀期待，没想到今晚尚未入金帐合卺，看到的新娘却是这般模样。

新郎只看了自己一眼，就吐得七荤八素。朱颜站在一边，也觉得大丢脸面，恨不得跳到面前去纠正他："喂……别看那一堆碎肉了，那是假的，假的！我长得还是很不错的！配你绰绰有余好吗？"

仿佛知道她的想法，时影转头看了她一眼："后悔了吧？"

"后悔个鬼啊！只是没想到自己的死相会那么难看而已……"她忍不

住又扯了一下他的袖子，嘀咕，"现在我们可以跑路了吧？还有什么好看的……难道你还要看着我入殓下葬？"

"再等等。"时影却依旧不为所动，"要跑你自己跑。"

她真的很想拔腿走人，但刚一抬头，身子又被定住了。

呼啸的风雪里，迎面走来了一位黑袍老人，白须白发，面如枯树，十指里却拢着一团火焰——那是霍图部的大巫师索朗，西荒声望最隆的法师。人还没到，一股凌厉的压迫感已经扑面而来。

大巫师走过时，在她身边顿了顿，眼里露出一丝疑虑，又朝着她的方向看了看。朱颜知道厉害，立刻屏声敛气地缩在师父身边，扯着他的袖子，一动也不敢动。

只要她一走出这把伞下，估计就会被发现了吧。

"长老！快来看看！"幸亏这个时候大妃抱着血淋淋的尸体，失声对着他大呼，"郡主她、她被沙魔咬死了！你快来看看，还有没有办法？"

大巫师应声转过头去，转移了注意力。朱颜顿觉身上的压迫感轻了一轻，不禁松了口气。

连头都没了，还能有什么办法？

然而，朱颜刚想到这里，看到大巫举步走了过去，俯下身来看着残缺不全的尸体，伸出手指拨拉了一下那些血肉，哑声道："只剩下那么一点？是有点难度，但如果献祭的血食足够，倒也可以勉强一试。"

什么？她大吃一惊，转头看着师父。

这世上，居然还能有逆转生死的术法吗？如此说来，这个大巫师岂不是比师父还厉害了？

然而时影并没有说话，只是静静地看着霍图部的大巫师，握着伞的修长指节似乎微微紧了一紧。

大妃听得这句话，心里一定，神色也恢复了平日的镇定，抬头对儿子道："柯尔克，你先退下，派人用幛子将这里围起来，谁都不能随便靠近。"顿了顿，又吩咐，"如果帝都使者问起来，你就说大巫师正在抢救郡主，生死关头，不方便别人前来打扰。知道吗？"

"是。"柯尔克知道母亲的脾气，不敢多问，立刻退了下去。

很快，这个空地上只剩下了她和大巫师两个，以及地上的两具尸体。

大巫师的气场太强大，朱颜被压得缩在伞下，心惊胆战地看着，不时扯一扯师父的袖子，眼里几乎都露出哀求来了。然而时影压根不理她，只是站在风雪里，静默地隐身旁观。

"你是不想让柯尔克看到吧？"大巫师低声咳嗽，手心里的那一团火光明灭不定，"也是，无论谁亲眼看到妻子从死尸复活，接着还要和她在一个帐篷里生活，心里未免会不舒服。"

一边说着，大巫师一边俯下了身体，将手搭在了那一只断臂上，微微闭上眼睛，默念了一句什么，手心的火光忽然大盛！

那一瞬，朱颜感觉到师父的眼眸忽地亮了一下。

那边却听到大巫师忽然睁开了眼睛道："奇怪。这位郡主……不像是活人啊！"

什么？被看穿了吗？朱颜心头猛然一跳，几乎从伞下蹦了出去，却听大妃愕然问："自然已经是死人，为何这般问？"

"不，我的意思是，这堆血肉里没有一点生气。"大巫师长眉蹙起，看了看四周呼啸的风，低声道，"而且，人才刚死，居然连三魂七魄也无影无踪，不可思议。"

"啊！"那一瞬，朱颜忍不住失声。

——是的，人偶虽有血肉，却没有三魂七魄！这种差别，骗过常人可以，怎能骗过有修为的大巫师？那么重要的事情，她怎生就给忘了？

"谁？"她刚一脱口，霍图部的大巫师瞬地转过身，目光如炬，手心一收一放，那一团火焰忽然就如同呼啸的箭一样，朝着她直射了过来！

"呀——"她失声惊呼，手忙脚乱地想要抵挡，然而话还没出口，眼前便是一黑。站在她身边的师父在电光石火之际出手，一把捂住了她的嘴，同时放低了伞面，将手中的伞斜下来罩住头脸，轻轻一转。

一朵白色的蔷薇花在雪中悄然绽放，瞬间将那团火熄灭。

同一个刹那，她看到师父尾指轻轻一点，地上那头死去的沙魔忽然全身一震，仿佛被牵着线，猛地从雪地上跃起，吼叫着扑向了一旁的霍图部大妃！

"小心！"大巫师吃了一惊，连忙侧身相救。

然而那头死而复生的沙魔居然凶猛翻倍，这一击只略微缓了缓它的身形，紧接着又一个猛扑，将大妃扑倒在了雪地上，便要咬断她的咽喉。大妃身手也是迅捷，"唰"地拔出佩刀，一刀便插入了沙魔的顶心。趁着这么一缓，大巫师急速念咒，挥手又招来一道闪电，"唰"的一声，将沙魔连头带躯击得粉碎。

魔兽的利齿几乎已经咬住了她的咽喉，那个硬朗的女人竟是没有惊慌失措，只是喘了口气从地上爬起，拍了拍身上的雪。然而，眼看着沙魔化为齑粉，她却忍不住变了脸色，脱口惊呼了一声："糟糕！"

这一击，几乎是把朱颜郡主的尸身也一起完全击碎。如果刚才要拼凑尸体已经很勉强，此刻便已经完全不可能——人的尸体和沙魔的血肉，都已经混在了一起。

大妃怔怔地站在雪上，愣了半晌，从一堆模糊血肉里捏起了一缕暗红色的长发，转过头看着大巫师："现在可怎么办？"

"怎么回事？这头沙魔刚才明明已经被我杀了！"大巫师沉着脸，看了看那一堆血肉，眼神闪了闪，又抬起头警惕地四顾，似乎要在风里嗅出什么来，"是什么让这东西忽然又回光返照了一下？"

时影捂着朱颜的嘴，将伞无声地放低，手腕缓缓旋转，伞面上那一枝白蔷薇缓缓生长、蜿蜒，将他们缠绕在其中，和大雪融为一体。

风雪呼啸，荒原里空无一人。

"奇怪。"大巫师在周围走了一圈，什么都没有感觉到，这才松了一口气，不解地喃喃，"刚才的事儿，有点反常。"

"我们还是抓紧时间吧！"然而大妃握着手里那一缕头发，焦虑地看着他，"只剩下这个了，还能不能行？无论如何，绝不能让朱颜郡主就这样死在了今晚！否则我们后面的计划全部都泡汤了！"

后面的计划？什么计划？朱颜满肚子疑问，却听到大巫师咳嗽了几声，将目光收回来，投在那一缕头发上，开口："去墓库里取十二个女人出来——马上就要，天亮之前！"

时影握着伞柄的手微微一震，薄唇抿成一线。

"好！"大妃吸了一口气，立刻站起身来。

他们要做什么？什么是墓库？朱颜好奇地看着，却不敢出声，只是用眼睛骨碌碌地看着师父。然而时影的神色非常严肃，退一边，静静地看着大妃朝着马厩的方向一路走过去，眸子里几乎有一种刀锋般的锐利。

这样的师父，她几乎从没见到过。

大妃绕过马厩，推开了那个柴房的门。那一刻，朱颜下意识地倒吸了一口冷气，想起了柴房里那一对可怖可怜的母子——她已经斩断了那个孩子的镣铐，不知道在刚才那一场大乱里，那个小孩是否已经带着母亲趁机逃脱？可是，这样大的风雪，一个瘦弱的孩子又要怎样抱着沉重的酒瓮离开？

她心里有一丝惴惴，忐忑不安。

"咦？"大妃刚走进去，便在里面发出了一声低呼，语气极为愤怒，"怎么回事？那个小兔崽子和那个贱人，居然都不见了！"

朱颜不作声地松了一口气。

"居然给他们跑了！那个贱人！"大妃狂怒之下，用鞭子抽打着房间里的杂物，"噼啪"倒了一片，"该死……等找回来，我要把那个小兔崽子也砍了手脚，做成人瓮！"

"别管这些了！都什么时候了！"大巫师皱着眉头，在风雪里微微咳嗽，捏着那一缕暗红色的头发，"你如果想在天亮之前把这件事掩盖过去，还给空桑使者一个活的郡主，就马上从墓库里把血食给我拿出来！"

大妃猛然顿住了手，似是把狂怒的情绪生生压了下去。

"好。"她咬着牙，冷静地说，"稍等。"

她在那个小小的柴房里走动，不知道做了什么，只听一声闷响，房子微微震动，忽然间，整个地面无声无息地裂了开来！

柴房的地下露出了一个黑黝黝的入口，仿佛是一个秘密的酒窖。

而在地底下，果然也是一排排整整齐齐的酒瓮。

只是每一个酒瓮上，都伸出了一颗人头！

第三章

血食

　　天啊……那、那么多的人瓮？！

　　朱颜吃惊地看着这一幕，几乎又要惊呼出来。幸亏时影一直捂着她的嘴，不让她有再次惊动大巫师的机会。

　　"要女人。"大巫师低声道，"十二个！"

　　"好。"大妃领命，从一排排的人瓮里选了几个年轻的，一个接着一个，从地窖里提了上去，在雪地上排成了一列，"一下子用掉十二个，回头可真是要花不少钱从叶城补货——要知道，现在一个品相很差的鲛人都得卖五千金铢了！"

　　"要做大事，这点花费算什么？"大巫师一边检视着从地窖里提取出来的人瓮，一边道，"鲛人一族寿命千年，灵力更强，换成用普通人类做血食祭献，得拿上百个才够用。"

　　"那可不行。"大妃皱着眉头，"本旗大营要是一下子少了那么多人，这事儿盖不住，一定会引起骚乱。"

"所以，就不要心疼金铢了。"大巫师冷冷道，手指敲着人瓮里的鲛人，"只要娶到了朱颜郡主，将来整个西荒还不都是你的天下？"

他的手指逐一敲着那些被剁去了四肢装在酒瓮里的女鲛人的头颅，发出敲击西瓜似的空空声音。那些鲛人拼命地挣扎、尖叫，可是没有舌头的嘴里发不出丝毫声音，如同一幕令人毛骨悚然的默剧。

朱颜在一边看着，只觉得刺骨惊心，紧紧攥着时影的袖子。

苏萨哈鲁的地底下，竟然藏着这样可怖的东西！天哪……她要嫁入的哪是什么霍图部王室，分明是恶鬼地狱！

"天快亮了，要复活朱颜郡主，必须抓紧时间。"大巫师用法杖在雪地上画出了一个符咒，将十二个人瓮在雪地上排成一个圆。

"开始吧。"大巫师低声道，"十二个鲛人当血食，估计也够了。"

他开始念动咒语，将那一缕红色的长发握在了手心。那个祝颂声非常奇怪，不是用空桑上古的语言吐出，而是更接近于一种野兽的低沉咆哮和吼叫，听上去令人躁动不安，非常不舒服。

随着他的声音，他的双瞳逐渐变了颜色，转为赤红，如同两点火焰——大巫师一边念咒，一边凝视着手心，不停变换着手势。忽然间，他手里的那一缕头发竟轰然燃烧了起来！

这……这是什么奇怪的术法？她在九嶷山那么多年，竟然从来没有听说过！

朱颜惊诧万分，侧头询问地看着师父，然而时影只是聚精会神地看着这一幕，表情肃穆，眼神里跳跃着火焰一样的光，一动不动。

大巫师在风雪之中施术，手中的火焰越来越旺盛。一轮咒术完毕，他拈起了其中一根燃烧的发丝，往前走了一步，念动咒语，"唰"的一声，发丝竟然直接插入了那个人瓮女鲛人的头顶心！

那么细小的发丝，竟然如同钢丝一样穿破了颅骨。人瓮女人的五官瞬间扭曲，显然惨痛至极，却怎么也叫不出声音来。

"住手！你这个疯子！"朱颜愤怒已极，一时间竟忘了自己完全不是对手，想要冲出去扼死这个恶魔一样的巫师。然而时影的手牢牢地捂住了她的嘴，不让她动弹分毫。

他站在那里，撑着伞，只是冷冷地看着这一幕惨剧，一动不动。

一根接着一根，燃烧的发丝直插入人瓮的天灵盖，如同一支支火炬。转眼间，在这风雪之夜，荒原里点起了一个火焰熊熊的大阵！

大雪里，火焰在燃烧，布成了一个灯阵，以人的生命为灯油。大巫师盘腿跪在火焰中心，割裂自己的双手，一边祝颂，一边将鲜血滴入了每一个人瓮的天灵盖，然后再度展开手臂，将流着血的手伸向黑夜的天空，低沉地开口，说出了最后的祷词——

"毁灭一切的魔之手啊……请攫取血食吧！"

"请您回应奴仆的愿望，让死去的人从黑暗里归来！"

当血滴入火焰的那一刻，十二个人瓮女子一起张开了嘴，似是痛极而呼。在她们的痛苦里，十二道火焰猛然大盛，仿佛被一股力量吸着，朝着圆的中心聚集，在圆心汇成了一股巨大的火柱！

同一瞬，人瓮女子被吸光了精气神，瞬间干瘪枯槁。

火柱里，居然诞生了一个影影绰绰的东西。

"出来了……出来了！"大妃惊喜不已。

朱颜站在风雪里看着这一幕，几乎要晕眩过去——是的，她看得清楚：在那火焰里渐渐浮凸出来的，居然是一个人形！当她看过去的时候，那个火里的人仿佛也在看着她，居然还对着她诡异地笑了一笑！

那……那又是什么东西？

她战栗着抬起头，想询问身边的时影，却忽地发现风声一动，身边已经空无一人。师父？师——

她抬起头，几乎失声惊呼。

风雪呼啸狂卷，有什么从她头顶掠过，那是一只巨大的白色飞鸟，瞬间展开了双翅，从阴云如铅的九霄直冲而下，冲入了火柱之中！

"啊！"朱颜终于忍不住叫出声来，"四……四眼鸟？"

重明！时隔多年，她终于再次见到了这只童年陪伴过她的上古神鸟——这只巨大的白鸟是九嶷山神殿里的千年守护者，属于师父的御魂守，现在它盘旋着从九霄飞下来了……师父呢？师父去哪儿了？！

大妃也在失声惊呼："那……那是什么东西？"

神鸟呼啸着从九霄飞来，双翅展开几达十丈，左右各有两只朱红色的眼睛，凝视着大地上大巫师燃起的火焰法阵，尖啸一声，翅膀一扫，风雪激荡，便将十二个人瓮都晃到了地上，尖利的喙一探，直接啄向了火柱中刚刚成型的肉身。

一啄之下，火焰都猛然暗淡。

"这、这是重明？不可能！"大巫师大惊失色，手中法杖一顿，一道火光急射而来，直取神鸟右侧那一双眼睛，逼着它歪了歪脑袋，大巫师失声，"难道……难道是九嶷山那边的人来了？"

"说对了！"一个声音在风雪里冷冷道。

白色的飞鸟上，无声无息地出现了一个人影。穿着九嶷神官白袍的时影从重明的背上跃下，长袍在风雪里猎猎飞舞。他凌空手腕一转，手中的伞"唰"地收拢，转瞬化成了一柄发着光的剑！

"啊！"朱颜失声惊呼，看着时影的长剑凌空下击，瞬地贯穿了火焰里那个刚刚成型的东西，随后剑势一扬，将其高高地挑起，扔出了火堆。

"啪"的一声，那个东西摔落在她的面前。

她只看得一眼，就吓得往后跳了一步。

那……那竟赫然是另一个自己！

不是一具空壳的人偶，而是活生生的、还在扭动的活人！那个从火焰里诞生的"朱颜"全身赤裸，脸上带着痛苦不堪的表情，胸口被那一剑从上到下割裂，连里面的脏腑都清晰可见。

鲜血急速涌出，在雪地上漫延。

——那个"朱颜"的血，居然是黑色的！

"救……救救……"那个东西居然还会说话，在地上痛苦地挣扎着，爬过来，对着她伸出一只手，眼神里全是哀求。

"啊啊！"她往后又跳了一步，求助似的看了一眼师父。

然而时影已经重新翻身跃上了重明神鸟，和那个大巫斗在了一处，速度快得她压根看不清。风雪呼啸，那个大巫师的一头白发根根竖起，用古怪的声调大声吼着什么，一次又一次地用法杖重重顿着地面。

火焰在熄灭后又重新燃烧，轰然大盛，被操纵着扑向了时影！

一袭白衣在烈火里飘摇，如同闪电般穿进穿出，看得人眼花缭乱。风雪呼啸，仿佛龙卷风一样盘旋，将这方圆数十丈内变成了一个你死我活的绝境。

"师父，小心！"眼看师父的白衣被火焰吞没，朱颜急得不行，拔下玉骨便是一划——这一下她使上了十二成的功力，"唰"的一声，玉骨化为一道流光，破开了风雪，直刺战团中心。

冰雪和火焰同时一震，双双熄灭。

重明神鸟长嘶一声，收敛了双翅落下，漫天的大雪随之凝定。

"师父！"她一击即中，心里不由得狂喜，"你没事吧？"

"我倒是没什么事……"过了一会儿，时影的声音才从黑暗中传来，依稀透着一丝疲惫，"你打伤的是重明。"

"什么？"她吃了一惊。

黑夜即将过去，暗淡的火光里，那只巨大的神鸟缓缓降落在雪地上，落地时候身子却歪向一边，右翅拖在身后，四只眼睛缓缓转过来，冷冷地盯着她看。洁白的右翅上，赫然插着她的玉骨。

"啊？"朱颜目瞪口呆，说不出话来。

时影从鸟背上跃下地来，手里提着滴血的长剑，身上果然没有受伤，只是冷着一张脸："去和重明道歉。"

"我不去！"朱颜不敢上前。

然而时影没理睬她，手腕一转，那把长剑骤然变回到了原形，成了一枚古朴的玉简——那是九嶷山大神官的法器，千变万化。

时影握着玉简，看也不看地穿过她身侧，朝着雪地另一边走去了。她只能抖抖索索地上前，抬起手想抚摸白鸟的羽毛，又缩了回来："对……对不起！我真的不是故意的！我明明是瞄准了那个大巫师打过去的……谁知道会……"朱颜看着这个儿时的伙伴，知道神鸟脾气倨傲，结结巴巴，不敢靠近，"你……你的翅膀没事吧？我帮你包扎一下？"

重明神鸟冷冷地看着她，下颌微微扬起，四只眼睛里全是看不起，忽然冷哼了一声，脖子一扬，将嘴里叼着的东西扔到了雪地上。

那个大巫师，赫然已经被拦腰啄为两段！

"我说呢，原来你嘴里叼着这家伙？"她一下子叫了起来，为自己的失手找到了理由，"你看你看，我没打偏！明明是——"

话说到一半，"唰"的一声劲风袭来，她头顶一黑，立刻跌了个嘴啃泥。重明毫不客气地展开翅膀，只是一扫，便一把将这个啰唆的人类打倒在地，白了她一眼，不慌不忙地将翅膀收拢，迈着优雅的步伐走了开去，开始一处一处地啄食那些残余的火焰，一啄便吞下了一个被烧成灰烬的人瓮。

重明乃六合神兽之首，是专吃妖邪鬼怪的神鸟，净邪祟，除魔物。千百年来一直留在九嶷山，守护着帝王谷里的历代空桑帝王陵墓，是九嶷神庙大神官的御魂守，此刻也担负起了清理现场的责任。

朱颜狼狈地爬起来，刚想去找寻师父的踪影，却忽然听到远处传来一阵惊天动地的声响，如同千军万马在靠近。

怎……怎么了？

她转过头，忽地张大了嘴巴——赫然有一支军队，出现在黎明前的荒原上！

整个霍图部的战士不知道什么时候接到了命令，被迅速地召集到了这里。全副武装的战士们将这片空地包围得铁桶也似，剑出鞘，弓上弦，杀气腾腾。领头的正是她的婆婆，苏妲大妃，她脸色铁青，手里握着弓箭。

"不是吧？"朱颜看到全副武装的大军，喃喃：天哪，今天她只是想逃个婚而已……怎么转眼就变成要打仗了？这形势也变得太快了吧？

"苏妲大妃，如今你还有什么话好说？"时影手握玉简，冷冷地看着面前的千军万马，并无丝毫退缩。他指了指地上奄奄一息的"朱颜"，又指了指雪地上熄灭的火焰大阵和死去的大巫师，淡淡道，"你勾结大巫师，秘密修习被禁止的暗魔邪法，竟然意图谋害朱颜郡主！你觉得这样就可以操控西荒了吗？"

"啥？"朱颜听得发愣。

什么叫作"意图谋害朱颜郡主"？明明是她自己弄死了自己，试图逃跑，怎么到了师父嘴里，就变成是大妃的阴谋了呢？还……还是，她自己莫名其妙地被卷入什么事情里面去了？

她下意识地往前走了几步，想要跑过去问个清楚。然而，大妃一眼看到她从大雪里奔来，全身一震，惊得几乎从马上跌下来。

"朱颜郡主……还、还活着？"她喃喃，不可思议地看着毫发无伤的人，又看了看地上扭曲挣扎的人形朱颜，一时说不出话来。

"这是你们的阴谋吧？这一切，都是你们安排的？！"终于，大妃想通了前后的联系，回过神来，指着时影狂怒厉喊，"九巕山的人，竟联合赤之一族，把手伸到了这里！你们是早就计划好了要借着这场婚礼来对付我们，是不是？该死的！"

喂！什么意思？我和他明明不是一伙儿的！

然而，不等朱颜开口辩解，师父冷笑了一声："别自以为是了，就算没有这回事，你们在西荒秘密畜养血食、供奉邪神的阴谋迟早也要暴露。"

什么？师父怎么也知道了那个柴房地下的人瓮的秘密？

"来人！"大妃眼神已经冷得如同严霜，里面笼罩了一层杀气，抬起了手，"把这里所有的人都给我杀了！一个都不许离开苏萨哈鲁！"

"唰"的一声，铁甲应声散开，将荒原上的人团团围拢。

"娘？"柯尔克亲王看着眼前的这一切，一时间回不过神来——这些年来母亲和大巫师一直走得很近，他是知道的。但是他以为母亲只是为了笼络大巫师，借助他的力量来巩固自己在部族的地位而已，不知道还涉及了这样匪夷所思的事情。

——如果要把九嶷的大神官和赤之一族的郡主一起杀死在这里，岂不是造反的大罪？

"柯尔克，我一直都不想把你卷进来，所以什么都没和你说。"大妃转头看着儿子，眼神凝重，"可事已至此，已经不能善罢甘休——今天如果放跑了他们中的任何一个，我们霍图部就要大难临头了！"

大妃厉声下令："所有人，张弓！将这两个人都给我射杀了！"

"唰唰"的上弓声密集如雨，听得朱颜毛骨悚然，她生怕下一刻就会被万箭穿心射成刺猬，下意识地往前走了一步，拉住了师父的衣角。

"没事。"时影却神色不动，只是将手里的伞递给了她，"你拿着这个，退到重明身边去待着。"

"可是……你、你怎么办？"她接了他的伞，知道那是师父的法器，看着他赤手空拳地站在雪地里，面对着上千的虎狼战士，不由得发怵，脱口而出，"我……我们还是快跑吧！"

"跑？"他冷笑了一声，"我这一生，宁可死，也不临阵退缩！"

"射！"就在拉拉扯扯的当口上，大妃一声断喝。

呼啸而来的箭雨，瞬间在荒原上掠过。

朱颜惊呼了一声，下意识地撑开了伞，想扑上去帮师父挡住。然而时影却在瞬间身形一动，迎着箭雨就冲了上去！

"师父！"她失声大喊。

清晨的依稀天光里，只看得到漫天的雪花飘转落下，而他的白袍在风中飞舞，猎猎如旗——无数支利箭迎面射来，在空中交织成声势惊人的箭阵，如同暴风雨呼啸而来。时影一袭单衣，迎着万箭而上，凝神聚气，忽地伸出手去，"唰"地扣住了当先射到的第一支箭！

——那一瞬间，空中所有的箭都顿住了。

他手指一抬，指尖一并，"咔嚓"一声将手里的箭折为两段。

——那一瞬间，空中所有的箭竟然也都凌空折为两段！

他松开手指，将那支箭扔在了雪地上。

——那一瞬间，所有的箭也都凭空掉落在了地上！

静默的战场上，千军压境，所有人都瞬间惊呆了。这……这算是什么术法？这个白衣神官，居然能在一瞬间，通过控制一支箭来控制千万支箭！那，他岂不是能以一人而敌千万人？

这……这到底是什么样可怕的邪术？！

只是一个刹那，时影已经出现在了大妃的面前，看着那个手握重兵的贵妇人，冷冷开口："苏妲大妃，你可认罪伏法？"

"不认！"那个女人却是悍勇，从惊骇中回过神来，一声厉喝，竟是从鞍边"唰"地抽出长刀，迎头一刀就向着时影砍了下去！

她虽是女流，却是西荒赫赫有名的勇士，这一刀快得可以斩开风。拔刀速度极快，只是一刹那，就切到了时影的咽喉。

"师父！"那一刻，朱颜真是心胆俱裂，不顾一切地冲了过去——不知道哪里来的力气，那一瞬间她竟然跑得极快，几十丈的距离仿佛被缩到了一步之遥，惊呼未落的瞬间，她已经冲到了马前。

这样鬼魅般的速度，令马上的大妃几乎不敢相信自己的眼睛——赤之一族的郡主，她那个娇生惯养的新儿媳，竟以不可思议的速度冲过来，赤手握住了她砍下来的刀！

那一双柔软娇小的手，死死握住了刀锋，鲜血沿着血槽流下。

"你……"大妃倒抽了一口冷气，立刻咬了咬牙，将长刀继续往前刺出，想要顺势割断手掌再将这个少女的心脏洞穿。然而手臂刚一动，她忽然全身抽搐，说不出话来——因为此时一只手从背后探过来，扣住了她的咽喉！

"师……师父？！"朱颜愣住了，看着忽然出现在大妃背后的时影。下意识地，她又回头看了一下。然而，背后的另一个时影还站在那里，一动不动，大妃的刀锋已经割破了他咽喉上的肌肤。然而诡异的是，没有一滴血流出来。

朱颜愣住了。过了片刻，才用流着血的手指轻轻点了下背后的那个时影——她的手指从他的身体里穿过，没有任何阻碍，如同一层空壳雾气。

那一刻，她明白过来了。

那是幻影分身！刚才那一瞬，师父早已移形换位！

"接刀的速度挺快。"时影对着发呆的弟子笑了一笑，那笑容竟是少见的柔和。他一把扣住了大妃，将她拖下马来，转身对着铁甲战士大呼，"大妃勾结妖人，谋害老王爷，罪不容诛！你们都是霍图部的勇士，难道要跟随这个恶毒的女人反叛吗？"

"什么？"所有人瞬地大惊，连柯尔克都勒住了马。

谋害老王爷？这个消息太惊人，几乎在军队里起了波涛般的震动。

"老王爷一生英武，五十岁大寿时还能吃一整头羊、喝十瓮酒，如何会因为区区寒疾说死就死了？"时影策马，将手里被制服的大妃举起，扣住了她的咽喉，"就是这个女人！因为失宠心怀怨恨，就勾结大巫师，在老王爷身上下了恶咒！不信的话，可以看看这个——"

他手指遥遥一点，大雪纷扬而起，地窖的顶板忽然被掀开。

"天啊……"那一瞬间，所有人失声惊呼，握着弓箭的手几乎松开——木板移开后，地下露出齐刷刷的一排排人瓮，里面全是没有四肢、满脸流血的鲛人。

那样惨不忍睹的景象，震惊了大漠上的战士。

"娘！"柯尔克眼角直跳，目眦欲裂，转向了大妃，颤声，"这……这些，真的是你和大巫师做的？为什么？"

大妃被扣住了咽喉，说不出一句话，然而眼神冷酷，毫无否认哀求之意。柯尔克深知母亲的脾性，一看这种眼神，便已经知道答案，只觉得全身发冷，原本提起要血战到底的一口气立刻便泄了。

"这个恶妇陷霍图部于如此境地。"时影冷冷，声音不高，却一字一句清清楚楚传到了每一个战士耳边，"我奉帝君之命来此，诛其首恶，胁从罔治！赤王已经带兵前来，帝都的骁骑军也即将抵达——你们这些人，难道还要助纣为虐，与天军对抗吗？！"

荒原上，铁甲三千，一时间竟寂静无声。

朱颜心里紧绷，用流着血的手默默从地上捡起了那把伞，不声不响地往师父的方向挪去，生怕那些虎狼一样的骑兵忽然间就听到了号令，一起扑了过来。

然而，寂静中，忽然听到了"当啷"一声响。

一张弓箭从马背上扔了下来，落在雪地上。

"事已至此，也没有什么好说的了。"柯尔克居然当先解下了弓箭，扔到了地上，从马背上跳了下来，回头对身后的战士们道，"一切都是我母亲的错，霍图部不能对抗帝都天军，不然灭族大难只在旦夕——大家都把刀箭解下来吧！"

战士们看到新王如此做法，踌躇了一下。

"你们真的要逼霍图部造反吗？快解甲投降！"柯尔克有些急了，生怕局面瞬间失控，厉声大喊，"一人做事一人当，这是我们一家犯下的罪，不能带累你们父母妻儿，更不能带累霍图部被灭九族！请大家成全！"

战士们迟疑了一下，终于纷纷解下了武器，一个接着一个扔到了雪地上，很快地上便有了堆积如山的弓箭刀枪。

"各位千夫长，分头带大家回大营去！"柯尔克吩咐，声音严厉，不怒自威，"各自归位！没我命令，不许擅自出来！"

很快，雪地上便只剩下了孤零零的几个人。大妃看着这一切，拼命张大嘴巴，却发不出声音来，眼神里又是愤怒又是憎恨，恶狠狠地盯着自己的儿子，恨不能上前用鞭子将这个如此轻易屈服的人抽醒。

"柯尔克亲王深明大义，实在难得。"时影不作声地松了一口气，对着柯尔克点了点头，"我知道你并未卷入此事。等到事情完毕，自然会上诉帝都，为你尽力洗刷。"

"洗刷什么？"柯尔克摇头，惨然一笑，"我母亲在我眼皮底下做出这等事情，我身为霍图部的王，竟然毫无觉察，还有何脸面为自己开脱？"

他往前走了一步，对着时影单膝跪下，道："事情到此为止，在下身为霍图部之王，愿意承担所有责任。只求大神官不要牵连全族，那柯尔克死也瞑目——"

话音未落，他手腕一翻，拔出一把匕首，便往脖子割了下去！

时影身子一震，手指刚抬起，却又僵住。

"别啊！"朱颜失声惊呼，拔脚奔过去，却已经来不及阻拦。柯尔克这一刀决绝狠厉，刀入气绝，等朱颜奔到的时候已经身首异处。她僵立在雪地上，看着这个本该是自己夫君的人在脚边慢慢断了气，一时间连手指都在发抖。

她低头看看柯尔克，又抬头看了看时影，脸色苍白。

时影默默地看着这一幕，神色不动，手腕一个加力，将不停挣扎的大妃扔到了地上，冷冷开口："现在，你知道那些被你残害的人的痛苦了吗？这个世间，因果循环，永远不要想逃脱。"

大妃在地上挣扎，想要去儿子的尸身旁，身体却怎么也不能动。泪水终于从这个一生悍勇残忍的女人眼里流下来，在大漠的风雪之中凝结成冰。

朱颜在一边看着，心里百味杂陈，身体微微发抖。

"既然你儿子用自己的血给霍图部清洗了罪名，那么，我也答应他此事到此为止，不会再牵连更多人。"时影说着，从袖子里飞出一条银索，瞬地将大妃捆了一个结实，"只把你送去帝都接受审讯，也就够了。"

他俯视着地窖里密密麻麻的人瓮，眼里露出一丝叹息，忽然间一拂袖——雪亮的光芒从雪地凭空而起，如同数十道闪电交剪而过。

"不要！"朱颜大惊，失声。

然而，已经晚了。那些闪电从天而降，瞬间就绕着地窖旋转了一圈。

人头如同被收割的麦子一样齐齐被割下，从酒瓮上滚落！

只是一刹那，那些人瓮里的鲛人，就全都死了。

朱颜站在那里，看着满地乱滚的人头，又看着身首异处的新郎，一时间只觉得全身发冷。

"为……为什么？"她看着时影，颤声问，"为什么要杀他们？"

"都已经变成这样了，多活一天多受一天折磨，为什么不让他们干脆死了？"时影俯身看着她，微微蹙眉，"难不成，你还想让我把这些没手没脚的鲛人都一个个救回来吗？"

"难道不行吗？"她怔怔，"你……你明明可以做到！"

"不值得。如果是你被装到了酒瓮里，我或许会考虑一下。"时影从她手里接过了伞，走到了柯尔克的尸体边上，低头凝视了片刻，叹了口气，"可惜了……这本该是一个很出色的王啊！他的死，是空桑的损失。"

朱颜默默看着，心里也是说不出地难过。

一天之前，她还从心里抵触和厌恶这个名为夫君的人，却从来没想过自己会以这样的方式见到他，又以这样的方式和他告别——人和人之间的缘分，瞬乎缥缈，刹那百变，如同天上的浮云。

时影回头看了她一眼，道："我跟你说得没错吧？你的夫君是一条好汉。你如果嫁了他，其实也不亏。"

"你……"朱颜看着他，声音再也忍不住地颤抖起来，压抑不住内心的愤怒，脱口而出，"你为什么不救他？你……你当时明明是可以救他的！为什么眼看着他自杀？"

时影垂下眼帘，语气冷淡："是啊……刚才的那一刹，我的确是来得及救他。可我又为什么要救他呢？"

"他不该死！"朱颜愤然，一时血气上涌，竟斗胆和他顶起嘴来，"我们修行术法，不就是为了帮助那些不该死的人吗？"

他抬起眼睛淡淡看了她一眼，声音平静："不管该不该死，以此时此刻而论，他还是死了比较好吧？如果他能作为一个出色的王活下去，倒是有价值的；如果他能作为朱颜郡主深爱的夫君活下去，也算有价值。可是，现在他什么都不是了——他既不能做霍图部的王，也不能做你的丈夫。我又何必耗费灵力去救他呢？他若是活下来，反而麻烦。"

她说不出话来，怔怔看着那双熟悉的眼睛。

那样温雅从容的眼眸里，竟然是死一样的冷酷。

"别这样看着我，阿颜。每个人心里都有自己的量尺。"仿佛感觉到了她的情绪，他淡淡地看着她，反问，"其实，为什么非要指望我去救他们呢？你自己为何不去救？"

"我……我赶不及啊。"她气馁地喃喃，忽地觉得一阵愤恨，瞪着他，"你明明知道我是怎么也赶不及的！还问？！"

"怎么会呢？你当然赶得及。"时影淡淡笑了一声，"在大妃那一刀对着我砍下来的时候，你都能赶得及。"

朱颜忽然间愣住了。

是的，当时，她和大妃之间相隔着至少几十丈，那一刀迎头砍下、快如疾风。可就在这样电光石火之间，自己居然及时地冲了过去，赤手握住了砍下来的刀锋——这样的事情，如今转头回想起来，简直是做梦一样。

她低下头，怔怔地看着自己手心深可见骨的刀伤，一时间说不出话来。是的，那一刻她如果真的冲过去，说不定也能救下柯尔克吧？

可……可是，为什么她没有？

"你当然能，阿颜。你比你自己想象得更有力量。"看着她手心里的刀痕，时影一贯严厉的语气里第一次露出了赞许之意，"要对自己有信心。记住：只要你愿意，你就永远做得到，也永远赶得及！"

这么多年来第一次被如此夸奖，朱颜不由得蒙了，半晌，才茫然地抬起头，看着他："真……真的吗？"

"我什么时候骗过你？"时影抬起手指，从她手上深可见骨的伤口处移过，触摸之处血流立止，"好了，事情结束了，我送你回家吧——"

"回家？"她愣了一下，下意识地往后退。

　　"现在事情闹成了这样，你也不用出嫁了，不回家还打算去哪里？"他审视了一下她的表情，又道，"放心，我亲自送你回去，一定不会让你挨父王的打。"

　　然而她缩了一下，喃喃："不，我不回去！"

　　"怎么？"时影微微蹙眉。

　　"回去了又怎样，还不是又要被他打发出来嫁人？"她不满地嘀咕，顿了顿，又道，"不如我跟你去九嶷山吧！对了……你们那里真的不收女神官吗？我宁可去九嶷出家也不要被关回去！"

　　时影哑然，看了她一眼："先跟我回金帐！"

　　"哦。"朱颜不敢拂逆他的意思，只能乖乖地跟了过去。

第四章

小札

　　只不过一夜而已，玉绯和云缦见了她倒像是生离死别一样，一下子扑上来抱着她，几乎哭出声来："谢天谢地！郡主你平安回来了……昨晚事情闹那么大，我们、我们都以为再也见不到你了！"

　　朱颜心里很是感动，却也有点不好意思和不耐烦，便随口打发了她们出去，斜眼看看师父，心里有点忐忑。时影在一旁的案几上铺开了信笺，开始写什么东西，却果然没有放过这个教训她的机会，冷冷道："你看，连侍女都为你担心成这样子，你就想想你父母吧。"

　　朱颜心里一个"咯噔"，也是有些后怕，却还是嘴硬，小小地"哼"了一声，嘀咕："还……还不是因为你？否则我早就逃掉了。"

　　"说什么傻话？"时影终于抬起头正眼看着她，眼神严厉起来，"你是赤之一族的唯一继承人，难道因为一门不合心意的婚事，就打算装死逃之夭夭？"

　　"一门不合心意的婚事还不够吗！"朱颜再也忍不住，愤然顶嘴，

"换了让你去娶一个猪一样的肥婆你试试看？"

时影看了她一眼，不说话。

朱颜被他一看，顿时又心虚了。是了，以师父的脾气，只要觉得这事必要，无论是娶母猪还是母老虎，他估计还是做得出来的吧？不过，九嶷的大神官反正不能娶亲，他也没这个烦恼。

"总有别的解决方法。"时影重新低下头去，临窗写信，一边淡淡道，"你已经长大了，不要一遇到事情就知道逃。"

"那你让我怎么办？！"她跺脚，气急败坏，"父王怎么也不听我的，帝都的旨意也下来了——我没在天极风城就逃掉，撑着到了这里，已经是很有担当了好吗？"

时影想了一想，颔首："说得也是。"

他稳稳地转腕，在信笺上写下最后一个字，淡淡说了一句："其实你若是不愿意，大可以写信告诉我。"

什么？朱颜微微愣了一下，以为自己听错了。自从她下了山，师父就没再理睬过她。五年来她写了很多信给他，他从来都没有回复过一句——她以为他早就不管她的死活了，此刻却居然来了这一句？

"你要是早点写封信给我，也就没这事了。"时影淡淡说着，一边写完了最后一个字。

"真的？你干吗不早说！"朱颜愕然，忍不住赞叹了一声，"师父，没想到你手眼通天啊！九嶷神庙里的大神官，权力有这么大吗？"

七千年前，空桑人的先祖星尊大帝驱逐冰族、灭亡海国，一统云荒建立毗陵王朝，将自己和白薇皇后的陵墓设在了九嶷山帝王谷，并同时设了神庙。从此后，空桑历代帝后都安葬于此。每隔三年，帝君会率领六部王室前往九嶷神庙进行盛大的祭祀典礼。

一般来说，被送到九嶷神庙当神官的多半是八部中的没落贵族子弟，因为他们无法继承爵位，也分不到什么家产，剩下唯一的出路便是进入九嶷神庙修行，靠熬年头爬阶位，谋得一个神职，或许还有出头之日。

　　她不知道师父是出身于六部中的哪一部，但既然被送到了九嶷，肯定也不会是什么得势的人家。而且，说到底，九嶷神庙的神官所负责的也只是祭祀先祖、守护亡灵，哪里能对王室的重大决定插手？

　　然而，时影并没有回答她的提问，忽然咳嗽了几声，从怀里拿出手巾擦拭了一下嘴角，洁白的丝绢上顿时染了淡淡的绯红。

　　"师……师父！"朱颜吃了一惊，吓得结结巴巴，"你受伤了？"

　　"不妨事。"时影将手巾收起，淡淡道。

　　她愣愣地看着他，不可思议地喃喃："你……你也会受伤？"

　　"你以为我是不死之身？"他冷淡地看了她一眼，"以一人敌万人，是那么容易的事吗？"

　　她一时间不敢回答，半晌才问："刚、刚才那一招定住万箭的，叫什么啊……为啥你没教给我？"

　　"没有名字。"时影淡淡，"是我临时创出来的。"

　　朱颜又噎了一下，嘀咕："那一招好厉害！教给我好不好？"

　　"不行。"时影看也不看这个弟子，"你资质太差，眼下还学不了这一招。如果硬要学，少不得会因为反噬而导致自身受伤，万万不可。"

　　"这样啊……"朱颜垂下头去，沮丧地叹了口气。

　　是的，那时候师父空手接箭，万军辟易，看上去威风八面，其实她也知道这种极其强大的术法同时也伴随着极大的反噬，恐怕只一招便要耗费大半真元。但从小到大，除了在梦魇森林那一次之外，她从没见过师父受伤，渐渐地便觉得这个人是金刚不坏之身。

　　时影专心致志地写完了信，拿起信笺迎风晾干。

　　朱颜凑过去，想看他写的是什么，他却及时地将信收了起来。她觉得有点奇怪，却也不敢多打听——师父的脾气一贯是严厉冷淡的，对于她那种小小的好奇心和上蹿下跳的性格，多半只会迎头泼一桶冷水。

　　时影将信笺折成了一只纸鹤，轻轻吹了一口气，纸鹤便活了，展开双翅朝着金帐外翩然飞去。这种纸鹤传书之术是术法里筑基入门的功夫，她倒也会，就是折得没这么好看轻松，那些鹤不是瘸腿就是折翅，飞得歪歪斜斜，撑不过十里路。

看着纸鹤消失在风雪里，时影沉默了片刻，忽然开口："话说，你到底想要嫁一个什么样的夫君？"

朱颜没想到他突然有这一问，不由得愣了一下："啊？"

"说来听听。"时影负手看着帐外风雪，脸上没有表情，淡淡道，"等下次我让赤王先好好地挑一挑，免得你又来回折腾。"

"哎呀，我喜欢……"她本来想脱口说喜欢渊那样又俊美又温柔的鲛人，话到嘴边，却忽然闭了嘴——是的，师父的性格一向严厉古板，如果知道她为一个鲛人奴隶神魂颠倒，还不骂死她？而且父王再三叮嘱过不能对外提及这件家丑，否则打断她的腿。

"我……我觉得……"想到这里，她立刻乖觉地改口掩饰，顺便改为大拍马屁，"像师父这样的就很好啊！"

时影眉梢一动，眼神凌厉地看了过来。她吓了一跳，连忙将脖子一缩——怎么，难道这马屁是拍到了马腿上吗？

"别胡说。"时影冷冷道，"神官不能娶妻。"

"我知道我知道……"她连忙补救，把心一横，厚着脸皮道，"我的意思是，既然看过了师父这样风姿绝代当世无双的人中之龙，纵然天下男子万万千，又有几个还能入我的眼呢？所以就耽误了嘛！"

这马屁拍得她自己都快吐了，时影的脸色却果然缓了一缓。

"不能用这样的标准来要求你父王。"过了片刻，却听师父叹了口气，"否则你可能一辈子都嫁不出去了。"

什么？要不要这样给自己脸上贴金啊？还说得这么理所当然！朱颜暗自吐了一口血，硬生生才把这句嘀咕吞了下去，却听到他又说："赤王就你一个女儿，你怎么和我弟弟一样，都这么不令人省心？"

弟弟？朱颜不由得有些意外。这个从小就开始在神庙修行、独来独往的师父，居然还有个弟弟？他难道不是个无父无母从石头里蹦出来的天煞孤星吗？

"你有个弟弟？"朱颜忍不住地好奇，脱口而出，"他是做什么的？"

时影没回答她的问题，只是看了她一眼，那眼神顿时令她脊背发冷，把下面的话都咽了下去。她生怕触了师父的逆鳞，连忙找了个新话题："那……那你这次来西荒，是一早就知道大妃的阴谋了？"

"嗯。"他淡淡回答。

"是通过水镜预见的，还是通过占卜？"她有些好奇，缠着他请教，"这要怎么看？"

时影只回答了两个字："望气。"

"哦……是不是因为施行邪术必须要聚集大量的生灵，他们藏了那么多人瓮在这里，怨气冲天，所以能感受到这边很不对劲？"她竭力理解师父的意思，还是百思不得其解，"可是，你又怎么知道我要逃婚？这事儿我是半路上才决定的，也只告诉了玉绯和云缦。连母妃都不知道，你又是怎么提前知道的？这个难道也能望气？"

"不能。"他顿了一下，冷着脸回答，"纯粹巧合。"

她一下子噎住了。

原来他不是为了帮她渡过难关才来这里的？只怕他这五年来就压根没想过自己吧。想起母妃还曾经让自己逃到九嶷山去投靠这个人，她心里不由得一阵气苦，脑袋顿时耷拉下去，眼眸也黯淡了。

时影看着她恹恹的表情，终于多说了几句话："我最近在追查一件关于鲛人的事情，所以下了一趟山。"

"哦，原来这样。"她点头——能让师父破例下山的，肯定是什么了不得的大事吧？但是他既然不肯明说，自然问了也问不出什么名堂来，朱颜想了想，又纳闷地问，"可是……为什么只有你一个人来？"

时影耐着性子解答了她的疑问："尚未有证据之前，不好擅自惊动帝都，所以只能孤身前来打探一下情况。来查了半个月，一点头绪都没有——幸亏昨晚你逃婚，事出突然，逼得他们阵脚大乱露出了破绽。"

朱颜一下子怔住："你……你不是说奉了帝都命令才来的吗？还说大军马上就要到了……"

时影冷冷道："那时候若不这么说，怎能压得住军队？"

"太危险了！"她忍不住叫了起来，只觉得背后发冷，"万一柯尔克那时候心一横造了反，那么多军队，我们……我们两个岂不是都要被射成刺猬了？"

"猜度人心是比术法更难的事，柯尔克是怎样的人，我心里有数。"他淡淡道，"你对自己没信心也罢了，对师父也没信心？"

她立刻闭了嘴，不敢说什么。

"这里的事情处理完，我也得走了。"时影站起身来，道，"刚刚我修书一封，告诉了你父王这边的情况，相信他很快就会派人来接你回去了。"

"什么？你……你出卖我？！"她没想到刚才那封信里写的居然是这个，顿时气得张口结舌，"我明明说了不回去的，你还叫父王过来抓我？你居然出卖我！"

时影蹙眉："你父王统领西荒，所负者大，你别添乱。"

"反正我不回去！"朱颜跺了跺脚，带着哭音，"死也不！"

话音未落，她撩起了金帐的帘子，往外便冲——是的！就算是逃婚没成功，她也不想再回到天极风城的王府里去了！回去了又会被关在黄金的笼子里，被嫁出去第二次、第三次，直到父王觉得满意为止！

既然都跑出来了，又怎么能回去？

然而刚走出没几步，身体忽然一紧，有什么拉住了她的足踝。朱颜本能地想拔下玉骨反抗，然而脚下忽然生出白色的藤蔓，把她捆得结结实实，"唰"地拖了回来，重重扔在了帐子里的羊皮毯子上，动弹不得。

时影的语声变得严厉："别不懂事！"

她被捆着横拖回来，满头满脸的雪和土，狼狈不堪，气得要炸了，不停地挣扎，然而越是挣扎那条绳索就捆得越紧，不由得失声大骂："该死的，你……你居然敢捆我？连爹娘都不敢捆我！你这个冷血的死人脸，快放我出去！不然我——"

然而话说到一半，忽然间刹住了车。

"再敢乱叫，小心挨板子。"时影低下头，冷冷地看着她，手里赫然出现了一把尺子一样的东西，却是一枚玉简。

那一刻，朱颜吓得倒抽了一口冷气，顿时声音都没了——这把玉简，是师父手里变幻万端的法器，有时候化为伞，有时候化为剑……但是当它恢复原型的时候，便是她童年时的噩梦。

因为，这经常意味着，她要挨板子了。

在九嶷山的那四年里，她因为顽劣，几乎是隔三岔五就要挨一顿打。背不出口诀，画不对符箓，出去玩了没有修炼，修炼得不对走火入魔……大错小错，只要一旦被他逮住，轻则打手心，重则打屁股，每次都痛得她哭爹喊娘要回家，奈何天极风城远在千里之外，真是叫天天不应叫地地不灵。

时隔多年，如今再看到这把玉简，她依旧是后背一紧。

"你……你敢打我？我又不是八岁的小孩子了！"她气急，嚷了起来，"我十八岁了！都死过一个丈夫了！我是赤之一族的郡主！你要是敢打我，我……我就……"

他皱了皱眉头，问："就怎么？"

她这点微末功夫，还能威胁他？

然而朱颜气急了，把心一横，大声道："你要是敢打我，我就叫非礼！我把外面的人都叫进来！有那么多人在，看你还敢不敢当众打我？"

时影的脸"唰"地沉了下来，玉简停在了半空。

"不信你试试？快放了我！不然我就喊人过来了！"她第一次见到师父犹豫，心里一喜，不由得气焰更旺，"来人啊！非——"

话音未落，玉简重重地落在了她的后背！

她吃痛，一下子大叫起来，想叫玉绯和云缦进来救命，却发现嘴里被无形的东西封住了，吐出的每一个字都消失在唇边，变成极轻极轻的呓语。她知道师父在瞬间释放了结界，心下大惊，竭尽全力地挣扎，想破除身上的禁锢，却丝毫不管用。

玉简接二连三地落下，发力极重，毫不容情。她只痛得龇牙咧嘴，拼命叫喊挣扎，然而越是挣扎绳子就越紧。

这样的责打，自从十三岁回到王府之后就从未有过。

她本来还想硬撑着，但他打得实在重，她痛得在地上滚来滚去，又羞又气，拼尽全力地骂他——该死的家伙，居然还真的打她？想当初，他的命还是她救的呢！早知道他这样忘恩负义，不如让这个没人性的家伙早点死掉算了！

那一瞬，玉简忽然停住了。

"你说什么？"时影似乎听到了她被堵在喉咙里的骂声，看着她，冷冷不说话，神色却极为可怕，"忘恩负义？没人性？早点死掉算了？"

什么？他……他又对自己用了读心术？趁着那一瞬的空当，她终于缓过了一口气，用尽全力发出声音来，却只是颤巍巍地开口求饶："别……别打了！师父，我……我知错了！"

是的，她一贯乖觉，明知打不过又逃不掉，不立刻服软还能怎么？要知道师父会读心术，她连暗自腹诽一句都不行，只能立刻求饶认错。

他应声收住了手，冷冷地看着她："错在哪里？你倒是说说看。"

朱颜瘫倒在白狐毯子上，感觉整个后背热辣辣地痛，又羞又气又痛，真想跳起来指着他大骂。然而知道师父动了真怒，好汉不吃眼前亏，她只能扭过脸去，勉勉强强说了一句："我……我不逃婚了还不行吗？"

"只是这样？"时影冷笑了一声，却没有轻易放过她。

"那还要怎样啊？！"她终于忍不住满心的委屈，爆发似的大喊起来，"我一没作奸犯科，二没杀人放火，三没叛国投敌！我……我不就是想逃个婚吗？你打也打了，骂也骂了，还错在哪儿？"

他眉梢动了一动，叹了口气，蹲下来看着她，用玉简点着她的额头：

"还挺理直气壮？好，那让我来告诉你错在哪里——"

他的声音低沉而冷酷，一字一句道来："身为赤之一族郡主，平时受子民供养，锦衣玉食，享尽万人之上的福分，却丝毫不顾王室应尽之义务，遇到不合心意之事，只想着一走了之！

"这是其一！"

他每说一句，就用玉简敲一记她的手心。她痛得要叫，却只能硬生生忍住，眼泪在眼眶里乱转，生怕一哭闹就被打得更厉害。

"不管不顾地在苏萨哈鲁闹出这么大的乱子，死伤无数，却不及时写信告知家人，让父母为你日夜悬心，甚至以为你已经死了——羔羊跪乳、乌鸦反哺，你身为王室之女，反而忘恩负义！

"这是其二！"

第二下打得更重，她终于"哇"的一声哭了，泪水滚滚滴落，掉在了他的手背上。时影皱着眉头，声音冷得如同冰水里浸过，继续往下说："犯错之后不思改过、不听教诲，居然还敢恐吓师尊、出言诋毁！这是其三！——现在知道错在哪里了吗？挨这一顿打，服不服气？不许哭！"

她打了个哆嗦，硬生生忍住了眼泪，连忙道："我知错了！服气，服气！"

时影却看着她，冷冷："说得这般顺溜，定非诚心。"

朱颜几乎又要哭出来了，拼命地摇着头："徒儿真的不敢了……真的！我知错了，求师父放了我吧！"

时影放下了玉简，看了她一眼，道："那还想不想咒我死了？"

"不……不敢了。"她哆嗦了一下，继续拨浪鼓一样地摇头——刚才也就是一时被打急了，口不择言而已。

他看着她，神色却忽然软了下来，叹了口气："不过，你的确救过我的命……如果不是你，我那时候就死在苍梧之渊了。"

她没想到他会有这句话，一时间僵着满脸的泪水，倒是愣了一下。

五年前，将失去知觉的师父从苍梧之渊拉出来，她又惊又怕，也是这样满脸的眼泪——十三岁的女孩哆哆嗦嗦地背着他，深一脚浅一脚地在森林里狂奔，不停地跌倒，又不停地爬起。

他们在密林里迷路，他一直昏迷不醒。她足足用了一个月，才徒步穿过梦魇森林，拉着奄奄一息的他回到了九嶷神庙。其中的艰险困苦，一言难尽。当时那么小的她，却在九死一生之际也不曾放弃他。

那之后，他才将玉骨赠予了她。

那时候，她刚刚满十三岁，开始从孩子到少女转变。五年不见，她已经出落成亭亭玉立的少女，而当长刀对着他迎头砍下来的时候，这个丫头却依旧想都不想地冲了上来，不顾一切地赤手握住了砍向他咽喉的刀锋！

这个刹那，她爆发出来的力量，和多年前几乎一模一样。

时影叹了口气，将她扶起来，看着她满脸的眼泪，忽然觉得不忍——是自己的问题吗？那么多年来，他一直独来独往，不曾学习怎样与人相处，无论是对自己还是对别人，一贯都要求得近乎苛刻。他是有多不近情理，才会将好好的弟子逼得来咒自己死？

看着师父的眼神柔软了下来，朱颜暗自松了口气，有小小的侥幸。师父心软气消了！看来这次终于不用挨打了……不过这笔账，她可不会忘记！

"疼吗？"时影叹了口气，问。

"不……不疼。"她心里骂着，嘴里却不敢说一句。

"不要不懂事。"他神色柔和了下来，语气却还是严厉，"你已经十八岁了，身为郡主，做人做事，不能再只顾着自己。"

"是……是。"她连连点头。

顿了顿，她小心翼翼地问："那……现在可以放开我了吗？"

谁叫她技不如人，被人打了，连发个脾气都不敢——她发誓从今天起一定好好修炼，学好术法，下次绝对不能再这样任人蹂躏了！

时影看了她一眼，她连忙露出温顺无辜的表情，泪汪汪地看着他："真的好疼哎！"

他沉吟了一下，手指一动，困住她的绳索瞬间落地，接着却是手指一圈，一道流光将金帐团团围住。

"啊！"她失声惊呼起来，满怀失望——这家伙松了她的绑，却又立刻设了个结界！

时影站了起来，对她道："这边的局面已经控制住了。我让空寂大营里的江臣将军带精锐前来，暂时接管苏萨哈鲁，其余的事等赤王到来再做处理。"他走出帐外吩咐了侍从几句，又回转了过来，"你就在这儿好好待着吧！玉绯和云缦可以进来服侍你，其他人一律不许靠近。"

她心里一惊，忍不住问："啊？你……你这就要走？"

"是。我追查的线索在这里中断了，得马上回去，后面还有很多事情要处理。"他头也不抬地收拾着简单的随身行李，道，"你先在这里待着。等你父王到了，这结界自然会消除。"

"我……我舍不得师父走啊！"她拼命忍住怒气，讨好地对他笑，可怜分兮，"都已经五年没见到师父了，怎么才见了一面就要走？不如让阿颜跟着您一起去吧……无论天涯海角，我都跟着师父！"

他看了她一眼，竟似微微犹豫了一下。

有戏！她心下一喜，连忙露出更加乖觉可怜的样子。不管三七二十一，先过了眼前这一关再说。无论如何，跟着师父出去外面晃一圈，总比留下来被父王押回去好。

然而时影沉吟了一瞬，摇了摇头："不行。接下来的事情很危险，不能带上你。你还是先回赤王府吧！我们还会再见面的。"

朱颜知道师父说一不二，再啰唆估计又要挨打，想了一想，只能担心地问了一句："那……你、你在信里，没对父王说我那天晚上正准备逃婚吧？"

他淡淡看了她一眼，道："没有。"

"太好了！我就知道师父你不是多嘴的人！"她松了一口气，几乎要鼓掌雀跃，却看到他从怀里拿出了一卷书，郑重地递给了她："这五年里，你在术法上的进境实在是太慢了，凭着你的天资，不该是如此——回头仔细看看我写的笔记，应能有些突破。"

"谢谢师父！"她不得不接过来，装出一个笑脸。

"好好修习，不要偷懒。"他最后还给她布置了个任务，点着她的脑袋，肃然道，"等下次见面，我要考你的功课。"

"是……是。"她点头如啄米，心里却抱怨了千百遍。

时影看了她一眼，不知道想起了什么，又将那一卷书拿了回来，"嘶"的一声将最后一页撕了下来，道："算了。这最后一项，你还是不学为好。"

"嗯！"她一听说可以少学，自然满心欢喜，完全没问撕掉的是什么内容。

"你……"时影看了看她，似还是有些不放心，却最终只是轻不可闻地叹了口气，没有再说什么，撑开伞，转身走出了金帐。雪花落在绘着白蔷薇的伞上。

重明神鸟从天而降，落在雪原上。

他执伞登上神鸟的背，于风雪呼啸中逆风而起，一袭白衣猎猎，如同神明一样俊美高华。大漠上的牧民发出如潮的惊叹，纷纷跪地匍匐礼拜，视为天神降临。

她在帐篷里远远看着，忽然间便是一个恍惚。

思绪陡然被拉回了十年前。

第五章

初遇

　　回想起来，第一次遇见时影，她还只有八岁。

　　那时候，作为赤之一族的唯一郡主，她第一次离开西荒，跟随父王到了九嶷神庙——那之前，她刚刚渡过了一次生死大劫，从可怖的红薄热病里侥幸逃生，族里的大巫说父王在神灵面前为她许下了重愿，病好之后，她必须和他一起去九嶷神庙感谢神的庇佑。

　　听说能出门玩，孩子欢呼雀跃，却不知竟然要走一个多月才能来到九嶷。

　　那个供奉着云荒创世双神的神庙森严宏大，没有一个女人，全都是各地前来修行的神官和侍从，个个板着一张脸，不苟言笑。

　　待了两天她便觉得无聊极了，趁着父王午睡，一个人偷偷游荡在九嶷山麓。看过了往生碑上的幻影，看过了从苍梧之渊倒流上来的黄泉之瀑，胆大包天的小孩子竟然又偷偷地闯入了神庙后的帝王谷禁域。

　　那个神秘的山谷里安葬了历代空桑帝后，用铁做的砖在谷口筑了一道墙，浇筑了铜汁，门口警卫森严，没有大神官的准许谁都不能进入。天不怕地不怕的她偷偷跑了过去，东看西看，忽然发现那一道门居然半开着，连一个守卫的人都没有。

天赐良机！孩子一下子欢呼雀跃起来，想也不想地便从那一道半开的门里挤了进去，一路往前奔跑。

帝王谷里空无一人，宽阔平整的墓道通往山谷深处，一个个分支连着一个个陵墓，年代悠久，从七千年前绵延至今。孩子胆子极大，对着满布山谷的坟墓毫无惧怕，只是一路看过去，想要去深谷里寻找传说中空桑始祖星尊大帝的陵墓。

忽然间，她听到了一声厉啸——空无一人的帝王谷深处，有一只巨大的白鸟从丛林里振翅飞起，日光下，羽毛如同雪一样洁白耀眼。

神鸟！那是传说中的重明神鸟吗？

胆大的孩子顿时就疯狂了，朝着帝王谷内狂奔而去，完全没有察觉这一路上开始渐渐出现了打斗的痕迹，有刀兵掉落在路边草丛，应该是刚进行过一场惨烈的搏杀。

她跑了半个时辰，终于气喘吁吁地跑到了那只白鸟所在的位置。还没来得及靠近，那只白鸟却霍然回过头，睁开了眼睛狠狠盯住了她——那只美丽的鸟居然左右各长着两只眼睛，鲜红如血，如同妖魔一样！

它的嘴里还叼着一个人，只有半截身体，鲜血淋漓。

"啊呀！"孩子这才觉得害怕，往后倒退了一步，跌倒在地。

这个神鸟，怎么会吃人？它……它是个妖魔吗？

她惊叫着转过身，拔腿就跑。然而那只白鸟恶狠狠地看了过来，发出了一声尖厉的叫声，展翅追来，对着这个莽撞的孩子，伸出脖子就是凌空一啄！

她失声惊呼，顿时腾云驾雾飞了起来。

"住手！"有人在千钧一发之际从天而降，挥手将她卷入袍袖，另一只手"唰"地抬起，并指挡住了重明神鸟尖利的巨喙。

那只巨大的神鸟，居然瞬间乖乖低下了头。

她惊魂方定，缩在他的怀里，抬起头来看了来人一眼——如果不是这个人，她大概已经被那只四眼大鸟一啄两断，当作点心吞吃了吧。

那是一个十六七岁的少年，面容清俊，穿着白袍，腰坠玉佩，衣衫简朴，高冠广袖，竟是上古的款式。整个人看上去也淡漠古雅，像是从古墓里走出来的一样。

她吓了一跳，不由得脱口而出："你……你是活人还是死人？"

那个少年没有说话，只是皱着眉头看了怀里瑟瑟发抖的孩子一眼："你是谁？怎么进来的？"

他的手是有温度的，心在胸腔里微微跳跃。她松了一口气，嘀咕："我……我叫朱颜，跟父王来这里祭拜神庙。看到那道门开着，就进来了……"

少年看了她一眼，视线落在她衣角的家徽上，淡淡道："原来你是赤之一族的人。"

"嗯！你又是谁？怎么会待在这里？"她点了点头，心里的恐惧终于淡了，好奇地打量着这个忽然出现在深谷里的清秀少年，眼睛亮了一下，忽然抬起了手，"啊呀，你这里有个美人尖！"

在她的手指头戳到他额头之前，他一松手，把她扔下地来。孩子痛呼了一声，摔得屁股开花，几乎要哭起来。

少年扔掉她，拂袖将重新探头过来抢食的大鸟打了回去，低叱："重明，别动——她和刚才那些人不是一伙的，不能吃！"

被阻止之后，那只有着四只眼睛的白鸟就恨恨地蹲了回去，盯着她看。它尖利的嘴角还流着鲜血，那半截子的人却已经被吞了下去。朱颜忍不住发出了一声惊呼，往少年后面躲了一下——这里周围散落着一地的兵器，草木之间鲜血淋漓，布满了残肢断臂，似是刚有不少人被杀。

"这……这是怎么回事啊？"孩子被吓坏了，结结巴巴地问。

"没什么。"少年淡淡道，"刚才有刺客潜入山谷，被重明击杀了。"

"是吗？它……它会吃人！"她从他身后探出身，小心翼翼地看了一眼那只雪白的大鸟，"它是妖魔吗？"

"只吃恶人。"少年淡淡，"别怕。"

重明神鸟翻着白眼看着孩子，喉咙里发出"咕噜"声。

"咦，它叫起来好像我养的金毛犼啊！是你养的？"孩子没心没肺，一下子胆子又大了起来，几乎牛皮糖一样地黏了上去，摸了摸白鸟的翅膀，"可以让我拔一根羽毛吗？好漂亮，裁了做衣服一定好看！"

重明神鸟不等她靠近，翅膀一拍，卷起一阵旋风便将她摔了个跟斗。

如今回想，这就是后来它一直不喜欢她的原因吧？因为从刚一照面的时候开始，她就打着鬼主意一心要拔它的毛。

那个少年没有接她的话，冷冷地看了八岁的孩子一眼，忽然皱着眉头，开口问了一句："你是男孩还是女孩？"

"当然是女孩！难道我长得不漂亮吗？"她有些不满地叫了起来，又看了看白鸟，拉着他的衣襟，"大哥哥，给我一片羽毛做衣服吧！好不好？"

"是女孩？"那个少年没有理睬她的央求，身子猛然一震，眼神变得有些奇特，"怎么会这样……难道预言要实现了？"

"什么预言？"她有些茫然，刚问了一句，却打了个寒战——少年的眼神忽然间变得非常奇怪，直直地看着她，瞳孔似乎忽然间全黑了下来！他袍袖不动，然而袖子里的手悄无声息地抬了起来，向着她的头顶缓缓按下。

手指之间，有锋利的光芒暗暗闪烁。

"怎么了？大哥哥，你……你怎么抖得这么厉害？"八岁的孩子不知道危在旦夕，只是懵懂地看着少年，反而满是担心，"你是不是生病了？你一个人住在这里吗？我替你去叫大夫来好不好？"

孩子关切地看着他，瞳子清澈如一剪秋水，映照着空谷白云，璀璨不可直视。那一刻，少年的手已经按住了她的灵台，微微抖了片刻，却忽地颓然放下，落在了她一头柔软的长发上，摸了摸，发出了一声长长的叹息。

"怎么啦？为什么唉声叹气？"她却莫名其妙，不知道自己片刻之间已经在鬼门关走了一个来回，只是抱怨，"你是舍不得吗？那只四眼鸟有那么多毛，我只要一片，难道也不可以？好小气！"

少年的眼眸重新恢复了冷意，只是看了她一眼，便随手把这个闹腾的孩子拎起来，低声自语："算了，只是个小孩罢了——说不定不杀也不妨事吧？"

"什么？"她吓了一跳，"你……你要杀我吗？"

那个少年没有理睬她，只是把她拎起来，重新扔回了围墙外面，并且严厉地警告了她："记住，绝对不能告诉别人你今天来过这里，更不能告诉别人你见过我！擅闯帝王谷禁地，是要杀头的！"

孩子被吓住了，果然不敢再和人说起这件事。好奇心却忍不住，只能远远地绕着圈子，向旁边的人打听消息："哎……我昨天跑到山上玩，远远地看到山谷里有个人影！为什么在那个都是死人的山谷里，居然还有个活人？"

好奇的孩子回去询问了神庙里的其他侍从，才知道这个居住在深谷里的少年名叫时影，是九嶷神庙里的少神官。今年刚刚十七岁，却已经在九嶷神庙修行了十二年，灵力高绝，术法精湛，被称为云荒一百年来仅见的天才。他平时独居深山，布衣素食，与重明神鸟为伴，除了大神官之外从不和任何人接触。

"记着，你远远看看就行，可别试图去打扰他。"神庙里的侍从拍着八岁孩子的头，叮嘱，"少神官不喜欢和人说话，大神官也不允许他和任何人说话——凡是和他说话的人都要遭殃的！"

然而，她生性好动好奇，哪肯善罢甘休？

第二天，朱颜就重新偷偷跑到了围墙边，那道门已经关闭了，她便试图爬过去。然而刚一爬上去就好像被电了一下似的，"啊呀"一声掉落回了地上，痛得屁股要裂成四瓣——怎么回事？一定是那个哥哥做的吧？他是防着她，不让她跑进去拔了那只四眼鸟的毛吗？

朱颜急躁地绕着围墙走来走去，却一点办法也没有。最后，只能爬上了谷口另一边的断崖，俯视着山谷里的那个人，大呼小叫，百般哀求，想让他带自己进谷。然而不但重明神鸟没有理会这个孩子，连那个少年都没有再和她说过一句话——似乎是个天生的哑巴一样。

她喊了半天，觉得无聊了，便泄气地在树下坐了下来看着他们。

帝王谷极其安静，寂静若死，一眼望去葱茏的树木之间只有无数的陵墓，似乎永远都没有活人的气息。

那个少年修行得非常艰苦，无论风吹日晒，每天都盘腿坐在一块白色的岩石上，闭目吐纳，餐风饮露。坐着坐着，有时候他会平地飞起来，张开双臂，飞鸟一样回旋于空中；有时候他会召唤各种动物前来，让它们列队起舞，进退有序；有时候他张开手心，手里竟会开出莲花，然后又化为各色云彩……

孩子只看得目瞪口呆，心驰神往。

"教给我！"终于有一天，她忍不住趴在山上，对着他叫了起来，"求求你，大哥哥！教给我好不好？"

他没有理睬她，就仿佛这个烦人的孩子并不存在——赤王的独女惹不起，反正过不了几天，她也会和父亲回到封地去了。

那一天，雨下得很大，帝都有使者来到九嶷。应该是带来了一个不好的消息，父王脸色凝重，和其他人都聚集到了神殿，一去便是一天一夜，留下孩子一个人。一旦得了空，她便又偷偷跑出来，来到了后山的帝王谷。

这一次，她却没有在那块白色的岩石上看到他。

孩子不由得有些诧异。平时就算下雨刮风，他也是勤修苦练从不缺席的，今天怎么就偷懒了呢？难不成她还冒雨跑来看他！

她趴在山上看了半天，什么都看不到，只能垂头丧气地打伞离开。

然而就在转身的刹那，有什么勾住了她的衣角。回头看过去，孩子顿时被吓得惊叫起来——头顶的雨忽然消失了，有四只巨大的眼睛从山崖下升起来，定定地看着她，瞳孔血红。

"哎呀……四眼鸟！"她失声惊叫，想要逃跑。

然而，在惊叫声里，重明神鸟用巨喙叼住了小女孩的衣襟，将她整个人一把提起，展翅腾空而去！

她尖叫着，拼命挣扎，转瞬却毫发无伤地落在了一个地方。

那是离那块岩石不远处的一堵断崖，崖下有个凹进去的石窟，重明神鸟叼起她，将她轻轻放在洞口，然后盯着她，对着里面歪了歪头。

"嗯？"她不禁地往里看了一眼，"那里面有啥？"

神鸟用巨喙把小女孩往里推了推，发出了低声的"咕咕"，竟然是透出一丝哀求之意，眼里满是忧虑。

朱颜愣了一下："你想让我进去？为啥啊？"

神鸟又叫了一声，四只眼睛一动不动地看着她，忽然转头，啄下了翅膀上一片羽毛，轻轻盖到了她身上，又转头看了看石窟里面。

"啊？"她明白过来了，"这是你给我的报酬？"

神鸟点了点头，继续紧张地望着里面，却又不敢进去。

"到底怎么了？"朱颜人虽小胆子却大，挠了挠头，便走了进去。

石洞的口子很小，只容一个人进出，地上很平整，显然有人经常走过。道路很黑，她摸索着石壁，跌跌撞撞走了很久才走到了最里面。最里面豁然开朗，有一个小小的石室，点着灯，干净整洁，地上铺着枯叶，一条旧毯子，一个火塘，很像是她在荒漠里看到过的那些苦行僧侣的歇脚处。

那个大哥哥是一个人住在这里吗？岂不是过得很辛苦？

她一直走进去，终于在洞窟深处看到了那个少年。他坐在一个石台上，面对着墙壁，微微低着头，好像在盘膝吐纳，一动不动。

"咦？你在这里呀？"她有点诧异，却松了口气，"今天怎么不出去练功了？你家的四眼鸟好像很担心你的样子……喂？"

他对着石壁，一直没有说话。

不会是睡着了吧？小女孩走过去，大着胆子推了他一下。

"别碰我！"忽然间，少年一声厉喝。她吓得一哆嗦，往后倒退了一步，差点撞到了石壁上。

"谁让你进来的？"少年没有看她，只是压低了声音，"滚出去！"

他的语气很凶，朱颜却听出来他的声音在抖，肩膀也在抖，似乎在竭尽全力忍耐着什么巨大的痛苦。她不由得担心地挪过去，问："你怎么啦……是生病了吗？"

等凑近了，她却不由得失声："天啊……你、你怎么哭了？"

那个有美人尖的哥哥面对着石壁坐着，脸色苍白，眼角竟有泪痕；放在膝上的手微微颤抖，紧握成拳，手背上鲜血淋漓——在他面前的石壁上，一个一个密密麻麻的，全都是带着血的掌印！

"你！"小女孩惊呆了，伸出手去，结结巴巴地问，"怎……怎么啦？"

"滚！"仿佛是再也控制不住情绪，少年狂怒地咆哮起来，在她碰到他的那一瞬，猛然一振衣袖——刹那间，一股巨大的力量汹涌而来，简直如同巨浪，将小女孩瞬间高高抛起，狠狠朝着外面摔了出去！

朱颜甚至连一声惊叫都来不及发出，就重重撞上石壁。

只是一刹那，眼前的一切都黑了。

等她醒来的时候，已经不知道过了多久。头很痛，眼睛很模糊，有人抱着她，喊着她，急切而焦虑，每一次她要睡着的时候他都会摇晃她，在她耳边不停地念着奇怪的咒语，将手按在她的后心上。

"不要睡！"她听到那个哥哥在耳边说，"醒过来！"

渐渐，她觉得身体轻了，眼前也明亮起来了。

终于，孩子醒了过来，睁开了双眼。映入眼帘的是湛蓝的碧空和近在咫尺的白云，天风拂面，那一刻，她不由得惊喜万分地欢呼了一声，伸出手，就想去抓那一朵云："哇！我……我在天上飞吗？"

"别动。"有人在耳边道，制止了她。

孩子吃惊地转过头，才发现自己正被那个少年抱在怀里。耳边天风呼啸，他坐在神鸟的背上，紧紧抱着她小小的身体，一直用右手按在她的后心上，脸色苍白，似是极累，全身都在发抖。

是的，这个小孩，不知道刚刚发生了多么可怕的事情。

杳无音信十几年，帝都忽然传来了噩耗，世上唯一至亲之人从此与他阴阳相隔——任凭他苦修多年，却依旧无法完全磨灭心中的愤怒和憎恨，只觉得心底有业力之火熊熊燃起，便要将心燃为灰烬！

他一个人进入山洞，将重明赶了出去，面壁独坐，试图熄灭心魔。山谷空寂，只有亡者陪伴，他无法控制地大喊、呼号，拍打着石壁，尽情发泄着内心的愤怒和苦痛，直至双手血肉模糊，却还是无法控制住内心的憎恨。

然而这个时候，这个小女孩竟然从天而降，闯入了山洞！

她走过来，试图安慰他。然而他在狂怒中失去了理智，完全控制不住自己，只是一振袖子，就将那个孩子如同玩偶一样摔了出去——当他反应过来扑过去想要护住她的时候，已经太晚了。

他眼睁睁地看着她撞在石壁上，像个破裂的瓷娃娃。

怎么会这样？！那一刻，枯坐了多日的少年终于惊呼着跃起，飞奔向她，抱着奄奄一息的孩子奔出石窟，跃上了重明神鸟，不顾一切地飞向了西北方的梦华峰，完全忘记了片刻前吞噬心灵的愤怒和憎恨，也忘了不可出谷的诅咒。

这一路上，他不停地念着咒术，维系着她摇摇欲坠的一线生机，近乎疯狂。日落之前，他终于赶到了梦华峰，用还阳草将她救了回来。

当那个孩子在他怀里重新睁开眼睛的时候，他长长松了一口气，泪水无法抑制地从消瘦的面颊上滑落，只觉神志已经接近崩溃。

"啊？不要哭了，到……到底怎么了啊？"朱颜抬起手，用小小的手指擦拭着他冰冷的脸，用细细的声音安慰着他，"有谁欺负你了吗？不要怕……我、我父王是赤王，他很厉害的！"

他缓缓摇了摇头，抓住她的手，从脸上移开。然而，小女孩锲而不舍地把小手重新挪回了他的脸上。到后来，他终于不反抗了，任凭孩子将温暖的小手停在他的额头上。

"喏。"那个死里逃生的孩子看着他，用一种开心的语气道，"你有美人尖呢……我母妃也有！"

少年没有说话，沉默地侧开了脸。

"母妃说有美人尖的人，才是真正的美人……可惜我没有。都怪父王！他长得太难看了。"小女孩惋惜地摸了摸自己的额头，又看了看他，关切地问，"怎么了？你抖得很厉害……是不是天上太冷？你快点回到地上，加一件衣服喝一点热汤……对了，有人给你做汤吗？你的阿娘去哪里了？"

她急唆唆地说着，抬手摸着他的额头，以为他发烧了。

少年沉默了片刻，忽然间肩膀开始剧烈地颤抖，再也无法压抑地发出了一声啜泣。

他用力地抱着眼前的孩子，深深地弯下腰，将脸埋在了她的衣襟上——他在一瞬间忽然失去了控制，在模糊不清地说着什么，似是呐喊，又似是诅咒，一声一声如同割裂。

"怎么啦……怎么啦？"她吓坏了，不停地问，"大哥哥，你怎么啦？"

九天之上，神鸟展翅，少年埋首在她怀里，沉默而无声地哭泣。而她惊慌失措，一次次地用小小的手指抹去他的泪水，却怎么也无法平息他身上的颤抖。

他的脸冰冷，泪水却灼热。

这个与世隔绝的孤独少年心里，又埋藏着怎样的世界？

暮色四起之时，他将她送回了九嶷神庙。

他抱着孩子下了地，将她放回了围墙的另一面，手指抬起，在她的眉心停了一下，似乎想施什么术法。她看到他眼里掠过的寒光，下意识地往后退了一步，流露出吃惊的表情："大……大哥哥，你要做什么？"

少年的手指顿了一下，淡淡道："我要你忘记我，忘记今天发生的一切。"

"不要！"她一下子跳了起来，"我不要忘记你！"

孩子在他怀里扭来扭去，拼命躲避着他的手指，满脸恐惧。少年本来可以轻易地制服这个小家伙，不知为何最终还是停下了手，悄然长叹了一声："不忘就不忘吧……说不定也是凤缘。即便将来我会真的因你而死，今日我差点失手杀了你，也算一饮一啄。"

孩子完全没听懂他在说什么，只是奇怪地看着他。

"记住，不要告诉任何人今天发生的事情。"最后，他只讲了那么一句话，"不然，不仅是你，连赤之一族都会大难临头——知道吗？"

"嗯！我保证谁也不告诉！"她从他的手里挣脱，干干脆脆地应了一声，又仰起头看着他，热切地问，"你……你改天教我术法好不好？"

少年不置可否地看了她一眼，淡淡道："等下次见面的时候再说吧。"

一语毕，他便头也不回地离开。她恋恋不舍地跟上了几步，叫着大哥哥。然而少年已经恢复了平时的冷定淡然，再也没有丝毫片刻前在九天之上的悲伤痕迹，就好像刚才发生的只是一场梦一样。

是啊……真的是一场梦呢。

师父曾经在她的怀里哭？这是做梦才会发生的事情吧。

他说下次见面再教她，可是从那一天之后，她就再也没见过那个少年。无论是去那块白色岩石上，还是去那个石洞里，都再也找不到他了——连那只四眼鸟都不见了踪影。九嶷山那么大，他换了个地方修炼，她又怎么找得着呢？

他一定是躲着不肯见她了。被人看到掉眼泪而已，难道就那么不好意思吗？还是她那么惹人讨厌，他为了不想教她，就干脆藏起来了？

这也罢了，四眼鸟送她的那片羽毛她那天忘了拿回来，他要是老不出现，她找谁去要呢？

时间一晃过去了一个月，归期已至，赤王一行动身离开了九嶷神庙。孩子只能空着手，悻悻地跟随父王回到了西荒属地。

一回到赤王府，她就跑去找渊，把在帝王谷遇到那个少年的事情说了一遍——别人不能告诉，渊总是可以的吧？从小到大，她的秘密没有他不知道的。

渊听了微笑起来："阿颜好像很喜欢那个大哥哥啊，是不是？"

"才不呢！他那么小气！"她跺着脚，嘀咕，"明明说了要给我一片羽毛的！竟然赖账了，可恶！"

渊捏了捏她皱起的鼻子，温柔地笑："一片羽毛而已，何必非要不可呢？"

"可我想飞啊！像那只白鸟那样飞！如果不能飞，能披上鸟的羽毛也好啊。"她抱着渊的脖子嘟囔，"你们鲛人都可以在水底来来去去，我们空桑人却什么都不会！不会飞，也不会游！"

渊抱着她，眼神却黯淡下去。

"怎么会呢？"他的声音低沉，若有所思，"你们空桑人征服了六合，连海国，都已经是你们的领土了。"

回到了天极风城后，日子一天天过去。她孩子心性，活泼善忘，每日里和渊腻在一起，渐渐忘了九嶷神庙里的那个少年。

然而，到了第二年开春，赤王府意外地收到了一件来自远方的礼物——那是用丝绸包着的一个长卷轴，朱红色的火漆上盖着九嶷神庙的印记。

"这是什么？"赤王有点诧异，"九嶷山来的？"

两个侍从上前小心地拆了，"唰"的一声展开，里面竟掉出了两片巨大的白羽，闪闪发光，如同两匹上好的鲛绡，令所有人都大吃一惊。

"哇……哦！"她惊得目瞪口呆。

连赤王都被这样猝然而来的礼物惊呆了："这是……神鸟的白羽？"

重明神鸟每一甲子换一次羽毛，这些遗羽都被收藏在九嶷神庙，洁白如雪，温暖如绒，水火不侵，可辟邪毒，是专供帝都御用的珍品。其他藩王除非得到皇室赐予，也没有这样珍贵的东西。

"居然是少神官送给你的？"急急看了下落款的朱砂印章，赤王纳闷地看着女儿，"阿颜，你是什么时候和少神官攀上交情的？你见过他吗？"

她刚想说什么，忽然又想起那个大哥哥叮嘱过的无论和谁都不能提及当日之事的约定，连忙摇了摇头，道："我……我没见过他！"

"没见过就好。"赤王松了口气，却不解，"那他为何会忽然送礼物过来？"

"那……那是因为……"她小小的脑子飞快地转动，说了一个谎，"那是因为我和重明是好朋友！"

"重明？"赤王愣了一下，"你和一只鸟交了朋友？"

"嗯！"她用力点头，却不知道该怎么继续圆谎。然而赤王并没有多问，只是饶有深意地看了一眼小女儿："少神官一贯深居简出，六部诸王都没能结交上他。你倒是有本事……"

她却只顾着雀跃："快快！快裁起来给我当衣服！"

父王看着懵懂纯真的小女儿，眼神不知为何有些奇特，思考了片刻，才转过身吩咐了管家去叫裁缝来。

等羽衣裁好的那一天，她欢喜地穿上，在镜子前照了又照，忽然认认真真地对父王开口："父王，我要去九嶷神庙学术法！我要飞起来！"

一贯严厉的父王这次居然没有立刻反对，想了一下，道："九嶷神庙虽然有规矩不能收女人，但你毕竟还只是个孩子而已……我私下去求一下大神官，看看能否破个例，让你去当个不记名的弟子，上山修行几年。"

"太好了！"她欢呼起来，穿着羽衣旋转，如同一只快乐的鸽子。

那一年秋天，当九嶷山的叶子枯黄时，九岁的她跟随父亲第二次去了九嶷神庙。走的时候，她恋恋不舍地抱着渊的脖子，亲了他一口，嘟囔："我走啦！等我学会了飞，就马上回来！"

"嗯。"渊微笑着，"阿颜那么聪明，一定很快就会了。"

"要去好久呢……我会很想你的。"她郁郁地道，手指上绕着渊水蓝色的长发，嘀咕，"那里连一个女的都没有，全是叔叔伯伯老爷爷，个个都是冷冰冰地板着脸，一点也不好玩。"

渊拍了拍她胖嘟嘟的脸庞，微笑道："没关系。阿颜笑起来的时候，连坚冰都会融化呢。"

"可是，我还是舍不得渊。"她嘀咕着，"我要好久见不到渊了！"

"来，我把这个送给你。"渊想了想，把一件东西挂在了她的脖子上，却是一个洁白的玉环，不知是什么材质做成，似玉又似琉璃，里面飘着一丝若有若无的红，"这是上古的龙血，非常珍贵的东西，可辟世上所有的毒物——戴着它，就和我在你身边一样。"

她用大拇指穿入那个玉环，骨碌碌地转动，知道那是渊一直以来贴身佩戴的宝贝，不由得破涕而笑："好！我一定天天都带着。"

"不要给人看到。"他轻声叮嘱，"知道吗？"

"知道了。"她乖巧地点着头，把那个玉环放入了贴身的小衣里，"我戴在最里面，谁都不给看！"

可是，为什么呢？那一刻，还是个孩子的她并没有多想。

在九嶷神庙深处，她第二次看到了那个少年。

这一次，他换下了布衣，穿上了华丽盛大的正装，白袍垂地，玉带束发，手里握着一枚玉简，静默地站在大神官的身后，俊美高华得宛如高高在上的神明，从大殿的高处看着她走进来，面容隐藏在传国宝鼎袅袅升起的烟雾背后，看不出喜怒。

"影，这便是我跟你提过的赤王的小女儿，朱颜郡主。今年九岁，诚心想学术法。"大神官从赤王手里牵过她的小手，来到弟子的面前，"你也已经满十八岁了，预言的力量消失，可以出谷授徒——若得空，便教教她吧，就让她做个不记名弟子好了。"

她怯怯地看着他，生怕他说出不要自己的话来。如果他真拒绝了，她一定会提醒他，当初他明明是答应过"等下次见面就教你术法"的！

然而，那个少年垂下眼睛，看了她片刻，只是淡淡道："我不是个好老师——跟着我学术法，会很辛苦。"

"我不怕辛苦！"她立刻叫了起来，"我可以跟你一起住山洞！"

他顿了顿，又道："也会很孤独。"

"不会的不会的。"她却笑逐颜开，上去拉住他的手，几乎是蹭到了他身边，"以前那个山谷里只有死人，你一个人当然是孤零零的——可现在开始，就有我陪着你了呀！你再也不会孤独了！"

他的手是冰凉的，然而少年的眼眸里，第一次有了微微的温度。

他说："从此要听我的话，不能对我说谎。"

"好！"她点头如捣蒜。

"如果不听话，可是要挨打的！"少年终于握住了小女孩柔软的手，一字一句地对她道，眼神严肃，"到时候可不要哭哭啼啼。"

往事如烟，在眼前散开了又聚拢。

说起来，从一开始他就说得清楚明白了，作为师父他有揍不听话徒弟的权利——自己今天挨了这一顿打，似乎也没法抱怨什么呢。

朱颜在金帐里看着师父带着重明神鸟离开，心里一时间百味杂陈，背后热辣辣地疼，想要站起来喝口水，却"哎哟"一声又坐了回去。

"郡主，你没事吧？"玉绯进来，连忙问。

"快……快帮我去拿点活血化瘀的药膏来贴上！"她捂着屁股，哼哼唧唧地骂，"一定都打肿了，该死的家伙……哎，他也真下得手？"

玉绯吃惊地问："刚才那个人是谁？"

"还能是谁？"朱颜没好气，"我师父呗！"

"啊？他、他就是大神官？你以前去九嶷山就是跟着他学的术法？"侍女惊疑不定，看着外面乘风而去的清俊男子，忽然间"啊"了一声，似乎明白了过来，"郡主，你昨晚逃婚，难道就是为了他？"

"啊？"朱颜张大了嘴，一时愕然。

玉绯却是满脸恍然之色，自顾自地说了下去："如果是为了这样的男人，倒也值得！的确比柯尔克亲王英俊多了——可是，他现在为什么又打了你一顿，自顾自地走了？难道是翻脸不认人，不要你了吗？"

自言自语到了这里，玉绯顿了顿，又叹了口气："不过师徒相恋，本来也是禁忌……唉……"

朱颜刚喝了一口水，差点全数喷了出来。

这群丫头，年纪和她差不多，想象力倒是匪夷所思。但是……且慢！被她这么一说，按这个逻辑解释这几天的事，似乎也合情合理？如果父王狂怒之下怪罪她，要不要就用这个借口顺水推舟呢？反正父王也不敢得罪师父……

啊呸呸！想什么呢？刚刚被打得还不够吗？

她有气无力地在白狐褥子上翻了个身，呻吟着让玉绯来给她上伤药。玉绯从外面拿来药酒和药膏，小心翼翼地撩起她的衣襟，忍不住惊呼了一声——郡主的肌肤雪白如玉，纤腰如束，可是从背部到大腿都红成一片，肿起来有半指高，每一记抽打的痕迹都清晰可见。

"那个人的心也太狠了。"玉绯恨恨道，"幸亏郡主你没跟他私奔！"

胡说八道。以师父的功力，一记下去敲得她魂飞魄散也易如反掌，哪里只会是这些皮外伤？然而她也懒得解释，只是跷着脚催促："快上药！叽叽歪歪那么多干吗？不许再提这个人，听到了吗？"

"是，是。"玉绯怕郡主伤心，连忙闭了嘴。

伤药上完之后，背后顿时一片清凉，她不敢立刻披上衣服，只能趴在那里等着药膏干掉。无聊之中，想起父王正在来抓她回去的路上，心里越想越苦闷，忍不住大叫一声，抓起面前的金杯就摔了出去。

她已经十八岁了，早就是个大人，为什么就不能按照自己的想法来选择人生？只因为是赤之一族郡主，她的自由、她的婚姻、她一生的幸福，就要这样白白地牺牲掉吗？这样比起来，她和那些鲛人奴隶又有什么区别？

做梦！她才不会真的屈服呢！

那个金杯飞出帐子，忽然凌空顿住，仿佛被什么无形的网一拦，"唰"的一声反弹回来，几乎砸到了她的脸上。朱颜光着背趴在白狐褥子上，被水溅了一脸，愣了半天，反应过来后只气得破口大骂。

是的，师父大概是怕她用纸鹤传书之类的术法去搬救兵脱身，干脆就在这里设了结界，凡是任何和她相关的东西都会被困在里面，哪怕只是一只经了她手的杯子！

"该死的家伙！"她气得捡起那个金杯，再度扔了出去。这一扔她用上了破空术，然而还是"叮当"一声被反弹了回来，在面前滴溜溜地转。她用手捶地，恨得牙齿痒痒：该死的，以为设了这个结界我就是网中鱼了吗？走着瞧，我一定会闯出去的！

整整一个下午她都在做这种无聊的事，折腾着手里的杯子，扔了又捡，捡了又扔。用尽了所有她知道的手段——然而就是这样一个小小的金杯，也无法突破他随手设下的那一重无形结界。

到最后，玉绯和云缦都看得惊呆了。

"好可怜……郡主这是在干什么啊？"

"一定是受了太大刺激，伤心得快要疯了！"

"是啊……刚嫁的夫君犯了谋逆大罪，全家被诛，原本约好私奔的如意郎君抛弃了她不说，居然还翻脸把她打成了这样！唉，换了是我，估计都活不下去了。"

"可怜啊。赤王怎么还不来？我好担心郡主她会寻短见……"

侍女们缩在帐外，同情地窃窃私语。

"说什么呢？说什么呢！闭嘴！都给我滚！滚！"她几乎要气疯了，厉声把金杯隔着帐篷砸过去，吓得侍女们连忙躲了出去。然而她一想，又愣了一下：奇怪，为什么她一个杯子都扔不出去，玉绯和云缦就可以自由出入？是师父设下结界的时候，同时许可了这两个贴身侍女进入吗？

他倒是想得周到！生怕她饿死吗？

她愤愤然地用手捶地——手忽然砸在了一个柔软的东西上，低头看去，却是师父留给她的那本书。

朱颜愣了一下，拿起来随手翻了翻。

封面上没有写字，翻开来，第二页也是空空荡荡，只在右下角写了"朱颜小札"几个小字。里面密密麻麻都是蝇头小楷，用空桑上古时期的文字写就，幸亏她在九嶷神庙跟了师父四年，临摹过碑帖习过字，这才勉强看得懂。

时影的笔迹古雅淡然，笔锋含蓄，笔意洒脱，看上去倒很是赏心悦目。

朱颜趴在金帐里，一页一页翻过来，发现每一页都是精妙而深奥的术法，从筑基入门直到化境，萃取精华，深入浅出，有些复杂晦涩的地方还配了图，显然是专门针对她的修炼情况而写。

"这打坐的小人儿画得倒是不错……发髻梳得很好看。"她托腮，盯着上面一张吐纳图，不由得嘀咕了一句，"咦？这是玉骨？上面画的好像是我？"

她用手指戳着那个小人儿头上的玉簪，不由得咧嘴笑了："还挺像的。"

九嶷大神官亲笔所写的心得，换了云荒任何一个修炼术法的人，只怕都愿意用一生去换取其中的一页纸。然而朱颜自从学会了飞之后，在家已经有五年没怎么修过术法了，此刻看着只觉得头晕，勉强看了几页就扔到了一边。

从天极风城到苏萨哈鲁，路途遥远，大概需要整整二十天的快马加鞭。不过父王如果着急，用上了缩地术，估计三五天也就到了——云荒大地上，除了伽蓝帝都中传了帝王之血的空桑帝君之外，其余六部的王族也都拥有各自不同的灵力，只是不到不得已不会轻易动用。

父王一旦来了，自己少不得挨一顿骂，然后又要被押回王府，严密地看管起来，直到第二次被嫁出去……

这样的生活何时是个尽头？

她倒抽了一口冷气，忽然坐了起来，披上了衣服，认认真真地将那本手札捧了起来，放在了膝盖上，一页一页地从头仔细看了起来。

是的，如果她想要过上属于自己的生活，光躺在这里抱怨骂人又有什么用？喊破了嗓子也没有人会来救她的……她必须获得足够的力量，像师父那样强大的力量，才能挣脱这些束缚自己的锁链！

到那时候，她才可以真的自由自在。

第六章

破阵

整整一天，朱颜郡主都没有从金帐里出来。

玉绯和云缦送晚膳进来时，看到郡主居然还坐在那里，一动不动，全神贯注地看着那本小册子，甚至连姿势都和中午一模一样，桌上的午膳也没动过。两人不由得相互交换了一个眼神，暗自纳罕。

郡主从小是个屁股上长刺片刻都坐不住的人，什么时候这样安静地看过书？该不是受了刺激之后连性格都变了吧？

侍女们不敢说话，连忙偷偷放好晚膳，退了出去。然而刚到帐外面，只听耳后一声风，一个碗便扔了出来，差点砸中云缦的后脑。

"郡主，怎么啦？"她们连忙问。然而一回头，看到朱颜捧着书喜笑颜开地跳了起来，眼神发直地看着门外，嘴里直嚷着："你看！扔出去了，扔出去了！我成功了……我成功了！扔出去了！哈哈哈……"

一边说着，她一边就往外闯，疯疯癫癫连拉都拉不住。然而刚冲到门口，忽然就是一个踉跄，仿佛被什么迎面打了一拳，往后直跌了出去！

"郡主……郡主！"玉绯和云缦不知道出了什么事，连忙双双抢身过去搀扶住了她，急问，"你怎么啦？你……你流血了！"

朱颜没有说话，只是一把擦掉了鼻血，死死看着金帐的门，脸色一阵青一阵白，忽然一跺脚："我就不信我真的出不去！今晚不睡了！"

金帐里的灯，果然彻夜没有熄。

侍女们看着郡主在灯下埋头苦读，对着册子比比画画，一会儿哭一会儿笑，有时候还忽地高声吟诵，起坐长啸，不由得也是满头雾水、提心吊胆——郡主怎么变成了这样？一定是伤心得快疯了！老天保佑，让赤王赶紧来这里吧！不然就要出人命了！

到了第三天夜里，郡主还是不饮不食不眠不休，一直翻看着手里的书卷，脸色却已经极差，身形摇摇欲坠，连别人和她说话都听不见了。

玉绯和云缦正想着要不要强行喂她喝一点东西，却见朱颜陡然坐了起来，深深吸了一口气，抬手在胸口结印，然后伸出手指对着门口比画了几下——"唰"的一声，只见黑夜里忽地有光华一闪即逝，如同电火交击。

有什么东西在虚空里轰然碎裂，整个帐篷都抖了一下！

她们还没明白是怎么回事，却见朱颜身子往前一倾，一口血就吐在了面前的书卷上！

"郡主！郡主！"玉绯和云缦失声惊呼，抢身上去。

"快……快！抬……抬我出去，试试看破掉没？"她躺在了侍女的怀里，却只是指着门外，用微弱的声音说了最后一句话，就昏迷了过去。

朱颜不知道自己那天晚上到底被成功地抬出去了没，也不知道自己昏迷了多久。只知道醒来的时候，头裂开一样地痛，视线模糊，身体竟然一动也不能动，似乎透支了太多的力气，全身虚脱酸软。

震醒她的，是父王熟悉的大吼——

"怎么搞的？竟然弄成这样！明明让你们好好看着她！一点用都没有的东西！把你们拉去叶城卖掉算了！废物！"

玉绯和云缦吓得缩在一旁嘤嘤啜泣。她很想撑起身体来帮她们两个人揽过责任，却死活无法动上一根手指头。

怎么回事……为何她身体那么虚弱？

"算了算了，阿颜的脾气你也知道，玉绯和云缦哪里能管得住她？"一个温柔虚弱的声音咳嗽着，劝导着，"既然人没事，那就好。"

哎呀！竟然连母妃都过来了？太好了……她又惊又喜，顿时安心了大半。父王脾气暴躁，性烈如火，唯独对母妃处处退让，说话都不敢大声——这回有母妃撑腰，她挨打的可能性就少多了。

"这丫头，我就知道她不会乖乖地成亲！丢脸……太丢脸了！"父王还是怒不可遏，在金帐内咆哮如雷，"当初就想和那个鲛人奴隶私奔，现在好好地给她找了个丈夫，竟然还想逃婚？我打死这个……"

父王怎么这么快就知道自己逃婚的事儿了？师父明明没去告密啊！难道是……啊，对了！一定是玉绯云缦这两个胆小的死丫头，一吓就什么都招了！

她听到父王的咆哮声近在耳边，知道他冲到身边对自己扬起了巴掌，不由得吓得全身一紧，却死活挣扎不动。

"住手！不许打阿颜！"母妃的声音也忽然近在耳边，一贯温柔的语气忽然变了，厉声道，"你也不想想你给阿颜挑的都是什么夫君！霍图部包藏祸心，差点就株连到我们！幸亏没真的成亲，否则……喀喀，否则阿颜的一生还不都被你毁了？阿颜要是有什么三长两短，我也不活了！"

父王的咆哮声忽然消停了，久久不语，直喘粗气。

太好了，果然母妃一发火，父王也怕了！

"她这回又想和谁私奔？说！"父王没有再和母妃争辩，霍地转过身，把一腔怒火发到了别处，狠狠瞪着玉绯和云缦，手里的鞭子扬了起来，"哪个兔崽子蛤蟆想吃天鹅肉，竟然敢勾搭我的女儿！不给我老实交代，立刻打断你们的腿！"

"是……是……"玉绯胆小，抖抖索索地开口。

喂，别胡说八道啊！我这次只是纯粹不想嫁而已，先跑了再说，哪里有什么私奔对象？我就是想投奔渊，也得先知道他的下落啊！

　　她急得很，却没法子开口为自己解释半句。

　　"唰"的一声，鞭子抽在了地上，玉绯吓得"哇"的一声哭了，立刻匍匐在地，大喊："王爷饶命！是……是九嶷山的大神官！时影大人！"

　　"什么？"父王猛然愣住了，"大神官？！"

　　"是！"玉绯颤声道，"那一晚……那一晚郡主本来要和他私奔的！不知道为什么又闹出了那么多乱子，两人吵了架，就没走成。"

　　"什么？"父王和母妃一起失声，惊骇万分。

　　"不对！明明是大神官亲自写信，让我来这里接回阿颜的！他又怎么可能拐带她私奔？"父王毕竟清醒理智，很快就反驳了玉绯的话，"他们两个是师徒，又怎么可能……"

　　玉绯生怕又挨鞭子，连忙道："奴婢……奴婢亲耳听到郡主说因为大神官，所以她才看不上天下男人，还……还求大神官带她一起走！王爷不信，可以问问云缦！"

　　云缦在一旁打了个寒战，连忙点头："是真的！奴婢也听见了！"

　　什么？这两个小妮子，居然偷听了他们的对话？而且还听得有一句没一句的！朱颜气得差点吐血，干脆放弃了醒过来的努力，颓然躺平——是的，事情闹成了这样，还是躺着装死最好，这时候只要一开口，父王还不抽死她？

　　然而奇怪的是，父王和母妃一时间竟都没有再说话。

　　"你们先退出去。"许久，母妃开口。

　　金帐里顿时传出了一片簌簌声，侍从侍女纷纷离开，转瞬之间，房间里安静得连呼吸声都听得见。

　　"我说，你当年把阿颜送去九嶷山，是不是就暗自怀了心思？"母妃忽然幽幽地开口，问了一句奇怪的话，"其实，他们也只差了九岁。"

　　"胡说八道！"赤王咆哮了起来。

"怎么胡说八道了？我看他这次来苏萨哈鲁，其实就是为了阿颜。"母妃咳嗽着，语气却带着奇怪的笑意，"而且，你、你也知道，喀喀……他送阿颜的那支玉骨，明明是白薇皇后的遗物……这东西是能随便送人的吗？"

"他们是师徒！"赤王厉声道，"大神官不能娶妻，你想多了！"

母妃却还是低声分辩："大神官不能娶妻又如何？他本来就不该是当神官的命！只要他脱下那一身白袍，重返……"

赤王厉声打断了母妃："这事儿是不可能的！想都别想！"

金帐里忽然再度沉默了下去。朱颜看不到父母脸上的表情，不知道到底发生了什么，只觉得气氛诡异而压抑，令人透不过气来。

许久，母妃发出了一声叹息："算了，反正最后他也没带走阿颜……这事情还是不要闹出去了，就当没有发生吧。不然……喀喀，不然对我们赤之一族也不好，多少双眼睛盯着呢。"

"那是，我就说了这事儿想都别去想，是灭族的罪名。"赤王沉声，"我当年送阿颜去九嶷，不过是想让她多学点本事多个靠山而已，不是想让她惹祸的。"

"唉……"母妃叹息了一声，"可惜了。"

顿了顿，她又道："最近这一年，你也别逼阿颜出嫁了，等等再看吧——我们总共只得这么一个女儿，总得替她找个好人家，不要操之过急。"

赤王沉默了下来，不说话，似乎是默认了。

她躺在那里，心头却是一惊一喜。喜的自然是这事情居然就这样雨过天晴，没有人秋后算账了。而且暂时不会被再度逼婚，自然也就不用急着逃跑了，简直是天大的好消息——说实话，要离开父王母妃，她心里也是怪舍不得的。

而惊的，是父母的态度。怎么竟然连叱咤天下的父王，都有点畏惧师父的样子？

师父他，到底是有多大的本事？

然而，这一轮的装晕，时间居然出乎意料漫长。

直到被带回天极风城的赤王府，朱颜竟都没能从榻上起来。身体一直很虚弱，到第三日她才能睁开眼睛，勉强能说一两句话，第七日才能微微移动手指，却怎么也没力气站起来。赤王请遍了天极风城的名医也不见女儿好转，情急之下，便从赤之一族供奉的神庙里请来了神官。

"不妨事。郡主最近术法修为突飞猛进，一举飞跃了知见障，估计是施展出了超越她现有能力的术法，所以一时间灵力枯竭了。"赤族神官沉吟了许久，才下了诊断，"服用一些内丹，静养一个月就好——小小年纪就能修到这样的境界，罕见，罕见。"

卧床休息的她愣了一下：突飞猛进？不会吧？只看了几天师父给的册子而已……对了！仿佛想起了什么，她忽地转头问："玉绯呢？云缦呢？她们去了哪里？那天晚上她们到底有没有把我抬出帐篷？"

父王眉头一皱，冷冷道："玉绯和云缦做事不力，我已经把她们两个贬到浣衣处，罚做一年的苦工了。"

"别！"她叫了起来，"都是我的错，不关她们的事！"

"只是让她们吃点苦头，长点记性而已，过阵子自然会招她们回来。"父王草草安抚了她一句，如同哄小孩一般，"到时候再叫她们回来服侍你就是。"

"不要！"朱颜却是瞪着眼睛，恨恨道，"这两个吃里爬外的丫头，动不动就出卖我——我才不要再看到她们！"

"好啦，那就不让她们回来，打发得远远的。"赤王早就猜到了她会有这一句，不由得笑了笑，又问，"不过抬出帐篷又是怎么回事？"

朱颜抓了抓脑袋，有点不确定地说："那天晚上，我好像是破掉了师父留下的结界……不过也不能确认，因为被抬出去之前我已经昏过去了。"

赤王居然沉默了一瞬，没有说话。

作为年仅二十五岁就成为九嶷神庙大神官的术法天才，时影灵力高绝，独步云荒，修为仅次于白塔顶上的大司命——他所设下的结界，女儿居然能破掉？是她长进得太快，还是一直以来自己都低估了阿颜呢？

他有些复杂地想着，忽然道："阿颜想不想去帝都玩？"

"啊？"朱颜眼睛一亮，"去帝都？真的？"

赤王点了点头："等三月，明庶风起的时候，父王要去伽蓝帝都觐见帝君，你想一起去吗？"

"想想想！"她乐得眉开眼笑，不知道哪里来的力气，居然一下子就从床上坐了起来，"去帝都还要经过叶城对吧？太好了……我好几年没去过叶城了！我要去逛东市西市！要去镜湖上吃船菜！哎呀，父王你真是太好了！"

她搂着赤王的脖子，在父亲胡须浓密的脸上印了一个响亮的吻。

"没大没小！"赤王眼角直跳，却没有对女儿发脾气。

"好饿！"她嚷嚷，四顾，"饭好了没？我要吃松茸炖竹鸡！"

退出来后，赤王正好和站在外面廊下的王妃打了个照面。夫妻两人默默对视了一眼，并肩走过王府里的长廊，一直到四下无人，王妃才叹了口气，问："你终究还是决定了？"

赤王点了点头："是。我要带她去帝都。"

王妃咳嗽了一声："你……你不是一直不想她卷进去吗？"

"以前我只愿阿颜在西荒找个如意郎君，平平安安过一生，远离帝都那个大旋涡。"赤王摇头，"但如今看来，阿颜可能比我们所想的更加厉害，她未必就只配过如此平淡的一生……"

说到这里，他叹了口气："你看，我也试过了——像上次那样直接把她拉出去嫁掉，总归是不成的。带她出去见见世面也好，说不定在那儿她能找到更好的机缘。"

王妃微微咳嗽了几声，笑道："没想到你这样一辈子固执的人，居然也有想通的时候……"

"也是为了赤之一族啊。"赤王转过头去，看着月色下飞翔的萨朗鹰，低沉地叹息，"六部之中，只有赤之一族在不断衰微，如今帝君病了，王位到了交替的时候——在这样的时机上，我们总得努力一下。"

"那也是白王和青王两个人的事儿，和我们有什么关系呢？"王妃叹了口气，忽地喃喃，"不过，白王的长子据说尚未婚配，说不定和阿颜倒是可以……"

赤王哑然失笑："妇道人家，就只想到这个。"

"这是阿颜的终身大事，怎么能不上心？空桑皇后历代都是从白之一族里遴选，我们阿颜是没这福气了，但是做下一任白王妃嘛，还是绰绰有余。"母妃却是认真地道，"你这次带着她去叶城帝都，顺路也多见见六部王室的青年才俊，可不能耽误了——"

赤王低声道："这次我的确是约了白王见面。"

"多探探他口风。据说他的长子白风麟镇守叶城，外貌能力都是上上之选，更好的是至今还没娶妻。"说到女儿的婚嫁，王妃的表情和世俗父母几乎一样，眼睛亮了起来，推了推丈夫，"你去私下问问吧！"

"这种事，怎么好我去问？哪有主动凑上去给自家女儿提亲的？"赤王有些尴尬地咳嗽了几声，"而且六部王室向白王长子提亲的人也不少，他一直没有定下，只怕是所图者大，想结最有助力的姻亲吧？我们家可说不上是……"

"哎，你怎么这么小看自家呢？"王妃怫然不悦，"阿颜从小福气好——说不定大司命说的是真的呢？"

赤王脸色微微变了一下，许久才低声道："原来你也一直记得大司命说过的那句话？"

"当然记得。那么重要的话，怎么会忘记呢？大司命十五年前就说过，我们家的阿颜，将来可能会比皇后还要尊荣呢！"王妃一字一句地重复着那句预言，眼里有亮光，"我觉得她的命，绝对不会比雪鸶差！"

"大司命的预言，也未必准。"赤王咳嗽了几声，淡淡道，"当年他一句话就让尚在襁褓中的时影被送去了九嶷山，我却一直有所怀疑。"

"怀疑什么？"王妃有些愕然。

"我怀疑他……"赤王迟疑了一下，摇头，"还是不说了。"

赤王停顿了片刻，又道："其实，大司命去年还在朝堂上公然说空桑亡国灭族的大劫已至，剩下的国运不会超过一百年——当时可把帝君给气得！"

"真是口无遮拦。"王妃不由得咋舌。

如今正是梦华王朝两百年来最鼎盛的时期，七海靖平，六合安定，连冰夷也远避海外，亡国灭种这样的话不啻是平地一声雷，令所有人都惊得掉了下巴。若不是帝君从小视大司命如师如友，也知道他一喝醉酒就会语出惊人，一怒之下早就把他给拖出去斩了。

"所以说，即便是大司命说的，有些话，也听听就好。"赤王苦笑，摇着头，"若是当了十万分的真，只怕也是自寻烦恼。"

"也是。"王妃忍不住掩住嘴，低声地笑，"大司命若是这么灵验，怎么就没预见到自己喝醉了会从伽蓝白塔上摔下来呢？白白瘸了一条腿。"

"哈哈哈……"赤王不由得放声大笑。

"我说，你这次见了白王，还是得去试试。"王妃推了他一把，瞪了丈夫一眼，"为了阿颜的人生大事，你这张老脸也不算什么要紧的。去试试！"

"好，好。"赤王苦笑，"等我见了白王再说。"

夫妻两个人坐在王府的庭院里，在月下絮絮闲话。

"服侍阿颜的那两个侍女，你把她们怎么样了？"沉默了片刻，王妃轻声问，"整个王府都没找到踪影，莫非你——"

"不要问了。"赤王的声音忽转低沉，"她们知道得太多。"

王妃倒抽了一口冷气，也压低了声音："万一阿颜再问起来怎么办？"

"没事，那丫头忘性大，见异思迁得很，转头就忘了。而且，我不是下个月就要带她去帝都了吗？"赤王抬起头，看着大地尽头那一座高耸入云的白塔，眼神辽远，"这一去，她将来还回不回这个王府，都还说不准呢……"

月光下，有一道淡淡的白影，伫立在天和地之间。

那是镜湖中心的伽蓝白塔，云荒的心脏。

七千年前，空桑历史上最伟大的帝王——星尊帝琅玕听从了大司命的意见，驱三十万民众历时二十年，在伽蓝帝都建起了这座六万四千尺的通天白塔，在塔上设置了神庙和紫宸殿，从此后独居塔顶，郁郁而终，终身未曾再涉足大地。

多少年了。多少英雄死去，多少王朝覆亡，只有它还在，冷冷地俯瞰着这一切——宛如一个沉默不语的神。

赤王望向了那座白塔，遥遥抬起了手："阿颜的机缘，说不定，就在那里。"

当赤王指着那座白塔，说出那句意味深长的话时，大约没有想到在伽蓝白塔顶上，也有一个声音同时提到了他。

"今天赤王向朝廷上了奏章。"

那个声音是对着一面水镜说的，说话的是一个四十多岁的男子，穿着空桑司天监的袍子，看上去精明谨慎。

水镜的另一头坐着穿着黑色长袍的王者，却是远在紫台的青王，冷冷问："是苏萨哈鲁的事情吗？"

司天监躬身道："是。殿下的消息真快。"

水镜另一头的青王冷笑了一声："据我所知，应该是时影平定的吧？呵，居然让赤王这家伙先上奏章抢了功劳？"

"大神官性子一贯淡泊，倒是从未有争功的心思。"司天监道，"赤王他还在奏章里替大神官美言了一番，几乎把所有功劳都推到了他身上，自责管理西荒失职，说将不日亲自到帝都来请罪。"

"谢罪？"青王眉梢一挑，眼里掠过嘲讽的表情，"他倒是乖觉——这事儿若不是平得快，他自己也脱不了干系。他那个女儿朱颜，不是许配给了大妃的儿子了吗？"

"是。听说柯尔克亲王还没入洞房就死了。"

"那么说来，赤王女儿算是望门守寡了？"青王一愣，忍不住冷笑起来，甚为快意，"他们把这个女儿看得宝贝似的，三年前我替侄儿去求亲还被挡回来了——这回我倒要看看，六部还有哪家愿意拣一个二手货。"

司天监唯唯诺诺："青王说的是。"

青王皱了皱眉，又问："有没有时影的消息？"

"暂时还没有。"司天监道，"离开苏萨哈鲁之后，就失去了大神官的踪迹。动用了眼线，也通过水镜看遍了云荒，怎么也找不到他的下落。"

"真没用！"青王恨恨道，"早说了让你好好盯着这家伙的！"

"王爷也太难为在下了。大神官灵力高超，以在下这点能耐，又怎能监控他？"司天监苦笑，摇了摇头，"整个云荒，估计也就只有大司命一人可以做到吧？"

"也就是因为那小子本事大，谁都奈何不了他，否则，他能活到如今？"青王狠狠道，"真是斩草不除根，春风吹又生！"

司天监不敢回答。

青王仿佛也知道自己有点失控，放缓了语气，问："皇太子还好吗？"

"还是像以前那样，老是喜欢出去玩，整天都不在帝都。"司天监摇着头叹气，"帝君早已心灰意冷懒得管束，而青妃一贯宠溺这个儿子，打不得骂不得。只能等明年正式册立了太子妃，估计就有人好好管他了。"

"唉，这个小家伙也太不让人省心了。"青王恨恨道，"都二十二了，还不立妃！帝君在这个年纪都已经生了皇长子了！"

司天监赔笑道："青王也不用太急，雪莺郡主不也还小吗？"

"也十八岁了，不小了。"青王摇着头，忧心忡忡，"这事儿一日不定下来，我一日不得心安。皇太子毕竟不是皇后所生，非嫡非长，在朝中压力很大——若是早日能迎娶雪莺郡主，和白之一族达成联姻，我这颗心才算放下了。但白王如今的态度模棱两可……唉，我也不知道他是不是会真的支持这门婚事。"

"青王不用太忧心，皇太子和雪莺郡主两个人可好着呢！只怕生米都做成熟饭了……"司天监忽地压低了声音，笑道，"上个月皇太子偷偷拉了郡主去叶城，玩了两天两夜没回来，最后贵妃一怒之下让青罴将军派了殿前骁骑军，才给抓了回来。"

"这小子！"青王摇着头笑，"对付女人倒是有本事。"

司天监赔笑："那当然，是大人您的亲外甥嘛。"

"好了，你也该歇息了。"青王的情绪终于好了起来，挥了挥手，"等过段时间我空了，便从封地来帝都拜会一下白王。"

"是。"司天监合上了水镜，一时间房间里便黑了下去。

要明年才册立太子妃呢，现在朝野各方就已经开始钩心斗角了？他摇着头叹了口气，朝外看了一眼。

白塔顶上，夜风浩荡，吹得神幢猎猎作响，神庙前的广场空空荡荡，只有玑衡在观星台上缓缓运转，将满天星斗都笼罩其中。

忽然间，他的眼睛睁大了——不知何时，外面空无一人的广场的尽头，居然悄无声息地出现了一个人！

那个凭空出现在绝顶上的年轻男子，负手站在伽蓝白塔之上，星空之下，一袭白衣飘摇，正在透过玑衡，聚精会神地看着头顶的星野变幻。

那……那居然是大神官？！

司天监不由得惊得站了起来，然而还没得及走出去，却看到又有一个人拄着拐杖，一瘸一拐地登上了观星台，站在了大神官的背后，拍了拍他的肩膀。那是一个古稀老者，白发白须，迎风飘飞，手里握着一枚玉简——竟是深居简出、多日不见的空桑大司命！

这两个人，为何深夜突然出现在了这里？

司天监连忙凑到了窗前，竭力想听清他们的对话。然而，一老一少只是在伽蓝白塔绝顶上站着，负手临风而立，彼此一句话也没说，只是默然地看着头顶斗转星移。

过了半个时辰，终于，大司命开口了："怎么样，你也看到了吧？"

"是。"时影轻声道，"看到了。"

"空桑覆灭，大难降临……血流成河啊！"大司命用手里玉简指着那片淡得几乎看不见的归邪，叹息，"空桑人的末日要到了！而现在帝都这些人还只忙着钩心斗角！梦华王朝？哈哈，都还在做梦呢！"

什么？大司命又喝醉酒了吧？司天监心里"咯噔"了一下。

他踮起脚，从窗口往大司命指的方向看去，星野变幻，群星历历，却怎么着都没在那片区域里看到有东西。等他忍不住探头再看时，眼前忽然就是一黑——巨大的翅膀从天而降，轻轻一扫，就将这个偷窥者迎头击得晕了过去，尖利的喙子一啄，将软倒的身子横着叼了出来。

"重明，不许吃！"时影微微皱眉，头也不回地呵斥，"放回去。"

神鸟羽翼一震，不甘心地将嘴里叼着的司天监吐了出来，隔着窗子扔回去，发出了"咕咕"的抗议声。

时影重新望了一眼星野的方向，对着大司命点了点头："是的，在下看到了——您的预言虽然残酷，却是准确无疑的。"

是的。在那个星野里，有一片肉眼尚自看不到的归邪，如同一片淡淡的雾气，悄然弥漫，将在五十年之内抵达北斗帝星的位置。当代表亡者重生、离人归来的归邪笼罩大地时，云荒将陷入空前的大动乱！

"可惜，除了九嶷神庙的大神官，整个云荒竟然没有第二个人赞同我。"空桑的大司命摇着头笑了起来，"呵呵……所有人都认为我是危言耸听，一个个都是睁眼瞎！"

"无须和那些肉眼凡胎之人计较。"时影深深一弯腰，肃然，"您用半生心血推算出了这个结果，剩下的，就交给我来做吧。"

"你？你想做什么？你又能做什么？！"大司命看了一眼面前的后辈，冷笑，"你难道觉得自己能够扭转星辰的轨道吗？可笑！造化轮回的力量，如同这浩瀚的苍穹，没有任何凡人可以抵挡！"

时影微微一躬身："尽人事，听天命，如此而已。"

"这么有自信？"大司命笑了一声，摇了摇头，"那么，告诉我，你这一次去苏萨哈鲁，有找到'那个人'吗？"

时影沉默了一瞬，叹息："没有。"

顿了顿，他又道："我把整个苏萨哈鲁的鲛人都杀尽了，可那片归邪依旧没有消失——所以我只能回到伽蓝白塔，通过玑衡来预测此刻的所在。"

"你是找不到的，因为天命注定必将存活下去！"大司命摇了摇头，须发在风里飘飞，"'那个人'是上天派来报复空桑的，是注定要灭亡六部、带来倾国之乱的人——你和我，都无法阻拦！"

"只差一点点，我就能找到了。"神官却语气平静，"离预言发生还有几十年的时间呢……我总会找到的。"

大司命怔了一下，看着他，忽然笑了起来。

"你！"他抬起玉简，拍打着时影的肩膀，"你不知道在这个帝都，人人都在为眼前的利益像疯狗一样争夺吗？你为何要将眼睛盯在那么久之后？谁会在意几十年之后没发生的事？"

"我。"时影没有笑，只是静静地答道，"如果都像其他人那样，只安享当世荣华，那么，这世间要我们这些神官司命又有何用呢？"

大司命脸上的笑意凝固了，久久地看着这个年轻人，忽然叹了口气："二十几年前，我让帝君把你送去九嶷山，看来是送对了……我时日无多，等我死后，这云荒，也唯有你能接替我的位置。"

时影微微躬身："不敢。"

大司命皱眉："有什么不敢？我都已经向帝君举荐过你了。"

时影垂下了眼帘，看着脚下遥远的大地，忽然轻轻叹了口气："多谢大司命厚爱。不瞒您说，如果此次的大事能安然了结，在下想脱去这一身白袍。"

"什么？"大司命愣了一下，"你……你不打算做神官了？"

"是的。"时影笑了笑，语气深远。

大司命脸色微微一变："你和帝君说过这件事了吗？"

时影摇了摇头："尚未。言之过早。"

"帝君未必会同意。"大司命神色沉了下来，有些担忧，"他在你童年就把你送到了九嶷神庙，其实就希望你做个一辈子侍奉神的神官，不要再回到俗世里来——你如果要脱下这身白袍，只怕他会有雷霆之怒。"

"他怒什么？"时影冷笑了起来，语气里忽然出现了一丝入骨的讥诮，那是罕见地动了真怒的表现，"即便脱下了这身白袍，我也不会回来和弟弟争夺帝位的——他不用怕。"

大司命一时语塞。

"而且，我现在的人生，也不是他能够左右的。"时影声音重新克制了下去，淡淡道，"当我想走的时候，谁也拦不住。"

大司命沉默了片刻，问："那……你不当大神官之后，想去做什么？"

"还没想好。"时影淡淡道，"等想好了，估计也就是走的时候了。"

大司命看他说得认真，也不由得严肃起来："一旦穿上这身白袍，是没那么容易脱下的。要脱离神的座前，打破终身侍奉的誓言，你也知道要付出什么样的代价！你真的打算接受雷火天刑，散尽灵力，毁去毕生苦修得来的力量，重新沦为一个平庸之人吗？这个红尘俗世，有什么值得你这样？！"

老人的声音凌厉，近乎呵斥，然而年轻神官的脸上波澜不惊。

"大人，您也是知道我的。"时影只是淡淡地回答，语气平静，"我若是一旦决定了要走那一条路，刀山火海、粉身碎骨又有何惧？"

大司命不说话了，看着他，眼神微妙地变了一下，忽然开口："影，你不会是动了尘心吧？"

时影的脸色微微一动，没有回答。

"果然如此！"大司命倒吸了一口冷气，又抬起头，看着漫天的星辰，苍老的脸在星光下露出一种不可形容的神色来，"你可真像你的母亲啊……唉，枉费了我一番心血把你送去九嶷！"

时影有些愕然地看着大司命，不明所以。

他知道自己在襁褓中就被帝君送去遥远的九嶷山修行，其实是出自大司命的谏言。但那么多年来，他从未问过这个亦师亦友的老人，这个改变了他一生的谏言到底是真的还是假的？

"算了……"大司命看着星空，半晌叹息，"不过，当神官的确也不是你的命运……你的命运，不该是这样。"

时影一震，手微微收紧。

他的命运？所有修行者，无论多么强大，就算可以洞彻古今，却都是无法看到自身的命运的——而这云荒上，修为比自己高、唯一能看到他命运轨迹的，便只有这位白塔顶上的大司命了。

那一瞬，他很想问问这个老人他的命运是什么，却终于沉默。

"其实我和你一样，也想挽救这一场空桑国难。"大司命叹了口气，语气忽然变得严肃起来，眼神深沉而疲惫，"但是我仔细看了星盘，那些宿命的线千头万绪，纠缠难解——我如果动了其中一根，或许就会导致不可见的结果。到时候对空桑到底是福是祸，连我自己都无法把握啊……"

他转过头看着时影："你想要插手其中，挽救空桑的命运，可知万一失败，天下大乱，整个星盘就会倾覆？"

"我知道。"时影低下了眼帘，"但总比什么也不做强。"

"只怕没那么简单。"大司命摇了摇头，没有再说下去，"你想得太容易了。"

"那，我们就不妨用各自的方法试试看吧。"时影负手看着天宇，淡淡道，"空负一身修为，总得对空桑有所助益。"

"呵，也是，你心气那么高，怎会束手认输？"大司命笑了一声，语气淡淡，不知道是赞许还是惋惜，"你从小就是个心怀天下的孩子啊……"

伽蓝白塔的绝顶上，满天星斗之下，只有这一老一少两人并肩站在风里，仰望着星空，相对沉默，各自心思如潮涌。

"既然都来了，就去和帝君见一面吧。他最近身体不大好。"许久，大司命叹了口气，压低了声音，"虽然嘴里不说，但我知道他心里一直是很想见你的——你们父子之间，都已经二十多年没说过一句话了。"

时影的唇角动了一动，却最终还是抿紧。

"不必了。"他转头看着白塔下的紫宸殿，语气平静，"在把我送进九嶷神庙的时候，他心里就应该清楚：从此往后，这个儿子就算是没有了。事到如今，一切都如他所愿，又何必多添蛇足呢？"

他抬起了手，手里的玉简化为伞，重明神鸟振翅飞起。

大司命没有挽留，只问："刚才，你从玑衡里看到了什么？"

"归邪的移动方向。"时影转过头，将视线投向镜湖彼端那一座不夜之城：是的，那一股影响空桑未来国运的力量，眼下正在向着叶城集结。如果这次来得及，一定能在那里把它找出来。

"在叶城？"大司命摇了摇头，"不过，你连是男是女都不知道，如何找？难不成，你还想把叶城的所有鲛人都杀光？"

然而时影神色未动，淡淡道："如果必要，也未必不可。"

大司命怔了一下，忽地苦笑："是了。我居然忘了，你一向不喜欢鲛人，甚至可以说是憎恶的吧？是因为你母亲吗？"

握着伞柄的手指微微紧了一下，时影低下头去，用伞遮挡住了眼神，语气波澜不惊："告辞了。等事情处理完毕，我便会返回九嶷神庙——到时候请大司命禀告帝君，屈尊降临九嶷，替我除去神职。"

大司命沉默了一下，叹了口气："你是真的不打算做神官了？那也罢了……唉，你做好吃苦头的准备吧。"

"多谢大人。"时影微微躬身，语气恭谨，"是在下辜负了您的期许。"

"你有你的人生,又岂是我能左右?去吧,去追寻你的命运……"大司命叹了口气,用玉简轻轻拍着他的肩膀,指着白塔底下的大地,"明庶风起了,也就在不远处了。"

"谨遵教诲。"年轻的神官低下头,手里的雪伞微微一转。

刹那间,天风盘旋而起,绕着伽蓝白塔顶端。疾风之中,白鸟展翅,掠下了万丈高空。

而在两人都陆续离开后,伽蓝白塔的顶端,有一个人睁开了眼睛。

一直装晕的司天监踉踉跄跄地站了起来,揉了揉剧痛的脑袋,恨恨地"哼"了一声。那个该死的四眼鸟差点就把他给吃了!分明是个魔物,也不知道九嶷山神庙为啥要养着它。

然而,一想起刚才依稀听到的话,司天监便再也顾不得什么,跌跌撞撞地跑回了房间里,颤抖着打开了水镜,呼唤另一边早已睡下的青王。

"什么?"万里之外的王者骤然惊醒,"时影辞去神职?"

"是的!属下亲耳听见。"司天监颤声,将刚听到的惊天秘密转告,"他……他的态度很坚决,甚至说不惜一切也要脱离神职、重返俗世!"

"真的?"青王愣了一下,禁不住打了个寒战,眼神转为凶狠。

司天监想了想,又补充:"不过他也对大司命说,自己并无意于争夺皇天。"

"他说不争你就信了?"青王冷笑起来,厉声道,"他付出那么大代价脱下神袍,不惜灵体尽毁,自断前途,如果不是为了人间的至尊地位,又会是为了什么?!那小子心机深沉,会对别人说真话吗?可笑!"

司天监怔了一怔,低下头去:"是,属下固陋了。"

"可恨……可恨!"青王喃喃,咬牙切齿,"他毕竟还是要回来了!"

时隔二十多年,他最担心的事情终于发生了——那个隐于世外多年的最强大的对手,终于还是要回来了!

作为白嫣皇后所出的嫡长子,无论从血统、能力,还是背后的家族势力，时影几乎是无与伦比的，强于青妃生的时雨百倍。若不是昔年帝君因为秋水歌姬的死而迁怒于他，如今继承云荒六合大统的绝对是这个人。

作为失去父亲欢心的嫡长子，时影生下来没多久就被送往了九嶷山，二十几年从未在王室和六王的视线里出现过，自从白嫣皇后薨了之后更是远离世俗，低调寡言，以至于六部贵族里的许多人都渐渐忘记了他的存在——包括自己在内，岂不是也一直掉以轻心？

但是谁又想过，这个从小被驱逐出了权力中枢的人，一旦不甘于在神庙深谷寂寂而终，一旦想要返回紫宸殿执掌权柄，又将会掀起多大的波澜！

"唉……斩草不除根，春风吹又生。"青王揉着眉心，只觉得烦乱无比，"早知道如此，当年就应该把那小子在苍梧之渊给彻底弄死！"

"王爷息怒。"司天监低声道，"当年我们也已经尽力了……实在是那小子命大。"

"现在也还来得及。"青王喃喃，忽然道，"他现在还在帝都吗？"

"好像说要去叶城，然后再回九嶷。"司天监摇头，"对了，他说要在九嶷神庙里准备举行仪式，正式脱离神职。"

"什么？这么快就要辞去大神官的职务了？"青王眼神尖锐了起来，冷笑，"呵，说不干就不干了，想一头杀回帝都来？我绝不会让这小子得逞！"

"是。"司天监低声道，也是忧心忡忡，"大神官一旦回来，这局势就麻烦了……何况帝君最近身体又不好。"

"已经到了关键时刻了，一个不小心，我们的多年苦心便化为乌有。"青王压低了声音，语气严肃，"让青妃好好盯着帝君，盯着大司命，一旦有变故立刻告诉我——我儿青罡正带着骁骑军去叶城平叛。复国军也罢了，白王态度暧昧不明，你让他千万警惕白凤麟那个口蜜腹剑的小子！"

司天监领命："属下领命。"

"还有，赶紧把皇太子给我找回来。事情都火烧眉毛了，还在外面寻欢作乐！"青王愤然，"如果不是我的亲外甥，这种不成材的家伙我真的是不想扶！"

"是。"司天监连忙道，"青妃早就派出人手去找了，应该和以前一样，偷偷跑出去玩个十天半个月自己就会回来。"

"现在不同以往！"青王用恨铁不成钢的语气道，"帝君病危，杀机四伏，哪里还能容他四处玩耍？"

他合上了水镜，只留下一句："大神官那边，我来设法。"

当水镜里的谈话结束后，青王在王府里抬起了头。

这里是青族的封地，九嶷郡的首府紫台。深夜里，青王府静谧非常，窗外树影摇曳，映出远方峰峦上悬挂的冷月，九嶷山如同巍峨的水墨剪影衬在深蓝色的天幕下，依稀可见山顶神庙里的灯火。

青王在府邸里远望着九嶷顶上的神庙，不知道想起了什么，眼神渐渐变幻，低声叹了口气："时影那小子，居然要脱下神袍重返帝都吗？养虎为患啊。"

"青王殿下是后悔了吗？"忽然间，一个声音低低问。

"谁？"青王霍然转头，看到房间里不知何时出现的人影。

"青王府的守卫也真是太松懈了……空桑人的本事就仅止于此吗？"那个人穿着一身黑袍，一双冰蓝色的眼睛在阴影里闪着光，赫然不是空桑人的语音和外貌，低声笑了笑，"我一路穿过了三进庭院，居然没有一个侍卫发现。"

"巫礼？"青王怔了一下，忽然认出了来人。

这个深夜拜访的神秘黑袍人，竟然是西海上的冰族！那个七千年前被星尊帝驱逐出大陆的一族，什么时候又秘密潜入了云荒？

"许久不见了。"那个人拉下了黑袍上的风帽，赫然是一头暗金色的头发，完全不同于空桑人的模样，道，"五年前第一次行动失败之后，我们就没再见面了。"

青王没有回答，只是警惕地看着来人，低声道："那你今天怎么会忽然来这里？沧流帝国想做什么？"

"我？"巫礼笑了笑，从怀里拿出一物，握在他手里的，是一枚令牌，上面有双头金翅鸟的徽章，在冷月下熠熠生辉，"我是受元老院之托，来帮助殿下的。"

"双头金翅鸟令符？"青王知道那是沧流帝国最高权力象征，眼睛眯了起来，"自从五年前那次行动之后，我和元老院已经很久没联系了。"

"是。"巫礼声音很平静，"但如今空桑的局势正在变化，以殿下个人的力量，只怕是已经无法控制局面了，难道不希望有人助一臂之力吗？"

"谁说的？"青王冷笑起来，"我妹妹依旧主掌后宫，时雨依旧是皇太子——这个云荒，马上就是青之一族的了！"

"既然如此，殿下为何要感叹养虎为患呢？"巫礼淡淡道，"时雨还有一个哥哥，不是吗？他的星辰最近越来越亮了，在西海上都能够看得到他的光芒——我正是为此而来。"

听到对方说起时影，青王忽然沉默了下来。

"你们若是能帮到我，五年前那小子就该死了。"许久，青王喃喃摇头，"当他还是个少神官的时候，我们曾经联手在梦魇森林发动过伏击——你们派出了巫彭，却还是被他逃出去了！"

"谁想到那个小子掉进了苍梧之渊居然没有死？"巫礼低声冷冷道，"那时候只要再来一次就好——我们想再度出手，殿下你却说不必了。"

"当时一击不中，我是怕再度动手会打草惊蛇，惊动了白王。"青王皱眉，"何况在他掉进苍梧之渊失踪的那段日子里，帝君经已听了我妹妹的话，册封时雨为皇太子了，大势已定，所谋已成——加上这小子一直都表现得超然物外，所以我当时一念之仁，留了他一条命。"

"现在后悔了吧？"巫礼笑了起来，露出雪白的牙齿，"要知道时影的才能，可远远在你那个不成器的外甥之上啊！"

青王没有否认这种尖刻的评语，只是叹了一口气："事到如今，沧流帝国是派你不远千里前来取笑我的吗？"

"当然不是。"巫礼立刻收敛了笑意，肃然道，"冰族站在殿下这一边，希望看到您得到这个天下——就看殿下是否有意重修旧好了。"

青王吸了一口气，沉默下来，不愿意再和这个外族使者多说，只道："如此，让我考虑一下再答复。"

"好。"巫礼没有再勉强游说他，干脆将手里的双头金翅鸟令符留下，"我会在云梦泽边的老地方待上三个月，等殿下的消息。殿下若是有了决定，就持此令符来告知。"

"不送。"青王淡淡，并没有表情。

待来人走后，他沉默了一会儿，随手将那一枚双头金翅鸟令符扔进了抽屉深处，再也不看。

这些猖狂的冰族人，不知从哪里得到的消息，知道空桑政局即将变化，竟然借此来要挟他！如今虽然说时影那边起了异动，但青之一族还是大权在握，怎能答应对方这种奇怪的要求？

第七章

重逢

　　然而，当青王以为自己是第一时间得知了时影这个秘密的时候，远在另一方的白王也已经从不同的渠道同时得知了同样的秘密。

　　而将这个秘密透露出去的，竟然是大司命本人。

　　"什么？时影决定辞去神职？"水镜的那一边，白王也止不住地震惊，"他……他想做什么？难道终于是想通了，要回到帝都夺回属于他的东西了？"

　　作为白嫣皇后的胞兄，白王虽然名义上算是时影的舅父，然而因为时影从小被送往神庙，两人并无太多接触，所以对这个孤独的少年心里的想法是毫不知情，此刻乍然听到，自然难掩震惊。

　　"不……咳咳，影他心清如雪，并无物欲。"大司命在神庙里咳嗽着，一手捏着酒杯，醉意熏熏地摇头，"我觉得他这么做，其实是为了别的……"

　　白王有些愕然："为了什么？"

　　"为了……"大司命摇了摇头，欲言又止，"算了。总之令人非常意外。"

"世上居然有大司命你也算不到的事情吗？"白王苦笑了一声，沉吟着摇了摇头，"现在说什么也晚了——你也知道，影的性格几乎和他的母亲一样啊。"

大司命陡然沉默下去，握着酒杯的手微微发抖。

"我可不希望他的一生和阿嫣一样，被一个错误的人给耽误了。"许久，老人一仰头将杯中酒喝尽，喃喃，"不，应该说，我要竭尽全力不让他的一生和阿嫣一样！"

他的语气坚决，如同刀一样锐利。

"多谢。"仿佛知道自己触及了什么不该提到的禁忌，白王叹息了一声，"我虽然是他舅父，但对他的了解反而不如你。这些年你一直视他如子，照顾有加，连术法都倾囊以授，在下深表谢意。"

"唉，应该的……"大司命的声音干涩而苍老，忽地将手里的酒一饮而尽，喃喃，"应该的。"

"可是，无论影是为了什么脱离神职，一旦他脱下了白袍，青王那边都不会善罢甘休吧？"白王压低了声音，语气隐隐激烈起来，"他们兄妹的手段，你也是知道的——当年我们都没能救回阿嫣，这一次，无论如何都不能再让青王那边的人得逞了！"

大司命久久地沉默，枯瘦的手指剧烈地发抖。

"我以为你会和青王结盟。"忽然间，他低声说了一句，"你不是打算把雪莺郡主许配给青妃之子时雨吗？"

"那是以前。现在时影要回来了，不是吗？"白王顿了一顿，眼神微微变幻，看着水镜另一边的云荒最高的宗教领袖，"关键是，大司命您怎么看？"

大司命悄然叹了口气，抬头看了看屋顶的天穹。他一生枯寂，远离政治斗争，将生命贡献给了神。但是这一次……

"只要我活着，我不会让任何人伤害影。"许久，他终于放下了酒杯，低声吐出了一句诺言，"也不会让任何人损害云荒。"

"那么说来，我们就是同盟了？"白王的眼神灼灼，露出了一丝热切。

"不，我们不是同盟。"大司命喃喃，"你们想要争权夺利，我可没有兴趣。"

白王有些意外："那大司命想要什么？"

"我希望空桑国运长久。但是个人之力微小，又怎能与天意对抗啊……"老人抬头看了看天穹的星斗，许久只是摇了摇头，低下头道："算了，其实我只是想完成对阿嫣的承诺，好好保护这个孩子罢了。"

"那至少在这一点上，我们是同盟。"白王笑了起来，露出了整齐洁白的牙齿，"我们都支持嫡长子继位，不是吗？可惜，还有青王家那个崽子挡路。"

"那个小崽子不值一提，难弄的是青王两兄妹。"大司命摇了摇头，喝了一杯酒，"要对付他们，只靠白之一族只怕不够。你需要一个帮手。"

白王肃然："是，在下也一直在合纵连横，尽量赢取六部之中更多的支持。"

大司命忽地问："听说你家长子还没娶妻？"

白王愣了一下，不明白大司命忽然就提到了这一点，点头："是。风麟他眼高于顶，都二十几了，还一直不曾定下亲事。我也不好勉强。"

"白风麟也算是白之一族里的佼佼者了，不仅是你的长子、叶城的总督，将来也会继承白王的爵位。"大司命摇了摇头，看定了白王，眼神洞察，"事关重大，所以你也不肯让他随便娶一门亲吧？"

白王没料到这个看似超然世外的老人居然也关心这种世俗小儿女之事，不由得怔了一下，但心里也知道大司命忽然提及此事定然是有原因的，不由得肃然端坐，恭谨地问："不知大司命有何高见？"

"高见倒是没有。"大司命微微颔首，露出了一丝意味深长的笑意，"赤王刚准备进京觐见。而且，还带来了他唯一的小女儿。"他看着水镜另一端的白王，语气深不可测，"依我看，如能结下这一门亲事，将会对你大有帮助。"

"这是您的预言？"白王怔了一下，却有些犹豫，"可是，赤王家的独女不是刚新嫁丧夫吗？也实在是不祥……"

大司命没有再说，只是笑了笑："那就看白王你自己的定夺了。"

白王没有说话，眼神变幻了许久，终于点了点头："如果真如大司命所言，那么，在下这就着手安排——反正六部藩王里，赤王和我们关系也不错，我也早就打算要去和他见个面。"

"去吧。"大司命又倒了一杯酒，凝视着水镜彼端的同盟者，"无论如何，在某些方面，我们还是利益一致的，不是吗？我不会害你。"

白王点了点头，终于不语。

帝都这边风雨欲来、错综复杂的情形，完全不被外人知。

三月，明庶风起的时候，朱颜已经在去往帝都的路上了。来自南方的青色的风带来了春的气息，湿润而微凉，萦绕在她的颊边，如同最温柔的手指。

"哎，这里比起西荒来，连风都舒服多了！"她趴在马车的窗口上，探出头，看着眼前渐渐添了绿意的大地，有点迫不及待，"嬷嬷，叶城还有多远？"

"不远了，等入夜时候大概就到了……小祖宗唉，快给我下来！"盛嬷嬷念叨着，一把将她从窗口拉了下来，"没看到一路上大家都在看你吗？赤王府的千金，六部的郡主，怎么能这样随随便便地抛头露面？"

朱颜叹了口气，乖乖地在马车里坐好，竟没有顶嘴。

这位中州老妪是在赤王府待了四十几年的积年嬷嬷，前后服侍过四代赤王，连朱颜都是由她一手带大，所以她虽然从小天不怕地不怕，对这个嬷嬷却是有几分敬畏。赤王在调走了玉绯和云缦之后，便将这个原本已经不管事的老人给请了出来，让她陪着朱颜入帝都，一路上好好看管。

盛嬷嬷已经快要六十岁，原本好好地在赤王府里颐养天年，若不是不放心她，也不会拼着一把老骨头来挨这一路的车马劳顿。朱颜虽然是跳来蹦去的顽劣性子，却并不是个不懂事的，一路上果然就收敛了许多。

"来，吃点羊羹。"盛嬷嬷递上了一碟点心，"还有蜂蜜杏仁糖。"

"嗯。"她百无聊赖，捻起一颗含在嘴里，含糊不清地问，"父王……父王他是不是已经先到叶城了？"

"应该是。"盛嬷嬷道，"王爷说有要事得和白王商量。"

"有……有什么要事吗？"朱颜有点不满，嘟嚷着，"居然半夜三更就先走了，把我扔在这里！哼……我要是用术法，一会儿就追上他了！"

"不许乱来！"盛嬷嬷皱了皱眉头，"这次进京你可要老老实实，别随便乱用你那半吊子的术法——天家威严，治下严厉，连六部藩王都不敢在帝都随意妄为，你一个小孩子可别闯祸。"

"哼。"她忍不住反驳，"我才不是小孩子！我都死过一个丈夫了！"

"你……"盛嬷嬷被她的口无遮拦镇住了，半晌回不过神来。

马车在官道上辚辚向前，刚开始一路上行人并不多。然而，等过了瀚海驿之后，路上骤然拥挤起来，一路上尽是马队，挤挤挨挨，几乎塞满了道路，驮着一袋一袋的货物，拉着一车一车的箱笼。

"咦，这么热闹？"朱颜忍不住又坐了起来，揭开帘子往外看去，然而看了看盛嬷嬷的脸色，又把帘子放了回去，只小心翼翼地掀开了一个角，偷偷地躲在后面看着同路的马队。

这些显然都是来自西荒各地的商队，马背上印着四大部落的徽章，有萨其部，有曼尔戈部，也有达坦部和霍图部。这些商队从各个方向而来，此刻却都聚在了同一条路上，朝着同一个目的地而去：叶城。

位于南部镜湖入海口的叶城，乃是整个云荒的商贸中心。无论是来自云荒本土还是中州七海的商人，若要把货卖得一个好价钱，便都要不远千里赶到那里去贩卖。而经过一个冬天的歇息，这些西荒的商队储备了大量的牛、羊、弯刀、铁器，穿过遥远的荒漠，驱赶着马队，要去叶城交换食盐、茶叶和布匹。

他们的车队插了赤王府的旗帜，又有斥候在前面策马开道，所以一路上所到之处那些商队纷纷勒住马车，急速靠在路边，恭谨地让出一条路来。但一时间也不能走得很快。

"哎哟，嬷嬷，你看！"朱颜在帘子后探头探脑地一路看着，又是好奇又是兴高采烈，忽地叫了起来，"天哪，你看！整整一车的萨朗鹰！"

她指着外面停在路边的一辆马车——两匹额头上有金星的白马拖着车，车上赫然是一个巨大的笼子，里面交错着许多手臂粗细的横木，上面密密麻麻停满了雪白色的鹰，大约有上百只。每一只鹰都被用锡环封住了喙子和爪子，锁在了横木上，只余下一双眼睛骨碌碌地转，显得愤怒而无可奈何。

朱颜不由得诧异："他们从哪儿弄来那么多的萨朗鹰？"

"从牧民手里收购的。有人专门干这个营生。"盛嬷嬷絮絮地给她解释，"听说帝都和叶城盛行斗鹰，一只萨朗鹰从牧民那儿收购才五个银毫，等调教好了运到叶城，能卖到一百个金铢呢！这一车估计得值上万了。"

"唉……你看，那些鹰好可怜。"朱颜叹了一声，"原本是自由自在飞在天上，现在却被锁了塞在笼子里，拿去给人玩乐。"

"哎，你小小的脑瓜里，就是想得多。"盛嬷嬷笑了一声，"这些东西在大漠里到处都是，不被人抓去，也就是在那儿飞来飞去默默老死而已，没有一点的益处。还不如被抓了卖掉，多少能给牧民补贴几个家用呢。"

朱颜想了想，觉得这话也有几分道理，不知从何反驳。然而看着那一双双鹰的眼睛，她心里毕竟是不舒服，便嘟囔着扭过了头去。

马车辚辚向前，斥候呼喝开路，一路商队纷纷避让。

前面一车车的都是挂毯、山羊绒、牛羊肉、金银器和铁器，其中间或有一车皮草，都是珍稀的猞猁、沙狐、紫貂、香鼠、雪兔等的皮毛。还有一些活的驼鹿和驯鹿，被长途驱赶着，疲惫不堪地往叶城走去——等到了那儿，应该会被卖到贵族和富豪府邸里去装饰他们的园林吧。

朱颜看得有些无趣，便放下了帘子，用银勺去挖一盏羊羹来吃。

然而刚刚端起碗，马车突地一顿，毫无预兆地停下，车轮在地上发出刹住的刺耳响声。她手里拿着碗，一个收势不住，一头就栽到了羊羹里，只觉得眼前一花，额头顿时一片冰冷黏糊。

"郡主！郡主！"盛嬷嬷连忙把她扶起来，"你没事吧？"

"我……我……"朱颜用手连抹了好几下，才把糊在眼睛和额头上的羊羹抹开了一点，头发还粘着一片，狼狈不堪。盛嬷嬷拿出手绢忙不迭地给她擦拭，没嘴子地安慰。然而朱颜心里的火气腾一下上来，一掀帘子便探头出去，把银勺朝着前头驾车的那个车夫扔了过去，怒叱，"搞什么？好好地走着，为什么忽然停了？"

"郡……郡主见谅！"银勺正正砸中了后脑，车夫连忙跳下车来，双膝跪地，"前头忽然遇阻，小的不得已才勒马。"

"遇什么阻？"朱颜探头看过去，果然看到前面的官道中间横着一堆东西，若不是车夫勒马快，她们便要一头撞上去了，不由得大怒，"斥候呢？不是派他们在前头开路的吗？"

斥候这时候已经骑着快马沿路奔了回来，匍匐回禀："郡主，前面有辆马车由于载货过多，避让不及，在路中间翻了车——属下这就去令他们立刻把东西清理走！"

"搞什么……"朱颜皱了皱眉头，刚要发火，却是一阵心虚——本来人家车队在官道上好好走着，若不是她们一路呼来喝去要人退避，哪里会出这种事情？人家翻车已经够倒霉了，要是再去骂一顿，似乎也不大好？

这么一想，心里的火气顿时也就熄了，朱颜颓然挥了挥手："算了算了。你去跟他说，翻车的损失我们全赔，让他赶紧把路让出来！"

"是。"斥候连忙道，"郡主仁慈。"

她狠狠瞪了前头一眼，缩回了马车里。

"郡主，你何必抛头露面地呵斥下人呢？"盛嬷嬷却拧好了手巾，凑过来，细细把她额头和发间粘上去的羊羹给擦拭干净，一边数落她，"你这样大呼大叫，还动手打人，万一被六部里其他藩王郡主看到了，咱们赤之一族岂不是会被人取笑？"

取笑就取笑，又不会少了我一根寒毛！而且关他们什么事？我又不是他们族的人，管得倒宽——她"哼"了一声，却不想和嬷嬷顶嘴，硬生生忍了。

然而等了又等，这马车还是没有动。

"怎么啦？"朱颜是个火暴性子，再也憋不住，一下子跳了起来，再度探出头去厉叱，"怎么还不上路？前面又不是苍梧之渊，有这么难走吗？"

车夫连忙道："郡主息怒！前……前面的路，还没清理好。"

"怎么回事？不是说了我们全赔吗？还要怎样？"她有点怒了，一推马车的门就跃了下去，卷起袖子往前气冲冲地走，"那么一点东西还拖拖拉拉地赖在原地，是打算讹我吗？我倒要看看哪个商队胆子那么大！"

"哎，郡主！别出去啊！"盛嬷嬷在后面叫，然而她动作迅捷，早已经一阵风一样地跃到了地上，往前面堵的地方走。

然而，还没到翻车的地方，就听到了一阵喧闹。很多人围着地上散落的那一堆货，拥挤着不散，人群里似乎还有人在厉声叫骂着什么，仔细听去，甚至还有鞭子裂空的刺耳抽打声。

怎么回事？居然还有人在路中间打人？她心头更加恼火，一把夺过了车夫的马鞭，气呼呼地拍开人群走上前去，想看个究竟。

"快把这个小崽子拖走！别挡了路！"刚一走近，便听到有人大喝，"再拖得一刻，郡主要是发起怒来，谁吃得消？以后还想不想在西荒做生意了？"

人群起了一阵波动，有两个车队保镖模样的壮汉冲出去，双双俯下身，似乎想拖走什么，一边不耐烦地叫骂："小兔崽子，叫你快走！耳朵聋了吗？还死死抱着这个缸子做什么？"

其中一个壮汉一手拎起那个缸子，便要往地上一砸，然而下一个瞬间，忽然厉声惨叫了起来，往后猛然退了一步，小腹上的血如箭一样喷了出来！

"啊？！"旁边的人群发出了惊呼，"杀……杀人了！"

眼看同伴被捅了一刀，另一个壮汉大叫一声，拔出腰间长刀就冲了过去："小兔崽子！居然还敢杀人？老子要把你大卸八块拿去喂狗！"

雪亮的利刃迎头砍下，折射出刺眼的光。

然而，刀锋还没有砍到血肉，半空中"唰"的一声，一道黑影凌空卷来，一把卷住了他的手臂，竟是一分也下落不得。

"谁敢在光天化日之下当街杀人？"耳边只听一声清脆的大喝，"还有没有王法了？！"

众人齐刷刷回头，看到鞭子的另一头握在一个红衣少女的手里，绷得笔直。那个十七八岁的少女叉着腰，满脸怒容，柳眉倒竖。

在看清楚了那个少女衣襟上的王族徽章之后，所有人倒抽了一口冷气，齐齐下跪："参……参见郡主大人！"

"都给我滚开。"朱颜冷哼了一声，松开了鞭子，低头看着地上——在大堆散落的货物中间，那个被一群人围攻的，竟然是一个看起来只有六七岁的小孩。

"禀郡主，都是这个小兔崽子挡了您的路！"斥候连忙过来，指着那个孩子厉声道，"胆大包天，居然还敢用刀子捅人！"

"捅人？"朱颜皱了一下眉头，"捅死了没？"

斥候奔过去看了一眼，又回来禀告："幸亏那小兔崽子手劲弱，个子也不高，那一刀只是捅在了小腹。"

"没死？那就好。给十个金铢让他养伤去吧！"朱颜挥了挥手，松了一口气，"也是那家伙自己不好，干吗要对一个孩子下手？活该！"

还不是您下令要开路的吗？斥候一时间无言以对。朱颜低头打量着那个孩子，冷笑了一声："小小年纪，居然敢杀人？胆子不小嘛！"

那孩子坐在地上，瘦骨嶙峋，满脸脏污，看不出是男还是女，瞪着一双明亮锐利的眼睛看着她，手里握着一把滴血的匕首，宛如负隅顽抗的小兽。腿被重重的铁器压住了，不停有血渗出来，细小的手臂却牢牢地抱着一个被破布裹着的大酒瓮，似乎用尽了力气想把它抱起来，却终究未能如愿。

"咦？"那一瞬间，朱颜惊呼了起来，"是你？"

听到她的声音，那个孩子也看向了她，湛碧色的眸子闪了一下，似乎也觉得她有些眼熟，却并没有认出她来，便漠然扭过头去，自顾自地站起来，吃力地拖着那个酒瓮，想往路边挪去。

"喂！你……"朱颜愣了一下，明白了过来——是的，那一天，她临走时顺手消除了这个孩子的记忆，难怪此刻他完全不记得。

怎么又遇到这个小家伙了啊？简直是阴魂不散！

她心里嘀咕了一声，只见那个孩子抱着酒瓮刚挪了一尺，"哗啦"一声响，怀里的酒瓮顿时四分五裂！那个酒瓮在车翻了之后摔下来，磕在了地上，已经有了裂纹，此刻一挪动，顿时便碎裂成了一片一片。

刹那之间，所有人都惊呼了起来，齐齐往后退了一步，面露恐惧——因为酒瓮裂开后，里面居然露出了人的肢体！

残缺的、伤痕累累的、遍布疤痕，触目惊心，几乎只是一个蠕动的肉块，而不是活人。那个肉块从破裂的酒瓮里滚落出来，在地上翻滚，止不住去势，将酒瓮外面包着的破布扯开。

什么？难道是个藏尸罐？

"天哪！"看到破碎的酒瓮里居然滚出了一个没有四肢的女人，周围的商队发出了惊呼，看向了货主，"人瓮！你这辆车上居然有个人瓮？"

那个货主一看事情闹大了，无法掩饰，赶忙轻手轻脚走回了自己的马旁，正要翻身上马，其他商队的人一声怒喝，立刻扑上去把他横着拖下了马："下来！杀了人，还敢跑？！"

"我没有！我没有！"货主号天叫屈，"不是我干的！"

众人厉叱："人瓮都在你的货车上，还有什么好说的？"

货主拼命辩解："天地良心！不是我把她做成人瓮的啊！我有这么暴殄天物吗？那可是个女鲛人！"

"女鲛人？"众人更加不信，"西荒哪里会有女鲛人？！"

朱颜没有理会这边的吵闹，当酒瓮裂开的那一瞬间，她听到那个孩子喊了一声"阿娘"，不顾一切地扑过去抱住了那个肉块，将酒瓮里女人软垂的头颈托了起来。

那一刻，看清楚了人，朱颜倒抽了一口冷气。

是的，那个罐子里的，果然是鱼姬！是那个被关在苏萨哈鲁地窖里的鱼姬！这一对母子，居然并没有死在大漠的严冬里，反而在两个多月之后，行走了上千里地，辗转流落到了这里，又和她相遇了！

那一瞬，朱颜心里一惊，只觉得有些后悔。是的，如果不是她火烧眉毛一样非要赶着进城，呵斥开路，马车就不会翻，人瓮就不会被摔到地上，鱼姬说不定也就不会变成这样了！

她怯怯地看了那个孩子一眼，带着心虚和自责。

然而那个鲛人孩子压根没有看她，只是拼命地抱着酒瓮里的母亲，用布裹住她裸露出来的身体。

那边，其他商队的人已经将货主扣住，按倒在地上。几位德高望重的老商人围着他，厉叱："你倒是胆大！连人瓮都敢做？自从北冕帝发布诏书之后，在云荒，做人瓮已经是犯法的了！你难道不知道吗？"

"不、不关我的事啊！"那个货主吓得脸色苍白，立刻对着朱颜跪了下来，磕头如捣蒜，"禀告郡主，这、这个人瓮和孩子，是小的从赤水边上捡回来的！这鲛人小孩背着一个女鲛人，小的看他两人可怜，扔在那儿估计挺不过两天就要死了，便顺路带了一程……"

一句话未落，旁边的人又七嘴八舌地叱骂了起来："别在郡主面前瞎扯！你是说这个人瓮是你捡来的吗？说谎话是要被天神割舌头的！"

"你随随便便就能捡到个鲛人？赤水里流淌的是黄金？当大家是傻瓜吗？"

那群商人越说越气愤，揎拳捋袖，几乎又要把货主打一顿。

然而朱颜阻拦住了大家，道："他倒是没有说谎。这人瓮的确不是他做的，你们放开他吧。"

商人们面面相觑，却不敢违抗郡主的吩咐，只能悻悻放开手。

货主松了一口气，磕头如捣蒜："郡主英明！小……小的愿意将这一对母子都献给郡主！"

朱颜看了那个商人一眼，冷笑了一声——捡来应该是真的，但什么叫顺路带了一程？这个家伙，明明就是看到这一对母子好歹是个鲛人，想私下占为己有，带到叶城去卖卖看吧？毕竟鲛人就算是死了，身体也有高昂的价值，更何况还有这么一个活着的小鲛人？

"滚开！"朱颜没好气，一脚把那个商人踢到了一边，然后弯下腰，帮着那个小孩将地上滚动的肉块给抱了起来——没有四肢的躯干抱在怀里手感非常奇怪，软而沉，处处都耷拉下来，就像是没有骨头的深海鱼，或者砧板上的死肉。

难怪人说红颜薄命，当年美丽绝世的女子，竟然落到了这样的下场！

朱颜眼眶一红，忍着心里的寒意将鱼姬抱了起来，小心翼翼地放到了旁边的一堆羊毛毯子上。那个小孩跟在一边，帮忙用手托住母亲的脊椎，把她无力的身体缓缓放下，然后迅速地扯过一块毯子，盖住了她裸露的身体。

"唉，你还好吗？"朱颜拨开了她脸上凌乱脏污的长发，低声问那个不成人形的鲛人。那个女子勉强睁开眼睛，看到了她，涣散的眼神忽然就是一亮！

"啊……啊……"鱼姬吃力地张开嘴，看了看她，又转过头看了看一边的孩子，眼神焦急，湛碧色的双眸里盈满了泪水，然而被割去舌头的嘴里怎么也说不出一个字。

当看到人瓮真面目的瞬间，所有人又都倒吸了一口冷气。

"天！人瓮里的果然是个鲛人？而且居然还是个女的！我刚才还以为那家伙说谎呢！"

"西荒怎么会有鲛人？沙漠里会有鱼吗？还说在赤水旁捡到的，赤水里除了幽灵红薄什么都没有，怎么可能还有鲛人？他一定说谎了！"

"我猜，一定是哪个达官贵人家扔掉的吧？"

"鲛人那么娇贵的东西，没有干净充足的水源根本活不下去。就算花上万金铢买了，运回西荒也得花大价钱养着，否则不出三个月就会因为脱水而死……除非是王室贵族，一般牧民谁有钱弄这个？"

"有道理！你说的是。"

"真是的，到底是谁干的？疯了吗？竟然把好好的鲛人剁了四肢放进了酒瓮，脸也划花了！如果拿到叶城去，能卖多少钱啊！"

"唉，看上去她好像快不行了……"

在如潮的窃窃私语里，那孩子只是拼命地用手推着母亲，让她涣散的双眼不至于重新闭上——然而鱼姬的眼睛一直看着朱颜，嘴里微弱地叫着什么，水蓝色的乱发披拂下来，如同水藻一样映衬着苍白如纸的面容。

"阿娘……阿娘！"那个孩子摇晃着母亲，声音细而颤抖。

旁边的人打量着这个小孩，又发出了一阵低低的议论。

"哦，这个孩子也是个鲛人！"

"年纪太小了……只有六十岁的样子吧？还没有分化出性别呢。"

这么一说，很多人顿时恍然大悟："难怪那家伙铤而走险！一个没有变身的小鲛人，拿到叶城去估计能卖到两千金铢……可比这一趟卖货利润还高！"

然而，另外有一个眼尖的商人上下打量了一番，摇头："不对头，这个孩子看起来也太脏太瘦了吧？肚子那儿有点不对劲，为什么鼓起来？是长了个瘤子吗？若是身上有病的话，也卖不到太高价钱啊！"

"无论怎么说，好歹还能卖点钱。再不济，还能挖出一双眼睛做成凝碧珠呢！怎么也值上千金铢了。换了我，也会忍不住捡便宜啊！"

周围议论纷纷，无数道目光交织在场中的那一对鲛人母子身上，上上下下地扫视，带着看货物一样的挑剔，各自评价。

毕竟，这些西荒商人从没有像南方沿海的商人那样，有捕捞贩卖鲛人的机会，而叶城东西两市上鲛人高昂的身价，也令他们其中绝大多数人可望而不可即，如今好容易碰上了一个，当然得看个够。

然而，任凭周围怎么议论，那个孩子只看着母亲。

朱颜一直用手托着鱼姬软绵绵的后背——这个女人被装进酒瓮太久，脊椎都已经寸断，失去了力量。朱颜托着她，感觉着鲛人特有的冰凉的肌肤，勉强提升垂死之人的生机。

终于，鱼姬的气色略微好了一点，模模糊糊地看了她一眼，苍白的嘴唇动了动，似乎想说什么，但被割掉的舌头说不出一句话。

"你放心，那个害你的女人如今已经被抓起来了，被帝都判了五马分尸！连她的儿子也死在了她眼前了，恶人有恶报！"朱颜将她肩膀揽起，低声在她耳边道，"你振作一点！我带你去叶城，找个大夫给你看病，好吗？"

这个消息仿佛令垂死的人为之一振，鱼姬的眼睛蓦地睁大了，死死看着朱颜，张了张嘴，嘴角微微弯起，空洞的嘴里发出了低低的笑声。

"阿娘！"孩子叫着她，撕心裂肺，"阿娘！"

鱼姬缓慢地转过眼珠，看了一眼孩子，仿佛想去抚摸他的头，却奈何没有了双手。她"啊啊"地叫着，拼命地伸过头去，用唯一能动的脸颊去蹭孩子的脸。朱颜心里一痛，几乎掉下泪来，连忙抱着她往孩子方向凑了凑。

鱼姬用尽全力，将脸贴上了孩子的小脸，轻轻亲了亲孩子的额头。

"阿娘……阿娘！"那一瞬，倔强沉默的孩子终于忍不住哭出来，抱住了母亲的脖子，"别丢下我！"

鱼姬眼里也有泪水滚落，急促地喘息，看了看孩子，又转过头看着朱颜，昏沉灰暗的眼里闪过了一丝哀求，艰难地张了张嘴。

"你放心，包在我身上了！"那一刻，明白了垂死之人的意思，朱颜只觉得心口热血上涌，慨然道，"只要有我在，没人敢欺负你的孩子！"

鱼姬感激地看着她，缓慢地点着头，一下，又一下，有晶莹的泪水从眼角接二连三地滚落，流过肮脏枯槁的脸，在毯子上凝结成珍珠。周围的商人发出了惊叹，下意识地簇拥过来。

"鲛珠！这就是鲛人坠泪化成的珍珠！"

"天呢，还是第一次看到！"

"一颗值多少钱？一个金铢？"

在这样纷杂的议论声里，眼泪终于歇止了，鱼姬最后深深地看了孩子一眼，头猛然一沉，坠在了朱颜的臂弯里。那一颗心脏在胸腔里慢慢安静，再也不动。

朱颜愣了片刻，颓然地松开了手："她……她死了？"

"滚开！"那个孩子猛然颤抖了一下，一把将她的手推开，将母亲的尸体抢了过来，死死抱住，"不许碰！"

"你想做什么？"朱颜愕然，"你娘已经死了！"

孩子并没有理睬她，全身发着抖，只是苍白着小脸，默不作声地将母亲的身体用毯子一层层裹起来，小心翼翼地包裹好，然后打了个结，半拖半拉，竟然想带着母亲的尸体一步一步地离开这里。

"喂……"地毯的货主叫了一声，却畏惧地看了一眼朱颜，又不作声了——这些毯子，每一块都值一个金铢呢！而且，就算这个鲛人死了，那一对眼睛可不能浪费！鲛人的那对眼睛是宝，只要用银刀挖出来，保存在清水里，去叶城找了工匠就可以做成一对凝碧珠，能卖得一个好价钱，说不定比他这一趟货都赚得多。

然而看到赤王府的郡主在一旁，谁也不敢轻举妄动。

"怎么，你要走？"朱颜有些意外，也有些生气，追上去问了一声，"你没听见你娘临死前托我照顾你吗？你现在一个人想去哪里？"

孩子头也没有回，置若罔闻地往前走。

"你聋了吗？"朱颜皱起了眉头，大声道，"小兔崽子！给我回来！"

那个孩子依旧停也没有停一下地往前走，忍住了眼泪，一声不吭。他年纪幼小，身体瘦弱，拖着一个人走得很慢，小细胳膊小细腿不停地发抖，在官道上几乎是半走半爬。

周围簇拥着的商人面面相觑，个个眼里流露出惋惜的神色来。

这样一个弱小的鲛人，只怕没有走出几里路就会死在半道上了吧？就算这孩子侥幸挺了过来，活着到了叶城，作为一个没有丹书身契，也没有主人庇护的无主鲛人，也会被当作逃跑的奴隶重新抓捕，再带到市场上卖掉——与其如此，还不如在这里直接被人带走呢。

跟着赤之一族的郡主，总算是奴隶里最好的归宿了。

朱颜在后面一连叫了几声，这个小孩拖着母亲的尸体，却还是一步一步地往前走，她心里也腾一下火了，甩了一下手里的鞭子，厉声道："谁也不许拦！让这孩子走！"

挡住的人群蓦然散开了，给孩子让出了一条路。

那一刻，那个孩子终于回头看了她一眼——孩童的眼眸深不见底，如同湛碧色的大海，却并不清澈，充满了冷漠和敌视，带着刻骨的仇恨。

"我倒要看看，你能走多远。"朱颜被那样的眼神一看，忍不住冷笑了一声，用鞭梢指着那个孩子，"小兔崽子，别不识好歹！给我滚，到时候饿死冻死被人打死了，都给我有骨气一点，可别回来求我！"

小孩狠狠瞪了她一眼，头也不回地往前走。

朱颜气得跺脚，恨不得一鞭子就把这小崽子抽倒在地上。

"郡主，快回车上来吧！"身后传来盛嬷嬷的声音，"别在那儿较劲了，耗不起这个时间，我们还赶着去叶城呢。"

朱颜气哼哼地往回走，一腔怒气无处发泄，路过时看到那个货主和其他商人簇拥在那里，抢着从地上捡鲛人泪化成的珍珠，顺手便给了一鞭子："还敢捡？来人，给我拖回赤王府去——竟敢收留无主鲛人，私下贩卖！"

货主痛呼了一声，松开了捡着珍珠的手，连声哀求，然而朱颜已经满怀怒火地跳回了马车上。然而刚进车厢，她又探出头去，叫过一个斥候："去，再带个人，给我好好跟着那个小崽子！远远地跟着——等那小家伙啥时候撑不住快死了，立刻回来告诉我！"

"是。"斥候领命退去。

朱颜冷笑了一声："哼，我倒是想看看，那小崽子是不是还能一直嘴硬。有本事，到死也别回来求我！"

第八章

初恋

　　马车摇摇晃晃地往前走，车厢里很静，朱颜似乎有点发呆，托着腮，望着外面发呆。

　　"我说郡主啊……"盛嬷嬷叹了口气，在一旁唠唠叨叨开了口。

　　"我知道我知道，这次是我多事！"仿佛知道嬷嬷要说什么，朱颜怒气冲冲道，"我就不该管这个闲事！让这个小崽子直接被车碾死算了！"

　　"其实……"盛嬷嬷想说什么，却最终叹了口气，"其实也不怪郡主。你从小……唉，从小就对鲛人……特别好。怎么会见死不救？"

　　特别好？朱颜愣了一下，知道了嬷嬷说的是什么，不由得脸上热了一下——是的，这个老嬷嬷看着自己长大，自然也是知道她以前的那点小心思。十六岁那年，当她第一次体会到什么叫作伤心欲绝的时候，也是这个老嬷嬷一直陪伴在她身边。在这个老人的眼睛里，她永远是个孩子，喜怒哀乐都无从隐藏。

　　"嬷嬷。"她抬起手，轻轻抚摸着脖子上挂着的那个龙血玉坠，犹豫了许久，终于主动提及了那个很久没有听到过的名字，迟疑着问，"这些年来，你……你有听说过渊的消息吗？"

盛嬷嬷吃了一惊，抬头看着她："郡主，你还不死心吗？"

"我想再见他一面。"朱颜慢慢低下头去，"我觉得我们之间应该还有缘分，不应该就这样结束了——那一夜无论如何都不该是我们的最后一面啊。"

盛嬷嬷显然有些出乎意外，沉默了许久，才道："郡主，你要知道，所谓的缘分，很多时候不过是还放不下时自欺欺人的痴心妄想而已。"

朱颜脸色苍白了一下，忽地一跺脚："可是人家就是想再见他一次！"

"再见一次又如何呢？"盛嬷嬷叹了口气，"唉，郡主，人家都已经把话说得很清楚了——他并不喜欢你。你都已经把他从王府里逼走了，现在难道还想追过去，把他逼到天涯海角不成？"

"我……"朱颜叹了口气，怏怏垂下头去。其实，她也不知道如果再见到渊又能如何，或许，只是不甘心吧。

从小陪伴她一起长大的那个人，俊美无伦，温柔亲切，无数个日日夜夜和她一起度过，到头来居然并不属于她——她最初的爱恋和最初的痛苦，无不与他紧密相关，怎能说消失就消失了呢？

朱颜托着腮，呆呆地出神，盛嬷嬷却在耳边叹着气，不停地唠叨："鲛人嘛，你也是知道的。他们不但寿命是人的十倍，而且在生下来的时候都没有性别。"盛嬷嬷咳嗽了几声，似乎是说给她听，"当成年后，遇到了喜欢的人，第一次动了心，才会出现分化——如果喜欢上了女人，就会对应地变成男子。要么就是两个都没有性别的小鲛人相互约好，去海国的大祭司面前各自选择，双双变身……"

"我知道。"她知道嬷嬷的言下之意，轻声喃喃，几不可闻地叹了口气，"我都知道的……"

是的，在她遇到渊的时候，这个居住在赤王府隐庐里的鲛人已经两百岁，也已经是个英俊温柔的成年男子——那么，他曾经遇到过什么样的往事？爱上过什么样的女子？那个人后来去了哪里？而他，又为何会在赤王府里隐居？

这些，都是在她上一辈子时发生的事情了，永远不可追及。

传说中鲛人一生只能选择一次性别，就如他们一生只能爱一个人一样，一旦选择，永无改变——这些，她并不是不知道的。可是十六岁情窦初开的少女勇猛无畏地冲了上去，以为可以挑战命运。因为那之前，她的人生顺风顺水，几乎没有得不到的东西。

可奋不顾身地撞得头破血流，只换来了这样的结局。

时间都已经过去了两年多，原本以为回忆起来心里不会那样痛。可是，一想到那糟糕混乱的一夜，渊那样吃惊而愤怒的表情，她心里就狠狠地痛了一下，如同又被人迎面扇了一个耳光。

其实，那一夜之后，她就该死心了吧？

那一年，她十六岁，刚刚出落成了亭亭玉立的少女，明眸皓齿，顾盼生辉，艳名播于西荒。几乎每个贵族都夸赤王的独女美丽非凡，简直如同一朵会走路的花。

"阿颜是朵花？"父王听了，却只是哈哈大笑，"霸王花吗？"

"父王！"她气坏了，好容易忍住了一鞭子挥出的冲动。

然而，从那一年开始，显然是觉察出了这个看着长大的孩子已经到了情窦初开的年纪，渊开始处处刻意和她保持着距离——他不再陪她一起读书骑马，不再和她一起秉烛夜游。很多时候，她腻上去，他就躲开，因为她去得勤，他有时候甚至会离开王府里的隐庐，一连几天不知去向。

换作是一般女子，对这样显而易见的躲闪早就心知肚明，知难而退。可十六岁的少女懵懂无知满怀热情，哪里肯被几盆冷水泼灭？然而毫无经验的她不知道，感情如同手中的流沙，越是握得紧，便会流逝得越快。

那一夜，她想方设法，终于把渊堵在了房间里。

"不许走！我……我有话要对你说！"十六岁的少女即将进行生平第

一次告白，心跳如鼓，紧张而羞涩，笨拙又着急，"你……你……"

"有什么话，明天再说。"显然看出了她的不对劲，渊的态度冷淡，推开她便要往外走，"现在已经太晚了。"

眼看他又要走，她心里一急，便从头上拔下了玉骨。

那是她在离开九嶷神庙后，第一次施用术法。

用玉骨做画笔，一笔一笔地描画着自己的眉眼，唇中吐出几乎听不见的轻微咒语。当玉骨的尖端一寸一寸地扫过眉梢眼角时，灯下少女的容颜便悄然发生了改变——那是惑心术。用这个术法，便可以在对方的眼里幻化成他最渴望看到的女人模样。

"渊！"在他离开房间之前，她施术完毕，从背后叫了他一声。他皱着眉头，下意识地回头看了她一眼——在回头的那一刻，他猛然震了一下，眼神忽然变了。

成功了吗？那一瞬，她心脏狂跳起来。

"是……是你？"渊的眼神充满了震惊和不可思议，带着从未见过的灼热。那种眼神令她心里一跳，几乎想下意识地去拿起镜子，照一下自己此刻的模样——她想知道，刻在渊心里的那张脸，到底是什么样？

"怎么会是你？"在她刚想去拿镜子的那一刻，他忽然伸出手抓住了她，脱口而出，"是你……是你回来了吗？不可能！你……你怎么还会在这儿？"

她心头小鹿乱跳，急促地呼吸，不敢开口。他的呼吸近在耳畔，那一刻，思绪极乱，脑海一片空白，竟是不知道该做什么。

她修为尚浅，这个幻术只能支持一个时辰，每一分每一秒都是宝贵的。然而，渊在一步之遥的地方停住了，凝视着她，伸出手，迟迟不敢触碰她的面颊。

怎么啦？为什么不动了？她屏声敛气地等了很久，他还是没有动，指尖停留在她颊上一分之外，微微发着抖，似乎在疑惑着什么。

生怕时间过去，十六岁的少女鼓足了勇气，忽然踮起脚尖，一把抱住他的脖子，笨拙地狠狠亲了他一下！

鲛人的肌肤是冷的，连唇都微凉。

她亲了他一下，然后就停住了，有些无措地看了看他，仿佛不知道接着要怎么做——她从小是个天不怕地不怕的人，此刻却紧张得手脚发冷，脸色如红透的果子，简直连头都抬不起来。

然而那个笨拙的吻，仿佛在瞬间点燃了那颗犹豫沉默的心。

"曜仪！"渊一把抱住了她，低声道，"天……你回来了？！"

他的吻是灼热的，有着和平日那种淡淡温柔迥然不同的狂烈。她"嘤咛"一声，一时间只觉得头晕目眩，整个身体都软了，脑海一片空白。

手一松，玉骨从指间滑落，"叮"的一声掉在了地上。

那个声音极小，却惊破了她精心编成的幻境，仿佛是一道裂痕迅速蔓延，将原本蛊惑人心的术法瞬间破开！

那一刻，对面那双燃烧着火焰的瞳子忽然变了，仿佛有风吹过来，将遮蔽心灵的乌云急速吹去。渊忽地僵住，凝视着她，忽然看到了她颈中露出的那个坠子，眼神里露出一丝怀疑和诧异，一把将它扯了出来，拿在手里看了又看。她的心"怦怦"直跳，捏着诀拼了命地维持，不让术法失效。

"你是谁？"渊皱着眉，突然问。

她不敢说话，连忙低下头去——这个幻术她修炼得还不大好，只能改变容貌，还不能同时将声音一起改变，所以生怕一开口，语声的不同便会暴露自己的真面目。

"为什么不说话？"渊眼里的疑惑更深，"为什么不敢看我？"

她紧张得连呼吸都不敢了，只是沉默地低头。他审视着她，眼神变幻："不对……时间不对！在曜仪活着的时候，我还没有拿到龙血古玉！"他看着她脖子上的挂坠，语气困惑而混乱，"不对，她应该已经死了……在很多很多年前，就已经死了！你……你到底是谁？"

"我……"她张了张口，不知道该说什么。

渊往后退了一步，靠在墙上，微微闭上了眼睛，似乎在竭力地挣扎着，表情一时间极其复杂和痛苦。朱颜不由得心里忐忑到了极点——这个幻术，如果不能完全迷惑对方，会不会对他造成什么损害？又会对自己造成什么损害？

她看到渊挣扎的样子，越想越害怕，不由自主地将捏着诀的手指松开了。

"对、对不起，"她开了口，颤声，"我……"

然而，不等她说出话，他身体一震，骤然睁开了眼睛，竟反手就是一个巴掌打在了她脸上！那一刻，渊的眼神充满从没有过的凶狠，再也没有了平日的温柔，如同出鞘的刀锋。

"你不是曜仪！"他厉声道，"你究竟是谁？为什么冒充她！"

他下手极重，她捂着脸，被那一掌打得踉跄靠在了墙上，怔怔地看着他，一瞬间只觉得不可思议——这……这是怎么回事？渊刚才竟然冲破了自己的术法，强行从惑心术的幻境控制里清醒了过来！他……他哪里来的这种力量？

即便是有修为的术士，也无法那么快摆脱九嶷的幻术！

"你究竟是谁？"渊看着她，瞳孔慢慢凝聚起了愤怒，忽地一把抓住了她的脖子，将她按在了墙壁上，厉声道，"好大的胆子，竟敢来冒充曜仪！"

"放、放手！"她又痛又惊，一时间竟说不出话来，"我是……"

心胆一怯，那个幻术便再也支撑不住，开始飞快地坍塌崩溃。那一刻，仿佛面具被一点点揭开，那张虚幻的容颜碎裂了，如同灰烬般从她脸上簌簌而落。

面具剥落后，剩下的，只有一张少女羞愤交加的脸。

"阿颜？怎么会是你？"清醒过来的渊一眼便认出了她，触电般往后退了一步，定定地看着她，"你疯了吗？！你想做什么？是不是……是不是有人指使你那么做的？是谁？"

她僵在了那里，一刹那只觉得全身发抖。

那一刻，即便是从没有谈过恋爱的她，也在瞬间就知道了答案：因为在清醒过来看到她真容的那一瞬间，他眼里只有震惊、不可思议的愤怒和无法抑制的怀疑。

他，甚至以为自己是被人指使来陷害他的！

"没人指使我！"她一跺脚，蓦地哭了出来，"我……我自己愿意！"

渊倒吸了一口冷气，不敢相信地看着她，一时间脸色也是苍白。

"你……你怎么……"他竭力想打破这个僵局，却也有些不知如何是好——是啊，记忆里那个纯真无邪的孩子长大了，出落成了眼前亭亭玉立的少女，含苞待放，有着大漠红棘花一样的烈艳和美丽。和当年的曜仪，倒是真的有几分像。

只可惜，时间是一条永不逆流的河，那些逝去了的东西，永远不可能再在后来人的身上追寻。

"好了，别哭了。"他一时间也有些心乱如麻，只道，"别哭了！刚才打疼你了吗？"

"呜呜呜……"可是她哪里忍得住，扑到了他怀里，越发哭得伤心。

然而她不知道，她的贴身侍女生怕出事，早已偷偷地跑去了母妃那边，将今晚的一切都飞快地禀告了上去。当父王母妃被惊动赶过来时，她正在渊的怀里哭得全身发抖，甚至顾不得将身上的衣衫整理好，满心的委屈和愤怒。

看到这样的情景，父王当即咆哮如雷，母妃抱着她一迭声地喊着她的名字，问她有没有被这个鲛人奴隶欺负了。而她一句话也不想说，只是哭得天昏地暗，其中有羞愧，更有耻辱和愤怒。

枉费她那么多年的私心恋慕，不惜放下尊严，想方设法，甚至还不择手段地动用了所学的术法。到头来，竟只是换来了这样的结果！

在父王的咆哮声里，侍卫们上来抓住了渊，他没有反抗，却默然从怀里拿出了一面金牌，放在所有人的面前——那是一百年前，先代赤王赐予他的免死铁券，铭文上说明此人立有大功，凡是赤之一族的子孙后世，永不可加刑于此人。

然而父王只气得咆哮如雷，哪里顾得上这个，大喝："下贱的奴隶，竟敢非礼我女儿！管你什么免死金牌，顶个屁用！左右，马上给我把他拉出去，五马分尸！"

"住手！"那一刻，她却忽然推开了母妃，叫了起来，"谁要是敢动他一下，我就死给你们看！"

所有人立刻安静了下来，转头看着她。

她哭得狼狈，满脸都是泪水，却扬起了脸，看着父王，大声说："不关渊的事！是……是我勾引他的！但是很不幸，并……并没有成功——所以……所以你们其实没啥损失，自然也不必为难他。"

这一番言辞让全场都惊呆了，直到赤王一个耳光响亮地落在女儿脸上，把她打倒在地，狠狠踢了一脚。

"不要脸！"赤王咬牙切齿，眼睛血红，"给我闭嘴！"

"我喜欢渊！"她的头被打得扭向一边，又倔强地扭了回来，唇角有一丝血，狠狠地瞪着父亲，"我就不闭嘴！这有什么见不得人？你要是觉得丢脸，我立刻就跟他走！"

赤王气得发抖："你敢走出去一步，我打断你的腿！"

"打断我的腿，我爬也要爬着走！"她从地上站了起来，挣脱了母妃的手往外走去。旁边的侍从又不敢拦，又不敢放，只能尴尬无比地看着她。

然而，刚走到门口，就被一只手拉住了。

渊站在那里看着她，微微摇了摇头："不要做傻事。"

那一刻，她如受重击，眼里的泪水一下子汹涌而出："你……你不要我吗？"

"谢谢你这样喜欢我，阿颜。但是我不喜欢你，也不需要你和我一起走。"渊开口，语气已经平静如昔，"你太小，属于你的缘分还没到呢……好好保存着你的心，留待以后真正爱你的人吧。"

他掰开了她抓着他衣袖的手，就这样转身离去。

"渊！"她撕心裂肺地大喊，想要冲出去，却被嬷嬷死死抱住。

那一夜，渊被驱逐出了居住百年的赤王府。赤王什么都不允许他带走，并下令终身都不许他再踏入天极风城一步。他没有反抗，只是沉默着，放下了怀里的免死金牌，孑然一身走入了黑夜里。

走的时候，他回头看了一眼她，却没有说话。

那是他们之间的最后一面。

那一夜之后，她大病了一场，昏昏沉沉地躺了两个月，水米不进，一句话也不肯说。盛嬷嬷闻声赶过来，陪着她度过了那个漫长的夏天，然后，又看着她在秋天反常地活泼起来，重新梳洗出门，大碗喝酒、大块吃肉，每夜在篝火前跳舞，白天呼朋引伴地出游打猎——那段时间，她几乎是日日游乐、夜夜狂欢，带得整个天极风城都为之热闹无比。

如此闹腾了一年之后，西荒对此议论纷纷，父王终于忍无可忍，出面为她选定了夫家，并在第二年就匆匆将她嫁往了苏萨哈鲁。

再往后，便是几个月前的那一场惊心动魄的变故了。

在那一夜驱逐了渊之后，生怕王府的丑闻泄露，知道那一夜事情的侍从都被父王一个个地秘密处理掉了，只剩下这个靠得住的心腹老嬷嬷。从此后，整个王府上下，再也没有人知道那件事了……

仿佛是那一夜的闹腾消耗完了少女心里的那一点光和热，十六岁的朱颜沉默了好长一段时间，从此也对那个消失的人绝口不提。

那是她一生里最初的爱恋，却得到如此狼藉不堪的收场。

渊……此刻到底是在哪里？朱颜坐在摇晃的马车里，轻轻用指尖抚摸着脖子里他送给她的坠子，望着越来越近的叶城，叹了口气。

这个渊送给她的玉环上，已经有了一个小小的缺口。那是在那一夜的混乱中，她跌倒在地时无意中磕裂的，再也无法修补——原本那样圆圆满满的环，便变成了玦。

环——还。

玦——决。

或许渊当初送她这个坠子的时候，心里曾经期许她一生会美满幸福。可等她从九嶷还家，他最终还是如此决绝地离开。

一晃两年过去了，她十八岁了，嫁了人又守寡，人生大起大落，从云荒的一端漂泊到另一端，却始终不知道自己的命运究竟如何。而渊一直杳无消息，就像是一去不复返的黄鹤，消失在她的人生里。

曜仪……曜仪。

他脱口喊过的那个名字，如同一根刺一直扎在她心头。如果此生还有机会再见，她一定要亲口问问他，这个女子，究竟是谁？

第九章

碧落

　　暮色初起的时候，她们一行终于抵达了叶城脚下。

　　作为伽蓝帝都的陪都，叶城地理位置极其重要，位于镜湖的入海口，一侧是镜湖，一侧是南方的碧落海，由历代产生空桑皇后的白之一族掌管着，自古以来便是云荒大地上最繁华富庶的城市。

　　天色已暗。从官道这边看过去，这座有着几千年历史的城市仿佛是浮在云中，巍峨而华丽，画梁雕栋、楼宇层叠。入夜之后满城灯火灿烂，如同点点密集繁星，更像是一座浮在天上的城池。

　　"到了到了！"朱颜再也忍不住地欢呼起来，一扫心头的低落。

　　然而，当先的斥候策马返回，单膝跪地，禀告了一个令人扫兴的消息："禀告郡主，我们到得迟了，入夜后城门已经关闭。"

　　"已经关了？真是的，都是被那一场闹腾给耽搁的。"朱颜皱了皱眉头，吩咐道，"你去告诉城上守卫，我们是赤王府的人，由封地朝觐入城，有藩王金腰牌为证，这一路上各处都通行无阻。"

"属下已经通报过了。"斥候有些为难地道,"可是……可是守城官说总督治下严格,叶城乃云荒门户,时辰一过,九门齐闭,便是帝君也不能破例。"

"嚯!好大的口气!"朱颜倒是被气得笑了,"我不信当真换了帝君被关在城门外,他也敢这么硬气就是不开!我倒是要和他评评理去。"

她脾气火暴,说到这里一掀帘子,便要走下马车去。盛嬷嬷却扯住了她的衣襟,好言相劝:"哎,我的乖乖。叶城如今的总督是白之一族的白风麟,雪莺郡主的长兄——还是算了吧。"

"雪莺的哥哥又怎么啦?"朱颜不服,"我就怕了他吗?"

"唉,真是不懂事。"盛嬷嬷叹了口气,抬手指了指城头,"你如果胡乱闯过去,闹了个天翻地覆,这事儿很快就会在六部贵族里传遍……赤王府可丢不起这个脸。你多要是知道了,一定会狠狠责骂你的。"

朱颜愣了一下,想起父王愤怒咆哮的样子,顿时便气馁:"那……那今晚怎么办?难道就在马车里住一夜?"

"身为天潢贵女,怎能和这些商贾一起睡在半道上?"盛嬷嬷摇头,"赤王在这城外设有一所别院,不如今晚就住那儿吧。明天一早就进城。"

朱颜不由得睁大了眼睛:"我家在这里还有别院?我怎么不知道?"

"你从小就知道玩,哪里还管这些琐碎事情?"盛嬷嬷笑了,"空桑六部藩王共有云荒六合,赤王在叶城和帝都当然都有行宫别院,这有什么稀奇?"

"哇!"她不由得咋舌,"原来我父王这么有钱啊!"

"毕竟是六部之王。不过,说有钱,藩王里还是数白王第一。"盛嬷嬷摇着头,絮絮闲聊,"人家是世代出皇后的白族,和帝王之血平分天下,不但有着最富庶的封地,还掌管着商贸中心叶城呢。"

朱颜不由得皱眉,有些不快:"啊……那么说来,我们赤之一族掌管的西荒,岂不算云荒最穷的一块封地了吗?"

盛嬷嬷"呵呵"笑了一声，竟也没有反驳。

"难怪每次碰到雪莺，她身上穿戴的首饰都让人闪瞎眼。羊脂玉的镯子，鸽蛋大的宝石……那次还拿了一颗驻颜珠给我看，说一颗珠子就值半座城。"朱颜性格大大咧咧，本来没有注意过这些差别，但毕竟是女孩子，此刻心里也有些不爽快起来，嘀咕，"原来她父王那么有钱？"

盛嬷嬷笑着替她整理了一下衣服，嘴里安慰道："郡主别气。赤王只有你一个女儿，雪莺郡主却有十个兄弟姊妹。"

"也是！"朱颜顿时又开心起来，"我父王只疼我一个！"

说话之间，一行人便往别院方向走了过去，下马歇息。

说是别院，却是大得惊人，从大门走到正厅就足足用了一刻钟。朱颜看着里面重重叠叠的楼阁，如云聚集的仆婢，金碧辉煌的陈设，不由得愕然："怎么这个别院看上去，倒是比天极风城的赤王府还要讲究？"

"西荒毕竟苦寒，比不得这边。"盛嬷嬷笑道，"郡主可别忙着说这座别院大——等看到了叶城里的赤王行宫，还不知道要怎么吃惊呢。"

"父王他怎么在这千里之外置办了那么多房产？这么乱花钱，母妃知道不？他不会是在这里养了外室吧？"朱颜诧异，"而且这么大的宅子，平时有人来住吗？"

"赤王上京的时候，偶尔会住个几天。"盛嬷嬷道，"平时没人住的时候，大堂和主楼都封着，奴仆们也不让进去。"

朱颜皱眉："那么大的房子就白白空着了？不如租出去给人住。"

"那怎么行？真是孩子话。"盛嬷嬷笑着摇头，"赤王毕竟是六部藩王之一，在帝都和叶城这种权贵云集的地方怎么也不能落于人后，太丢脸面。"

"为了面子这么花钱？"朱颜心里不以为然，却还是一路跟着她走了进去。

她们一行人来得仓促，没有事先告知，别院里的总管措手不及，有点战战兢兢地上来行了个礼，说没有备下什么好的食材，叶城的市场也已经关闭了，今晚只能将就着吃一点简餐，还望郡主见谅。

"随便做一点就行，快些！"她有些不耐烦，"没松茸炖竹鸡也就算了，我快饿死啦。"

总管连忙领命退去，不到半个时辰便办好了。朱颜跟着侍女往前走，见房间里明烛高照，紫檀桌子上是六道冷碟、十二道菜肴、各色果子糕点，满满铺了一桌，看得朱颜舌挢不下——即便是在天极风城的赤王府里，除非是逢年过节，她日常的晚膳也绝少有这样丰盛。

"就我一个人，做这么多，怎么吃得掉？"她一边努力往嘴里塞东西，一边对着盛嬷嬷嘟囔，"别浪费……等下拿出去给大家分了！"

"是。"盛嬷嬷只笑眯眯道，"郡主慢点，别吃噎着了。"

菜肴样式太多，她挨个尝了一遍，基本便吃饱了。然而菜的味道实在好，很多又是在西荒从没吃过的，她没忍住，便又挑着好吃的几样猛吃，一顿下来立刻就撑得站不起来。

"郡主，晚上您睡西厢这边吧。"盛嬷嬷扶着她慢慢地出了门，便指着后院的左侧道，"那本来就是王爷为你留的房间，房间里一切都按照你在赤王府的闺房布置，你睡那儿应该不会认生。"

"好……"她扶着腰，打了个嗝，"父王居然这么心细。"

"王爷可疼郡主了。"盛嬷嬷微笑，"就这么一个宝贝女儿。"

西厢楼上的这个房间很大，里面的陈设果然和王府的闺房一模一样，只是更加华美精致。朱颜坐了一整日的车，晚膳又吃得太饱，顿时觉得困乏，随便洗漱了一下，便吩咐侍女铺了床，准备睡觉。

趁着睡前的这个空当，她走到窗前，看了一眼外面的景色，发出了一声情不自禁的惊叹："天哪，好美！"

从楼上看出去，眼前居然是一片看不到头的灿烂银色，如同银河骤然铺到了眼前——那是一望无际的大海。浸在融融的月色里，波光粼粼，在无风的夜里安静地沉睡。

生于西荒的朱颜从未见过这样的景象，一时间竟被震得说不出话来。

"这是碧落海，七海之中的南方海，鲛人的故国。"盛嬷嬷走到了她身后，笑道，"郡主还是第一次看到吧？美不美？"

她用力点着头，脱口："美！比渊说的还要美……"

然而话一出口，她就愣了一下，神色黯然下去——是的，这就是渊魂牵梦萦的故国了。渊，是不是去了那里？他在干涸的沙漠里待了那么久，百年后，终于如一尾鱼一样游回了湛蓝的大海深处，再也找不到。

"睡吧。"她沉默地看了一会儿大海，终于关上了窗子。

衾枕已经铺好，熏香完毕，她换上了鲛绡做的柔软衣衫，从头上抽出了玉骨，解开了头发梳理了一回，便准备就寝。侍女们替她放下了珠帘，静悄悄地退了出去，只留下盛嬷嬷在外间歇息。

朱颜将玉骨放在了枕头下，合起了双眼。

累了这一天，本该沾着枕头就睡的，然而不知道为什么，她翻来覆去了好一会儿——不知道是因为明天就要去天下最繁华的叶城了，还是因为离大海太近，听到涛声阵阵，总令她不自禁地想起了渊。

她曾经想过千百次渊会在哪里，最后的结论是他应该回到了碧落海深处，鲛人的国度——或者，会在叶城，鲛人最多的地方。

她想找到他，可是，那么大的天，那么大的海，又怎么能找到呢？

朱颜摸着脖子上渊送给她的那个坠子，枕着涛声，终于缓缓睡去。

然而，当她刚闭上眼睛蒙蒙入睡的时候，忽然外面传来了急促的脚步声，从楼梯一路奔上来，将她刚涌起的一点睡意惊醒。

"谁啊？！"她不由得恼怒非常，"半夜三更的！"

"禀告郡主！"外面有人气喘吁吁地开口，竟是日间那个斥候的声音，"您……您让我跟着的那个鲛人小孩……"

"啊？那小兔崽子怎么了？"她骤然一惊，一下子睡意全无，一骨碌翻身坐了起来，"难道真的在半路上死了吗？"

外面的斥候摇头，喘着粗气："不……那小兔崽子跑去了码头上！"

"啊？那小兔崽子去了码头？"朱颜从床上跳了起来，一边用玉骨草草绾了个发髻，一边问，"该死的……难道是想逃回海里去吗？你们有没有拦住他？我跟你去看看！"

"郡主，都半夜了，你还要去哪儿？"盛嬷嬷急匆匆地跟了出来，"这儿是荒郊野外，也没官府看管，你一个人出去，万一出了什么事……"

"别担心，我可是有本事的人！谁能奈何得了我？"朱颜急着想甩脱她，便道，"好了，我把这府里的所有侍卫都带上总行了吧？去去就回。"

话音未落，她已经翻身上了一匹骏马，策马冲了出去。

"快！快跟上！"盛嬷嬷拦不住，便在后头着急地催促着所有的侍卫，"都给我跟上！郡主要是有什么闪失，你们都保不住脑袋！"

别院外的一箭之地，就是大海。

这里的海很平静，两侧有山脉深入海中，左右回抱，隔绝外海风浪，是罕见的天然优良深水港，名为回龙港，是叶城最大的海港。据说七千年前星尊大帝灭亡海国之后，擒回龙神，带领大军班师回朝，便是从这里上岸。

此刻，月夜之下，无数商船都停靠在这里，林立的桅杆如同一片微微浮动的森林。

斥候带着她飞驰，直接奔海港而去，在一处停下，指着不远处的一个码头，道："那个鲛人小孩一路拖着母亲的尸体到了这里，然后找了个没人的偏僻码头，把她放到了水里。"

"这个我知道。"朱颜有些不耐烦，"鲛人水葬，就算是在陆地上死了，身体也要回归大海的。那个小兔崽子呢？"

斥候回禀："因为怕那孩子跳海逃走，我留下了老七看着，自己飞马回来禀告——就在最外面那个船坞旁边，属下马上领郡主前去！"

码头的地面高低不平，已经完全不适合骑马，朱颜便握着马鞭跳下了地，随着斥候朝那边步行过去。此刻，身后赤王府的侍卫纷纷赶到，也一起跟了上来。

海风凉爽，吹来淡淡的腥味，是在西荒从未闻到过的。朱颜踩着被海水泡得发软的木质栈桥往前走，耳边是涛声，头顶是星光，一时间不由得有些失神：海国若没有灭亡，鲛人的家园该是多美啊……

然而刚想到这里，斥候忽地止住了脚步，低声道："不对劲！"

"怎么了？"朱颜一怔。

"有好多脚步声……那里。"斥候低声道，指着最远处的那个码头，那里是一片船坞，停着几只正在修理的小船，在月夜下看去黑黝黝的一片，"那边本来应该只有老七一个人在！哪里来的那么多人？"

朱颜倒抽了一口冷气，也听到了码头那边的异动。

那边的脚步声，轻捷而快速，仿佛鹿一样在木板上点过，听上去似乎有五六个人同时在那边。

"谁在那边？"朱颜毕竟沉不住气，大喊了一声拔脚奔了过去，同时吩咐后面跟上来的侍卫，"给我堵住栈桥！瓮中捉鳖，一个都不要放过了！"

码头伸向大海，栈桥便是唯一回陆地的途径。不管是谁，只要他们守住了这个要道，那些人便怎么也逃不了。

听到她的声音，那些脚步声忽地散开了，如同奔跑的鹿，飞快地点过木板——然而，听声音，那些被围堵在码头上的人竟然没有朝着陆地返回，而是转头直接奔向了大海。

不好，那些人走投无路，竟然要跳海？

等朱颜赶到那里的时候，看到几条黑影沿着栈桥飞奔，速度飞快，到了栈桥尽头忽地一跃，在月光下画出了一道银线，轻捷地落入了大海！身形轻巧，落下时海水自动朝两边劈开，竟是一朵浪花都没有溅起。

所有的侍卫都还在岸上等着拦截，此刻不由得看呆了。连朱颜也不由得愣住——这些人，难道打算从海里游回陆地不成？

她还没回过神，就听到了斥候的惊呼："老七！老七！"

回头看去，只见另一个斥候躺在船坞里，全身是血，胸口插着一把尖利的短剑，似是和人激烈地搏杀过一回，最后寡不敌众被刺杀在地。

"属下没用……那……那个孩子……"奄奄一息的人用尽最后力气，指着栈道的尽头，"被他们、被他们抢走了……"

"以多欺少，不要脸！"朱颜气得一跺脚，"放心，我替你报仇！"

她毫不犹豫地朝着栈桥尽头飞奔而去，胸口燃烧着一股怒火，任凭斥候和侍卫在后面大声惊呼也不回头——那个瞬间，她已经一脚踏出了栈桥的最后一块木板，落下去的时候，却稳稳踩住了水面。

那是浮空术。朱颜踏浪而行，追了过去。然而刚才那几个人水性竟是极好，一个猛扎子跃入水中后竟然没有浮上来换上一口气，就这样消失在了粼粼的大海之中。

"往哪里跑？出来！"她在海上绕了一圈，怎么也不见人影，心中大恨，再也顾不得什么，从头上拔下了那支玉骨，"嗖"地便对着脚下的大海投了出去！

玉骨如同一支银梭，闪电般穿行在碧波之下。

她默默念动咒术，控制着它在水下穿行，寻找着那一行人的踪影。片刻后忽然一震，手指迅速地在胸口划过、结印，遥遥对着水面一点——只听"嗖"的一声，一道白光从海底飞掠而起！

玉骨穿透了海水，跃出海面。

海水在一瞬间分开，仿佛被无形的利刃齐齐劈开。

在被劈开的海面之下，她看到了那个鲛人小孩——孩子被抱在一个人的手里，那人穿着鲨皮水靠，正在水底急行。玉骨如同一支呼啸响箭，在水下穿行而来，如同长了眼睛一样地追逐着，瞬地将这人的琵琶骨对穿。

"找到了！"朱颜低呼一声，踏波而去，俯身下掠，一把将那个孩子抱了起来。那个鲛人小孩已经失去了知觉，在她怀里轻得如同一片落叶。

"你们是谁？"她厉声道。

那些人没有回答她，为首的一人忽地呼哨了一声，所有人顿时在海里轻灵迅捷地翻了一个身，踏着海浪一跃而起，朝着她飞扑了过来！

那样的身手，绝非人类所能及。

"你们……你们是鲛人？"那一瞬，朱颜失声惊呼。

冷月下，那些人的眼睛都是湛碧色的，水蓝色的长发在风里散开，飘逸如梦幻——然而，他们的身手迅捷狠厉，快如闪电，充满了力量，显然是久经训练，和鲛人一族的柔弱天性截然不同。

她因为震惊而后退，手里抱着孩子，无法拔出武器。玉骨"唰"地回环，绕着她身侧旋转，如同一柄悬空有灵性的剑。

岸上的侍从们从码头上解开了一艘船，朝着这边划了过来。然而那些鲛人跃波而出，将她围在了中间，从各个方向她攻击而来，每一个人手里都拿着闪着寒光的利刃，配合得非常巧妙，显然不是等闲之辈。

"郡主……郡主！"侍从们惊呼，"快往这边来！"

她踏波后退，将昏迷的孩子护在了怀里，手指一点，用出了天女散花之术。玉骨在空中瞬间一分为五，朝着五个攻击过来的人反击了过去！

那是她生平第一次用术法对战，然而震惊和愤怒盖过了忐忑，顾不得什么——师父曾经教授过她怎样用玉骨化剑，以一敌百，然而她从未认真修习，此刻只能将所记得的皮毛全数拿了出来，却还是左支右绌。

早知如此，应该回去好好看那本手记小札才是！

"去！"她提了一口气，操纵着玉骨，五道流光在空中急速回旋，忽地下压，把那些鲛人往后逼退了一步，她趁机便抱着孩子往小船的方向退去。

"郡主，快！"船上的侍从对着她伸出手来。

她踏波疾奔而去，足尖点着波光粼粼的海面，如同一只赤色的舞鸢。然而，当她快要接近那艘船的时候，眼神忽地凝固了一下，盯着船边缘处的海面，身形一顿，骤然往后急退！

"郡主？"侍从们愕然，"怎么了？"

就在那一刹那，水底那一点黑色迅速变大，船边的海水裂了，"哗啦"一声,有一个鲛人竟然从海底一跃而起,一瞬间抓住了她的脚踝,把她往海底拖了下去!

"郡主……郡主!"变起突然,所有人失声惊呼。

声音未落,朱颜已经从海面上消失。

她被拖下了大海,迅速向着海底沉下去,死死抱着怀里的孩子——如果一放手,那个鲛人孩子就会被抢走;但不腾出手,她就无法结印施展术法!

在这样的短暂犹豫之中,她被飞速拖入了海底。

头顶的月光飞快地消失了,周围变得一片昏暗。那只手冰冷,扣住了她脚部的穴道,死死抓住脚踝把她往下拖。她无法动弹,因为极快的下沉速度,耳轮剧痛,冰冷的海水灌满了七窍,难受无比。

怎么回事……难道就莫名其妙地死在了这里吗?父王……母妃……师父……还有渊,这些人会知道她今夜就会葬身海底吗?

模模糊糊中,她往下沉,暗红色的长发在海底如同水藻散开。她看到有数条黑影从上方游来,那些黑影后面,还追着几点淡淡的光。

玉骨!那是玉骨!

那一瞬,她张了张嘴,想吐出几个音节,然而从嘴里吐出的只有几个气泡。下沉的速度在加快,周围已然没有一丝光亮,听到的只有潜流水声,呼啸如妖鬼,已经不知是多深的水底。

"队长,怎么样?抓住了?"有声音迎上来低声问。

"抓住了,把两个都带回大营里去吧!左权使等着呢。"

"是。"

她听到周围简短的问答,竭尽全力,一手抱着孩子,另一只手在海水里伸出,对着那几点光遥遥抓了一抓——"唰"的一声,犹如流星汇聚,五点光骤然朝着她的掌心激射而来,重新凝聚!

朱颜握住了玉骨,用尽全力往下一挥,洞穿了那只抓住她脚踝的手臂!

那个鲛人发出一声惊呼，显然剧痛无比，却居然不肯放开她的脚，反而更加用力地扣住她，往水底便按了下去："快，制住这个女的！"

周围的黑影聚拢，许多手臂伸过来，抓住了她。

在黑暗的水底，鲛人一族的优势展现得淋漓尽致，人类根本无法与之相比。朱颜拼命挣扎，握着玉骨一下一下格挡着，然而一手抱着孩子，身体便不够灵便，很快就有手抓住了她的肩膀，死死摁住了她。

"咦？"忽然间，她感觉到那个鲛人竟震了一下，仿佛触电一样松开了手，惊呼，"这个女的，为什么她竟然带着……"

她趁着那一瞬间的空当，忽地将玉骨投了出去！

朱颜张开嘴唇，抱着孩子，将咒术连同胸腔里最后的气息从唇间吐出。玉骨在黑暗的水底巡行，发出耀眼的光，一瞬间分裂成六支，如同箭一样激射而来，洞穿了那六个抓住她的鲛人！

惨叫声在海底起伏。那一刻，她用尽最后的力气踢开了那只抓住她脚踝的手。周围的海水已经充满了鲜血的味道，玉骨在一击之后迅速合而为一，化为一支闪电飞速地回到了她的身边。

"开！"她一手抓住了玉骨，念动咒术，"唰"地下指，瞬间将面前的海水劈开一条路，直通海面！

那条通路只能维持片刻，她顾不得疼痛，一把抱起那个孩子，朝着头顶的海面急速上升，竭尽全力。

终于，她看到了侍从们的船，对着她大呼："郡主……郡主！"

不止一条船，后面还有至少十条，急速驶向了她。一眼看去，半夜的岸上还出现了密密麻麻的人群，火把照亮了整个码头——怎么回事？这样的深夜，这个城外的码头为什么会忽然出现了那么多人？

她来不及多想，竭尽全力浮上海面，却无力抓住船舷，整个人软倒在水上，一手死死地握着玉骨，一手死死地抱着那个孩子。

"快，快把郡主拉上来！"有人惊呼，却是盛嬷嬷。

朱颜被侍从们拖上了船，瘫了下去，不停地咳嗽着，吐出了胸腔里咸涩的海水。然而，她不敢大意，一直紧张地盯着海面——那些黑影在水下逡巡，不知道何时就会忽然跃出水面，将她重新拖下去！

然而，当另一艘船靠过来时，水下那些黑影骤然消失。

"郡主受惊了。"她听到有人开口，"玉体无恙？"

第十章

孤儿

　　谁？朱颜愕然抬头，却看到一条白色的楼船不知何时出现在了身侧，船头站着一个贵族男子，大约在而立之年，面如冠玉，白袍上面绣着蔷薇的纹章，正微微俯下身来，审视似的看着狼狈不堪的她。

　　她下意识地拉紧了衣襟，愕然道："你……你是谁？"

　　那人微笑："在下白风麟。叶城总督。"

　　"啊！是你？"朱颜吓了一跳，"雪……雪莺的哥哥？"

　　"正是在下。"白风麟颔首。

　　朱颜倒吸了一口冷气，下意识地整理了一下湿漉漉的衣襟，捋了一下乱成一团的头发，转瞬想到此刻自己在他眼里该是如何狼狈，再想到这事很快六部都会知道，少不得又挨父王一顿骂，顿时一股火气就腾地冒了出来，再顾不得维持什么风度，劈头就道："都怪你！"

　　白风麟愣了一下："啊？"

　　朱颜看着自己浑身湿透的狼狈样子，气鼓鼓地说："如果不是你把我关在城外，怎么会出今晚这种事？"

"郡主，你怎么能这么说话？太失礼了！"盛嬷嬷坐着另一艘快艇赶了过来，急急打圆场，"总督大人救了你，还不好好道谢？"

"哪里是他救了我？"朱颜嗤之以鼻，扬了扬手里的玉骨，"明明是我杀出一条血路自己救了自己……他脸皮有多厚，才会来捡这个便宜？"

盛嬷嬷气得又要数落她，白风麟却是神色不动，微笑道："是。郡主术法高强，的确是靠着自己的本事杀出重围脱了险，在下哪敢居功？让郡主受惊，的确是在下的失职，在这里先向郡主赔个不是。"

他如此客气有礼，朱颜反而吃瘪，下面的一肚子怒火就不好发泄了，只能嘟囔了一句："算了！"

白风麟挥手，令所有船只调头："海上风大，赶紧回去，别让郡主受了风寒。"

此刻正是三月，春寒料峭，朱颜全身湿透，船一开被海风一吹，顿时冻得瑟瑟发抖，下意识地抬起手臂将那个鲛人孩子拢在怀里，用肩背挡住了吹过来的风——她倒还好，这孩子本来就七病八灾的，可别真的病倒了。

"郡主冷吗？"白风麟解下外袍递过去给她，转头吩咐，"开慢一点。"

"是。"船速应声减慢，风也没有那么刺骨了。

朱颜披着他的衣服，瞬间暖和了很多，顿时也觉得对方顺眼了许多——其实她听雪莺说起这个哥哥已经很久了，却还是第一次见到。作为白之一族的长子，又当了叶城的总督，将来少不得要继承白王的位置的。以前依稀曾听别人说这个人口蜜腹剑，刻薄寡恩，然而此刻亲眼见到的白风麟客气谦和，彬彬有礼，可见传言往往不可信。

比起雪莺，她的这个哥哥可真是完全两样。

"哎，你和雪莺，应该不是同一个母亲生的吧？"她想到了这里，不由得脱口而出——问完就"哎哟"了一声，因为盛嬷嬷在底下狠狠拧了她一把。

"不是。"白风麟微笑，"我母亲是侧妃。"

朱颜明白自己又戳了一个地雷，不由得暗自捶了一下自己——果然她是有惹祸的天赋的，为啥每次新认识一个人，不出三句话就能得罪？

"对不起对不起……"她连连道歉。

"没事。郡主今晚是怎么到这里的？"白凤麟却并没有生气，依旧温文尔雅，"到底发生了什么事？你怀里的这个小孩，又是哪一位？"

"哦，这个啊……算是我在半路上捡来的吧。"她用一根手指拨开了昏迷的孩子脸上的乱发，又忍不住戳了一下，恨恨道，"我答应过这孩子的阿娘要好生照顾这小家伙，但这孩子偏偏不听话，一个人半夜逃跑。"

白凤麟凝视着她怀里那个昏迷的孩子，忽地道："这孩子也是个鲛人吧？"

"嗯？"朱颜不由得愣了一下，"你看出来了？"

"换了是普通孩子，在水下那么久早就憋坏了，哪里还能有这么平稳的呼吸。"白凤麟用扇子在手心敲了一敲，点头道，"那就难怪了。"

"难怪什么？"朱颜更是奇怪。

白凤麟道："难怪复国军要带走这孩子。"

她更加愕然："复国军？那是什么？"

"是那些鲛人奴隶秘密成立的一个组织，号称要在碧落海重建海国，让云荒上的所有鲛人都恢复自由。"白凤麟道，"这些年他们不停地和空桑对抗，鼓动奴隶逃跑和造反，刺杀奴隶主和贵族——帝都剿灭了好几次，都死灰复燃，最近这几年更是闹得狠了。"

"哦？难怪那些鲛人的身手都那么好，一看就知道是训练过的！"朱颜不由得愣了一下，脱口道，"不过，他们在碧落海重建海国，不是也挺好的吗？又不占用我们空桑人的土地，让他们去建得了。"

白凤麟没有说话，只是迅速地看了她一眼，眼神微微改变。

"身为赤之一族的郡主，您不该这么说。"他的声音冷淡了下去，"郡主为逆贼叫好，是想要支持他们对抗帝都、发动叛乱吗？"

"啊……"朱颜不说话了，因为盛嬷嬷已经在裙子底下死死拧住了她的大腿，用力得几乎快要让她叫起来了。盛嬷嬷连忙插进来打圆场，道："总督大人不要见怪，我们郡主从小说话不过脑子，胡言乱语惯了。"

谁说话不过脑子啊？她愤怒地瞪了嬷嬷一眼，却听白风麟在一边轻声笑了笑，道："没关系，在下也听舍妹说过了，郡主天真烂漫，经常语出惊人。"

什么？雪莺那个臭丫头，到底在背地里是怎么损她的？朱颜几乎要跳起来，却被盛嬷嬷死死地摁住了。盛嬷嬷转了话题，笑问："那总督大人今晚出现在这里，并安排下了那么多人手，是因为……"

"不瞒您说，是因为最近一段时间叶城不太平。"白风麟叹了口气，道，"不停地有鲛人奴隶失踪和逃跑，还有一个畜养鲛人的商人被杀了，直接导致了东西两市开春的第一场奴隶拍卖都未能成功。"

朱颜明白了："所以你是来这里逮复国军的？"

"是。"白风麟点头，"没想到居然碰到了郡主。"

此刻楼船已经缓缓开回了码头，停泊在岸边，白风麟微微一拱手，道："已经很晚了，不如在下先派人护送郡主回去休息吧。"

朱颜有点好奇："那你不回去吗？"

"我还要留在这里，继续围捕那些复国军。"白风麟笑了一笑，用折扇指着大海——那里已经有好多艘战船箭一样地射了出去，一张张巨网撒向了大海深处，他语气里微微有些得意，"我早就在这儿安排下了人手，好容易才逮到了他们冒头，岂能半途而废？刚刚围攻郡主的那几个家伙，一个都逃不掉！"

朱颜沉默了一下。

虽然这些人片刻之前还要取她性命，但不知道为何，一看到他们即将陷入绝境，她心里总觉得不大舒服。

"你如果抓到了他们，会把那些人怎么样呢？"她看了一眼，忍不住问，"卖到东市西市去当奴隶吗？"

"哪里有那么好的事情？你以为总督可以兼任奴隶贩子吗？"白风

麟苦笑了一声，摇头，"而且那些复国军战士都很能熬，被抓后都死不开口，鲛人体质又弱，多半耐不住拷问就死在了牢狱里——偶尔有几个没死的，也基本都是重伤残废，放到市场上，哪能卖出去？"

"啊……"朱颜心里很不是滋味，道，"那怎么办？"

"多半都会被珠宝商贱价收走，价格是一般鲛人奴隶的十分之一，就指着剩下的一双眼睛可以做成凝碧珠。"白风麟说到这里，看了她一眼，"郡主为何关心这个？"

朱颜顿了一下，只道："没什么。"

她道了个别，便随着嬷嬷回了岸上，策马在月下返回——离开之前，她忍不住还是回头看了一看。

碧落海上月色如银，波光粼粼。战船在海上穿梭，船上弓刀林立，一张张巨大的网撒向了大海深处。那个温文尔雅的叶城总督站在月光下，有条不紊地指挥着这一切，狭长的眼睛里闪着冷光，仿佛变成了一个冷酷的捕杀者。

这片大海，会不会被鲛人的血染红呢？

等回到别院的时候，朱颜已经累得撑不住了，恨不得马上扑倒就睡。然而掉进了海里一回，全身上下都湿淋淋的，头发也全湿了，不得不撑着睡眼让侍女烧了热水准备了木桶香料，从头到脚沐浴了一番。

等洗好裹了浴袍出来，她用玉骨重新绾起了头发，对盛嬷嬷道："你顺便把那个小家伙也洗一下，全身上下脏兮兮的，都不知道多久没洗澡了。"

"是。"盛嬷嬷吩咐侍女换了热水，便将那个昏迷的小鲛人抱了起来，看了一眼，道，"脸蛋虽然脏，五官却似乎长得挺周正。"

"那是，到底是鱼姬的孩子嘛。"朱颜坐在镜子前梳头，"就算不知道他父亲是谁，但光凭着母亲的血统，也该是个漂亮小孩。"

"这小家伙多大了？瘦得皮包骨头，恐怕是从来没吃过饱饭吧？"盛嬷嬷一入手就嘀咕了一句，打量着昏迷的孩子，"手脚细得跟芦柴棒一样，肚子却鼓起来，难道里面是长了个瘤子吗？真是可怜……也不知道能活多久。"

嬷嬷一边说着，一边将孩子身上破破烂烂的衣服脱了下来，忽然间又忍不住"啊"了一声。

"怎么啦？"朱颜正在擦头发，回头看了一眼。

盛嬷嬷道："你看，这孩子的背上！"

朱颜放下梳子看过来，也不由得倒吸了一口冷气——那个孩子身体很瘦小，皮包骨头，瘦得每一根肋骨都清晰可见，全身上下伤痕累累。然而，在后背苍白的肌肤上，赫然有一团巨大的黑墨，如同若隐若现的雾气，弥漫了整个小小的背部。

"那是什么？"朱颜脱口而出。

盛嬷嬷摸了一摸，皱眉道："好像是黑痣，怎么会那么大一块？"

她将那个孩子抱了起来，放入半人高的木桶里，一边嘀咕："郡主，你捡来的这个小鲛人全身上下都是毛病，估计拿到叶城去也卖不了太高价钱啊。"

"你是说我捡了个赔钱货吗？"朱颜白了嬷嬷一眼，没好气道，"放心，赤王府虽然穷，也还没穷到当人贩子的地步。我养得起！"

"怎么，郡主还打算请大夫来给这孩子看病不成？"盛嬷嬷笑了一声，将怀里的孩子放入水中——然而，那个昏迷的小孩一被浸入香汤，忽然间就挣扎了一下，皱着眉头，发出了低低的呻吟。

盛嬷嬷惊喜道："哎，好像要醒了！"

"什么？"朱颜一下子站了起来，冲口道，"你小心一点！"

话音未落，下一秒钟，盛嬷嬷一下子就甩开了手，发出了一声惊呼，手腕上留着一排深深的牙印。

那个孩子在木桶里浮沉，睁开了一线眼睛，将瘦小的身体紧紧贴着桶壁，恶狠狠地看着面前的人，如同一只被困在笼子里的小兽，戒备地竖起了爪牙。

"说了让你小心一点！这小崽子可凶狠了。"朱颜一下子火了，腾地站起来，冲过去劈头把那个咬人的孩子推开，厉声道，"一醒来就咬人？拼死拼活把你从那些人手里救回来，你这个小兔崽子还真是不识好人心！"

她气急之下出手稍重，那个孩子避不开，头一下子撞在了木桶上，发出"咚"的一声响，显然很痛，他却一声不吭地直起了身，死死瞪着她看。朱颜没想到一下子打了个正着，又有点不忍心起来，就没打第二下，也瞪着那个孩子，半天才气哼哼道："喂，你叫什么名字？"

那个孩子扭过头不看她，也不回答。

"不说？行，那我就叫你小兔崽子了！"她不以为意，立刻随手给那孩子安了个新名字，接着问，"小兔崽子，今年多大了？有六十岁吗？"

那个孩子还是不理睬她，充耳不闻。

"那就当你是六十岁吧。乳臭未干。"朱颜冷哼了一声，"好了，盛嬷嬷，快点帮这个小兔崽子洗完澡，我要睡觉了！"

"是。"盛嬷嬷拿着一块香胰子，然而不等她靠近，那个孩子蓦地往后一退，眼里露出凶狠的光，手一挥，一下子就把热水泼到了盛嬷嬷脸上！

"还敢乱来！当我不会教训你吗？"朱颜这一下火大了，再顾不得什么，卷起袖子，一把就抓住了这个孩子的头发，狠狠按在了木桶壁上，抬起了手——那个孩子以为又要挨打，下意识地咬紧嘴角，闭上了眼睛。

然而巴掌并没有落下来，背后忽地传来了细细的痒。

朱颜摁住了这个小恶魔，飞快地用手指在孩子的背上画了个符，指尖一点，瞬间把这个不停挣扎的小家伙给禁锢了起来！

那个孩子终于不动了，浮在木桶里，眼睛狠狠地看着她。

"怎么了，小兔崽子，想吃了我啊？"朱颜用缚灵术捆住了对方手脚，胜利般敲了敲孩子的小脑袋，挑衅似的说了一句，然后转头吩咐，"嬷嬷，替我把这小兔崽子好好洗干净了！"

"是，郡主。"盛嬷嬷应了一声，吩咐侍从上来将各种香胰子、布巾、花露水摆了开去，卷起袖子开始清洗。

一直过了整整一个时辰，换了三桶水，才把这个脏兮兮的小孩洗干净。

那个孩子不能动弹，在水里一直仰面看着老嬷嬷和侍从们，细小的身体一直在微微地发着抖，不知道是因为羞愤还是因为恐惧。

"哎呀！我的乖乖哎……"盛嬷嬷擦干净了孩子的脸，忍不住发出了一声赞叹，"郡主，你快来看看！保证你在整个云荒都没看到过这么好看的孩子！"

然而，并没有人回答。

转头看去，在一边榻上的朱颜早已困得睡着了，发出了均匀的鼻息，暗红色的长发垂落下来，如同一匹美丽的绸缎。

盛嬷嬷叹了口气，用绒布仔细地擦干了孩子脸上头上的水珠，动作温柔，轻声道："小家伙，你也别那么倔……别看郡主脾气暴，心肠却很好。她答应过你娘要照顾你，就一定说到做到——你一个残废的鲛人，能找到这样的主人，整个云荒的奴隶都羡慕你还来不及呢。"

水里的孩子猛然震了一下，抬起眼睛，狠狠看着老嬷嬷。

忽然，老人听到了一个细微的声音："我没有主人。"

"嗯？"盛嬷嬷愣了一下，冷不防这个看似哑巴的孩子忽然开口说了话，一时没反应过来，"你说什么？"

"我没有主人。"那个孩子看着她，眼睛里的光又亮又锋利，一字一字道，"我不是奴隶。你才是！"

盛嬷嬷倒吸了一口冷气，正不知道说什么好，却听到斜刺里朱颜翻了个身，发出了一声冷笑："得，你不是奴隶，你是大爷，行了吧？嬷嬷，不用服侍这个大爷了，你回去睡，就让这小兔崽子泡着吧！"

盛嬷嬷有些为难："才三月，这水一会儿就会变冷了……"

"鲛人还怕泡冷水？"朱颜哼了一声，白了那孩子一眼，"他们的血本身就是冷的，养不熟的白眼狼！你去睡吧，都半夜了。"

盛嬷嬷迟疑一下，又看了一眼木桶里的孩子："是。"

当所有的侍女都退下去后，朱颜不慌不忙地翻了个身，支起了下巴，高卧榻上，看着木桶里的孩子，冷笑了一声："喂，小兔崽子，跟着我是你的福气知不知道？我一定会让你心服口服叫我一声主人的！"

那个孩子也冷笑了一声，转开脸来，甚至都不屑于看她。

"等着瞧！"她恨恨道。

这一觉睡到了第二天日上三竿，等朱颜睁开眼睛的时候，白晃晃的日头已经从窗棂透过帷幕照了进来。

天气真不错……今天该进城了吧？她打了个哈欠，慵懒地坐了起来，忽然间眼神就一定——

木桶里，居然已经空了。

什么！那个小兔崽子，难道又逃了？那一瞬她直跳起来，怒火万丈地冲了过去——然而刚冲到木桶旁，一眼看过去，却又不由得倒抽了一口冷气。

那个瘦小的孩子沉在水底，无声无息地睡着，一动不动。

小小的身体蜷成一团，筋疲力尽，耳后的腮全部张开了，在水底微微地呼吸。水蓝色的长发随着呼吸带出的水流，微微浮动，如同美丽的水藻。那张洗干净的小脸美丽如雕刻，下颌尖尖，鼻子很挺，睫毛非常长，嘴唇泛出了微微的淡红，如同一个沉睡在大海深处的精灵。

朱颜本来怒火冲天，但看着看着，居然就不生气了。

真是个漂亮的孩子啊……简直漂亮到不可思议。难怪那些达官贵人肯花那么多钱去买一个鲛人——这种生物，的确是比云荒陆地上的人类美丽百倍。

她忍不住伸出手，想要摸一下那孩子长长的睫毛。然而手指刚一沾水，水下那个人"哗啦"一声就醒来了，一看到她在旁边，立刻猛烈地颤了一下，拼命往后缩，可是因为被咒术禁锢，身体却怎么也动不了。

朱颜的指尖停在了距离孩子脸颊只有一分的地方，看着孩子湛碧色眼睛里恐惧而厌恶的神色，不由得皱了皱眉头："怎么，你很讨厌别人碰你吗？"

那个孩子咬紧了嘴唇，将身体紧紧贴着木桶壁，死死地盯着她。

"那就算了。"朱颜收回了手，"谁稀罕碰你啊，小兔崽子！"

那个孩子很明显地松了一口气，全身都松弛了下来。朱颜恨恨地出了门，在外间的梳妆室坐下来，对捧着金盆过来的盛嬷嬷道："你不用管我，去帮那小兔崽子换一下衣服，总不能带着个光溜溜的小鲛人进叶城。"

"好。"盛嬷嬷匆匆便下去，片刻便拿了几件男子衣衫过来，道，"急切间找不到合适的，这里都是大人穿的衣衫，只有将就一下了。"

"那么丁点小的孩子，用得着什么衣衫？"朱颜自顾自地梳洗，一边不耐烦地挥了挥手，"拿几块我的披肩出来，随便裹一下不就得了？"

"是。"盛嬷嬷开了箱奁，拣了几条羊绒织锦大披肩出来，都是朱颜这次带进帝都的，比了比，拿起一条浅白色的，问，"就这条？"

"这是我用过的，怎么能再给别人？"朱颜却皱起了眉头，指着旁边那条簇新的大红织金披肩，"挑个新的给那小兔崽子好了！"

盛嬷嬷将那条披肩拿起来，在孩子身上比了比，不由得笑道："这么一穿，简直就是个倾国倾城的绝色小女娃了。"

看着那条颜色鲜艳的披肩，那个孩子将肩背紧紧贴着木桶，咬着牙，眼里露出抗拒的神色，无奈身体不能动，就只能任凭老人走过来一把抱起，用柔软的披肩将自己一层层地裹了起来。

朱颜梳好头的时候，盛嬷嬷也已经把这个孩子收拾妥当了。

"喏，郡主，你看。"盛嬷嬷抱着孩子，转过来给她看，"漂亮吧？"

朱颜正将玉骨插回头上，在镜子里看到了嬷嬷怀里的孩子，一时间眼前一亮，脱口而出："我的天哪……这小兔崽子洗干净了竟然这么好看？长大了要不得了啊！这回赚大了！"

那个小孩缩在老人怀里，用和年龄不相称的阴冷而愤怒的目光看着她，似乎是对自己被这样随意打扮包裹非常反抗，却无可奈何。苍白的小脸衬在大红色的披肩里，有一种惊心动魄的妖异的美丽，竟能让人一见之下心神为之一夺。

即便是渊，似乎也不曾有过这样魔性的美吧？

难怪路上那个商人要冒险走私这个无主的鲛人。这样的孩子，即便身体上有着各种缺陷，只要带到叶城，找个大夫把肚子里的瘤子剖了，把背上的黑痣去了，不知道能拍卖到什么样的天价！

"你叫什么名字？"她忍不住再次问。

然而那个孩子把尖尖的下颌一扭，冷哼一声，转过头去。

"小兔崽子！不听话小心我卖了你！"朱颜气得又甩手打了一记，然而手掌落到孩子的头上已经是轻如拍蚊——毕竟，这样好看的孩子，就如同精美易碎的琉璃，谁真的忍心下手？

进了叶城，来到赤王的行宫时，朱颜却发现父王没有在那里。他的车马、佩剑、外袍都留在行宫，然而人已经不在了。

"王爷有急事，已经先一步进京去了。"行宫的管家是个四十许的男子，干练沉稳，显然是赤王一直安排在叶城的心腹，恭敬地道，"他吩咐郡主在这里等他几日，等事情结束，他会来行宫找你。"

"怎么回事？"她顿时不满起来，控制不住脾气，"这一路父王都不理我，怎么连去帝都也不带上我？"

"王爷说，等他办完了正事，就回来好好陪着郡主，到时候再去一次帝都也不迟。"管家赔笑，语气十分妥帖，"王爷吩咐在下给郡主准备了一些好吃好玩的，都放在您的房间里——如果郡主还需要什么，明天可以带您去市场上转转。"

"真的？太好了！"朱颜精神为之一振，打量了这个知情识趣的管家一眼，"你叫什么名字？为啥我以前没见过你？"

"在下石扉，跟着赤王二十几年了，一直在叶城掌管这座行宫，没去过天极风城觐见，所以郡主也没见过在下。"管家笑了一笑，"郡主在这里有任何需要，都可以来找我。想去哪里想看什么，尽管说就是。"

“嗯……”她上下打量了他一下，道，“那你不许告诉父王我捡了个小鲛人。”

“是。”管家颔首，笑道，“在下不说。”

“帮我另外安排一个隐蔽的小院子，让盛嬷嬷带着那个小兔崽子住进去，那个院子里需要有个大水池。”朱颜吩咐道，“对了，还得在院子外面多派人手看着——那个小家伙如果跑了，我唯你是问！”

“是。”管家只是答应着，“一定办到。”

“嗯……再去帮我找一个大夫来，要叶城最好的！”朱颜皱眉想了一想，道，“那个小兔崽子肚子里有个瘤子，得抓紧治好才行。”

管家道：“是要治鲛人的大夫吗？”

朱颜不由得有些诧异：“治鲛人的大夫？和别的大夫难道还不一样？”

“那当然了。鲛人生于海上，和陆地上的人本身就很不一样。比如说，他们可以用鳃呼吸，而且心脏是在胸口正中间的。”管家微笑，“普通大夫看不了他们的病。我替郡主去屠龙户那里找找申屠大夫吧，医治鲛人他最为拿手。”

“屠龙户？那又是什么？”朱颜听得一愣一愣，“开玩笑吧，除了七千年前被星尊大帝镇入苍梧之渊的那一条之外，云荒如今哪里还有真的龙可以屠？”

“那当然不是真的龙，只是一个代称而已。这个说来可就话长了。”管家笑道，“郡主还是先回屋子好好休息，等明日我找好了大夫，再来向郡主禀告。”

“不行！”她却心痒难熬，“今天下午我就想出去逛！”

“这么着急？”管家略微有些为难，却还是点了点头，道，“好，那在下立刻吩咐准备一下车马。”

“不用啦，我们换一身衣服，偷偷溜出去看一圈就回来！”朱颜挥了挥手，笑嘻嘻地道，“弄这么大阵仗干吗？那么多人跟着就不好玩了。”

“还是得派人贴身保护郡主。”管家这一次却没有依着她，道，“叶城最近不是很太平，老是有鲛人复国军出没。虽然总督大人刚杀了一批叛乱者，查抄了几个他们在叶城的据点，但镜湖里的大营还在，不得不小心点。”

复国军？朱颜一下子想起昨天晚上那些鲛人，不由得心里也"咯噔"了一下。那是一群悍不畏死、具有攻击性的鲛人，和柔弱美丽的一般鲛人完全不同。

这样的鲛人，是不是也变异了呢？

"放心，郡主，复国军不过几千号人而已，只能偶尔出来捣一下乱，还没有能力动摇我们空桑的基业。"管家看到她脸上色变，以为她害怕，安慰了几句，"现在叶城在总督治下还是非常安全的——不过，为了以防万一，下午还是派一些侍卫暗中保护郡主吧。"

"好吧。"她随口应了一声。

朱颜回到了自己的房间，略作休息，准备下午就出去逛街。赤王府在叶城的行宫非常华丽宏大，比城外的别院更大了数倍，她从前厅走到后花园的院落，竟然走了将近半个时辰。

然而刚刚到了廊下，却听到盛嬷嬷在里面对侍女道："快！快去叫郡主过来看看……"

"怎么了？"她很少听到老嬷嬷的声音这样惊慌，不由得一揭帘子走了进去，"出什么事情了？"

软榻上躺着那个瘦小的鲛人孩子，闭着双眼，胸口起伏，再也没有了平时的凶狠，只是一动不动。盛嬷嬷正俯身抚摸着孩子的额头，看到她进来，连忙道："郡主，你来看看，这孩子在进叶城的路上就有点不对劲，问他却又不说，挨到现在，好像竟开始发烧了！"

"发烧？"朱颜吃了一惊，走过去探了探孩子的额头——然而触手处温良，比自己的手心还凉了一分。

"没有发烧啊？"她有些愕然，"哪里有？"

"哎，郡主！你忘了吗？"盛嬷嬷叹气，摸着孩子水蓝色的柔软头发，

"鲛人和人不一样，他们的血不像人一样热，而是和海水一个温度——你摸摸看，现在这孩子的身体是不是要比海水烫多了？那就是病了呀！"

"啊……"朱颜又摸了摸，这一回吃了一惊。

也是，看着这个小家伙病恹恹地躺在这里，任人摸来摸去毫不反抗的样子，也看得出是真的病了——想想从西荒风雪之地到这个叶城，千里流离，吃尽了苦头，这个孩子能活着都已经是奇迹，又怎能不生病呢？

她也有点焦急起来，便立刻让管家去请大夫过来。

然而，不一刻，管家过来道："郡主，在下已经派人快马去请了——但屠龙户那边回复说申屠大夫今日要给好几个鲛人破身，动大刀子，会一直忙到晚上，估计一时半会儿还来不了。"

"那怎么行？这个小家伙都发烧了！"朱颜性子急，"多给点钱不行吗？"

"屠龙户说，申屠大夫已经进房间开始动刀了，这事儿不能半途而废。他脾气暴，谁都不敢进去惊动他。"管家小心翼翼地回答，"要不……我们先换个大夫试试看，不行再去叫他？"

"怎么那么麻烦？"朱颜跺脚，"他不肯出诊？那我下午不去逛街了！带着孩子去他那里看诊总行了吧？那个地方应该不止他一个大夫，这个不行，就换个别的——总比在这里干等着强。"

她脾气急，立刻便俯下身，将病榻上的孩子抱了起来。

那个生病的孩子软趴趴地靠在她肩膀上，再也没有了平时的凶狠倔强，微凉的脸贴着她的脖子，呼出的气息一丝丝吹在她侧颈上，应该是烧得糊涂了，在被她抱起时模模糊糊地喊了一声"阿娘"，主动将小脸贴了过来。

朱颜摸了摸孩子小小的脑袋，心里顿时就软得一塌糊涂。

"走。"她扭头对管家道，"备马车，去看大夫！"

第十一章

屠龙

　　马车载着她们疾驰出了赤王行宫，在大道上飞速前行。

　　作为云荒最繁华富庶的城市，叶城人烟密集、商贸兴旺，来自云荒各地乃至中州和七海的商人都在这里聚集，带来了足以敌国的财富。一路上街道宽阔平整，两侧歌楼酒馆林立，沿街店铺里货物琳琅满目。

　　然而朱颜没心思看，一路只是探头不停催促外面的管家："还有多久到？"

　　"快了，快了！就在前头。"管家坐在车夫座位旁，指着某处对她道，"就在东市尽头拐弯的那一片小平房里，已经看得到了。"

　　马车疾驰，从大道转上小巷，左转右转，路面开始不停颠簸，朱颜抱着孩子在车厢里摇摇晃晃，不知过了多久，终于停了下来。外面传来管家和别人的对话声，她掀开帘子看了一眼，发现居然是全副武装的军士。

　　"车里是赤王府的朱颜郡主。"管家简短地交涉了几句，递上了腰牌，"她最宠爱的一个鲛人奴隶生病了，赶着来这里见申屠大夫。"

军士仔细验看了腰牌，又从侧窗里看了一下车厢里的人数，在木简上记录了几笔，这才齐刷刷地退开，令马车通过。

"奇怪，怎么这里还有军队？"朱颜有些不解。

从车厢里看出去，这个村子外面围着极高的围墙，四角设有塔楼，只有刚才这一个口子可以通信进入，一眼看去，竟似一座防守森严的小小城池。

"这里是屠龙户聚居的地方，帝都自然会派军队护卫。"管家坐在车夫身边，随口道，"特别最近复国军闹得凶，这边的警戒看上去又升级了许多。"

"屠龙户？身份很尊贵吗？"朱颜已经是好几次听到这个名字了，再也忍不住心里的疑问，"他们到底是做什么的？"

"原来郡主是真的没听说过。"管家怔了一下，不由得笑道，"屠龙户嘛，其实是帝都给这些承袭了祖传手艺的渔民一个称号——这个村子里的人都不用缴纳税赋，也不用服徭役。这片村子已经有上千年的历史了……从云荒大地上有了鲛人奴隶起，也就有了屠龙户。"

他笑了笑，又道："当然，他们屠的不是龙。"

朱颜听得奇怪，不由得问："不屠龙，那他们屠的是什么？既然是渔民，为啥又要叫屠龙户？祖传的手艺又是什么？"

管家笑了一笑："说起来话长，郡主见到就知道了……"

说话间，马车已经在路边停了下来。

朱颜掀开帘子，探头四顾：这里哪是什么东市，分明是海边的小渔村。这个地方一眼看去都是木骨泥墙的低矮房子，没有超过三层的，整条道路坑坑洼洼，毫无叶城的喧哗热闹，寂静得几乎没有人声，街上也不见一个人。

整个村落贴着叶城的外郭而建，一边就是城墙。海水从墙下的沟渠里被引入，密集成网，环绕着每一座矮房子，带来浓重的海腥味——这种家家环水的格局和东泽十二郡很像，但东泽乃是天然水系，却不知这个村子为何也如此刻意设置成这种格局。

她一掀帘子跳了下去，却"扑哧"一脚踩到了一汪泥水里，不由得"啊"了一声。

"郡主小心。"管家连忙上来搀扶，连声解释，"这里实在是有点破。不如您先在马车里坐着，等在下进去把申屠大大请出来？"

然而话音未落，寂静空旷的村子里，忽然间传出了一声撕心裂肺的惨叫，仿佛是濒死的人用尽全力发出的大喊，听得人毛骨悚然。

"怎么了？"朱颜吓了一大跳，"里面怎么了？在杀人吗？"

"郡主莫慌。"管家连忙道，"没事的。这儿住的都是良民。"

"良民？"然而话音未落，朱颜抱着孩子往后退了一步，脸色猛然一变，死死地盯着面前——道路旁的两侧原本是一道沟渠，将海水从城外引入，环绕着每一间房屋，穿行入户。

而此刻，沟渠里的水，忽然变成了血红色！

前面就是一间灰色砖石砌筑的屋舍，水沟环绕，那一刻，她看到大量的血水从房间的沟渠里涌出来，伴随着里面一声声撕心裂肺的惨叫——这里面，明明是在杀人！

"快开门！"朱颜再也顾不得什么，抱着孩子就上前一脚踹开了房门，厉声大喝，"谁在这里杀人？给我住手！"

门打开的瞬间，房间里涌出了浓重的血腥味，熏得她几乎一个跟斗摔倒。里面的几个人应声回头，怔怔地看着她，满手满身都是鲜血。

房间没有窗子，极为封闭沉闷，却到处都点起了巨大的蜡烛，照得一片明晃晃，竟是比外面的日头还亮。刺眼的光亮里，她看到了居中的那一张台子——上面躺着一个血肉模糊的人，四肢被分开固定在台子的四个角落，整个身体都被剖开了，血如同瀑布一样从台子的四周流下来，地上一片猩红。

地面上挖出了一条血槽，那些血旋即又被冲入沟渠。

这……这个地方，简直是被设计好的屠宰场！

"这是什么地方？！"朱颜脸色变了，手微微一点，头上的玉骨"唰"地跃出，化作一道流光环绕在她身侧，随时随地便要出击，"你们在做什么？！"

"郡主，别紧张！"管家冲了进来，一把拉住了剑拔弩张的她，连忙道，"他们是在给鲛人破身呢！你别挡着，再不缝合止血，这台子上的鲛人就要死了！"

"什么？"朱颜看着那些人围着台子忙忙碌碌，不由得愣住了，"破身？"

台子上那个被剖开的人在竭力挣扎，眼看就要死掉，然而那些人飞快地摁住了他的手脚，一个拿一碗药给那个人灌下，另一个飞快地用水冲洗掉他全身上下的血污，然后用一把特制的刷子沾了浓厚黏稠的汁液，将整个身体都刷了一遍。

那的确不像是在杀人，倒像是在救人。

朱颜看得有些迷惑，喃喃："他们……到底是在做什么？"

"他们在给鲛人破身——就是让有鱼尾的鲛人，变得和陆地上人类一样能用双腿直立行走。"大概也是被房间里的血腥味熏得受不了，管家拉着她退到了门边，喘了口气，道，"这可是很复杂精细的活儿，风险很大——你看，他们刚刚把这个鲛人的尾椎去掉，双下鳍拆开，固定成腿骨。"

朱颜看着被固定在台子上的赤裸鲛人，只觉得触目惊心。

那个台子上的鲛人看不出是男是女，全身上下都是血，洁白如玉的皮肤微微颤抖，正在低微急促地呼吸着。台子下果然丢弃着一段血肉，却赫然是一条鱼尾，还在无意识地蹦跳着，微弱地甩来甩去。

刚才她在门外听到的那一声惨叫，想必便是这个鲛人的鱼尾被一刀剁去时发出的吧？

房间里的那些人只在她闯入时停下来看了一眼，此刻早已经重新围住了那张台子，各自忙碌起来。有人喂药、有人上药、有人包扎……很快，这个鲛人便被全身上下抹满了药膏，包裹在了层层叠叠的纱布里，嘴里被灌入了药物，呼吸平稳了下来，陷入了深深的昏迷，再也没有一丝声音。

一切都进行得飞快，娴熟得似操练过千百次。

朱颜还没有从惊骇中回过神，只见又有几个人抬过来一架软榻，将那个鲛人小心地平移了上去，抬往了另一个院落。其他几个人各自散开，解下了身上的围裙，将沾满鲜血的双手伸入了一边的水池，仔细地擦洗，把上面薄薄的一层淡蓝色透明鳞片洗掉。

"申屠大人在吗？"管家看到事情结束，这才捂着鼻子从门外走过去，取出了一面赤王府的腰牌，"在下是赤王府总管，有要事求见。"

那几个人停下手来看了他一眼，面上却没有什么表情，似乎带着呆滞的面具。朱颜皱了皱眉，这些人连眼神都是直的，似乎脑子有些残缺，智力低于普通人。直到管家重复了第二遍，其中一个人才道："申屠大人还在里面。"他缓慢地屈起了三根手指，口齿不清道，"还……还有三条要剖！要……要调制很多药物！"

另一个看看他们，又看看朱颜，道："刚才是她踢的门？这次的破身如果弄砸了，你们……你们要赔货主的钱！"

"知道了。"管家皱着眉头，"如果那个鲛人死了，我们来付钱。"

那一刻，朱颜终于明白过来——所谓的屠龙户，所做的工作，难道是专门将鲛人从海里捞出来，改造成人类？

她很早就知道鲛人生于海上，能够和鱼类一样自由自在遨游，然而事实上她所见过的鲛人无不都和人一样有着修长的双腿。然而，这中间的转换是怎么完成的，她从没有去细想——却不料，竟然是这样血淋淋的一场屠戮！

看到地上那一条渐渐失去了生命力的鱼尾，她脊背一冷，不由得倒吸了一口冷气，下意识地抱住了怀里的孩子——幸亏这小兔崽子一直在昏迷，否则看到这一幕，心里一定会留下阴影吧？

耳边却听到管家提高了声音，厉声道："赤王府的郡主亲自前来，你们敢不去叫申屠大夫出来？小心扣掉你们三个月的俸禄！"

听到"俸禄"两个字，那几个人呆滞的脸上震动了下，露出畏惧的神色，连忙擦干净了手，结结巴巴道："稍、稍等，我……我就去叫他！"

那几个人拉开了门，走进后室。

房间里顿时寂静了下来，朱颜抱着孩子和管家站在门口，看着剩下的人开始冲刷房间，地上沟渠里的海水缓缓流过，带走那个鲛人留下的满地的血——那来自大海的血脉，终于又归于海水之中。

"太惨了……"她看着，只觉得怒火中烧，"这是人干的事吗？"

"郡主不该闯进来的。"管家叹了口气，"这种场面，除了屠龙户之外，外人乍一看都会受不了，是有点血腥。"

朱颜有点不可思议地问："那么说来，云荒上每一个可以行走的鲛人，都是这么来的吗？"

"其实也是为了这些鲛人好。"管家却不以为意，道，"若是没有腿，他们在云荒半年也活不下去，下场只会更凄惨——不过，刚才那个鲛人得有一百多岁了，估计是从碧落海新捕获的野生鲛人吧。年纪有点大了，所以剖起来费力，十有八九会死掉。"

他转头看了看朱颜怀里的孩子，道："像这个小家伙，应该就是出生在云荒的家养鲛人了——父母都是奴隶，所以一生下来就被破身劈开了腿——因为年纪小，受的罪估计也就少多了。"

说话之间，那个孩子忽然在她怀里微微颤了一下。

怎么，醒了吗？朱颜低头看了一眼，发现那个孩子还是闭着眼睛。脸庞苍白瘦小，紧闭着的长长睫毛微微颤抖，她忍不住轻轻摸了摸孩子柔软的头发，叹了口气："这可怜的小兔崽子，以前得吃过多少苦头啊……"

"如今遇到郡主这样的好主人，也算苦尽甘来。"管家顿了一顿，道，"改明儿我去一趟总督府，抓紧把这个小家伙的丹书身契给办好——在叶城街上，鲛人经常被官府抽查，若没有随身带着丹书，多半就会被当成复国军抓起来。"

"那个白凤麟管得这么严吗？"她随口应着，然而看着眼前的这一切，只觉得胸口窒息，又把话题转了回来，"那么说来，这里的整个村子，住的都是屠龙户？"

管家颔首："是。一共有三百多户。"

"有那么多……太不可思议了。"朱颜倒吸了一口冷气，"那么说来，一年得有多少鲛人被送到这里来啊……"

"据说七千年前海国被灭的时候，一共有五十万鲛人被当作奴隶俘虏回云荒。"管家道，"这些鲛人因为容貌美丽、能歌善舞，得到了许多达官贵人的欢心——奈何拖着一条鱼尾，却始终很不方便。"

很不方便？朱颜冷笑了一声：是不方便那些家伙寻欢作乐吧。

"于是，有一位能工巧匠便想出了这个方法，可以把鲛人的鱼尾改造成双腿。"趁着申屠大夫还没来的空当，管家介绍着，"在剖了十几位鲛人之后，终于有一个鲛人活了下来，并长出了可以直立行走的双腿——当时的帝君大喜，赐予这个工匠屠龙户的封号，并在叶城里给了一块地，让他在这里建立工坊，由帝都提供俸禄，开始大批量改造鲛人。"

朱颜倒吸了一口气——这个村子，是建立在血海之上啊！

"但这门手艺非常精细复杂，学会的人很少，便只能世世代代传承。"管家道，"我说的申屠大夫便是其中数一数二的能人，干这一行已经五十年了，剖过上千个鲛人——有时候货主为了让鲛人奴隶开出一双完美的双腿，事先还要包个大红包给申屠大夫呢！"

朱颜听得不舒服，抱住了怀里的孩子，皱眉："那干吗带我来这里？这个小兔崽子已经有腿了，又不需要再挨一刀！"

"郡主有所不知，由于对鲛人身体构造深为了解，屠龙户也往往兼职大夫——否则其他空桑人大夫，谁耐烦给鲛人看病？"管家摇了摇头，"申屠大夫是最好的鲛人大夫，叶城里凡是有鲛人奴隶得了病，主人都会请他来。"

"哦。"朱颜这才恍然大悟。

"申屠大夫怎么还不出来？这架子未免也太大了。"管家皱着眉头嘀咕了一句，看到她一直抱着那个孩子站着，不由得伸出手来，"郡主，把这孩子交给我抱着吧。"

"不用。"朱颜摇了摇头，"轻得很。"

这个孩子只有在昏迷之中才会这么乖，这么软，鼻息细细，如同一只收敛了利爪和牙齿的小猫，令人一时间真是舍不得放下。

然而下一个瞬间，她眉梢微微一挑，脸色"唰"地变了。

"回车上！"她把孩子往管家怀里一塞，厉声道，"马上去叫人过来！这里面出事了！"

管家还没回过神，就见朱颜手腕一转，玉骨"唰"的一声化作一道闪电飞出，轰然击碎了房间深处的那一扇门！

那扇门是通往后院的，最早那个去请申屠大夫的屠龙户便是从这门里出去，却一直未见回。

此刻，门应声而倒，露出了后院的情景。

那里面横七竖八全是尸体。一具叠着一具，沉默无声，唯有汹涌而出的鲜血染红了地面——这些刚死去的不是鲛人，而是此地的屠龙户！

当门轰然倒下时，有数条黑影一掠而过。

"快，快回大门口！"管家一瞬间变了脸色，转过头来拉住了她，往马车上扯，"郡主，快走！这里危险！"

"别管我。"朱颜却一把甩开他的手，对着里面厉叱，"还想跑？站住！"

她足尖一点，追着玉骨的光芒便掠了过去，快如闪电。

她追到后院的时候，那些黑影已经跃上了屋檐，一个个身手利落、行动迅速，显然也是受过长期的训练——那些人虽然都蒙着面，然而双眸湛碧，一头水蓝色的长发在风里猎猎飞扬，一望而知赫然便是鲛人。

"站住！"朱颜厉叱一声，手指一点，玉骨化成一道光呼啸而去，想要截住当先的那人。然而那个人身形骤然后退，竟快如闪电地击开了这一击，只听"唰"的一声，那些鲛人齐刷刷地握剑跃下了屋檐。

朱颜一点足，跟着跳上了屋顶，一把将玉骨握在手里。然而俯身看去，整个村子里空空荡荡，底下已经再也没有一个人影，那些鲛人竟像是一跃就消失在了虚空里一样。

只有屋后的水渠在微微荡漾。

她恍然大悟：这个屠龙户聚居的村子里，房前屋后那些四通八达的水网，原本是为了方便屠杀清洗鲛人而设，此刻反而成了鲛人们脱身的捷径。那些鲛人一跃入水里，立刻便无影无踪，怎么也找不到了。她俯身茫然地看着水面上的波纹，直到听到外面再度传来了声音，才霍然惊醒。

"郡主！郡主！"来的是管家，身后领着一大群的军士，管家脸色煞白地跑了进来，一眼看到她才长长松了口气，"郡主，你没事？谢天谢地！"

"我没事。"她跃下了地来，四处查看。

院子里的血腥味比房间里还浓重，令人作呕。那些屠龙户都已经死了，而且死状极其凄惨，是被人一剑封喉之后再开膛破腹，在死时估计连一声悲鸣都来不及发出来。看样子，对方也是下手狠辣，显然是做惯了这种刺杀的事儿。

"又是复国军！"统帅军士的校尉一眼看到后院的惨况，嘀咕了一声，立刻吹响了号角，四个角楼上瞬间回应以号角，旗帜闪动，只听四面的水里有东西被连续不断地放下，似是在拦截着什么。

然而，水下忽地传来刺耳的声音，金铁交击，一路远去。

"可恶！居然把水下栅栏都砍断了吗？这些杀不尽的贱民！"校尉恨恨啐了一口，顿了顿，看到朱颜在旁，连忙赔笑，"让郡主受惊了！幸亏郡主没事，否则在下脑袋难保……"

"没事。"朱颜怔怔出了一回神，只道，"复国军经常闯入这里吗？"

"是。简直是令人头痛无比。"校尉叹了口气，"他们恨死了屠龙户。经常闯进来杀死我们的人，带走笼子里那些鲛人奴隶——唉，我都怀疑他们在这里安插了奸细，否则我们防得这么严，他们怎么还能一次次来去自如？"

朱颜却没有听他后半截话，脱口："那……申屠大夫也死了吗？"

"啊？那老家伙？应该也难逃一劫吧。"校尉叹了口气，一边说着，一边在尸体堆里翻找，"咦"了一声，"奇怪，申屠大夫不在这里！难道是……"

他立刻直起腰来，吩咐："快去地下室看看！"

"是！"军士领命而去，不到片刻便跑了回来，"申屠大夫没事！他……他刚才正好在地下室里配药，压根不知道外面发生了什么！"

"太好了！"校尉拍了一下大腿，"这老家伙真是命硬！"

第 十 二 章

苏摩

　　在复国军潜入刺杀时，申屠大夫因为正好在地下室里配置药物，所以躲过了这一劫。然而这个六十多岁的老屠龙户在看到地面上同伴的尸体时，也不禁变了脸色，幸亏旁边的校尉眼明手快，一把将他拉住。

　　"作孽……作孽呀！"他睁着昏花的老眼，捶着腿，迭声道，"我就知道做这一行早晚是有报应的！"

　　"是在下失职，回头向总督大人自行请罪去。"校尉脸色也很不好看，低声道，"好了，先别难过了……这边朱颜郡主还等着你去看病呢！"

　　"猪……猪什么？"申屠大夫挥着手，老泪纵横，叹着气，"你看看，这里人都死成这样了，哪还有什么心情给猪看病哟！"

　　朱颜气得眉毛倒竖，强行忍住了冲过去揍他一顿的冲动——看在这屠龙户年纪大了，眼花耳聋，又骤然遭受打击的分上，算了。忍一忍，毕竟还得求他看病呢！

"大胆！"管家却看不下去，上前一步，喝止，"赤王府的朱颜郡主在此，区区一个屠龙户，居然敢出口无状？"

申屠大夫闻声转过头，睁着昏花老眼看了半天，疑问："你是谁？口气够大呀！"

管家涵养虽好，脸色也顿时青白不定。

"好了好了。"校尉知道这个老屠龙户的臭脾气，连忙出来打圆场，拉着他的胳膊走到了朱颜面前，"喏，这位才是赤王府来的朱颜郡主！听见了没？人家是个郡主，贵人呢！她的鲛人病了，特地赶过来让你看看。"

"哟……贵人？"申屠大夫皱了皱眉头，鼻子抽了几下，凑过去，啧啧道，"的确是贵呀……贵得很！用的是上百个金铢一盒的龙涎香吧？连群玉坊的头牌们都用不起这么好的香料呀……"

他眨着迷糊的眼睛，一边嘀咕一边凑上去，鼻尖几乎碰到了朱颜的胸口。朱颜再也忍不住，勃然大怒，一把揪住这个老家伙的衣领，单手给提了起来，几乎要抽他一个耳光："老不正经的！找打呢，是不是？"

"哎，别别！"校尉吓了一跳，连忙过来讨饶，"这老家伙就是这样。一把年纪了，又好酒又好色！今天看起来又是喝多了……他脾气臭得很，郡主您别和他计较。"

"我不和他计较。"朱颜冷笑了一声，吩咐，"管家，把他给我带回去！"

"是！"管家带着侍卫走上来，却并未直接动手抓人，反而客气地对那个老屠龙户作了个揖，道，"申屠大夫，有请了。"

"不去！"看到对方如此恭敬，那个申屠大夫竟是得了意，甩下脸来，把头摇得和拨浪鼓似的，"今天老子心情不好，哪儿都不去！"

"你这老家伙！给你脸不要脸是吧？"朱颜气得又要上去打他，却被管家暗中拉住了衣角，偷偷摇了摇头，附耳低声道："郡主，那老家伙可贼得很，最好对他客气点，否则他就算去了也未必好好看病——万一神不知鬼不觉地换了几味药，把那孩子给治死了，那就……"

"他敢？！"朱颜吃了一惊，大怒。

"他有啥不敢的……一个老光棍，无儿无女孤家寡人的。"管家低声道，指了指那个满身酒气和血腥气的老人，"他是屠龙户里资格最老的了，连帝君以前最宠幸的那个鲛人，秋水歌姬，都是他亲手剖出来的——在叶城，就连总督大人都让他三分呢……"

"秋水歌姬？"朱颜吃了一惊。

那个传奇般的鲛人，据说有着绝世的容颜和天籁一样的歌喉，一度宠冠后宫，无人能比。北冕帝对其神魂颠倒，甚至专门为她在帝都兴建了望海楼，以解她无法回到大海的思乡之苦。

只可惜这个绝世美人非常薄命，受宠不过五六载便死于非命。在她死后，北冕帝哀恸不已，罢朝数月，最后竟然想要追封她为皇后，并要安葬在只有空桑帝后才能入葬的九嶷山帝王谷。此事自然引起了朝野大哗，六部藩王齐齐上书阻止，尤其白王更为愤怒，几乎引发了云荒的政局动荡。

难道那个传奇般的美人，竟然也是出自这双血污狼藉之手？

她有些为难："那……他要是不肯治好这个孩子，要怎么办？"

"没事，让属下来处理。"管家和她说了一句，便朝着申屠大夫走了过去，低声说了几句什么，顿时看到申屠大夫表情大变，瞬间眉开眼笑，不停地点头："行！行！我马上就跟你去！"

"走吧。"管家含笑走了回来，"没问题了。"

朱颜咋舌不已："你是怎么搞定他的？"

管家笑了一声，摇头："这般事，还是不和郡主说为好。"

"说吧说吧！"她的好奇心一下子提了上来，扯住管家的袖子，"你到底是怎么说服他的，让我也好学学。"

管家有些为难地看了看乐颠颠自动爬上马车的申屠大夫，又看了看朱颜，咳嗽了几声，压低道："属下刚才和他承诺说，只要肯好好地给郡主的鲛人看病，他在星海云庭一个月的花费，便都可以算在赤王府账上。"

朱颜愕然："星海云庭？那又是什么？"

"不瞒郡主。"管家有些尴尬地顿了一下，道，"这星海云庭，乃是叶城最出名的……喀喀，青楼妓院。"

"啊？"朱颜一时愣住，当管家以为郡主女孩儿家脸皮薄，听不得这种地方时，却见她眼睛一亮，鼓掌欢呼，"太好了，我还没去过青楼呢！你带我一起去那儿看看吧！也挂在王府账上，行不行？"

管家差点吐出一口血来："这怎么行！"

"行的行的！就这么说定了啊！"她满心欢喜，一下子蹦上了马车，"我不会告诉父王的！以后一定会在他面前给你多美言几句！"

在马车上，那个申屠大夫抱过了那个小鲛人，掐了一下人中。也不知道他用的是什么手法，孩子居然应声在他膝盖上悠悠醒来，睁开了眼睛一看，立刻往后缩了一缩，眼神里却满是厌恶。

这种双手沾满血的屠龙户，是不是身上都有一种天生让鲛人退避三舍的气息？然而，那个孩子被朱颜用术法锁住了身体，无法动弹。

申屠大夫在颠簸的马车上给孩子把了脉，淡淡然地说了声"不妨事"，只是一向营养不良，身体太虚弱而已，这一路上颠沛流离，导致风邪入侵，吃一帖药发发汗顺一下气脉就会没事了。

"这么简单？"朱颜却有些不信。

"就这么简单！小丫头片子你懂什么？"申屠大夫睁着一双怪眼，冷笑，"鲛人虽然娇弱一点，但身体构造简单，反而不像人那样老生各种莫名其妙的病。我手下治好的鲛人没一千也有八百，怎么会不知道？"

朱颜很少被人这么呛声，一时间有些恼怒，但看在这个大夫可能是那个孩子唯一的救星的分上也没有发火，只道："等到了行宫再仔细看看吧。"

马车飞驰，不一时便到了赤王行宫，盛嬷嬷早就等了多时，看到他们平安归来，立刻欢天喜地地将一行人迎了进去。

面对着金碧辉煌的藩王府邸，申屠大夫昂然而入，并无半分怯场，一坐下来便吆五喝六地索要酒水，扯过纸张，一边喝酒一边信笔挥洒，"唰唰"地便开完了药方，口里只嚷："包好，包好！喝个三天，啥事都没了！"

他开完了方子，把杯子里的酒一口喝完，便拍拍屁股站起来，一把拉住了管家，急不可待："现在可以去群玉坊了吧？你说话得算话！"

"等一下！你这个大夫怎么这么草率啊？"朱颜却皱起了眉头，看了看那个孩子，"既然来了，顺便给这个小家伙再看看吧——这肚子鼓那么高，是不是有点问题？"

那个孩子被宽松的布巾包裹着，本来看不出腹部的异样，然而等朱颜揭开了衣服，申屠大夫不耐烦的眼神立刻就变了："什么？"

他也不提要出去寻花问柳了，立刻重新坐了下来，将孩子抱过来，伸手仔细地按了又按，神情渐渐有些凝重，嘀咕了一声："奇怪，里面居然不是个肿块。"

"啊？不是肿块？"朱颜心里不安，"难道是腹积水吗？"

"不是。"申屠大夫用手按着孩子的小腹，手指移到了气海的位置，微微用力，然而孩子只是皱了皱眉头，并没有露出太痛苦的表情。

"很奇怪啊……"申屠大夫喃喃说了一句，"那里面，似乎是个胎儿？"

"什么？"朱颜吓了一大跳，"胎儿？"

大家也都吃了一惊，一齐定睛看了看那个孩子——瘦小苍白，怎么看也不过是人类六七岁孩童的模样，而且尚未分化出性别，如何就会有了胎儿？

"你开玩笑吧？"朱颜再也忍不住，放声哈哈大笑了起来，惹得一屋子的人也随之笑个不停，"这么小的孩子，怎么可能会怀孕？！"

"老子从不开玩笑！"听到他们的笑声，申屠大夫勃然大怒，一把将那个孩子抓了起来，放在桌子上，用瘦骨嶙峋的手按住了凸起的腹部，厉声道，"就在这里面，有个胎儿！而且，是一个死胎！不信的话，去拿一把刀来，我立刻就能把它剖出来！如果里面不是胎儿，老子把脑袋切了给你！如果是，你切了你的！"

他狠狠地看了朱颜一眼："怎么样，敢不敢和我打这个赌？"

朱颜被他瞬间的气势压住了，一时间竟没有回答——按照她的脾气，被这么一激，早就跳起来了。然而此刻看着桌子上满眼厌恶却无法动弹的瘦小孩子，硬生生又把话给吞了回去。

她吸了一口气，勉强开口："那……为什么里面会有个胎儿？"

"老子怎么知道！"申屠大夫恨恨道，松开了手，那个孩子眼里的厌恶神色终于缓解了一点，拼命地挪动身体，想要逃离他的身侧。朱颜看得可怜，便伸出手将孩子抱到了自己怀里，他才堪堪松了口气。

"这个小家伙的父母呢？在哪里？"申屠大夫坐下来，盛嬷嬷又给他倒了一杯酒，"去问问父母，估计能问出一点什么。"

朱颜摇了摇头："父母都找不到了。"

"那兄弟姐妹呢？"申屠大夫又问，"有谁知道他的情况？"

朱颜叹了口气："似乎也没有，是个孤儿。"

"那就难办了……"申屠大夫喝完酒，抹了抹嘴巴，屈起了一根手指，"让我来猜，只有一个可能性，但微乎其微。"

"什么？"朱颜问。

"这孩子肚子里的胎儿，是在母胎里就有的。"申屠大夫伸出手，将她怀里那个孩子拨了过来，翻来覆去地细看，"也就是说，那是他的弟弟。"

朱颜愣住了，脱口道："什么？弟弟？"

"有过这种先例。"申屠大夫摇着头，"以前我见过一例。就是母亲怀了双胞胎，但受孕时候养分严重不足，只够肚子里的一个胎儿活下去——到最后分娩的时候，其中一个胎儿凭空消失了。既没有留在母体内，也没有被生下来。"

朱颜喃喃："那是去了哪里？"

"被吃掉了！"申屠大夫一字一顿，"那个被生下来的胎儿，为了争夺养分活下去，就在母体内吞吃掉了另一个兄弟！"

"什么？"朱颜怔住了，不敢相信地看着怀里那个瘦小的孩子。

那个孩子听着申屠大夫的诊断，身体在微微发抖，一言不发地转过头，似乎不愿意看到他们，眼睛里全是厌恶的表情。

"当然，这些事情，这孩子自己肯定也不记得了。"申屠大夫摇头，"那时候还是个胎儿，会有什么记忆？他做这一切也是无意识的。"

朱颜抬起手臂，将那个单薄瘦小的孩子揽在怀里，摸了摸柔软的头发，迟疑了一下，问："那……这腹中的死胎，可以取掉吗？"

"啊？郡主想把它取掉？"申屠大夫听到这句话，一下子兴致高昂起来，"太好了！这种病例非常罕见，碰到一例算是运气好——我来我来！什么时候动刀？"

这回朱颜没有说话，低头看了看那个孩子。

孩子也在无声无息地看着她，湛碧色的眼睛深不见底，里面有隐约的挣扎，如同一只掉落在深井里无法爬出来的小兽。

她蹙眉，担忧地问："取出来的风险大不大？"

"大，当然大！这可比给鲛人破身劈腿难度大多了，大概只有十分之一的生还机会。"申屠大夫摇着头，竖起了三根手指，"不瞒你说，上次那个病例，母子三个最后全死了，一个都没保住。"

怀里的孩子颤了一下，朱颜一惊，立刻一口回绝："那就算了！"

"真的不动刀了？"申屠大夫有些失望，看了看这个孩子，加重了语气，"可是，如果让这个死胎继续留在身体里，不取出来的话，估计这个孩子活不过一百岁……到那个时候我早就死了，这世上未必还有人能够替你这个刀，这孩子连十分之一活命的机会都没有。"

朱颜手臂颤了一下，皱眉看着那个孩子。

那孩子缩在她臂弯里，瘦小的脸庞苍白沉默，没有表示同意的表情——难道这个孩子愿意和死去的孪生兄弟一起共存,直到死亡来临?

"还是不了。"她终于咬了咬牙,拒绝了这个提议。

"那可惜了……真是个极漂亮的孩子啊!"申屠大夫摇着头,只是将那个孩子翻来覆去地看,如同研究着一件最精美绝伦的工艺品,嘴里啧啧有声,"我做了几十年的屠龙户,也从未见过这样的一张脸——如果没了肚子里这个瘤子,估计能卖出天价来吧?即便是当年的秋水歌姬,也没有这样的容色……"

那个孩子厌恶地躲避着他的手指,眼神狠毒,几乎想去咬他。

"哎?这是——"然而,那个老屠龙户在把孩子翻过来时,动作忽然又停滞了。他凑了过来,鼻尖几乎贴到了孩子苍白瘦弱的背上,昏花的老眼里流露出一种迷惑和震惊的光芒,就这样定定地看着孩子的后背。

朱颜感觉到了怀里孩子的颤抖和不悦,连忙往后退了一下,抬起手背挡住孩子的皮肤,道:"这孩子的背上,还有一大片的黑痣。"

"黑痣?不可能。"申屠大夫皱着眉头,喃喃,再度伸出手指,想触碰孩子的背,"这不像是黑痣,而是……"

"别乱摸!"朱颜"啪"的一声拍掉了伸过来的手,将孩子护在了怀里,如同一只护着幼崽的母兽,"我也没让你来治这个!"

申屠大夫停住了手,怔怔地盯着看了半天,忽然一拍大腿,低低说了一句:"哎,我的天哪!难道是……"

"怎么了?"管家看到他表情忽然大变,忍不住警觉起来。

"没事,只是想起有件事没弄好,得先走了!"申屠大夫瞬地站了起来,差点碰翻了茶盏,"告辞告辞。"

管家忍不住皱了皱眉头,问:"现在就要走?不去群玉坊了吗?"

"哦,改天……改天好了!"申屠大夫摆着手,连声道,"放心,这笔账我不会忘记的!回头我再来找你!"

说话间,便已经匆匆走了出去,留下房间里的人面面相觑。

"这个孩子到底是怎么回事……"盛嬷嬷原本是极喜爱这个小鲛人

的，然而听申屠大夫这么一说，心里也是发怵，上下打量着，想伸出手去摸那个凸起的小小肚子，嘴里道，"难道肚子里真的是吞了同胞兄弟？"

看到老嬷嬷来摸，孩子深不见底的眸子有光芒掠过，如同妖魔，忽地露出牙齿对着她龇了一下，喉咙里发出小兽一样的威胁低吼。

"哎！"盛嬷嬷吓得缩回手，往后退了一步，迭声道，"这……这孩子，还真的有点邪门哪！郡主，我劝你还是别留了，反正王爷也不会允许你再养个鲛人在身边的。"

朱颜皱眉："我不会扔掉这孩子的！"

"扔了倒不至于。"盛嬷嬷叹了口气，道，"不如给孩子找个新的主人……听说叶城也有仁慈一点的贵人喜欢养鲛人，比如城南的紫景家。"

"那怎么行！"朱颜提高了声音，"这孩子现在这个样子，有哪个人会养？那么小的畸形的孩子，又不会织鲛绡，不值什么钱——除非低价买去，杀了取一对凝碧珠！难道你是想让我把这小兔崽子赶出去送死吗？"

怀里的孩子微微震了一下，看了她一眼，没有说话。

"那自然是不能的。"盛嬷嬷皱眉，忽然道，"要不，干脆放回碧落海去算了！"

这个提议让朱颜沉默了片刻，下意识地低头看了看怀里的小孩，许久才道："昨天晚上我才刚刚把这小兔崽子从复国军手里抢回来呢。难道又要把他放回去？"

"放回大海，也是这孩子最好的归宿呀！"盛嬷嬷看到郡主的态度似乎有些松动，连忙道，"每个鲛人都想着回碧落海去，这孩子不也一样吗？"

"是吗？"朱颜低下头，问怀里瘦小的孩子。

然而那个孩子脸上的神色还是冷冷，似乎完全不在意她们在讨论着关于自己的大事——并无丝毫紧张或者不安，也无任何激动或者期待，仿佛回不回大海，去不去东市西市，都是无所谓的事情。

朱颜皱着眉头看了看这孩子，看不出他的态度，不由得嘀咕了一声：

"喂，莫非你不仅肚子里有问题，脑子也是坏的吗？"

那个孩子终于转过头，冷冷看了她一眼。

"放生虽然是件好事，但这小家伙是在陆地上出生的，长这么大估计都没有回过真正的大海。"朱颜看着怀里这个满身是刺的小家伙，道，"原本的鱼尾已经被割掉了，拖着这样的身体，回海里还能不能活都不知道呢！"

盛嬷嬷苦笑："难道郡主还想把这孩子养大了再放回去？"

"我觉得养个几十年，等长大了身体健壮一点了，再决定动刀子或者放回去比较好。"她点了点头，认真道，"总得确保平安无事了，再放他出去任他走。"

盛嬷嬷一时无语，忍不住地叹着气，苦笑道："郡主，难不成您是打算养这个孩子一辈子？"

是的，这个鲛人孩子非常幼小，看上去不过六十岁的模样，待得长到一百岁的成年分界线，总归还有三四十年的光景吧？可对于陆地上的人类而言，那几乎便是一生的时间了。

"赤王府又不缺这点钱，养一辈子又怎么了？"朱颜将怀里的孩子举了起来，放在眼前，平视着那双湛碧色的眼睛，认真地说道，"喏，我答应过你娘，就一定会好好照顾你——放心，有我在，啥都别怕！"

那个孩子没有说话，只是看着她，深深的瞳孔里清晰地浮出她的脸庞，却莫测喜怒。朱颜有些气馁，双手托着他肋下，晃了晃这个沉默的孩子："喂，难道你真的想跟着那些鲛人回海里去？如果真的想回去就说一声，我马上把你放到回龙港去。"

那个孩子看着她，终于摇了摇头。

"不想去？太好了！"朱颜欢呼了一声，"那你就留在这里吧！"

然而，那个孩子看着她，又坚决地摇了摇头。

朱颜脸上的笑意顿时消失了，恨恨地看着这个孩子："怎么，你也不想跟着我？傻瓜，外面都是豺狼，这世上不会有人对你比我更好了！"

那个孩子还是缓缓摇头，湛碧色的眼眸冷酷强硬。

"喂，真讨厌你这种表情！"朱颜嘀咕了一声，只觉得心里的火气腾一下子上来了，给了孩子一个爆栗子，"小兔崽子！你以为你是谁？想留就留，想走就走？没门！在没把你身上的病治好之前，哪儿都不许去！"

她一手就把这个孩子抱了起来，极轻极瘦，如同抱着一个布娃娃："真是不知好歹的小家伙！如果我不管你把你扔在外面，三天不到，你立马就会死掉了！知不知道，小兔崽子？"

孩子照例是冷冷地转过头去，没有回答。然而，当朱颜沮丧地抱起孩子，准备回到房间里去时，忽然听到了一声极细极细的声音传入耳际，如同此刻廊外的风，一掠而过。

"什么？"她吃了一惊，看着那个从未开口说过一句话的孩子，"刚才你是在说话吗？"

"我不叫小兔崽子。"那个孩子抬起头，用湛碧色的眸子看着她，又沉默了片刻，忽然开口，清清楚楚地吐出了四个字——

"我叫苏摩。"

朱颜愣在了那里，半晌，才发出了一声欢呼，一把将这个孩子抱起来，捏了捏对方的小脸："哇！小兔崽子，你……你说话了？！"

"我叫苏摩。"那个孩子皱了皱眉头，闪避着她的手，重复了一遍。

"好吧。"她随口答应，"你叫苏摩，我知道了。"

"我愿意动刀子。"孩子看着她，一字一句地道。

朱颜脸上的笑容凝结了："你说什么？"

那个叫苏摩的孩子看着她，眼神冷郁而阴沉，缓缓道："我愿意让那个大夫动刀子剖开我，把那个东西，从我的身体里取出来。"

她倒吸了一口气："这很危险，十有八九会死！"

"那是我的事。"苏摩的声音完全不像一个孩子，把小小的手搁在了自己的肚子上，"取出它！我……我讨厌它，再也不愿和它共享一个身体了。"

朱颜蹙眉看了这孩子片刻，道："不行！你太小了。成年鲛人动那种刀子十有八九都会死在当场，何况你这个小兔崽子？要知道我现在是你的主人，万一你死了，我怎么和鱼姬交代？"

"你才不是我的主人。"苏摩冷冷截口，"我没有主人！"

"哟，人小心气高嘛！觉得自己很厉害对吧？"她嘲讽地把这个瘦小的孩子提了起来，在眼前晃悠，"听着，无论你承不承认，现在你就是个什么也不是的小兔崽子，处于我的保护之下！我说不行，就是不行！"

"放开我！"那个孩子愤怒地瞪着她，"我宁可死，也不要继续这样下去！"

孩子的语气冰冷而强硬，说到"死"字的时候，音节锋利如刀，竟让朱颜心里微微一愣，倒吸了一口气。

这个孩子，不是在开玩笑。

她放缓了语气，道："听着，刚才那个申屠大夫的话只是一家之言，等我再去问问空桑其他大夫，看看是不是有别的方法可以让你……"一边说着，她一边用手指戳了戳孩子柔软的肚子，道，"让你安全一点地把肚子里的孩子生下来。"

"放开手！"那个孩子拼命想从她的手里挣脱，"别碰我！"

"我不是不想给你治病，只是想替你找到最合适的法子而已。我可不敢拿你的小命去冒险。"她叹了口气，看到孩子还是在奋力挣扎，不由得怒从心头起，冷哼了一声，"不过，你得给我安分一点。不许乱动，否则——"

她扬了扬手，恐吓："可别怪我打你屁股！"

那个孩子一下子僵住了，死死盯着她，脸色"唰"地苍白，眼里几乎要露出咆哮的表情来，却最终还是咬紧了嘴唇，沉默下去。

"怎么，怕了吧？"朱颜不慌不忙地松开了手，把这孩子扔给了旁边的盛嬷嬷，满怀得意——唉，以前在师父那儿受的气，今天可终于有地方发泄了。原来有个任人欺负的小跟班的感觉竟然是那么好！

"管家，记着明天替我去总督府上一趟，给这个小兔崽子办一张丹书身契。"她转身吩咐，"奴隶的名字写苏摩，主人的名字就写我，知道吗？"

"是。"管家领命。

背后传来孩子愤怒的声音："我没有主人！"

"呵呵，这可由不得你。"她笑嘻嘻地看着这个炸了毛的小鲛人，明丽的脸上浮现出促狭的笑容，捏了捏孩子的面颊，"回头我用黄金打一个项圈，用宝石镶上主人我的名字套在你脖子上——保证其他鲛人奴隶都羡慕你！"

看着那个孩子愤怒而苍白的小脸，几乎要杀人的眼神，她却忍不住舒畅地大笑起来。哎呀，真好玩，有了这个小家伙，估计回到西荒也不会无聊了，这一趟出来还真是值得。

她笑着笑着，忽然想起了什么，眼神便是一暗。

是的，这一趟出来，其实并不是为了去帝都见驾，反而多半是为了半路要经过的叶城——从天极风城出发时，她心里其实是怀着一个隐秘的愿望的，怎么一路走到这里，居然就忘了呢？

是的，她是为了渊而来。

渊。那个名字如同一点暗火，从少女情窦初开的懵懂年华开始，在她内心一直幽幽燃烧。那灼热的伤痛感，从未因为离别而熄灭。

她十八岁了，经历了出嫁、丧夫，终于可以获得一点自由，来到这里寻找他——叶城会聚了云荒大地上一半的鲛人，也是渊经常提起的地方，据说他昔年也是从叶城来到赤王府的。那么，如果他离开，很可能也会回到这里吧？她从西荒不远千里来到了这里，如果运气好的话，说不定会遇到他。

在出发之前，她曾经在神像面前默默许下过愿望。

可一路到了现在，还是没有任何踪影。

"嬷嬷，明天开始，我要去叶城四处转转了。"朱颜抬起手，轻轻抚摸着贴身佩戴的那个坠子，开朗的眉间有淡淡的忧愁笼罩，"我要去找一个人……如果叶城也找不到，那我真的是一点办法也没有了。"

盛嬷嬷在一边看着，也情不自禁地叹了口气。

是的，她知道这个孩子心里在想什么。

三年前，当她看到这个贵族少女眉宇之间出现这样的愁绪时，便知道这个自己亲手带大的小郡主已经不再是孩子了，她心里有了事，再也不能如同童年时候那样无忧无虑。

可是，郡主啊……你又知道那个鲛人，到底是一个什么样的人吗？

你还小，成长在一个小天地里，还没见过这个世界真实的模样。所以还不明白自己所喜欢的，到底是一个想象中的幻影，还是一个真实的人吧？

第十三章

风云会

叶城总督府。午茶时分，幽静的庭院里只有春日的鸟啼，廊下微风浮动着花香，空无一人，一只雪白的小鸟儿站在高高的金丝架上，垂着头瞌睡。

"前日擒回来的那几个复国军战士，都已经下狱拷问过了。"白凤麟合上了手里的茶盏，和对面的人低声道，"所有的刑罚都用上了，还是一句都没有招供——唉，那些复国军，个个简直都不是血肉之身一样。"

对面空无一人，只有一道深深的珠帘低垂。

帘幕后，隐隐约约有一个影子寂然端坐。

"倒是硬气。"帘子后的人淡淡道。

白凤麟叹了口气，道："那些鲛人，估计是破身劈腿的时候就死过了一次，吃过常人吃不了的苦，所以反而悍不畏死吧？刑讯了一天一夜，已经拷问得残废了，舌头都咬断，却一句话都不招。"

"就算舌头断了，也容不得他们不招。"帘子后那个人微微冷笑，

"等会儿把为首的那个鲛人带到我这里来，我自然有法子让他开口。"

"是。"白风麟知道对方的厉害，"马上就安排。"

"复国军的首领是谁？"帘子后的人低声道，一字一顿，"不惜代价，一定要把这个人找出来！"

白风麟很少听到对方波澜不惊的语气里有这样的力量，不由得微微倒吸了一口气，笑道："影兄乃世外高人，怎么也对复国军如此上心？倒是在下的运气了——最近他们闹得凶，让叶城鸡犬不宁啊。"

"何止叶城。"帘后之人低声道，语音冰冷，"燎原之火，若不及早熄灭，将来整个云荒都会被付之一炬！"

"整个云荒？"白风麟愕然停顿了一下，大不以为然，又不好反驳对方的意见，只能笑道，"复国军建立了那么多年，那些鲛人来回折腾也不见能折腾出什么花样来。影兄是多虑了吧？"

帘后的人只是淡淡道："世人眼光短浅。"

被冷嘲，白风麟狭长的眼睛里有冷光一掠而过，却压下了怒火，笑道："说的是。在下不过是红尘里的一介俗人，见识又岂能和大神官相比？"

"知道就好。"帘后的人居然没有说一句客气的话，颔首。

白风麟知道这个人素来性格冷傲，孤芳自赏，完全不懂应酬交际，说出的话自然是不顾及别人感受，握着折扇的手微微握紧，好容易才忍下了这口气，笑道："前两天我按照吩咐，把叶城所有的鲛人奴隶名册都拿过来了——不知影兄看了多少？如果有用得着在下的地方，尽管开口。"

"已经看完了。"帘子后的人淡淡道，手指微抬。一道无形的力量瞬间将帘子卷起，一大堆简牍书卷如同小山一样平移出来，整整齐齐地停在了叶城总督的面前，"你拿回去吧！"

帘子卷起，春日午后的斜阳照在一张端正冷峻的脸上。

九嶷山的大神官穿着一身白袍，坐在深帘背后，眉目俊美，凝定冷肃，宛如雕塑。垂落的黄金架子上停着一只通体雪白、有着朱红色四眼的飞鸟，身侧放着一把伞——伞上的那一枝蔷薇蜿蜒绽放，和对面叶城总督衣衫上的蔷薇家徽遥遥呼应。

那，是白之一族的标记。

自己的父亲、当代的白王，和时影的母亲、去世的白嫣皇后，乃是一母同胞的兄妹。说起来，他们两个人身上其实流着四分之一相同的血，是嫡亲的表兄弟——可是，为什么每次自己看到这个九嶷山的大神官，都觉得对方遥不可及呢？

他知道这个惊才绝艳的表兄本来该是空桑的皇太子，君临云荒的帝王。却因为母亲不为北冕帝所喜，生下来不久就被逐出伽蓝帝都，送到了神庙当了神官。

而青妃所出的皇子时雨，取代了他的位置。

"我们白之一族皇后所生的嫡长子，居然被废黜驱逐了？可恨……可恨啊！"有一次，白王喝醉了，喃喃地对着儿子说出了心里的话，"风麟，你要多亲近亲近表兄……知道吗？他，他才是真正的帝王！青族的那个小崽子算什么东西！迟早我们……"

他恭谨地领命："是，父王。"

是的。时影是帝君的嫡长子，即便没有被册立为皇太子，如今却也是九嶷神庙的大神官，将来少不得会继承大司命的位子，成为空桑一人之下万人之上的人物——对这样一位表兄，自己是万万怠慢不得。

所以，当这个本该在九嶷神庙的人忽然秘来到叶城，提出一系列奇怪的要求时，自己也全数听从了，并没有半句诘问。更何况，大神官还主动提出要帮自己对付城里闹得凶猛的复国军，更是正中他的下怀。

"你给的资料很齐全，涵盖了近三百年来叶城所有的鲛人奴隶买卖名册。"时影淡淡道，"只可惜我从头看了两遍，毫无收获——在册的鲛人奴隶一共二十七万三千六百九十一名，没有一个人是我想要找的。"

白风麟没想到他在短短两天内居然看完了这海量的资料，不由得倒吸了一口冷气——这样惊人的阅读能力和记忆力，远远超乎正常人，难道也是靠着修行术法获得的？

他愣了一下，忍不住道："你确认你所要找的那个鲛人，眼下就是在叶城？"

"是。"时影淡淡，只回答了一个字。

他说是，便没有人敢质疑。

白凤麟皱着眉头，看着那如山一样的资料，道："不可能啊……叶城不敢有人私下畜养鲛人奴隶！你看过屠龙户那边的鲛人名册吗？那儿还有一些刚从海里捕获，没有破身、没有被拍卖的无主鲛人。"

"看过了。"时影冷冷道，"都没有。"

白凤麟皱眉："那个鲛人叫什么名字？"

"不知道。"时影语气平静，淡淡，"既不知道名字，也不知道性别，更加不知道年龄和具体所在。"

白凤麟愕然——这还能怎么找？连性别年龄都不知道！

"但我所知道的是：最初曾在叶城待过，然后去了西荒，最近一次出现，是在苏萨哈鲁。"时影淡淡道，"而现在，应该已经回到了叶城——诞生的地方。"

白凤麟忍不住问："这些都从何得知？"

"观星。和蝼蚁般的芸芸众生不同，那些可以影响一个时代的人的宿命，是被写在星辰上的。"时影看着那些堆积如山的卷宗资料，语气里第一次透出敬意，"当我察觉到那片归邪从碧落海上升起时，就全心全意地追逐了整整三年。可惜，每一次我都错过了……"

连大神官也无法追逐到的人，岂不是一个幻影？

白凤麟看着卷宗，慢慢明白了过来："你看完了所有资料，发现这上面所有的鲛人，都不符合你上面说的轨迹？"

"是。"时影淡淡，"不在这上面。"

"那又能在何处？叶城的所有鲛人名录都在这上头了！"白凤麟苦思冥想，忽地一拍折扇，惊呼起来，"难道……那个，竟是在复国军？！"

是的，按照目下的情况，如果在叶城，却又不在奴隶名册上的，那就唯有复国军里的鲛人了！

时影颔首："这个可能性最大。"

"难怪你要帮我清剿复国军！原来是在追查某个人？"白风麟恍然大悟，"好的，我立刻去吩咐他们，把那几个复国军俘虏都移交给你处理。"

"尽快。"时影不再说什么，手指微微一动，卷起的帘子"唰"地落下，将他的脸重新遮挡在了暗影里。

这样的意思，便是谈话结束，可以走人了。

叶城总督也识趣地站了起来，起身告退。然而，刚走了几步，他仿佛想起了什么似的，忽地回过头，笑道："对了，前几日在叶城外，我倒是见到了赤之一族的朱颜郡主——原来她竟也跟着赤王来了这里。"

"哦？"时影不置可否，"是吗？"

白风麟笑道："那位朱颜郡主，听说曾是影兄的徒弟？"

"是。"时影淡淡道，似不愿多说一个字。

"名师出高徒。难怪身手那么好。被一群鲛人复国军拖入海底围攻，居然还能劈开海逃出一条命来！"白风麟赞了一声，似是踌躇了一番，又道，"听说……她刚刚新死了丈夫？"

"是。"时影继续淡淡地说道，语气却有些不耐烦。

"可惜了……"白风麟叹了口气，"若不是她刚嫁就守寡，实在不吉利，我倒是想让父王替我去赤王府求这一门亲。"

帘子后的眼睛瞬间锐利起来，如同有闪电掠过。

"赤王的独女，人漂亮，又有本事。若能娶到，必能添不少助力。"白风麟忍不住自言自语，"只可惜偏偏是个新丧夫的寡妇，我身为白王的继承人，再娶过来当正室，未免贻笑大——"

话说到一半，他的呼吸忽然停住了。

空气忽然凝结了，仿佛有一只无形的手骤然从半空降临，一把扼住了他的咽喉，将叶城总督硬生生凌空提了起来，双脚离地！

他顿时喘不过气来，拼命挣扎，一句话也说不出。

"住嘴。"帘幕后暗影里的人隔空抬起了两根手指，微微并拢，便将帘子外的人捏了起来。一双眼睛雪亮如电，冷冷地看着被提在半空中挣扎的叶城总督，半晌才用森然入骨的语气开口，"我的徒弟，哪里轮得到你们这些人来说三道四？"

两根手指骤然放开，凌空的人跌落在地，捂着咽喉喘息，脸色苍白。

然而，等白风麟抬起头时，帘幕后的影子已经消失了。他挣扎着从地上站起，不敢停留，跌跌撞撞地离开了这个庭院，心里惊骇无比。

这个喜怒无常的大神官，心里到底想着什么？

这个平时不动声色的人，竟然一提到那个小丫头就毫无预兆地翻了脸，实在是令人费解。莫非是……白风麟一向是个洞察世情的精明人，想了片刻，心里猛然"咯噔"了一下，脸色几度变化。

"把前几天抓到的那几个复国军，统统都送到后院里去！"他一边想着，一边走了出去，吩咐下属，"送进去之后就立刻离开，谁也不许在那里停留，出来后谁也不许说这事儿，知道吗？"

"是！"下属领命退下。

当四周无人后，白风麟坐在大堂的椅子上，抬起手，心有余悸地摸着咽喉——刚刚那一瞬，他都不知道发生了什么，整个人便已经离地而起，一股无法抗拒的力量锁住了他的咽喉，夺去了他的呼吸。

虽然只是一瞬间的事，却是令人刻骨铭心。

那种人为刀俎我为鱼肉的感觉，让叶城总督在惊魂方定之后骤然涌现出一种说不出的愤怒和耻辱来——作为杀出一条血路才获得今天地位的庶子，他从来不是一个好相处的人，更是第一次被这样羞辱！

白风麟看着深院里，眼里忽然露出了一种狠意。

这个人忽然来到叶城，命令他做这些莫名其妙的事情，到底是为了什么？本来是看在他是同族表亲、能力高超、又可以帮自己对付复国军的分上才答应相助的，而现在看来，竟是请神容易送神难了。

堂堂叶城总督，岂能被人这样玩弄于股掌之间？

他的手指慢慢握紧，眼里竟隐约透出了杀气。

"总督大人。"正在出神，外面却传来了侍从的禀告，"有人持着名帖，在外面求见大人。"

"不见！"白凤麟心里正不乐，厉声驳了回去。

"可是……"这个侍从叫福全，是白凤麟的心腹，一贯会察言观色，知道主人此刻心情不好，却也不敢退下，只是小心翼翼地道，"来人持着赤王的名帖，说是赤王府的管家，奉朱颜郡主之命前来。"

"赤王府？"白凤麟愣了一下，冷静了下来，"朱颜郡主？"

那一瞬，他眼前又浮现出那个冷月之下的贵族少女身影，心里一动，神色不由得缓了下去，问："何事？"

福全道："说是郡主新收了一个小鲛人，想来办一份丹书身契。"

"哦，原来是这事儿。"白凤麟想起了那个差点被复国军掳去的鲛人小孩，"那小家伙没死啊？倒是命大……好，你带他们去办理丹书身契吧！"

"是。"福全点头，刚准备退下去，白凤麟却迟疑了一下，忽然道："等一下，赤王府的管家在哪儿？我亲自去见见他。"

"啊？"福全愣了一下，"在……在廊下候着呢。"

"还不请进来？"白凤麟皱眉，厉叱，"吩咐所有人好生伺候着。等下办好了，我还要亲自送贵客回赤王府去！"

福全跟了他多年，一时间也不由得满头雾水。

"这个管家是赤王跟前最得力的人，多年来一直驻在叶城和帝都，为赤之一族打理内外事务。"白凤麟将折扇在手心里敲了一敲，一路往外迎了出去，低声对身边的心腹道，"将来若要和赤之一族联姻，这个人可怠慢不得。"

"啊？联……联姻？"福全吃了一惊，脱口而出，"大人您想娶朱颜郡主？她……她可是个新丧的寡妇啊！"顿了顿，自知失言，又连忙道，

"不过郡主的确是年轻美貌，任谁见了也动心！"

"原本是没想的，只不过……"白凤麟冷笑了一声，有意无意地回头看了一眼深院，"我只想让有的人知道：这女子我想娶就娶，可不是什么痴心妄想！"

"是，是。"福全答应着，小心翼翼地提醒了一句，"不过，娶正妻可是大事……还需得王爷做主啊。"

"放心，我自然会修书请示父王。"白凤麟"哼"了一声，"无论如何她是赤王的独女，说不定还会是下一任的赤王，两族联姻，也算是门当户对——父王即便觉得略为不妥，但我若坚持，自然也会替我求娶。而赤王，呵……"说到这里，他笑了一声，"赤王估计是求之不得吧？本来这个新寡的女儿，可只有做续弦外室的份儿！"

"那可不是。"福全连忙点头，"大人看上她，那是她的福分！"

两人说着，便到了外间，看到赤王府的管家正在下面候着，白凤麟止住了话头，满脸含笑地迎了上去，拉着手寒暄了几句，看座上茶，叙了好一番话，竟是亲自引着去办理了丹书身契。

赤王府的管家看对方如此热情，心下不免诧异，然而听到他十句话八句不离朱颜郡主，毕竟也是人情练达，顿时明了了几分，话语也变得谨慎起来——白王长子、叶城总督身份尊贵，年貌也相当，他对郡主有意，自然是好事，可不知道赤王的意下如何，自己一个下属又怎能轻易表态？

有总督亲自陪着，原本需要半个月才能办好的丹书身契变成了立等可取，等管家拿到奴隶的身契，白凤麟便要福全下去准备车马，准备亲自送他们回赤王府上。管家受宠若惊地推辞了几次推不掉，心知总督是有意亲近，便不再反对。

然而，不等白凤麟起身出门，福全从门外回来，凑过去在他耳边轻声禀告了几句什么，叶城总督的脸色便顿时变了一变，脱口："什么？"

福全看了看管家，有点为难。赤王府管家也是聪明见机的人，看在眼里，知道是外人在场有所不便，立刻起身告辞。

"临时有事，分身乏术，还请见谅。替在下问候郡主。"白风麟也不多留，只是吩咐手下人送上了一对羊脂玉盒，"些微薄礼，还请郡主笑纳——等来日有空，必当登门拜访。"

管家深深行礼："恭候总督大驾。"

等礼数周全地送走了赤王府的管家，白风麟屏退了左右，脸上的笑容凝结了，变得说不出地烦躁："怎么回事？雪莺居然又跑了？"

福全不敢看总督的脸色，低声道："是。"

白风麟气得脸色煞白："又是和皇太子一起？"

"是。"心腹侍从不敢抬头，低声道，"大人莫急，帝都那边的缇骑已经出动了，沿着湖底御道一路搜索过来，明日便会抵达叶城。"

"怎么搞的，又来这一出！"白风麟"唰"地站了起来，气得摔了手边的茶盏，"上次这两个家伙跑出帝都偷偷到叶城玩，就搅得全城上下天翻地覆——费了多大工夫才抓回去，现在没过两天又跑出来？还有完没完了！"

福全不敢说话，噤若寒蝉。

"雪莺这丫头，以前文文静静大门不出二门不迈的，并不是这么乱来的人啊……一定是被时雨那小子带坏了！"白风麟咬着牙，"还没大婚就带着雪莺三番两次地出宫，当是好玩的吗？皇室的脸都要被丢光了！真不愧是青妃的儿子。"

"总督大人……"福全变了脸色。

白风麟知道自己失言，便立刻停住了嘴，沉默了片刻，道："立刻派人守住叶城各处入口，特别是伽蓝帝都方向的湖底御道，严密盘查过往行人，一旦发现雪莺和皇太子，立刻一边跟住，一边秘密报告给我！"

"是！"福全领命。

"我立刻修书一封，快马加急送去给父王！"白风麟用折扇敲打着栏杆，咬牙，"无法无天了！得让父王把雪莺这丫头领回白王府里去才行——直到明年册妃大典之前，都不要再放她去帝都了！"

"是。"福全战战兢兢地点头。

白风麟匆匆写完了信。他一向为人精明干练，老于世故，虽心中烦躁愤怒，落笔却是谦卑温文，没有丝毫火气——是，无论雪莺再怎样胡闹，她也是白王嫡出的女儿、将来的太子妃，他身为庶子，又怎可得罪？

他压着火气写完信，从头仔细看了一遍，又在末尾添了一笔，将自己想和赤之一族联姻的意图略说了一下，便将信封好，交给了心腹侍从。然而越想越是气闷烦乱，他拂袖而起，吩咐："备轿！出去散心！"

福全跟了他多年，知道总督大人心情一不好便要去老地方消遣，立刻道："小的立刻通知星海云庭那边，让华洛夫人准备清净的雅座等着大人！"

"让她亲自去挑几个懂事的来！"白风麟有些烦躁地道，"上次那些雏儿，扎手扎脚的，真是生生败了兴致。"

"是！"福全答应着，迟疑了一下，道，"不过，大人……明天就是两市的春季第一场拍卖了，您个是还要去主持大局吗？"

"知道。"白风麟抬起手指捏了捏眉心，"和华洛夫人说，我今晚不留宿了。上次拍卖被复国军搅了局，这回可不能再出岔子。"

"是。"福全点了点头，想起了什么，又小心翼翼地开口，"星海云庭那边在预展的时候看上了几个新来的小鲛人，都是绝色——华洛夫人明天想去买回来，又怕看中的人太多，被哄抬了价格……"

"知道了知道了……那女人，真是精明得很。"白风麟不耐烦地挥手，"她看上了哪几个，写下名字来给我——我明天让商会的人把那几个奴隶先行扣下，不上台公开拍卖就是了！"

"是。"

当叶城总督在前厅和来客应酬揖让、斡旋结交时，血腥味弥漫了总督府深处那个神秘的院子。伴随着铁镣拖地的刺耳响声，一个接着一个，一行血肉模糊的鲛人被拖了进来，放在了那个神秘深院的地上。

"前日在港口上一共抓了五个复国军，按照总督的吩咐，都给您送过来了。"狱卒不敢和帘子后的人多说一句话，"属下告退。"

庭院静悄悄的，再无一个人。那些重伤的鲛人已经失去了知觉，无声无息地躺着，只有血不停渗出，染红了地面。

片刻，帘子无风自动，向上卷起。

帘后的人出现在了庭院里，看着地上那些奄奄一息的复国军战士，眼里掠过一丝冷意，抬起手指，微微一点。只听"唰"的一声，仿佛被看不到的手托起，地上一个昏迷的鲛人忽然凌空而起，平移到了他的面前。

时影只看了一眼，便知道这个鲛人全身骨骼尽碎，已经接近死亡，除非再替他提回生之气息，否则丝毫问不出什么来——而替这样一个鲛人耗费大力气回魂，自然是不值得的事情。

他手指一挥，便将那人扔回了外面庭院，随即又取了一人过来。

那个鲛人情况略好一点，还在微微地呼吸，脸色苍白如纸，舌头被咬断了，一只手也齐肩而断，似乎全身的血都已经流尽。时影抬起右手，五指虚拢，掌心忽然出现了一个淡紫色的符咒，"唰"地扣住那个鲛人的头顶，低声道："醒来！"

奇迹般地，那个垂死的复国军战士真的在他手里苏醒过来。

"叫什么名字？"时影淡淡开口，直接读取他的内心。

"清……清川。"紫色的光透入颅脑，那个鲛人虚弱地动了动，眼神是散乱的，似乎有一种魔力控制了他的思维——在残酷的拷问里都不曾开口的战士，虽然已经咬断了舌头，竟然在九嶷山大神官的手里有问必答。

时影面无表情，继续问："你在复国军里的职位？"

这一刻，那个鲛人停顿了一下，直到时影五指微微收拢，才战栗了一下，给出了回答："镜湖大营，第……第三队，副队长……"

只是个副队长？时影的眉头微微皱了一下："你们的首领是谁？"

"是……是止大人。"那个鲛人战士在他的手里微微挣扎，最终还是说出了他想知道的答案，"执掌镜湖大营……的左权使。止渊大人。"

止渊？就是那个复国军领袖的名字？

时影微微点头："他之前去过西荒吗？"

"是……是的。"那个鲛人战士点头，"止渊大人……他……曾经在西荒居住过……"

时影一震，眼神里掠过一丝光亮："他最近去过苏萨哈鲁吗？"

"去……去过。"那个鲛人战士微弱地喃喃，"刚刚……刚刚去过……"

看来就是这个人了？大神官不作声地吸了一口气，手指微微聚拢："那此刻，他在叶城吗？"

"他……"那个鲛人战士被他操控着，有问必答，"在叶城。"

时影心里猛然一震，眼神都亮了亮，继续问了最后一个问题："他在叶城哪里？"

"在……"那个鲛人战士张开口，想说什么，然而不知道看到了什么，眼神忽然变了，恍惚的脸色瞬间苍白，如同骤然从噩梦里惊醒一样，大喊了一声，竟然将头猛地一昂，挣脱了时影控制着他的那只右手！

只听一声细微的响，如同风从窗户缝隙穿入，有微弱的白光一闪而过。那个战士忽然发出了一声惨呼，重重坠落地面，再也不动——鲜血从他的心口如同喷泉一样冒出来，夺去了他的生命。

"谁？"时影瞬间变了脸色，看过去。

庭院里的垂丝海棠下，不知何时已经站着一个人。那个人有着和鲛人战士同样的水蓝色长发和湛碧色眸子，身形修长，面容柔美，长眉凤目，一瞬间竟令身后的花树都相形失色，手里握着一把奇异的剑，剑光吞吐，眼神冷而亮，却是钢铁一般。

刚才，正是这个鲛人，居然在紧要关头猝不及防地出手，在他眼皮底下杀掉了落入敌手的同伴！

"光剑？！"那一刻，时影低低脱口惊呼，脸上掠过了震惊的表情——这种以剑气取人性命的光剑，居然会出现在一个鲛人手上？！

他脱口："你是剑圣门下？"

"呵……"那个鲛人没有回答。他手里的光剑下指地面，地上横躺着的所有鲛人战士，每个人都被一剑割断了喉咙，干脆利落，毫无痛苦。

时影不由得微微动容：这个人独身闯入总督府，甘冒大险，竟是为了杀同伴灭口？鲛人一族性格温柔顺从，倒是很少见到如此手段毒辣的人物。

"不，你不可能是剑圣一门。你用的不是光剑。"时影微微皱眉，端详着对方——千百年来，作为云荒武道的最高殿堂，剑圣门下弟子大部分是空桑子民，偶尔也有中州人，却绝无鲛人。当今飞华和流梦两位，也刚刚继承剑圣的称号，都还没有正式开始收弟子，再无可能会收这个鲛人入室。

他不禁冷冷道："你是从哪里偷学来的剑术？"

那个鲛人没有说话，手中剑光纵横而起，迎面落下！

"不自量力。"时影皱眉，瞬间并指，指向了剑网。手指间刹那凝结出了一道光，如同另一把巨大的剑，呼啸着虚空劈下，将迎面而来的剑网生生破开——只听一声裂帛似的响声，整个庭院都为之动摇。

空中的千百道光瞬间消失，似乎是被击溃。然后，又刹那凝聚，化为九道锋芒从天而降！

时影的眼神凝定了起来，不作声地吸了一口气，迅速后退，双手抬起，在胸口结印，瞬间释放了一个咒术——问天何寿！这个鲛人使出来的，居然是剑圣门下最深奥的剑术"九问"！

这个鲛人，果然不简单！

只听轰然一声响，剑光从天刺下，却击在了无形的屏障上。

时影全身的衣衫猎猎而动，似被疾风迎面吹过，不由得心下暗自震惊：他这一击已经是用上了八九成的力量，然而只和那一道剑光斗了个旗鼓相当。这个鲛人，竟是他在云荒罕遇的敌手！

当剑光消失的瞬间，面前的人也已经消失了。

空气中还残存着剑意，激荡凛冽，锋芒逼人，论气势，竟不比当世剑

圣逊色多少。地上有零星的血迹，不知道是那个人身上洒落的，还是地上
那些鲛人战士尸体上的。

时影看着空荡荡的庭院，不由得微微变了脸色——

由于生于海上，天生体质不强，后天又被劈开身体重造过，鲛人一族
的敏捷性和平衡性非常好，却从来都缺乏力量，偏于柔弱。然而，眼前这
个鲛人竟然突破了这些限制，练就了这样一身绝世的剑术！

这个鲛人是谁？要突破一族力量的极限，必须得到血脉的支持。莫
非，这就是他一直以来在找的"那个人"？

他蹙眉飞速地想着，并起手指看了看——刚才他并不是不能拦住那个
人，却故意任其离开，只是在对方的身上暗自种下了一个追踪用的符咒。

"重明。"他侧过头，唤了一声。

只听"扑啦啦"一声响，帘后在架子上将脑袋扎在翅膀底下打瞌睡的
白色鸟儿应声醒来，"唰"地展翅飞了出来——刚飞出帘子时还只是如同
鹦鹉般大小，等落到了庭院里，却转瞬变得如同 只雪雕。

时影指了指天空："去，帮我找出刚才那个鲛人的踪迹！"

重明神鸟转了转惺忪的睡眼，不满地"咕噜"了一声，双翅一振，呼
啸着飞上了天空，身躯转瞬扩大，变得如同巨鲸般大小，四只红色的眼眸
炯炯闪光，以总督府为中心，追逐着地面上的踪迹。

重明四目，上可仰望九天，下可透视黄泉，在它的追逐之下，六合之
间没有任何东西可以遁形。

九嶷山的大神官低下头，看着脚边一地的尸体，眼神渐渐变了。

是的，按照星相显示，七十五年后，空桑将有灭族亡国的大难——然
而，他虽竭尽所能，却依旧无法看到具体的经过，只能看到那一片归邪从
碧落海而起，朝着伽蓝帝都上空缓缓而来。

他唯一能预知的是，一切的因由，都将和一个眼下正位于叶城的鲛人
相关。那个鲛人将揭开云荒的乱世之幕，将空桑推入灭顶的深渊！

白塔倒塌、六王陨落、皇天封印、帝王之血断绝、成千上万的空桑子

民成为冤魂……只要他凝视着那片归邪，便能看到这些来自几十年后的幻影逐一浮现在天宇，如同上苍显示给他们这些星象者的冰冷预言。

那样的灭族大难，已经被刻在了星辰上，在云荒的每一个空桑人头顶上悬挂，如同不可阻挡的命运车轮。然而，没有人看到，没有人相信。

只有他和大司命两个人是清醒的。

清醒着，看着末日缓缓朝着他们走过来。

他，身为空桑帝君的嫡长子，身上流着远古星尊帝传下的帝王之血，即便远离朝廷，独处神庙深谷，却也不能当作什么也没看见，和所有人一样只顾着享受当世的荣华，罔顾身后滔天而来的洪水。

他用了数年的时间追逐着那片归邪的轨迹，从九嶷到了西荒，又从苏萨哈鲁回到了叶城——到了如今，终于是一步一步地接近了那个缥缈的幻影。

"实在不行，就把叶城的鲛人都杀光吧。"许久，一句低而冷的话从他的嘴角吐出，在初春的风里冻结成冰——

"如果空桑和海国，只有一个能活下来的话。"

【未完待续】

图书在版编目（CIP）数据

朱颜:全2册 / 沧月著 . — 南京 : 江苏凤凰文艺
出版社，2021.9（2022.1 重印）
ISBN 978-7-5594-6136-0

Ⅰ . ①朱… Ⅱ . ①沧… Ⅲ . ①长篇小说 – 中国 – 当代
Ⅳ . ① I247.5

中国版本图书馆 CIP 数据核字 (2021) 第 141593 号

朱颜:全2册

沧月 著

策　划	北京记忆坊文化
特约策划	暖　暖
特约编辑	莫桃桃
责任编辑	白　涵
封面绘图	容　境
封面设计	80 零·小贾
版式设计	赵凌云
出版发行	江苏凤凰文艺出版社
	南京市中央路 165 号，邮编：210009
网　址	http://www.jswenyi.com
印　刷	环球东方（北京）印务有限公司
开　本	670 毫米 ×970 毫米 1/16
字　数	387 千字
印　张	28
版　次	2021 年 9 月第 1 版
印　次	2022 年 1 月第 2 次印刷
书　号	ISBN 978-7-5594-6136-0
定　价	78.00 元（全二册）

MEMORY
HOUSE

MEMORY HOUSE

记忆坊文化

朱颜

ZHU
YAN

（全三册）下

沧月 著

江苏凤凰文艺出版社
JIANGSU PHOENIX LITERATURE AND
ART PUBLISHING

目录

ZHU
YAN

第十四章

千纸鹤

　　在打发管家去领取新奴隶的丹书身契时，朱颜正百无聊赖地趴在软榻上，拿着一块蜜饯逗对面的小孩子。

　　"苏摩，过来！给你吃糖！"

　　她手里拿着一碟蜜饯糖块，然而榻上的孩子压根懒得看她，只是自顾自地靠在高背的椅子里，用一种和年龄不符合的表情抬头看着窗外的天空，眼神阴郁，眉头紧锁，小小的脸上有一种生无可恋的表情。

　　"怎么啦？"朱颜没好气，"你又不是鸟，还想飞出去啊？"

　　那个孩子不说话，也不看她，只是看着天空。

　　"哎，别摆出这张臭脸行不行？我也不是关着你不放你走。"她叹了口气，摸了摸孩子的脑袋，好声好气地说道，"你年纪太小，身体又实在糟糕，现在放你出去只怕很快就死了——我得找个好大夫把你身上的病都看好了，才能放心让你走，不然怎么对得起你阿娘临死的嘱托？"

　　那个孩子还是出神地看着天空，不理睬她。

"哎，你这个小兔崽子！听我说话了吗？"朱颜顿时恼了，"啪"地拍了一下他的脑袋，"再这样，小心我真的打个铁圈套你脖子上！"

那个孩子的脑袋被拍得歪了一下，却忽然伸出手指着天空，用清凌凌的声音说了一个字："鸟。"

朱颜愣了一下，顺着孩子的手看了出去。

赤王府的行宫楼阁高耸，深院上空，只留下一方青碧色的晴空。在薄暮时分的晚霞里，依稀看到一只巨大的白鸟在高空盘旋，四只朱红色的眼睛在夕阳里如同闪耀的宝石，定定地看着底下的大地。

"四……四眼鸟？！"她全身一震，失声惊呼，"天哪！"

朱颜被刺了一下似的跳了起来，反手"啪"的一声关上了窗子，又"唰"的一声拉上了帘子，这样还不够，想了想，她又奔过去关上了门，扯过一块帘子，在上面飞快地画了一个复杂的符咒。

苏摩待在椅子上，看着她在房间里上蹿下跳，团团乱转，眼里终于露出了一丝好奇，忍不住开口："你……很怕那只鸟？"

听到这个细细的声音，朱颜不由得愣了一下——这么久了，还是这个小兔崽子第一次主动开口问她问题。

"才不是怕那只鸟……"她画好了符咒，整个房间忽然亮了一亮，朱颜这才松了口气，"那只四眼鸟是我师父的御魂守……既然它来了，我师父一定也来附近了！可不能被它看到！"

"你怕你师父？"孩子看着她，不解，"你做坏事了？"

"呃……"朱颜有些不好意思，讪讪道，"算是吧。"

"哦，这样啊……"那个孩子看着她，眼里忽然露出了一丝讥诮，又道，"你师父一定很厉害。"

朱颜白了孩子一眼："那当然。"

顿了顿，她颓然道："他可厉害了……我见到他就头皮发麻腿发软，连话都说不顺溜了——要是一个回答得不对，就要挨打！哎，上次不由分说按着我暴打了一顿，到现在屁股还疼呢！"

孩子看着她，不由得露出了一丝笑意："打屁股？"

"喂，谁都有挨揍的时候是不是？"朱颜"哼"了一声，觉得没面子，顿时又抖擞起来，"小兔崽子，不许笑话我！不然揍你！"

坐在高椅上的孩子转开了头，嘴角却微微上弯。

朱颜关好了门窗，将房间里的灯烛全部点起，却发现离晚饭还有一段时间，百无聊赖，便从柜子里翻出了一个盒子——那是一个精美的漆雕八宝盒，里面装满了各种颜色的糖果，是叶城市场上的贵价货，显然是这个贱民出身的孩子从没见过的。

她拈了一颗裹着薄薄红纸的蜂蜜杏仁糖，再度把盒子递到了孩子眼前，讨好似的问："喏，吃一个？"

孩子想了一想，终于伸出细小的手指，从里面拿起了一颗蜜饯。

"神木郡产的康康果？原来你喜欢这个？"她笑眯眯地看着孩子捏起了糖，却有些担心，"这个会不会太甜啊？你们鲛人是不是也会蛀牙？"

孩子看了她一眼，剥开外面的纸，将蜜饯咬了下去，小口小口地品尝，一口牙齿细小而洁白，如同沙滩上整齐排列的月光贝。

然而，孩子一口吃下了蜜饯，只是看着手里的糖纸——那是一张薄薄的银纸，上面印着闪烁的星星和水波纹，甚是精美。那是北越郡产的雪光笺。孩子用小手把糖纸上的每一个皱褶都抚平，小心翼翼地拿在了手里。

"哦，原来你是喜欢这张糖纸啊？"朱颜在孩子面前看着，伸出手，将糖果盒里所有的康康果蜜饯都挑了出来，总共有七八颗。她一颗一颗扒掉，一口倒进嘴里飞快地吃了下去，然后将一整把的糖纸都塞给了苏摩，鼓着腮帮子嘟囔："喏……都给你！"

那个孩子愕然看着她，忽地笑了起来。

"笑什么？"她有点生气了，鼓着腮帮子恶狠狠地道，"打你哦！"

"吃这么多，你是猪吗？"她听到那个孩子说，"会蛀牙啊……"

那孩子隔着糖果盒，歪着头看她狼狈的样子，忽然笑了。那个笑容璀璨而明亮，如同无数的星辰在夜幕里瞬间闪烁，看得人竟一时间什么都忘记了。朱颜本来想发火，也在那样的笑容里平息了怒意，只是努力地将满嘴的糖吞了下去，果然觉得甜得发腻，便冲过去倒了一杯茶，一口气喝了个底朝天。

然而，回过头，她看到苏摩将那些糖纸一张张地展平，靠在椅背上，对着垂落下来的灯架举起来，贴在了自己眼前。

"你在干吗？"她有些好奇地凑过去。

"看海。"苏摩轻声道，将薄薄的糖纸放在了眼睛上。

这个房间里辉煌的灯火，都透过那一层纸投入孩子湛碧色的瞳子里——苏摩看得如此专注，似乎瞬间去到了另一个奇妙的世界。

"看海？"朱颜好奇起来，忍不住也拿了一张糖纸，依葫芦画瓢地放在了自己的眼睛上。

"看到了吗？"苏摩在一边问。

"看到了看到了！"朱颜睁开眼，一瞬间惊喜地叫了起来，"真的哎……简直和大海一模一样！好神奇！"

灯光透射过了那薄薄的银色锡箔纸，晕染开了一片，一圈圈水波似的纹路在人的眼前幻化出一片梦幻似的波光，如同浩渺无边的大海——而海上，居然还有无数星辰隐约闪烁。

"是阿娘教给我的。"孩子将糖纸放在眼睛上，对着光喃喃，"我有一次问她大海是什么样子，她剥了一块糖给我，说这样就能看到大海了。"

朱颜蓦然动容，一时间说不出话来。

鱼姬的一生，想来也和其他鲛人奴隶一样飘零无助，带着一个孩子，辗转在一个又一个主人之间。她的最后十几年是在西荒度过的，以悲剧告终——作为一个鲛人，在沙漠里又怎能不向往大海呢？

而这个孩子，又有过怎样孤独寂寞的童年？

"你的父亲呢？"她忍不住叹了口气，"他不管你吗？"

苏摩沉默了很久，正当她以为这个孩子又不肯回答时，他开了口，用细细的声音道："我没有父亲。"

"嗯？"朱颜愕然。

孩子的眼睛上覆盖着糖纸，看不到眼神，低声道："阿娘说，她在满月的时候，吞下了一颗海底浮出来的明珠，就……就生下了我……"

"怎么可能？她是骗你的吧？"朱颜忍不住失笑，然而话一出口就后悔了——鱼姬红颜薄命，一生辗转于多个主人之间，或许连她自己都不知道这个孩子是和哪个男人生的吧？所以才编了个故事来骗这个孩子？

"胡说，阿娘不会骗我的！"苏摩的声音果然尖锐了起来，带着敌意，"你……你不相信就算了！"

"我相信，我相信。"她倒吸了一口气，连忙安慰身边的孩子，绞尽脑汁想把这个谎圆回来，"我听师父说，中州上古有女人吞了个燕卵就怀孕了，甚至还有女人因为踏过地上巨人的足印就生了个孩子——所以你阿娘吞了海里的明珠而生下你，大概也是真的。"

她急急忙忙解释了半天，表示对这个奇怪的理论深信不疑，苏摩握紧的小拳头才慢慢松了开来，低声道："阿娘当然没有骗我。"

"那么说来，你没有父亲，也无家可归了？"她凝视着眼前那一片变幻的光之海，叹了口气，抬起手将那个孩子搂在了怀里，"来。"

"嗯。"孩子别扭地挣扎了一下。

"苏摩这个名字，是古天竺传说中的月神呢……据说长得美貌绝世，还娶了二十几个老婆，非常好命。"朱颜想起师父曾经教导过她的天下各处神话典籍，笑道，"你阿娘给你取这个名字，一定是非常爱你。"

苏摩"哼"了一声："那么多老婆，有什么好？"

"那你想要几个？"她忍不住笑了一声，"一个就够了吗？"

孩子扭过头去不说话，半晌才道："一个都不要。女人麻烦死了。"

"哈哈哈……"朱颜忍不住笑了起来，捏了捏他的小脸，"也是，等你长大了，估计比世上所有的女人都美貌——哪里还看得上她们？"

苏摩愤愤然地一把打开了她的手："别乱动！"

朱颜捏了好几把才松开了手，道："等你身上的病治好了，你如果还想走，我就送你回大海去。"她揉了揉他水蓝色的柔软头发，轻声在他耳边道，"在这之前就不要再乱跑了，知道吗？你这个小兔崽子，实在是很令人操心啊……"

苏摩的脸上被糖纸覆盖着，看不出表情，许久才"嗯"了一声，道："那你也不许给我套上黄金打的项圈！"

朱颜哑然失笑："你还当真了？开玩笑吓你的呢。你这小细脖子，怎么受得了那么重的纯金项圈，还不压垮了？"

苏摩拿掉了眼睛上的糖纸，尖利地看了她一眼，半信半疑地"哼"了一声，脸色瞬间又阴沉了下去。朱颜知道这孩子又生气了，便从桌子上拿起了一张糖纸，笑眯眯地道："来，看我给你变个戏法，好不好？"

苏摩眼眸动了动，终于又看了过来。

她将那张薄薄的纸在桌子上铺平，然后对角折了起来，压平，手指轻快灵巧地翻飞着，很快就折出了一个纸鹤的形状来。

孩子冷哼了一声："我也会。"

"哦？"朱颜白了他一眼，"这个你也会吗？"

她将那个纸鹤托起，放在嘴边，轻轻吹了一口气——那只纸鹤动了起来，舒展开了翅膀，在她掌心缓缓站起，扑簌簌地飞了起来，绕着灯火开始旋转。

"哇……"苏摩看得呆住了，脱口惊呼。

那只纸鹤绕着灯转了一圈，又折返过来，从他的额头上掠过，用翅膀碰了碰他长长的眼睫毛。

"哇！"苏摩情不自禁地欢呼出声来，那张苍白的小脸上充满了惊喜，湛碧色的双瞳熠熠生辉，露出了雀跃欢喜的光芒来——那一刻，这个阴郁的孩子看起来才真正像他应有的童稚年龄。

朱颜看他如此开心，便接二连三地将所有的糖纸都折成了纸鹤，一口接着一口地吹气。顿时，这个房间里便有一群银色的纸鹤绕着灯旋转，如同一阵一阵的风，流光飞舞。

苏摩伸出手去，让一只纸鹤停在了指尖上，垂下长长的眼睫毛定定地看了片刻，忽然抬起头，用一种属于孩童的仰慕和欣喜看着她，颤声开口："你……你好厉害啊！"

"那当然！"她心里得意，"想不想学？"

那个孩子怔了一下："你……要收我当徒弟？"

"怎么，你不愿意？"她看着这个孩子，发现他的嘴角微微颤抖，表情颇为古怪，便道，"你要是不愿意拜师也没关系。叫我一声姐姐，我一样教给你！"

苏摩垂下头，沉默了片刻，小小的肩膀忽然发起抖来。

"喂，怎么了？怎么了？"朱颜已经完全不能预计这个孩子的各种奇怪反应了，连忙抱住了他单薄的肩膀，连声哄着，"不愿意就算了！我又没非要收你这个徒弟……哎，你哭什么啊？"

孩子垂着头，用力地咬住了嘴角，身体微微颤抖，似乎在竭力压制着某种汹涌而来的情绪。然而泪水还是接二连三地从长长的睫毛下滚落，无声地滑过了苍白瘦小的脸颊，怎么也止不住。

朱颜还是第一次看到这个倔得要死的孩子哭，心里大惊，即便她天不怕地不怕，却在这一刻束手无策，围着这个孩子团团转，连声道："怎么啦？不学了还不成吗？别哭啊……盛嬷嬷会以为我又打你了呢！喂，别哭啊！"

她用力晃着他的肩膀。大概也是觉得不好意思，孩子用力握着拳头，深深吸了一口气，终于勉强忍住了眼泪，身体却还是在不停地发着抖。当他摊开手的时候，掌心是四个鲜红的深印子。

"好了好了，想哭就哭吧。"她不免有些心疼，叹了口气，"哎，你忍一忍，等我拿个盘子替你接着先——鲛人泪可以化为珍珠，你难得哭一次，可不能白白浪费了！"

她还真的拿了个描金盘子过来，放在了孩子的脖子下，道："好了，哭个够吧！攒点珠子还可以卖钱呢。"

苏摩抬起眼睛看着她，定了片刻，却忽然"哧"地笑了起来。

"咦？"朱颜实在是被这个孩子搞晕了，"怎么了？"

苏摩摇了摇头，垂下头去，不说话。

"不哭就好。"她松了口气，嘀咕，"其实我最头痛孩子哭了……"

"我从小就是一个人。"忽然间，她听到孩子在沉默中轻轻道。

"嗯？"朱颜愣了一下。

"我从生下来开始，就在西市的笼子里长大。"苏摩轻声道，声音透出一股寒气，"和其他的小猫小狗一样，被关在铁笼子里，旁边放一盆水，一盆饭。"

她的心往下沉了一沉，不知道怎么回答。

"只是，直到那些小猫小狗都卖出去了……我却一直都卖不出去。"孩子喃喃说着，垂下头去，"我的身上有畸形的病，脾气也很坏。他们说，鲛人长得太慢了，得养到一百岁才能卖出好价钱。而在那之前，都是赔钱货，货主得等到下辈子才能赚到钱——有一次，他实在没耐心了，差点想把我杀了，挖出一双眼睛做凝碧珠。"

"你的阿娘呢？"她忍不住问，"她不护着你吗？"

"她很好卖，早就被买走了，不在我身边。"苏摩摇了摇头，轻声道，"我在笼子里一直被关到了六十岁，阿娘才来西市找到了我——那时候她已经跟了霍图部老王爷，很得宠，便把我赎了出来。"

朱颜愣了一下："咦？那么说来，你岂不是有七十岁了？"

"七十二岁。"孩子认真地纠正了她，"相当于你们人类的八岁。"

"真的？八岁？那么大！"她满怀惊讶地将这个孩子看了又看，摇了摇头，"一点也不像……你看起来最多只有六岁好吗？"

"我明明快八十岁了！"苏摩不悦，愤然道。

相对于十倍于人的漫长寿命，鲛人一族的心智发育显然也比人慢了十倍。眼前这个活到了古稀之年的孩子，虽然历经波折、阅历丰富，可说起话来还是和人世的孩子一般无二。

"好吧。八十岁就八十岁。"她妥协了，摸了摸孩子的脑袋，嘀咕，"可怜见的，一定是从小吃得不好，所以看起来又瘦又小，跟个猫似的——以后跟着我，要天天喝牛乳吃羊肉，多长身体，知道吗？"

"我不吃牛乳羊肉！"孩子却扭过了头，愤然。

"呃，那鲛人吃什么？鱼？虾？水草？"朱颜迷惑，摸着孩子柔软的头发，豪气万丈地许诺，"反正不管你吃什么，跟着姐姐我，以后你都不用担心饿肚子了！管饱！"

苏摩没有说话，却也没有甩开她的手，就这样靠在她怀里，默默地看着围绕着灯火旋转的银色纸鹤，一贯苍白冷漠、充满了戒备和憎恨表情的小脸松弛了下去，眼神里竟然有了宁静柔软的光芒。

"我从小都是一个人。"孩子茫然地喃喃，小小的手指扯着她的衣袖，微微发抖，"不知道朋友是什么样子……也不知道师徒是什么样子。"

他顿了一下，很轻很轻地说："我……我很怕和别人扯上关系。"

朱颜心里猛然一震，竟隐约感到一种灼痛。

"如姨说，空桑人是不会真心对我们好的——你们养鲛人，就像养个小猫小狗一样，开心的时候摸摸，一个不合心便会扔掉，又怎么会和我们当朋友呢？"孩子茫然地看着灯光，嘴里轻轻说了一句，"迟早有一天，你还是会不要我的。"

"如姨是谁？"朱颜蹙眉，"别听她胡说八道！"

"她是阿娘之外世上对我最好的人。"苏摩轻声道，"在西市的时候，我总是接二连三地生病，一直都是她在照顾我……直到后来她也被人买走为止。"

"那她说的也未必就是金科玉律啊！"朱颜有些急了，想了想，忽然道，"喂，跟你说个秘密吧！你知道吗？我的意中人也是一个鲛人呢！"

那个孩子吃了一惊，转头看她："真的？"

"是啊！真的。"她叹了口气，第一次从贴身的小衣里将那个坠子扯了出来，展示给这个孩子看，"你看，这就是他送给我的。我真的很喜欢他啊……从小就喜欢！唉，可惜他却不喜欢我……"

苏摩看着那个缺了一角的玉环，眼神似乎亮了一下："这是什么？"

"他说是龙血古玉，很珍贵的东西。"朱颜回答。

孩子伸出小小的手指，小心翼翼地碰了一下那个古玉。那一瞬间，苏摩的表情有了微妙的变化，忽然"啊"了一声。

"怎么了？"她吃了一惊，连忙问。

"不……不知道。"孩子身子一晃，"刚才感觉背后忽然烫了一下……很疼。"

"不会吧？"朱颜连忙撩起孩子的衣衫看了一下，"没事啊！"

孩子定了定神，嘀咕道："奇怪，又没事了。"

"哎，这个东西还是不要乱碰比较好。"朱颜连忙将那个坠子贴身放好，道，"渊叮嘱过我，让我不要给别人看到呢！"

她托着腮，看着灯下盘旋的纸鹤，茫然道："可惜他虽然送了我这个坠子，却不喜欢我……可能他心里早就有了喜欢的人了吧？我说，你们鲛人，是不是心里先有了喜欢的女子，才会变成男人？"

孩子扬起小脸，认真地想了一想，道："听如姨说过，好像是的。"顿了顿，又道，"可是我自己还没变过，所以也不知道真不真。"

"哎，等你长大了，一定是个倾国倾城的大美人！"朱颜看着眼前这个俊秀无伦的孩子，忍不住笑了一声，"你想变成男的还是女的？你如果变成女人，估计会比传说中的秋水歌姬更美吧？好期待呢……"

"我才不要变成女人！"苏摩握紧了拳头，忽然抗声道。

朱颜愣了一下："为什么？你很不喜欢女人吗？"

孩子摇了摇头，湛碧色的眼眸里掠过一丝寒光，低声道："我……我不想变成阿娘那样。"

朱颜心里一沉，想起鱼姬悲惨的一生，知道这个孩子的心里只怕早已充满了阴影，暗自叹了口气，把话题带了开去："哎，变男变女，这又不是你自己能决定的。不过你还那么小，等到变身的时候还得有好几十年呢。我估计是没法活着看到了……"

"不会的！"苏摩忽然紧张起来，摇头，"你……你会活很长。比我还长！"

她忍不住"扑哧"一声笑了起来：这个孩子看来从来不曾有过和人交流的经验，偶尔说一句好听的话，就显得这样别别扭扭。

"唉，总之，我不会不要你的。"朱颜叹了口气，用手指托起孩子小小的下颌，认真地看着他，许下诺言，"我会一直照顾你，保护你，留在你身边。直到有一天你自己想走为止——骗你是小狗！"

孩子抬起眼睛，审视似的看着她，眼睛里全是猜疑和犹豫。

她伸出了手指，对着他摇了摇："拉钩？"

孩子看了看她，轻轻"哼"了一声，傲娇地扭过头，不说话。然而过了片刻，他沉默地伸过手来，用小手指悄悄地勾住了她的尾指。

那个小小的手指，如同一个小小的许诺。

"叫我姐姐吧。"朱颜心里漾起了一阵暖意，笑着说，"我一直都是一个人，一个弟弟妹妹都没有，也好孤单的。"

"才不要。"那个孩子扭过了头，"哼"了一声，"我都七十二岁了！你才十九岁。"

"小屁孩。"朱颜笑叱了一声，小心翼翼地将窗子推开了一条缝，往外看了一看，松了一口气。

"鸟飞走了？"孩子很敏锐。

"嗯。"朱颜一下子将窗户大大推开，"终于走了！太好了！"

就在那一刻，窗外的风吹拂而入，室内围绕着灯火盘旋的纸鹤忽然簌簌转了方向，往窗户外面展翅飞了出去。

"哎呀！"孩子忍不住脱口惊呼，伸出手想去捉住。然而怎么来得及？一阵风过，那些银色的小精灵就这样在他的指间随风而逝。

苏摩站在那里，一只手勾着她的手指，怅然若失。

"没事没事，回头我再给你折几个！或者，你跟我学会了这门术法，自己想折几个都行。"她连忙安慰这个失落的孩子，牵起了他的小手，"我们去吃晚饭吧……盛嬷嬷一定在催了！"

她牵着苏摩往外走，笑道："明天带你出去玩，好不好？"

"去哪里玩？"孩子抬头问，一双眼睛亮晶晶的。

"叶城最大最热闹的青楼，星海云庭！"她笑眯眯地道，眼睛弯成了月牙，兴奋不已，"哎，据说也是云荒最奢华的地方，那么多年我一直想去看看！"

"我不去。"然而孩子的表情骤然变了，用一种奇怪的眼神看着这个因为要逛青楼而眉开眼笑的女人，忽然甩开了她的手，冷冷道，"要去你自己去！"

"怎么啦？"她看着这个瞬间又闹了脾气的孩子，连哄带骗，"那儿据说美人如云，人间天堂销金窟，纸醉金迷，好吃好玩一大堆，你不想去开开眼界吗？"

"不想！"孩子只是冷冷看了她一眼，松开了勾着她手指的手，自顾自地往前走，竟是再也不理睬她。

"不去就不去，谁还求你了？"朱颜皱眉头，没好气地弹了一下孩子的后脑勺，"小小的人儿，别的不会，翻脸倒是和翻书一样快！"

苏摩忽地一把将她的手打开，狠狠瞪了她一眼。他出手很重，那眼神，竟然又仿佛变成了一头被关在笼子里的小野兽：戒备、阴冷、猜疑，对一切都充满了敌意和不信任。

朱颜愣了一下，不知道哪儿又戳到他痛处了，只能悻悻。

白色的重明飞鸟辗转天宇，在叶城上空上回翔了几圈，最后翩然而落，在深院里化为了一只鹦鹉大小的雪白鸟儿，重新停在了神官的肩头。

"重明，有找到吗？"时影淡淡地问，"那鲛人的老巢在哪儿？"

神鸟傲然地点了点头，在他耳边"咕噜"了几声。

“居然去了那里？”大神官微微蹙起了眉，有些踌躇地低头，看了看脚上一双洁白的丝履，低声道，“那么肮脏的地方……”

神鸟耸了耸肩，四只眼睛骨碌碌地转，里面居然有一丝讥笑的表情。

“还是去一趟吧！”时影垂下眼睛，“毕竟事关重大。”

然而，在他放下帘子，即将离开的时候，忽然似乎感觉到了什么，在廊下猛然站住了身，回望——夜空清冷，圆月高悬，映照着满城灯火。在风里，似乎有流萤在转动。

三月的天气，又怎么会有萤火呢？

时影袍袖一拂，转瞬那几点光被凌空卷过来，乖乖地停在了他的手心里。他低下头看了一眼，忽地怔了一怔。

那是一只纸鹤，用薄薄的糖纸折成，还散发着蜜饯的香气。纸鹤是用九嶷的术法折的，只是折得潦草，修边不是很整齐，翅膀歪歪扭扭，脖子粗劣地侧向一边，如同瘸腿折翅的鹤儿，惨不忍睹。

他只看了一眼，眼里忽然浮现出一丝淡淡的笑意。那种笑意出现在这样终年寂然如古井的脸上，不啻是石破天惊，令一边的重明神鸟都惊讶得往后跳了一下，抖了一下羽毛，发出了“咕”的一声。

“那个丫头，果然也在叶城啊……”他轻声道，捏起了那只纸鹤，“这种半吊子歪歪扭扭的纸鹤，除了她还能有谁？”

神鸟转了转四只眼睛，也露出了欢喜的表情，“咕噜”了一声，用爪子挠了挠时影的肩膀，似乎急不可待。然而神官只是摇了摇头，并不动容：“急什么？等明天把正事办完了，我们再去找她吧。”

神鸟不满地嘀咕了一声，垂下头去。

“怎么了？”时影看着这只雪白的鸟儿，有点不解，“你不是很讨厌那个老想着拔你尾巴毛的小丫头吗？”

重明神鸟骨碌碌地转动着四只朱红色的眼睛，瞪了神官一眼，然后望着庭院上空的冷月，低低“咕”了一句——不知道它说的是什么，时影眉梢一动，忽然一扬手，把它从肩膀上重重甩了下去！

神鸟猝不及防，一头撞到了栏杆上，狼狈不堪。

　　时影看着它，冷冷道："再胡说，剪光你的尾巴！"

　　大概是从来没有听到这样严峻的语气，重明神鸟哆嗦了一下，颓然耷拉下了脑袋，一言不发地飞回了黄金架子上，将脑袋缩在了双翅之间，默默嘀咕了一遍刚才的那句话——

　　"死要面子活受罪，看你能沉得住气到几时。"

第十五章

青楼花魁

　　第二天一大早，朱颜便迫不及待地起来梳洗，乔装打扮成一个阔少，瞒了盛嬷嬷，准备偷偷地去星海云庭一饱眼福。管家知道郡主脾气大，自己是怎么也拦不住的，便干脆顺水推舟，陪在她的身边一起出门。

　　两人坐了没有赤王府徽章的马车驰入群玉坊，身边带了十二个精干的侍卫，个个都做了便服装扮，低调谨慎，护卫在左右。

　　然而，等一踏入星海云庭，朱颜便知道为啥苏摩昨天忽然发了脾气，再也没有和她说过一句话了——这一家全云荒最大的青楼果然奢华绝伦，金玉罗列，莺歌燕舞，锦绣做幛，脂膏为烛，陈设之精美、装饰之奢靡，极为惊人，即便是见过了大世面的赤王郡主也不由得咋舌。

　　而玲珑楼阁中，那些绰约如仙子的美人，却全是鲛人！

　　个个美丽，风姿无双，或是临波照影，或是花下把盏，或是行走于长廊之下，或是斜靠于玉栏之上，三三两两、轻声笑语——应是经过了专人调教，烟视媚行，言谈举止无不销魂蚀骨，让人一望便沉迷其中。

这星海云庭，难道专门做的就是鲛人的生意？

朱颜愕然不已，驻足细细看去，只见那些鲛人个个都是韶华鼎盛的年纪，大多是女子，间或也有男子或者看不出性别的鲛人，无不面容极美，体态婀娜。

那些被珠玉装饰起来的鲛人，均置身于一个极大的庭院中。庭院的四周全是七层高的楼阁，有长廊环绕。外来的客人们被带来楼上，沿着长廊辗转往复，反复俯视着庭院里的美人，一路行来，等到了第七层，若有看上的，便点给身边跟随的龟奴看。龟奴自会心领神会，一溜小跑下去将那个美人从庭院里唤出，侍奉恩客。

星海云庭作为云荒顶级的青楼，价格自然也昂贵非凡。恩客无论看上了哪个，都得先付三十个金铢才能见到一面。见了面，也不过是陪个酒喝个茶唱个曲儿，连手也摸不到。若要春宵一度，便更要付高达上百金铢的夜合之资。

朱颜被龟奴引着，一层层地盘旋上去，从不同的角度看着下面庭院里上百位美人，越看越奇，不由得诧异："怎么，你们这儿全是鲛人？"

"那当然！这儿可是星海云庭呀。"引着她走进来的那个龟奴听得此话，不由得笑了起来，"既然叫这个名字，自然里面全是鲛人了——公子一定是第一次来叶城吧？"

"喀喀。"朱颜尴尬地摸了摸唇上的髭须，装模作样地点头，"见笑了。"

为了这趟出来玩得尽兴，她用术法暂时改变了自己的模样。此刻的她看上去是个二十出头的翩翩阔少，油头粉面，衣衫华贵，右手上好大一颗翡翠扳指，是她出发前从父王的房间里临时翻出来的，完事得马上放回去——若是被父王知道她偷了他的行头出来逛青楼，还不打折了她的腿？

"那公子来这里就是来对了！"龟奴笑嘻嘻地夸耀，"来叶城不来星海云庭，那就是白来了——这里的鲛人都是整个云荒一等一的绝色，即便是伽蓝帝都的后宫里也找不出更好的了。"

"这么厉害？"朱颜天性直率，一时好奇，忍不住较真地问，"那秋水歌姬这样的鲛人，你们这里也是有的了？"

"这个嘛……"龟奴一下子被她问住了，倒是有些尴尬，"秋水歌姬也只是传说中的美人，论真实姿色，未必比得过我们这里的如意！"

"是吗？"她生性单纯，倒是信以为真，"那这个如意岂不是很倒霉？明明可以入帝都得圣眷的姿色，却居然沦入风尘？"

"嘿嘿……这倒也不算不好。"龟奴有些尴尬地笑了一声，连忙把话题转开，"秋水歌姬虽然一时宠冠后宫，最后还不是下场极惨？被活活毒死，据说连眼睛都被挖掉了！哪里比得上在我们这里逍遥哦……"

"真的？"朱颜倒还是第一次听说这事，不由得咋舌，"被谁毒死的？"

"那还有谁？白皇后呗！"龟奴说着深宫里的往事，仿佛是在说着隔壁街坊的八卦一样熟悉，"北冕帝祭天归来发现宠妃被杀，一怒之下差点废了皇后，若不是六王齐齐阻拦……哎，当时天下轰动，公子不知道？"

"还真不知道。"朱颜摇头。

十五年前她才三四岁而已，又如何能得知？

眼看他们两个人跑题越来越远，旁边的管家咳嗽了一声，出来打了圆场，道："我们公子是从中州来云荒贩货的，这次运了一车的瑶草，在东市都出手了，打算在叶城多盘桓几日，好好玩乐一番再走——我们公子不差钱，只想一见真正的绝色美人。"

管家这番话说得滴水不漏，顿时龟奴就喜笑颜开。一车的瑶草！这位公子莫非是慕容世家的人？那可是叶城数得着的大金主了！

"公子有没有看上哪位美人？"龟奴立刻换了一副表情，巴结道，"这院子里的若是都看不上，我们还有更好的！"

"还有更好的？"朱颜看得眼花缭乱，不由得诧异，"在哪儿？"

"那是。"龟奴笑道，"这里的鲛人都是给外面来的生客看的，不过是一般的货色。真正的美人都藏在楼里呢，哪里能随便抛头露面？"

"说得也是，好玉在深山。"朱颜仔细看遍了庭院里的鲛人，全都是陌生面孔，不由得叹了口气：这里虽然是叶城鲛人最多的地方，可渊哪里又会在这种地方？来这里打听渊的下落，自己的如意算盘只怕是落空了吧。

然而既然来了，她的好奇心又哪里遏制得住，便道："那好，你就带我看看真正的绝色美人吧！"

她看了管家一眼，管家便扔了一个金铢给龟奴。

龟奴见了钱，喜笑颜开，压低了声音："论绝世美人，星海云庭里的头牌，自然是如意了！昨天晚上总督大人来这里，就点名要她服侍呢。"

"总督大人？"朱颜吃了一惊，"白风麟吗？"

"嘘……"龟奴连忙示意她小声，压低了声音道，"总督大人是这里的常客，但每次来都是穿着便服，不喜声张。"

"哎。"朱颜冷笑了一声，"那家伙看起来人模狗样的，居然还是常客？"

管家心里"咯噔"了一下，想起了叶城总督颇有和赤王结亲的意思，此刻却被郡主得知了他经常出入青楼，只怕这门婚事便要黄了，连忙打岔，问："那个花魁如意，又要怎生得见？"

"主管星海云庭的华洛夫人一早就去了两市，想在拍卖会上买回几个看中的鲛人雏儿。"龟奴笑道，"如意是这儿的头牌，没有夫人的吩咐她是不出来见客的。"

朱颜不免有些气馁，嘀咕："怎么，架子还挺大？"

龟奴赔笑："如意长得美，又长袖善舞，左右逢源，连叶城总督都是她的座上客，在星海云庭里，就算是华洛夫人也对她客气三分呢。"

"那我倒是更想见见了。"朱颜不由得好奇起来，"开个价吧！""

"这……"龟奴露出一副为难的表情。

管家老于世故，立刻不作声地拿出了一个钱袋，放在了龟奴的手心里，沉甸甸得只怕有十几枚金铢。龟奴接过来，笑道："公子随我来。"

朱颜跟着他走了开去，一路上看着底下那个巨大的庭院——无数的鲛人行走在花荫下，游弋在池水里，满目莺莺燕燕，美不胜收，简直如同人间天堂。然而她在一旁看着，心里觉得有些不舒服。

"居然都是鲛人？难怪那个小家伙一听我要来星海云庭，就立刻翻了脸。"她喃喃，转头问龟奴，"来你们这里的客人，大都是什么人？"

"大都是空桑的权贵富豪，也有一部分是中州来的富商。"龟奴笑着回答，"若要华洛夫人引为座上宾，除了一掷千金，必须还得是身份尊贵之人。"

朱颜忍不住冷笑了一声："怎么，逛青楼也得看血统？难怪总督大人也成了这里的座上客——他倒是名门望族！"

管家在一旁听着，不由得皱眉，有点后悔没有拼死拦住郡主来这里。听语气，郡主对白凤麟的评价已经大为降低，就算他真的去和赤王提亲，这门婚事多半也是要黄了。若赤王知道了，不知道是喜是怒？

朱颜一路上看着那些鲛人，忍不住叹了口气："这些鲛人真惨……"

七千年前星尊大帝挥师入海，囚了龙神，灭了海国，将大批鲛人俘虏带回云荒大地。从此后，这些原本生活在碧落海里的一族就沦为空桑人的俘虏，世代为奴为娼，永世不得自由。

"成王败寇，如此而已。"一旁的管家却不以为意，"当初若是我们空桑人战败了，六部还不是都会沦为海国的奴隶？"

"胡说！"朱颜听到这种说辞，顿时双眉倒竖，忍不住大声反驳，"鲛人连腿都没有，要称霸陆地干什么？就算是两族仇怨，一时成败，如今也都过去几千年了，和现在这些鲛人又有什么关系？"

管家没料到郡主忽然声色俱厉，连忙道："是，是。"

龟奴却是不以为然地在一旁笑道："若是天下人个个都像公子这么宅心仁厚，我们星海云庭可真要关门大吉了……"

"关门倒也好。"她"哼"了一声，"本来就是个作孽的地方。"

龟奴不敢反驳，只是唯唯诺诺地应着，一路将他们引到了一个雅室包间——楼阁绵延，回廊辗转，不知道走了多少路。这里和原来那个大庭院相隔颇远，外面的喧闹声顿时听不见了。

朱颜环视了一下这个包间，发现居然布置得如同雪窟似的洗练，陈设比外面素雅许多。一案一几看似不起眼，却是碧落海沉香木制成，端的是价值连城，堪与王宫相比。

淡极始知花更艳。这身价最高的青楼女子，原本是艳极了的牡丹，此刻反倒要装成霜雪般高洁了？

"花魁呢？"她有些耐不住性子，直截了当地问。

龟奴给她沏了一杯茶，笑道："公子莫急啊，这才刚正午呢……花魁刚睡醒起来，大概正在梳妆呢。"

"这般娇贵？"朱颜的脾气一贯急躁，"还得等多久才能见客？"

"没办法，外面要见如意的客人太多，花魁应接不暇，便立了个规矩下来，除了华洛夫人安排的，她一天只见一个新客，攒点私房钱。"说到这里，他压低了声音，竖起一根手指，"一千金铢，私下付给她，不经过星海云庭的账面。"

"这么贵？"朱颜吃了一惊，忍不住脱口而出，"跟她睡上几夜，岂不是都可以买个新的鲛人了？"

龟奴见她嫌贵，忍不住脸色微变，口里却笑道："公子这么说就有点外行了吧？如意是叶城的花魁，一等一的无双美人，那些刚从屠龙户手里破了身、血肉模糊的雏儿怎么比？公子若是嫌贵……"

"谁嫌贵了？"朱颜愣了一下，连忙冷笑一声，"但是总得让人先看一眼吧？千金一笑，谁知道值不值那么多？"

龟奴大概也见多了客人的这种反应，便笑了一声，道："那是那是……公子说的有道理。这边请。"

"怎么？"朱颜被他领着，走到了包间的一侧。

龟奴将薄纸糊着的窗扇拉开，抬手道："请看。"

朱颜往窗外一看，不由得愣了一下——外面的底下一层，居然也是一个庭院。很小，不过三丈见方，里面只有纯粹的一片白，仿佛刚下过雪。定睛看去，乃是细细密密的白沙在院子里铺了一地，用竹帚轻轻扫出水波般荡漾的纹路来。

一片纯白色里，唯一的颜色是一树红。

那，竟然是一株高达六尺的红珊瑚！

玲珑剔透，枝杈横斜，精美绝伦。这样高的珊瑚，只怕得足足三百年才长得成，被船从万丈深海里打捞起来，周身上下居然没有一点磕碰缺陷，品相十足，竟是连赤王府里都不曾有——光这一树红珊瑚，便要价值十万金铢！

而在珊瑚树下，雪波之上，陈设着一架铺了雪貂皮的美人靠，上面斜斜地倚着一个刚梳妆完毕的绝色丽人。那个丽人年方双九，穿着一袭绣着浅色如意纹的白裙，水蓝色的长发逶迤，似乎将整个人都衬进了一片碧海里。

星海云庭的花魁如意独坐珊瑚树下，远远地有四个侍女分坐庭院四角，或抚琴，或调笙，或沏茶，或燃香，个个姿容出众，都是外面房间里见不到的美人。然而这四个美人一旦到了花魁面前，顿时都黯然失色，如米粒之珠遇到了日月。

似乎听到这边窗户开启的声音，树下的美人便微微转过了顾颈，横波流盼，抬起头，似笑非笑地看向了这边的雅室包间。

被她那么遥遥一望，朱颜的心忽地跳了一下。

那是什么样的眼神啊……眼波盈盈，一转勾魂。自己虽然是女人，被这么一看，心里竟也是漏跳了一拍，几乎被牵引着怎么也移不开视线。

那个传说中的花魁，难道是会什么媚术不成？

"公子觉得如何？"龟奴细心地看着她面上的表情，忍不住笑了一笑，"值不值一千金铢？"

朱颜吸了一口气，定了定心神："千金就千金！"

她这边话音方落，管家便拿出了一张一千金铢的最大面额银票，递到了龟奴的手里："下去告诉如意接客吧！"

然而龟奴收了钱，只是转过身从雅室里取了一盏灯，从窗口斜斜伸了出去，挂在了屋檐上，口里笑道："不必下楼，花魁看到这边公子令人挑了灯出来，自然就会上来见客。"

果然，看到那盏纱灯挑了出来，珊瑚树下的花魁嫣然一笑，美目流盼地望向了这边的窗子，便扶着丫鬟的肩，款款站了起来。

可是刚站起，庭院对面的另一扇窗子忽地开了一线，也有一串灯笼无声无息地伸了出来，挂在了对面的屋檐下。如意便站住了身，看向了对面，嘴角的笑意忽地更加深了，忽地微微弯腰行了个礼，对那边曼声道："多谢爷抬爱。"

"怎么回事？"朱颜站在窗后，不由得诧异。

龟奴脸色有些尴尬，赔着笑脸道："嘿，公子……看来今天不巧，对面也有一位爷想要点如意呢。"

"什么？"朱颜不由得急了，"那也是我先挂的灯啊！"

"是。是公子先挂的灯。"龟奴生怕她又发起脾气，连忙赔笑道，"但对面的那位爷，出了二千金铢。"

"什么？"她愕然往窗外看去，"报价在哪里？"

"公子请看那边的灯。"龟奴低声下气地伸出两根指头，指点给她看，"您看，对方挂出了一串两盏灯笼，便是说要出双倍价格的意思。公子，今儿真是不巧，不如明天再来？"

"双倍有什么了不起？"朱颜的怒火一下子上来了，从怀里摸出了一颗拇指头大的东西，扔给了一旁的龟奴，"这个够我包她三天三夜了吧？"

那是一块小玉石，直径寸许，光华灿烂，一落入手掌便有淡淡的寒意，龟奴在星海云庭多年，也算是见多识广，一时间不由得脱口惊呼："照夜玑？"

这个宝贝，至少值三千金铢。

"哎呀，公子出手果然大方！"龟奴脸上堆起了笑，连忙拿着珠子走下楼去找人过目鉴定，又急急忙忙地回来，推开窗户，在刚才的灯笼下面挂上了一串两盏灯。

如意刚要离开庭院，听得这边窗户响，不由得站住身再度望了过来。一时间，花魁的脸上也有些微的错愕，显然没想到今天会有两位客人同时竞价。

管家满脸的惊讶，忍不住低声道："郡……公子，你哪里来的照夜玑？"

"这种东西我多了去了。"朱颜笑了一声，无不得意，"我当年跟着师父修行，上山下海，什么奇珍异宝没见过？取到一颗照夜玑又有啥稀奇？"

管家苦笑："难为属下还专门备了银票出来。看来是用不上了。"

然而刚说到这里，只听对面一声响，是那扇窗户又推开了一线。

"不会吧？"朱颜和管家都变了脸色，齐齐脱口。

那边的窗户里果然又挑出了灯笼，整整齐齐一大串，也不知道究竟有几个，竟累累垂垂直接垂到了地上！

庭院里传出一片惊呼。龟奴也是愣住了，脱口而出："万金之主！"

星海云庭虽是叶城最奢华的青楼，一掷万金的豪客却也是凤毛麟角，一年也难得见上几次，此刻看得这一串长长的红灯挂下来，他竟是忘了朱颜还在旁边，喜不自禁地笑出了声来："天哪！今儿竟然出了一个万金之主！"

"怎么了？"朱颜看不懂，急得抓住了龟奴，"他到底出了多少？"

"小的去问问……"龟奴出去问了一圈回来，脸上也有不可思议之色，道，"听说对方拿出了整整一袋子的辟水珠，至少有十几颗！哎，可真是好久没见到那么豪爽的客人了……如意今天可算是赚大了，哈哈……"

然而刚笑了一声，他便知道不妥，又连忙点头哈腰地赔笑："公子，看来今天真不巧……要不您明儿再来？"

"谁要明天再来！"朱颜一时怒从心头起，转头就抓住了管家，厉声道，"快，把钱都给我拿出来！"

管家看到郡主动了真怒，忙不迭地将怀里所有的银票都拿了出来。朱颜看也不看地劈手夺了，一把摔到了龟奴怀里："去，把灯全点起来！"

龟奴一捏这厚厚一沓的银票，不由得愣住了。

"够了？"朱颜怒喝。

"够……够了！"龟奴点头如捣蒜，却脸露为难之色，"可是按照规矩，出到了万金，那就是封顶的价格了——公子接着出再多的钱也是无用。"

"什么？"朱颜不由得勃然大怒，咬牙切齿，"封什么顶？我出的比他多，花魁就该是我的！快去替我点灯！不快点去，我就点了你的天灯！"

"规矩就是规矩，破不得的呀。"龟奴拿着那一沓银票，左右为难。

朱颜越想越生气，一拍桌子，站了起来："对面那个人是谁？有毛病吗？怎么会那么巧，我出三千他就出一万？莫不是你们暗自做了手脚，想雇个托儿一路抬价，找个冤大头宰了吧？"

"公子，您这么说可真的是冤枉啊！"龟奴推开窗，小心翼翼地指着斜对面的窗口，压低声音道，"小的刚才派人打听了一下，据说对面包间里坐的是一个帝都来的贵客，年轻英俊，大有来头，也是说了今天非见花魁不可！"

"帝都贵客？"朱颜愣了一下。

帝都来的客人，年轻英俊，大有来头——听说皇太子时雨顽劣，经常偷跑出伽蓝帝都来叶城玩耍，喝酒赌博无所不为，莫非今天……

"是呀，应该是个大人物，气派可不凡呢。"龟奴看到她动摇，连忙压低了声音添油加醋，"万一得罪了，只怕会有后患。何况花魁天天都在这里，公子不如改天再……"

"谁要改天！"朱颜却是怒了，也顾不得猜测对方是谁，忽然一跺脚，拉开门便朝着对面走了过去。

"公子……公子！"龟奴大惊，连忙追上来，"您要去哪里？使不得！"

"有什么使不得！"她窝着一肚子火，头也不回地往前走，嘴里冷笑，"我倒要去看看，是哪个家伙狗胆包天，居然敢跟我抢？！"

管家眼见不好，知道郡主火暴脾气上来了谁也拦不住，心里叫了一声苦，便从袖子里摸出一支小小的袖箭，"嗖"的一声从窗口甩了出去，召集从赤王府里带出的便衣侍卫前来救场，又匆匆忙忙转过头追了上去。

真是要命……撞了什么邪，这个姑奶奶今天不闹个天翻地覆是不罢休啊！

这边朱颜已经直闯过去，龟奴拦不住，一路追着，眼看她闯到离对面的包间雅座只有一道门的距离了，不由得急得要命，失声道："公子，你真的不能过去了！前面有……"

"前面有什么？"朱颜冷笑，脚步丝毫不停。

话音未落，前面黑影一动，不知从何处忽地跃下了两个穿着劲装的彪形大汉，一左一右拦在了朱颜的面前，手腕一翻，露出一把短刀。

"星海云庭的保镖？"朱颜一愣，冷笑了一声，还是径直往前闯去，竟是完全不把那些雪亮的利刃放在心上。

"给我站住！"那两位打手见这个人不知死活地还要往里闯，眼露凶光，顿时也毫不客气地挥刀砍了下来！

"公子！"龟奴和管家齐声惊呼。

然而，那两把刀快要砍到朱颜手臂上的时候，朱颜抬起了手指，在虚空里平平划过，做了一个最简单的动作，那两个打手的动作忽然凝固，就这样定定地僵在了那里，全身上下只有眼珠子在骨碌碌地转。

"哼。"她冷笑一声，伸出手指头戳了戳面前僵硬的人，只听"扑通"两声，两个壮汉应声而倒，眼睁睁地看着朱颜穿过了他们的拦截，扬长而去。

对面那间雅室就在眼前，她怒气冲冲地往里冲，一脚就踢开了最后一道门，大喝："哪个不知好歹的王八蛋，居然敢跟我抢花魁？滚出——"

然而话音刚落，下一个瞬间，她声音里的气势忽然就弱下来了，脱口"啊"了一声，似是见到了极不可思议的事情。

那一声后，就没了声音。

"怎么了？"管家大吃一惊，再也顾不得什么，一把甩开了龟奴的手，狂奔上前，冲入了对面的房间，"怎么了？出什么事了？"

然而，门一开，只见朱颜好好地站在那里，只是脸上的表情甚是怪异，就像是活见了鬼一样，直直看着前面。

"郡……公子！你没事吧？"管家急忙问。

朱颜一震，似是被这一喊缓过了神，却没有回过头看他一眼，只举起手摆了摆，又连忙将手指放到嘴边，做了一个噤声的手势。

那一刻，管家终于看到了对面窗户后的那个客人。

那个一掷万金的恩客坐在那里，背对着他们，没有说话。背影看上去颇为年轻，不过二十许人的样子，虽然只是静静地坐在那里，却像那龟奴说的那样，气度如同渊渟岳峙，凛冽逼人。虽然被人破门闯入，对方也没有回头，只是捏着冰纹青瓷杯的手指动了一动，发出了轻微的"咔啦"一声裂响。

管家心里一紧，连忙拉住了朱颜，免得她一怒之下又要闹出什么祸来。然而那个怒气冲冲的少女只是直直地看着前面，张口结舌，嘴唇动了动，似是硬生生吞下了一句惊呼。

"不好意思，惊扰阁下了！抱歉抱歉！"管家生怕对方发作，连忙赔礼道歉，然后一拉朱颜，低声道，"姑奶奶，快走吧……算我求您了。"

这边的朱颜仿佛回过神来了，猛然往后退了一步，也不作声，只是用力一扯他的衣袖，瞬地转身，飞也似的逃了出来。管家被她这种没头没脑的做法搞糊涂了，紧跟着她也退出来。

两人一路疾奔，一口气退到了外面的廊道上，看到里面的人没有转过头也没有追出来，朱颜这才长长松了一口气，抬起手，擦了擦额头——刚才那一瞬，额头上竟然出了那么多汗！

"怎么了？"管家纳闷不已，"郡主，你没事吧？"

"没事没事……快走吧！"她脸色有些发白，匆匆就往外走。

刚一回身，外面黑影一动，窗户打开，一行人无声无息地跃入，一见到管家，齐齐屈膝："总管大人！"

"怎么才来！"管家低叱，"都已经没事了，走吧！"

他们又往回走了几步，碰上了急急赶来的龟奴。眼看一场乱子消弭于无形，龟奴也不禁松了口气，追在后面，赔着笑脸："哎，公子这就走了？难得来一趟，星海云庭那么多美人，要不要再看看？"

朱颜三步并作两步，从回廊里绕了出来，一路压根没有理睬龟奴的喋喋不休，脸色阴晴不定，不知道在想着什么。

忽然间，她又站住了身，猛然一跺脚。

"不，不行……他一定是看到我了！"朱颜表情惊恐，似乎天塌下来了一般，喃喃道，"这回完了！怎么办？"

"怎么了？"管家愕然不解，"出什么事情了？"

朱颜没有理睬他，在原地没头苍蝇似的团团乱转了一会儿，忽地转身，从怀里拿出了一沓银票，拍到了龟奴的手里："拿着！"

龟奴吃了一惊："这……这是？"

"房间里那位公子的其他一切费用，都由我包了！"朱颜急急忙忙道，将所有的银票都扔了过去，"他要什么，你们就给他什么！千万要伺候周到，让他尽兴而归，知道不知道？"

"啊？"管家和龟奴都惊住了。

不到片刻之前，她还那样怒气冲冲地闯进去，大家都以为星海云庭很快又要因为争夺花魁而上演一次全武行，怎么转瞬情况急转直下，她竟然如此低声下气地为情敌一掷千金，豪爽地买起单来？

"公子不是开玩笑吧？"龟奴捧着钱，一脸不可思议的表情。

"谁跟你开玩笑！"她咬着牙，低声呵斥，"还不快去？"

"是……是！"龟奴得了钱，也顾不得什么，连忙眉开眼笑地转身，想要一溜烟跑开——花魁今晚归谁倒是无所谓，既然有人想继续撒钱，又怎么能拒绝呢？

然而刚一回过身，便撞上了一个人。

那个人也不知道是从哪里冒出来的，无声无息就站到了身后。龟奴刚要惊讶地开口，对方的手指只是轻轻一抬，他就仿佛被定身了一般动弹不得，瞬地失去了知觉。

"喂！你这是……"一旁的管家刚要开口询问什么，被那人用另一根手指遥遥一点，瞬间也被隔空定住。

朱颜看到来人，忍不住倒退了一步，脸色"唰"地苍白。

"怎么，要替我付钱？"那个人看着她，开了口，"这么大方？"

他的声音冷淡，听不出喜怒。然而一入耳，朱颜的腿便顿时一软，差点一个跟斗摔倒，讷讷道："师父……果，果然是您！"

是的，刚才，当她冲入对面雅座的瞬间，掀起帘子，看到的竟然是自己的师父！九嶷山的大神官时影，居然在星海云庭和她争夺花魁！

如雷轰顶，她当时就惊呆了，几乎不相信自己的眼睛。

记忆中，师父这样清高寡欲的人，就像是绝顶上皑皑的白雪，仿佛摒弃了七情六欲，却居然会和那些庸俗男人一样出入烟花场所？真是人不可貌相啊……还是世上男人都一个样？

那时候，趁着师父还背对着她，她硬生生忍住了惊呼，倒退着出了房间，想都不想地拔脚就跑。然而没跑几步，又立刻明白过来：以自己的修为，是绝无可能在他眼皮底下溜走而不被觉察的！

所以，她便自作主张地替他买了单。

与其等着来日被师父教训，不如趁机狠狠讨好一番，说不定师父心情好了，便会当作没这回事放过了她。

　　然而，此刻看到时影的眼光冷冷扫过来，她顿时全身吓出了一层冷汗。相处那么多年，她自然知道那种眼神是他怒到了极处才有的。这一次，只怕是马屁拍到了马腿上，绝对不是挨打那么简单的了！

　　"刚才在和我竞价的，居然是你？"时影看着她，语气喜怒莫测，"你要见花魁做什么？你和她有什么瓜葛，怎么会跑到这里来？"

　　"我……我不是有意的！我……我只是来这里看热闹而已！"她吓得结结巴巴，连话都说不顺溜了，"给……给我一百个胆子，也绝不敢抢师父您看中的女人啊……"

　　时影双眉一蹙："你说什么？"

　　那一刻，有更加明显的怒意在他眼底凝聚，如同隐隐的闪电。

　　朱颜吓得腿都软了，在师父沉吟着没有动怒之前，连忙说了一大堆，大意是表示她完全理解师父虽然是大神官，但也是一个大活人，易服私下来这里会花魁无可厚非。九嶷神庙戒律严明，她绝对会为尊者讳，敢透露一个字就天打雷劈！

　　她语无伦次地赌咒发誓，只恨不得把最重的咒都用上，然而时影听着听着，脸色越来越不好，忽然出手，一把捏住了她的下颌，厉喝："给我闭嘴！"

　　朱颜喋喋不休的嘴终于顿住了，吓得猛然一哆嗦，差点咬到了舌头。

　　"你在胡说些什么？"他捏住了她的下颌，皱着眉头看她。

　　"真……真的！我什么也没看见！什么也不知道！"朱颜被那么一看浑身战栗，连忙又指了指旁边两个被定住身的人，"等一下我就用术法把他们两个人的记忆给消除掉，绝不会透露一丝风声！谁、谁都不会知道您来过青楼找过花魁——"

　　那一瞬，她觉得下巴一阵剧痛，忽然说不出话来。

　　"闭嘴！"听她唠唠叨叨说着，时影眼里的怒意终于蔓延出来，低声厉喝，"你想到哪里去了？我来这里是来做正事的！"

　　"啊……啊？"她痛得说不出来，只能张大嘴巴，胡乱地点头——

师父刚才在极怒之下控制不住力道，竟然把她的下颌给捏得脱了臼！

见鬼。来青楼，抢花魁，难道还能做别的？难道师父想说自己是来和花魁吟诗作对品茶赏月吗？她好歹也算是嫁过一个老公又守寡的女人了，怎么还当她是个小孩子啊？

朱颜不敢说，也说不出话，痛得只能拼命点头称是。

然而她忘了师父有读心术，这时候她即便不说话，这一顿的腹诽显然也能被他查知。时影眼里的怒意瞬间加深，厉声道："不要胡思乱想！完全没有的事！你给我——"

他扬起了手，朱颜吓得一哆嗦，闭上了眼睛。

可就在那一瞬，身后的窗外忽然传来了一声响动。朱颜的眼角瞥过，只看到下面的庭院里有一个鲛人匆匆进来，俯身在花魁耳边说了一句什么。花魁立刻站了起来，看了一眼楼上的雅座包厢，脸上表情忽然间有些异样。

"不好！"时影脱口，脸色瞬地一变，"她觉察了？"

他顾不上再说什么，立刻放开了朱颜，回头向庭院一掠而下。

朱颜这才从窒息般的禁锢中解脱出来，长长松了口气，揉着剧痛的肩膀，双手吃力地托住了脱臼的下巴，"咔嚓"一声给归位了回去。抬起手指，迅速地给身边的两个人消除了记忆，解了定身术，然后一把拉住管家往前就跑。

这一系列动作快得不可思议，就好像有饿狼在后面追着一样——是的，这一刻，她只想跑——必须跑掉！要不然，她完全不知道留下来要怎样面对师父。

她拉着管家奔跑，从小庭院一直跑到了外面的大庭院，一路上飞奔过一间间雅室包厢。周围都是盈耳的欢声笑语，视线里都是一对对的恩客和妓女，到处流淌着暧昧和欲望……

赤王府的小郡主在这座销金窟里不顾一切地奔跑，想要从这样肮脏黏腻的氛围里逃出来，大口呼吸到外面清新的空气。

她飞快地跑着，心跳加速，脑海里却是一片空白。

空白之中，渐渐有一些支离破碎的片段浮现，如同遥远得几乎埋藏在时光灰烬里的画卷，一张一张地无声掠过。

帝王谷里，那个孤独的苦修者。

神鸟背上，埋首在她怀里无声哭泣的少年。

神殿深处，脸庞隐藏在香炉氤氲背后的少神官。

……

十年来，那张熟悉得不能再熟悉的脸依次浮出脑海，又渐渐模糊——然而，怎么也无法和片刻之前她看到的景象重叠。

师父……师父他居然来了这种地方？他……他怎么会是这样的人呢？还是这个世间的每一个人，永远都有一千个侧面，她之前看到的只是其中一个而已？

朱颜顿住了脚步，叹了口气，觉得心里隐隐约约地疼痛，就像是有什么宝贵的东西在猝不及防中砰然碎了，连抢救一下都来不及，只留下满地残片——从小到大，她性格直率，是个爽朗干脆的女孩，敢爱敢恨，拿得起放得下。然而，此刻心里各种别扭，有什么沉甸甸的东西压在心头。

唉……自己今天真是发了疯，干吗非要来这种地方看热闹？如果不知道，如果没看见，肯定没有此刻的郁闷和纠结了吧？从今往后，要是再见面，她又要怎样面对师父啊……

管家还没有回过神来，已经被她拉扯着奔下了一楼。

"郡主……这、这是怎么回事？"显然记忆中出现了一段空白，管家回过神来后，有些纳闷地停住了脚步，问，"刚才是怎么了？你没事吧？"

"算了，和你说你也不懂。"朱颜叹了口气，挥了挥手，"我们还是快走吧……哎，今天真是倒霉！早知道就不来这里看热闹了……看了不该看的东西，一定会长针眼！呸呸呸！"

一边碎碎念着，她一边沿着回廊往下走去，步态竟有几分仓皇。管家不由得暗自奇怪——看起来，这个天不怕地不怕的郡主竟然是在飞也似的逃出门去。

难道，这里有什么她畏惧的人吗？

第十六章

宛如梦幻

　　刚刚正午，星海云庭却已经热闹非凡，门庭若市，冠带如云，到处都是一片莺声燕语，珠围翠绕。朱颜一心急着要跑，脚步飞快，目不斜视地穿过了那些莺莺燕燕。

　　"快走快走……"她火烧屁股一样地往外疾走，扯着管家的袖子，一路上撞了好几个人，三步并作两步便穿过了大堂，也不打算从正门口绕远走出去，便直接往侧门奔去。

　　然而刚要走出侧门，她猛地站住了脚步，脱口"啊"了一声。

　　这里是侧门的另一边，是星海云庭的杂务后院。

　　正午里人很少，院子里晾晒着美人们的衣衫、手帕、抹胸，黛绿鹅黄，烟罗锦绣，在日光下如云蒸霞蔚，香气馥郁，美不胜收。然而，那些云霞的背后，有一个影子一晃而过，疏淡如烟。

　　那个一掠而过的影子如同烙铁一样刺痛了她的眼睛。朱颜脸色瞬间煞白，身子微微一晃，几乎不相信自己的眼睛，脱口道："渊？！"

"郡主，怎么了？"管家看到她这样一惊一乍的表情，不由得又问了一句。然而朱颜一把将他推开，拔腿便飞奔了过去！

"渊！"她失声呼唤，"是你吗？"

她飞奔向前，冲进了后院。眼前扑来的一道道衣衫被她随手拂开，到处都是衣架被撞倒的声音。她奔得急，几乎不顾一切，然而，等冲到了院子深处，只是一转眼的工夫，那里已经是空无一人。

"渊……渊！"她站在那里，大声呼唤，在那个空荡荡的小天井里转来转去，直急得要哭出来，"我知道你在这里！"

是的！刚才那一瞬间，她看到的，明明是渊的侧脸！

那是她朝思暮想的人，就算只是惊鸿一瞥，也绝对不会认错！

"郡主？"管家追了上来，不由得问，"你怎么啦？"

她没时间回答他，只是站在房间里，急急闭上了眼睛，双手结印，从五蕴六识里释放出灵能，去寻找关于那个人的气息——那是定影术，可以在意念内感知到一个时辰之内周围存在过的一切。

片刻之后，她倏地睁开了眼睛，忽地抬起手指，点在了某一处："在这里！"

那是这个小小的天井里唯一一个没有挂着衣衫的竹架子。紫竹做成，一头撑在地上，另一头则搭在了墙上。刚才被她横七竖八那么一撞，其他所有的衣架子都滑落在地，只有这个竹架子居然还岿然不动。

朱颜轻轻扣住了那一根竹竿，往下一压，只听一声闷响，眼前的地面忽然下陷，出现了一个黑黝黝的入口！管家在一旁看得惊呆了——这个星海云庭的后院里，居然还有这样精巧的机关！

"郡主，快走吧。"管家心知不对，连忙拉住了她。

然而，朱颜不肯走，看着那个不知通往何处的入口，大声喊："渊！给我出来！你不出来，我就来找你了！"

话音未落，她耸身一跃，便毫不犹豫地跳了下去！

"郡主！"管家失声惊呼，伸出手想去拉住她。然而朱颜袖子一卷，一股疾风卷来，一瞬间把管家推了回去。只是一个眨眼，她的身影消失在黑洞洞的地底下，地面重新合拢，恢复如初。

管家站在一地狼藉的妖红惨绿里，不由得惊怒交加——这个星海云庭到底是什么地方，居然还设有机关密室？郡主掉进了这个陷阱，万一有什么错失，他砍下脑袋也不能和王爷交代！

管家转身往外飞奔，急着去叫人进来。

那个秘密的入口下面没有台阶，只有一个直坠下去的洞穴。踏入的一瞬间，朱颜"唰"地直摔了下去，落到了一个秘密空间里。

当踩到地面的瞬间，她立刻释放出了一个咒术，托住了身体，又迅速在周身建立了一道防护的屏障，然后百忙之中还双手结印，将自己的身形隐藏了起来——这一番连用三个咒术，只用了一弹指的时间，堪称行云流水。

如果师父看到了，应该会夸赞一声"有进步"吧？

然而刚想到这个念头，她就猛然打了个冷战。

得了，这番她撞破了师父的好事，他发了那么大的火，几乎是以前从没有见过的……不知道师父给的那一卷手札上有没有铜皮铁骨金钟罩的功夫，如果有的话，看来倒是要好好修炼一下了。

她一边沮丧地嘀咕着，一边警惕地打量了一下周围。

眼前是一条长长的通道，连着两侧的一个个房间，如同曲折的迷宫，一眼看不到尽头。每一个门上都写着奇怪的标记，不是空桑文字，她认不出来。耳边隐约有水流的声音，环绕而过，似乎这个地宫里居然有地下水系。

朱颜不由得咋舌：这个地下迷宫的规模是如此庞大，竟然不比星海云庭的地上部分逊色——这里到底是做什么的？是开黑店，还是在搞邪术？对了，或许这里是对贵宾特别设置的一些各有"特色"的包厢？

这些房间里，到底又是些什么？

然而她刚好奇地将手搭上房门，探头探脑地想要推开看看，身后忽然有脚步声。她一惊，急忙往后闪躲，只听风声过耳，只差了一寸的距离，便要和两名黑衣人迎面相撞。

好险！她暗自吸了口气。而那两个人浑然不知面前就站着一个隐身的人，从通道另一头疾步而来，和她擦肩而过，匆匆走向了刚才她掉落的地方，细细巡视了一圈，皱起了眉头。

"奇怪，暗门是关着的，一路上也没见人闯入。"有一个人道，"可明明听到入口机关被触发，有什么掉下来。"

另一个人道："你去地上看一下有什么异常。"

"好，我上去问如意。"那个人道，"你分头告知大家，加强警戒——今日左权使在这里，大意不得。"

"是。"另一个人迅速地退去。

朱颜听到两个人的对话，心里不免暗自焦急，心知只要对方一上地面，自己刚才在后院的事情便会被查出。时间已经不多了，得赶快找到渊的下落！她再也顾不得什么，往里面直闯过去。

这条地下通道曲曲折折，她用定影术追踪，飞快地奔过一个又一个房间，追寻着渊的痕迹。一路上她发现这里守卫森严，每个拐角都站着黑衣人——看装扮，竟然和刚才楼上遭遇的几个打手又不是同一拨，更加精干剽悍，身手也更好。而且奇怪的是，那些人，居然全部都是鲛人！

用鲛人当侍卫？这个星海云庭，到底是有多神秘？朱颜虽然好奇，却没时间去多看。定影术持续的时间非常短暂，她必须在地面上的人被惊动之前找到要找的人。

她循着渊留下的气息，飞快地往前奔跑，如同一条小猎犬飞驰在草原上，追捕着猎物。毫不犹豫地转过几个弯，朱颜深深吸了一口气，心头"突突"直跳，走过去——渊的气息从地面上延伸而来，最后终止在这里。

然而，面前并没有门。

她追溯着之前的幻影，摸索到了一边的楼梯扶手，屈起手指敲了一下。那个扶手上本来雕刻着莲花，在那一击之下，那朵合拢的莲花盛开了，打开的木雕花瓣内，居然有一个纯金的莲心。

朱颜扭下了那个纯金莲心，按到了墙壁上一个凹陷处。奇迹般地，莲心每一颗莲子的凹凸都和斑驳的墙壁严丝合缝。刹那间，无声无息地，墙上浮出了一道暗门！

她惊喜万分，"唰"地推开门，解除了自己的隐身术，大喊："渊！"

推开门的那一刻，她看到了门中有一个青灰色的背影。朱颜再也忍不住内心的激动，脱口喊道："渊！"一边喊着，她一边抬起手飞快地在自己脸上一抹，顿时将伪装的面容抹去，露出了原本的明丽容颜。

"我是阿颜！"她对着房间里喊道，"我来找你了！"

然而，看到她的出现，房间里的那个人惊得手一抖，猛然回过身来——铮然一声响，有什么掉落在地。

同一瞬间，朱颜也往后退了一步，失声："怎……怎么是你？！"

——密室里这个她千辛万苦才追到的人，哪里是渊？花白的头发，松弛的皮肤，昏花的肿泡眼，枯槁却灵活的双手……这，分明是那个好色贪杯、年纪一大把还喜欢出入青楼的老屠龙户，申屠大夫！

申屠大夫也在震惊地看着她，老眼睁得如同铜铃大，似乎不敢相信这么秘密的地方居然也会被人闯入，脸色一阵青一阵白，惊疑不定。

两人乍然见面，都是如遇雷击，朱颜不敢相信自己的眼睛，过了半天才讷讷问出了一句话："你……你怎么会在这里？渊呢？渊到哪里去了？！"

"我为什么不能在这里？"申屠大夫首先镇定下来，上下打量了她一下，忽然间脸色一变，"我认得你！你不是那个猪……猪什么郡主吗？你来这里做什么？"

朱颜一下子被问住了，讪讪地说不出话，只能用了反问来绕过这个问题："你又来干吗？你能来，我为什么就不能来？"

"我？我当然是来逛青楼会美人啊！难道你也是？"申屠大夫打量着她尴尬的表情，一拍大腿，露出了然的神色，大笑，"哈哈……不会吧？我知道空桑那些四五十岁如狼似虎的贵妇喜欢来这里找乐子，没想到郡主你年纪轻轻，竟然也……哈哈哈！"

"呸！"她一时脸皮都有点发烫，啐了一声，"胡说八道什么！"

"没事儿，这在帝都和叶城都是半公开的秘密了，有啥了不起的？"申屠大夫竟是一脸引为知己的神色，朝着她走过来，笑呵呵地道，"星海云庭里养着的那些英俊的男鲛人，本来也不是全为了好男风的老爷们准备的。"

"闭嘴！"朱颜脸色飞红，只恨不得将这个老色鬼的嘴巴缝上。她不想理睬他，转头在房间里四处看了看，却没有看到还有其他人，不由得有些蒙了——这是怎么回事？渊明明到了这里，进入了这个房间！怎么人却不见了？

她圈起手指，刚要再用定影术，却被人拉住了。

"哎，既然郡主您都来了，不如帮我付了这里的钱吧！"申屠大夫涎着脸，拉住了她的袖子，笑呵呵地道，"您在赤王府不是答应过，以后这一个月我在青楼的所有费用你们都包了吗？贵人说话可不能言而无信哪！"

朱颜一摸口袋，才想起刚才那些金铢她全数给了龟奴，现在身上哪里还有钱？只能没好气地甩开他的手："回头再给你吧！"

"哎，那怎么行呢？多少给一点嘛！"申屠大夫却还是纠缠不休，竟然开始大胆地用手扯着她的衣袖，换了一副无赖嘴脸。

"下次给你！"朱颜懊恼起来，"快放手！"

然而，那个好色的无赖怎么也不肯就这样放走了金主。纠缠之间，朱颜忽然觉得腿上微微一痛，就如被蚊子骤然咬了一口。怎么了？她吃了一惊，低头看去，申屠大夫的手里有寒光一闪——

那是一根长长的针，瞬间隐没。

怎……怎么回事？她愣了一下。申屠大夫看着她，浑浊的老眼里面嬉笑之色尽去，忽然露出了一丝冰冷的光，叹了一口气："赤王府的小郡主，你真不该闯到这里来的。"

那一刻，朱颜心知不对劲，猛然往后退了一步，一翻手腕，玉骨瞬间便化成了一把利剑！

"你想做什么？"她厉喝，一剑刺去，"敢暗算我！你这个老色鬼，我宰了你！"

申屠大夫看到她忽然拔剑，不由得脱口"啊"了一声，显然没有料到一个锦衣玉食的千金小姐居然还有这种杀人的本事，一时间来不及躲闪，只听"唰"的一声，利剑便压上了咽喉。

"住手！"就在那一刻，一面墙壁忽然间无声无息地移开了。有一个人从内壁里隐藏的密室里走了出来，厉声喝止了她，"阿颜，住手！"

那个人披着一件长衣，水蓝色的长发上还滴着水，气色并不好，捂着右肋，动作似乎有些不方便——虽然看上去有些病弱无力，容貌却俊美无伦，柔美沉静，如同夜空里的一轮静月。

那一刻，朱颜呆住了，半晌才失声欢呼："渊？原来你在这里！"

申屠大夫却变了脸色，同时失声："你……你怎么出来了？我刚给你用了药，现在必须要躺下休息！"

"渊！"朱颜再也顾不得什么，猛地冲了过去，"我终于找到你了！"

这回他没有躲闪，任凭她抱住了他，唇角浮出了一丝苦笑。

"渊！"朱颜终于抓住了他，激动得全身发抖。是的，那是渊！是她朝思暮想、一直寻觅的渊！经过了两年多的时间，她终于又找到了他！

他也有些感慨地看着她，叹息道："好久不见，你又长大了许多。"

他的语气是微凉的，带着一丝伤感和些微的欢喜，和记忆中那个永远温柔的声音有些不一样。

"你……你为什么在这里？"朱颜在狂喜之中看着他，忽然间想到了一个问题——渊怎么会在这个地方，又怎么会和申屠大夫这种人在一起？

这里是青楼的密室，难道他是来……她飞快地想着，一颗心直往下坠，如坠冰窟。

渊的嘴角动了一动，停顿了片刻，只道："说来话长。"

看到他这样欲言还休的表情，朱颜心里更是一沉，忍不住问："难道……你也是和楼上那些鲛人一样，被卖到这里来的吗？"

他看着她，微微皱眉："你说什么？"

"唉，别怕……没事的。"她心里一片混乱，却撑着一口气，不肯露出慌乱的神色，慨然道，"放心，我有钱！我会替你赎身的！"

"什么？"渊愣了一下，还没回过神来。

"哎，我说，你的身价不会比花魁还贵吧？不然为什么你住的地方这么高级这么隐秘？"朱颜说着，想尽量让话题轻松一点，然而身体忽然晃了一下，瞳孔里浮现出一丝诡异的紫色，情不自禁地喃喃，"奇怪，头……头为什么忽然这么晕？"

话音未落，她瞬间只觉得眼前一黑，失去了知觉。

渊眼明手快地一把将她抱住，叹了口气，转头对着申屠大夫道："还不快把她身上的毒解了？"

老人咳嗽了一声，却有些不大情愿，嘀咕："这个女的可是赤王府的郡主啊！空桑人的贵族小姐！万一她把我们的消息给泄露了出去……"

"她不会的。"渊眼神淡淡，却不容反驳，"快解毒！"

申屠大夫似乎颇为畏惧他，撇了撇嘴，便苦着脸从怀里掏出了一个方盒子，打开是一块碧绿色的药膏，发出一种奇异的清凉的药香。他用挖耳勺一样的银勺子从里面挖了一点点，放在火上烧热。

"这药可贵了。"一边烤，老人一边喃喃，"光里面的醍醐香就要……"

"钱不会少了你的。"渊皱眉，"快把她救醒！"

申屠大夫烧热了药膏，往里面滴了一滴什么，只听"哧"的一声，一道奇特的烟雾腾空而起，直冲入了朱颜的鼻端。

"阿嚏！"昏迷的少女猛然打了一个喷嚏，身子一颤，醒了过来。

"渊！"她猛地跳了起来，差点和他撞上，一把牢牢地抓住了他，再也不肯放，"天啊……你没走？太好了！我真怕一个看不见，你就又走了！"

渊只是笑了一笑，不说话，摸了摸她的头发。

自从离开天极风城的赤王府后，他们已经好几年不见。和鲛人不同，人类的时间过得快，几年里她如同抽枝的杨柳，转眼从一个黄毛丫头出落成了一个亭亭玉立的少女，人生也大起大落——听说不久前刚嫁了人，却又旋即守了寡。可是，虽然经过了那么多的事，她的脾性却是和孩子时候一样，还是这么没头没脑的莽撞。

"好了，别闹了。"他轻轻掰开了她的手，"申屠大夫还在看着呢。"

"啊？那个老家伙？"朱颜瞬间变了脸色，狠狠瞪了一眼申屠大夫，又回头看着渊，迟疑道，"他没欺负你吧？你……你……天哪！"她顿了顿，打量了一下衣不蔽体的他，忽然眼眶就红了，脱口，"都是我不好！"

渊皱了皱眉头："怎么了？"

"如果不是我，你怎么会被赶出赤王府去？"她越想越是难过，声音开始带着哽咽，"你……你如果好好地待在王府，又怎么会沦落到现在的地步？是哪个黑心的把你卖到这个肮脏的地方来的？我……我饶不了那家伙！"

"哎，我说，你们这厢叙旧完了没？"他们两个人絮絮叨叨说了片刻，在一边的申屠大夫有点不耐烦，咳嗽了一声，扯了扯渊的衣襟，"今天我冒险来这里，可是有正事和止大人商量的。"

朱颜心里正在万般难过，看到这个人居然还敢不知好歹地插进来打断他们，她顿时暴怒，瞬间跳了起来："滚开，你这个老色鬼！不许碰渊！"

玉骨从她指尖呼啸飞出，如同一道闪电。

"住手！"渊失声惊呼，飞掠上前，闪电般的一弹指，在电光石火之间将那一道光击得偏了一偏。只听"唰"的一声，玉骨贴着申屠大夫的额头飞过，划下了一条深深的血痕，顿时血流披面。

申屠大夫吓得脸色煞白，连唠叨都忘了。而朱颜看着舍身护住申屠大夫的渊,也不由得愣住了——她本来也没打算真的要那个老色鬼的命,只吓唬他一下罢了,竟然引得渊动了手。

"渊!你……你的身手,为什么忽然变得这么好?"她不可思议地喃喃道,眼神陌生地看着他,"你居然能挡开我的玉骨?这个云荒上能有这种本事的人可不多!"

渊没有回答,只是微微地咳嗽,脸色越发苍白,伸手把申屠大夫扶了起来,对她道:"你也该走了。"

什么?刚一见到就想赶她走吗?而且,他居然还这样护着这个老色鬼!朱颜死死看着他,似乎眼前这个人忽然就陌生了,忽地摇了摇头,喃喃道:"不对……不对!既然你的身手那么好,那就更不可能是被迫来这里卖身的了!"

"唉,你这小丫头,说什么呢?"渊叹了口气,扶着申屠大夫回到了一旁的榻上坐下,"谁说我是被迫到这里来卖身的?"

"什么?你不是被迫吗?"朱颜愕然,忽地跳了起来,"不可能!难……难道你是自愿的?"

渊无语地看着她:"谁说我是在这里卖身的?"

"难道不是吗?"她怒不可遏,一把抓过了旁边的申屠大夫,和他对质,"是这个老色鬼亲口说的!"

申屠大夫被她提着衣领拎起来,几乎喘不过气来,一张脸皱成了菊花,拼命地摇着手:"不……不是!真的不是!"

"别抵赖了!"朱颜愤然,"刚才你还让我替你付嫖资呢!"

"哎呀,我的好小姐……我哪敢嫖止大人哪?"申屠大夫连忙摇手,上气不接下气地开口解释,"刚才……刚才,喀喀,老夫看你少不更事,为了引你放松警惕好下手,才故意那么说的好吗?!"

"真的?"朱颜愣住了,一松手,申屠大夫落到了地板上,不停地喘气。然而渊这次并没有再度出手救援,只是在一边冷冷地看着他,眼神似乎也有一丝不悦:"你刚才都胡说了一些什么?"

"嘿嘿……"申屠大夫也有些尴尬,"随口说的,这小丫头还当真了。"

"少信口雌黄了。"渊抬起头,看着朱颜,正色道,"阿颜,申屠大夫来这里,只是为了帮我治伤而已。"

"什么?"她愣了一下,"你……你受伤了?"

渊没有说话,只是默默地把披在身上的长衣掀开了一角。那一瞬,她清晰地看到了他的右肋上裹着厚厚的一层绑带,因为刚才拨开玉骨的那一番激烈动作,有血迹正在慢慢地渗透出来。

"天啊……"她失声惊呼。

"我昨日被人所伤,伤口甚为诡异,一直无法止住血。"渊的声音平静,"所以只能冒险叫来了申屠大夫。"

朱颜看着他的伤口,微微皱起了眉头——那些伤口极密极小,如同一阵针做的风从身体上刮过一样,创可见骨,甚是诡异,奇怪的是,那个伤口附近居然还有一种淡淡的紫光。

这不是刀剑留下的伤,似乎像是被术法所伤?是……追踪术吗?她觉得有些眼熟。然而刚要仔细看,渊却重新将长衣裹紧了:"所以你不用替我赎身。我没事。"

朱颜愣了一下,不好意思起来。

是的,渊怎么可能会去青楼卖身?他一向洁身自好,又有主见,怎么着也不会沦落至此吧?她平日也算是机灵,此刻见到了倾慕多年的人,却不由自主地蠢笨起来,脑子一时都转不过弯来,白白惹了笑话。

"渊……"她想靠过去拉住他,然而渊往后退了一步,不露痕迹地推开了她的手,态度温柔却克制:"你该回去了,真的。"

两年不见了,好容易才找到了他,怎么没说几句又要赶她走了?朱颜心里隐隐有些失望,然而更多的是担心,追问:"你为什么会受伤?是谁伤了你?你……你又为什么会躲在这个地方?"

他沉默着,没有回答,似乎还没想好要怎么回答她。

"怎么啦,渊?为什么你不说话?你有什么事情瞒着我吗?"朱颜又是担心，又是不解地看着他——只是两年不见，这个陪伴她一起长大的人身上居然出现了如此多她不熟悉的东西，和以前在赤王府里温柔的渊似乎完全不同了。

停顿了片刻，渊终于开了口，却是反过来问她："你为什么会来这里？你父王知道你一个人来这种地方吗？"

朱颜不好意思地揉了揉衣角，低头嘀咕："父王要进京觐见帝君嘛……我一个人很无聊，本来只是想来叶城最大的青楼看一下热闹的……你也知道，那个，我从来没逛过这种地方嘛！嘿嘿……来开开眼界！"

渊一时无语，哭笑不得。

这种话，还真只有这丫头能说得那么理直气壮——她到底知不知道自己无意中惹了多大的麻烦？贸然闯入这样机密的地方，如果不是正好碰到了自己，就她这好奇心，有九条命都不够搭进去的！

然而，听到她的话，申屠大夫忍不住一拍大腿，又露出了引以为知己的表情："那郡主你来这里逛了一圈，有看上的没？星海云庭里美男子也很多，不如我向你推荐几个？"

朱颜顿时脸色飞红，翻着白眼啐了他一口，嘀咕："我只是想来看看传说中的花魁如意罢了，结果……"

说到这里，她顿了一下，脸色有些不大好。

"结果怎么？被人抢了吧？"申屠大夫忍不住哈哈大笑，"如意那个小妮子，可是个大红人！你不预约有时候很难见上她一面，有钱也没用——哎，不如让止大人出面，说不定还能让你称心如意。"

"是吗？"朱颜心里一跳，忽地皱起了眉头，看着渊，有些警惕地问，"那个如意，和你又是什么关系？"

"什么关系？哎，你不知道吗？"申屠大夫笑了起来，"如意这个心高气傲的小妮子，在这世上只听他一个人的话……"

朱颜的脸色一下子就不好了，"唰"地回头盯着渊看："真的？"

然而，渊并没有理睬她，只是将头侧向一边，似乎略微有些出神，完全没听到他们这一边说着什么。在朱颜刚要沉不住气，上来揪着衣襟追问他的刹那，渊忽然将手指竖起，示意所有人噤声。

申屠大夫愣了一下："怎么回事？"

渊低声道："我……好像听到了如意在呼救！"

"呼救？"朱颜仔细听了一下，却什么也听不到，便安慰他，"没事，你别担心——如意她今天被我师父包了……"

"你师父？"听到这句话，渊却猛然变了脸色，瞬地站了起来，"你说的是九嶷神庙的大神官时影？他……他来了这里？！"

"是啊。"朱颜自知失言，连忙做了个噤声的手势，"你可千万别说出去啊！"

"不好！"渊的脸色却"唰"地变得苍白，回过头飞快地看了一眼申屠大夫，一把将老人拉了起来，"事情不对……你快走！"

渊抬起手按动了一个机关，只听"唰"的一声，墙壁往内塌陷，一道暗门刹那间出现——那是一个只有三尺见方的井道，斜斜地通向不知何处的地底，如同一只黑黢黢的眼睛。

"快走。"渊不由分说地将他推向那个洞口，"这里有危险！"

"这就走？"申屠大夫愕然，"你身上的伤我还没……"

"没时间说这些了！"渊将申屠大夫推入那个洞口，低叱，"快走！回到屠龙村躲起来……不是我亲自来找你，绝对不要轻易出去！"

申屠大夫被没头没脑地塞进了那个洞口，身体已经滑进去了，只露出一个脑袋在外面，却横臂攀住了洞口，有点恋恋不舍地抱怨："好容易来星海云庭一趟，我都还没见上一个美人呢……"

"下次再说吧！别啰唆了。"在这样紧急的时候，渊也失去了平时的好脾气，猛地将他的头往里一按，"快走！"

申屠大夫一声闷哼，被他硬生生塞了进去。

然而，就在滑下去的那一瞬间，他重新拉住渊，附耳低声说了一句话："我刚才和你说的那件事，可得抓紧去核实一下——那个鲛人孩子不同寻常，只怕是你们找了很多年的'那个人'。"

渊点了点头："我会立刻禀告长老们。"

"说来也巧。"申屠大夫饶有深意地看了一眼朱颜，忽地在渊的耳边低声道，"我说的那个孩子，就在她家府邸里。"

"什么？"渊瞬地回头，看向了朱颜。

"怎……怎么啦？"朱颜吓了一跳，发现他眼神有异。渊没有再说什么，只是回过头对申屠大夫道："多谢告知……你快走吧。"

申屠大夫呵呵笑了一声，松开了手："不用谢我，下回记得让我免费在星海云庭玩几天就是了……多找几个美人来陪我啊……最好如意也赏脸！"

话音未落，他的人已经随之滑向了黑暗，再也看不见。

朱颜莫名其妙地看着这一幕，直到渊盖上了那个密道的门，回过头来又深深地看了她一眼——那眼神是她所不熟悉的，她有点惊讶，又有点担心："到底出什么事了？"

顿了顿，她又道："你们……难道在躲我师父？"

渊似乎在飞快地思索着要怎么和她说，然而，最终他只是简短地回答了一句："是。九巊山的大神官时影，是我们复国军的敌人。"

"你们复国军？"朱颜大吃一惊，往后退了一步，定定地看着渊，"你……你难道也是复国军？"

"对。"渊简短地回答着她，迅速地走入内室，换上了一件长衫，然后从匣子里取出了一柄剑——那柄剑是黑色的，剑脊上有一道细细的缝，蜿蜒延展，仿佛是一道裂痕。渊伸出手，轻轻在剑锋上弹了一下，黑剑回应出了一声清越的长吟。他持剑在手，垂首凝视，眉目之间涌动着凛冽的杀气。

朱颜从没有见过这样的渊，不由得愣住了，半晌才讷讷道："可……可是我师父只是个神官，也不算是你们的敌人吧？"

"怎么不是呢？"渊冷笑了一声，"几个月前在苏萨哈鲁，他就出手杀了那么多鲛人！"

朱颜愣了一下，脱口道："你……你怎么知道苏萨哈鲁的事情？"

"我刚刚去了那里一趟，为同族收尸。"渊淡淡道，"我看到过那些尸体，是被术法瞬间杀死的——那是大神官的手笔吧？挥手人头落地，干脆利落。"

朱颜说不出话来，想为师父分辩几句，又觉得词穷——是的，师父对鲛人一贯冷酷，毫无同情心，在渊看来应该是个十恶不赦之人吧？

"我前几天在总督府和他交过手，是非常厉害的对手。"渊回过头，对她简短地说了一句，"现在你打算怎么办？"

她一震，回过神来："什……什么怎么办？"

渊问得简单直接："你是帮你师父，还是帮复国军？"

"为什么要问这个？"朱颜脑子一乱，一时间有些退缩，颤声道，"你们……你们两个明明不认识吧？难道马上要打起来了吗？"

"当然。"渊冷笑了一声，"不然你以为他来这里做什么？"

她心里一紧，什么话也说不出来。

渊看了她茫然的表情一眼，脸色略微缓和了下来，不作声地叹了口气，道："我和你师父的事，你还是不要插手最好。"他顿了顿，看着她，眼神恢复了昔日的温柔，低声道，"算了，你还是先留在这里吧。出去也只会添乱。"

说到这里，他便撇下了她，径直往外走去。

"喂！"朱颜急了，一把拉住了他，"你要去哪里？"

"我要去上面找如意。"渊回答，眼里有一丝焦虑，"你师父既然能找到这里来，想必我们两个都已经暴露了身份。"

朱颜愣了一愣："那……那个花魁，也是复国军？"

他点了点头："如意是复国军暗部的人，负责潜入空桑权贵内部搜集情报，同时也替复国军筹备粮饷。"

她一时间不由得怔住了：那么娇贵慵懒、千金一笑的花魁，居然会是复国军？这鲛人的军队里怎么什么人都有啊……难怪她要私下收费，还收那么贵！难不成是为了给鲛人复国军筹集军费用的？

然而一眼看到渊又要走，朱颜回过神，赶紧一把拉住了他："别去！我师父最恨鲛人了，你这样上去绝对是送死！何况……何况他未必知道那花魁是复国军，说、说不定……他纯粹就是来寻欢作乐的呢？"

说到最后，她的声音也渐渐低了下去。

是的，连她自己都不相信，师父会忽然变成一个出入青楼寻欢作乐的男人——像他这样清心寡欲的苦修者，忽然来这里寻花问柳的概率，几乎比在秃子头上寻找虱子还难。

"你还不了解你自己的师父吗？"渊推开了她的手，道，"阿颜，你不用为难。待在这里，不要出来——等我和你师父的事情了断后，你只管回赤王府，什么都不要问。"

"喂！别去！"她急了，一把扯住了他的衣袖，用童年时的口吻，"求求你，不要去！不要管那些事了……渊，你去了我就要生气了！"

然而，渊没有如童年时那样温柔宠溺地听从了她的话，只是不动声色地扯开了她的手，态度坚决而冷淡，和童年时截然不同："不，我必须去。"

他一边说着，一边便要拉开门走出去。

那一瞬，朱颜不由得愣了一下：渊的指尖靠近门的那一瞬间，有一道奇特的光芒如同流水一样，在古铜色的门把手上一掠而过！那种光芒非常诡异，就像是……

"小心！"朱颜忽然脱口惊呼。

然而那个刹那，他的指尖离那门把手只有一寸，她却离他有一丈远，已经来不及冲过去阻拦。她惊呼着，玉骨如同闪电一样呼啸射出，流泻出一道银光，"唰"的一声从他的指尖和门之间划过，硬生生将其隔了开来！

同一瞬间，朱颜竭尽全力扑出去，一把将渊抱住，往后便退，大喊："小心！那是疾风之刃！快闪开！"

就在那个刹那，白光轰然大盛，耀眼夺目！

　　一道凌厉的光，凝聚成巨大的剑，隔着门"唰"地刺入，一击就穿透了厚实的墙壁！所到之处，无论是墙壁还是铜门，都立刻成为齑粉——巨大锋利的白光破墙而入，直接指向渊，"唰"地刺下来，带着神魔披靡的气势。

　　如果不是她刚刚拉了他一下，他在一瞬间就会被穿透！

　　朱颜念动咒术，手指在虚空里迅速画了一个圈。玉骨应声而至，在空中飞速地旋转，化为一团光，如同刹那撑开的伞，将那一道透门而入的利剑挡住！

　　白光击在金色的盾牌上，发出尖锐的轰然巨响。

　　那一瞬间，朱颜只觉得全身的骨骼瞬间剧痛，完全站不住身，踉跄着往后一直退出了一丈，在巨大的冲击力下，抱着渊一起摔到了地上。那一刻，她同时也明白了这个可怕的袭击来自何处，不由得脱口恐惧地惊呼："师……师父！"

　　在洞开的门外，有一袭白衣翩然降临，袍袖无风自动，猎猎飞舞——那个人一击就击穿了所有屏障，冷冷地站在那里，一手接住了她的玉骨，另一只手里却拖着一个奄奄一息的女子，低头看着跌倒在地的他们两个。

　　那种冷定而凛冽的眼神，如同冰雪骤然降临。

第十七章

冰炭摧折

　　九嶷山的大神官出现在了星海云庭的秘密地下室，他微微低下头，看了一眼躺在地上的朱颜，眉头不易觉察地一蹙，似乎也没想到还会在这里再度见到自己的弟子。

　　"是你？"大神官松开了手，那支玉骨"唰"的一声飞回了朱颜的头上。

　　"师……师父？"朱颜知道躲过了一劫，不由得瘫软在了地上，结结巴巴地道，"您……您怎么来这里了？"

　　时影没有回答，视线绕过了她，只是冷冷地盯着她身后的渊。那种眼神，令朱颜吓得一个哆嗦，立刻一个打滚站起了身，挡在了渊的面前——是的，如果师父用眼神也能发动术法的话，渊现在一定早就被他杀了！

　　"刚才是你挡住了我的攻击？"时影终于开了口，打量着朱颜，语气无喜无怒，波澜不惊，"你学会了'金汤之盾'？"

　　"刚……刚学会！"朱颜怯怯地点了点头，夸耀似的说了一句，又连忙分辩，"不过，我……我可不知道是师父您来了！若是知道了……"

时影冷笑了一声："就挡不住了？"

她一窘，怯生生地点了点头。

是的，如果知道门外发动攻击的是师父，她只怕心胆立怯，就无法将那么复杂的咒术在瞬间流畅念完——而只要慢得一刻，那道光就会把她连着渊一起劈为齑粉！

"很不错，居然能以这种速度施展'金汤之盾'。"时影的语调是淡淡的，听不出喜怒，"刚才那一击，我用上了八成的力，整个云荒也没几个人能接得住——这几个月来你进步之快，实在是出乎我的意料。"

他说的明明是赞许之词，眼神却冰冷如刀锋，在朱颜身后的那个男子身上一掠而过："你这么拼命，是为了保护这个人？"

朱颜不敢撒谎，只能硬着头皮点了点头。

时影默然地看了渊一眼，不置可否，只是转头对朱颜淡淡道："看来我说得没错，你潜力非凡，任何事，只要你真的想，你永远都能做得到——哪怕是对抗我。"

"弟子……弟子哪里敢对抗您啊！"朱颜却在这样罕见的表扬里哆嗦了一下，可怜兮兮地道，"我……我只不过不想死而已。"

她一边说着，一边下意识地往前一步，挡在了渊的面前。不知道为何，她有一种错觉，觉得只要自己不死死地拦在中间，下一个瞬间师父就会骤下杀手，取走渊的性命！真奇怪……为何一贯不露喜怒的师父在看到渊时，眼里会涌现出这样可怕的杀意？

"这就是你以前提到过的'渊'？"时影淡淡地问了一句，又打量了渊一眼，"他居然是个鲛人？"

"是……是。"朱颜战栗了一下。

时影的视线在那个俊美无双的鲛人男子身上一掠而过，语气冰冷："你以前说他在赤王府里待了很多年，从小陪伴你长大——我还一直以为他只是个积年的老仆人而已。"

"没……没错呀，他……他都活了两百多年了！在王府里待了很久，是看着我长大的！"朱颜结结巴巴地说着，挡在前面，努力想把渊藏起来，手腕暗自加力，推了推他的胳膊，示意他赶紧从那个密道里逃跑。然而渊完全不领情，反而拨开了她的手，往前冲了一步，对着时影厉声道："放开如意！"

如意？朱颜的视线随之下移，只看得一眼，就情不自禁地脱口低呼了一声——那一瞬，时影的手似乎下意识地松开，将拖着的女子扔到了地上。

只是短短片刻不见，那个风华绝代的花魁早已面目全非。一头珠翠散落，秀发凌乱，整个人匍匐在地上，脸色苍白，奄奄一息。她被人强行拖曳着经过了长长的通道，一路上赫然留下了一条殷红刺目的血迹！

"如意！"那一瞬，渊的脸色也变得苍白，湛碧色的瞳子里有怒火骤然燃烧。若不是朱颜死死拉住了他，他大概就要瞬间冲过去了。

然而，朱颜的心里，也是猛然一沉。

是的，她看出了渊对这个花魁的关切，也看出师父在这个女人身上至少用了五种不同的术法——其中两种是摄魂夺舍的，剩下的三种都是血肉刑罚，交错使用，非常残酷，就算是铁打的人也承受不住。此刻这个绝色美女外表看起来还好，但身体骨骼早已经是千疮百孔。

这样的绝代美人，他怎么下得去手！

朱颜不敢相信地抬起眼睛，怔怔地看着师父——如果说方才以为师父来青楼寻欢作乐这件事超出了她的认知，那么现在，她同样无法把如此残酷的手段和她所认识的师父对应起来！

"这女人很是硬气，连摄魂术都挺了过去，倒是令人敬佩。"时影站在那里，一袭白衣浮现在黑暗的廊道里，仿佛在发出淡淡的光华，漆黑的眼眸冷而亮，眉目之间没有感情，锋锐得如同一柄剑。

他看向了渊，而渊也在看着他。

在那一瞬，朱颜几乎有一种虚空中刀剑铮然有声的错觉。

"我终于找到你了。"时影慢慢地说，一字一句，平静之下隐藏着一种尖锐，"果然，星海云庭是你们的据点，这个花魁是你们的内应。"

他顿了顿，又道："昨天闯入叶城总督府和我交手的，也是你吧？"

渊并没有否认，只是淡淡道："是。"

"真是没想到，鲛人里还有这样的高手。"时影的声音平静，"能来去总督府如入无人之境，在我手下杀人灭口又全身而退，这等本领，实在是令人惊叹——不愧是海国的领袖、复国军的左权使，止渊。"

"什么？"朱颜失声惊呼，转头看着渊。

然而，渊只是淡淡地听着，并没有丝毫否认的样子。她不由得愕然：原来……他叫止渊？那么多年，她还是第一次知道他的全名！

渊没有说话，只是抬起手，缓缓握紧了手里的剑——那一刻，一贯淡然亲切的男子身上忽然迸发出凌厉的气势，一瞬间整个人就好像是脱鞘而出的剑！

"哦，原来你不是剑圣门下？"显然还是第一次清楚地看到渊的剑，时影眼里掠过一丝洞察，"你用的是实体的剑？是因为还没达到剑圣门下以气驭剑的境界，还是……"

一语未落，一道闪电迎面而来。

"你试试看就知道了！"渊低声冷笑，骤然出剑！

朱颜怔在了一边，有点手足无措——他们……他们真的打起来了！她生命里最重要的两个人，居然就这样在她面前打起来了！

"别……别打了！"她一时间有些不知所措，连声喊道，"有什么事不能好好说？别打了！快停手！"

然而，压根没有人理会她的呼喊。

这完全是一场你死我活的搏杀。当渊的剑出鞘时，带起的风让整个房间里的器物摇摇欲坠。随着剑出得越来越快，风声从他黑色的剑脊裂缝里穿过，那一缕声音呜咽变幻，越来越急，到最后竟接近于鬼啸！

黑色的闪电在狭小的房间里和走廊上旋绕，灵活多变，游走万端。然而，无论他怎样暴风骤雨般的攻击，却只是让时影退了几步，从房间里退回到走廊上而已。

时影面色不动，只是从白袍下抬起了双手。

只是一个简简单单的动作，却让朱颜大惊失色：那么久了，她还是第一次看到师父用双手结印！

站在黑暗的走道深处，时影的表情肃穆而凝定，双眸微微下垂，凝视着自己的手，根本没有去看对方的剑——然而，他每一次指尖的划过，都对应着渊出剑的方向！在一瞬间，虚空里就有无形的墙壁立起，在千钧一发的时刻将刺过来的黑色剑锋挡了回去！

时影的十指在胸口交错做出各种手势，无声而迅疾，每一次动作都代表着一个极其凌厉的咒术：或守或攻，或远或近；疏可跑马，密不透风。

朱颜在一旁完全插不上嘴，直看得目瞪口呆。那些咒术，每一个都需要普通术师修行二十年以上的功力，而师父他只要动动手指就行？这世上居然还有这样神一样强大的人存在！

她聚精会神地看着师父在指尖释放一个个玄妙的咒术，竟一瞬间看得有些出神。然而，师父手指上的动作忽然停顿了一下，回头看了一眼，"唰"地放出了一道闪电，击落在甬道上。

"该死！"时影低叱了一句，"她跑了？"

谁？朱颜愕然地顺着师父的视线回头，看到了房间里已经空空荡荡。那个星海云庭的花魁，如意，不知何时已经不见了踪影！

那一瞬，她明白过来了——渊明知道自己身上有伤，却还要迎难而上，力战强敌，原来只是为了让那个花魁有机会逃离！他……为了那个美女，竟然连自己的命都不要了吗？

那一刻，她的心里忽然又酸又涩，如坠了铁块。

仿佛是生怕时影立刻追击花魁，渊眼神一变，手腕忽然下沉——刹那间，房间里激荡的剑风忽然消失了。

千万剑影归一，在空中瞬间聚集！

渊凌空跃起，一剑刺下。那一剑凝聚全力，反而再也没有丝毫的风声，就如同一柄又钝又厚的剑锋，无声无息地破开了虚空——那一剑的力量和威压，竟令站在一边的朱颜顿觉胸口窒息，身不由己地往后连退了三步！

"好一个'苍生何辜'！"时影瞳孔缩紧，冷笑，"剑圣门下，分光化影，九歌九问……你都是从什么地方学来的？飞华和流梦两位剑圣，又是你什么人？"

一边说着，他手指并起，"唰"地接住了那一剑。然而渊根本没有回答他的问话，瞬间又一连出了三剑，剑剑气势逼人，不留余地。

"想逼退我，和同伴一起逃走吗？做梦！"那一瞬，他扬声冷笑，骤然放开了胸口交错的手，舒臂左右展开，身体急速旋转，宽大的法袍猎猎飞舞，然后，双手又瞬间合拢。

食指对着食指，在眉心交错。

这个手势是如此熟悉——似乎在手札最后几页看到过。那一刻，她脑子一亮：糟糕！这、这难道是……天诛？！

朱颜全身一震，想也来不及想，刹那间一点足，就飞身掠了过去！

"快闪开！"她拉住渊的衣服，用尽全力把他狠狠往后面扯开——"刺啦"一声，衣衫碎裂，渊往后踉跄退了一步。而她借着那一拉之力瞬间换位，挡在了他的面前！

那一瞬，一道淡紫色的光华已经在时影的指尖凝结。

天诛之下，尸骨无存！

"师父！"朱颜惊呼，"不……不要！"

刹那间，她想起了手札最后几页上面记载着一种最强大的防御之术：千树。那是从大地深处召唤木系的防御术，以身为引，只要脚踏大地，便能汲取无穷无尽的力量。

那样高深的术法，却是她这几个月时间里尚未来得及学的。但此刻面对着师父施展出的天诛，也只有千树才能勉强与之对抗！

她顾不得什么，只是竭尽全力回忆着、手指飞快地画出一道道防御的符咒，冒着巨大的危险勉力尝试，完全顾不上万一施法失败会有怎样可怕的结果。

　　星海云庭的地下室，不见天日的房间里，一棵接着一棵的"树木"破土而出，在虚空里成长，飞快在她的周围交错成网。千树竞秀、万壑争流——那种六合呼应、天地同力的感觉是如此强大凌厉，无穷无尽，令第一次操纵这种力量的她都觉得有些敬畏。

　　天啊……早知道那卷手札最后几页是如此厉害，她就算不饮不食也该早点把它们学会！如今临时抱佛脚，怎么来得及？

　　就在她手忙脚乱的时候，时影手指微合，天诛的力量瞬间就在指间集结完毕！然而这边朱颜毕竟是第一次施展，生疏又慌乱，手抖个不停，速度远远比不上师父——不等符咒完成，千树成障，那一道光已经如雷击落！

　　完了！天诛落处，尸骨无存！

　　她的千树，只差了一刻就能完成，却偏偏来不及！

　　那一瞬，她吓得捂住了脸，绝望地大喊："师父！"

　　"退下！"就在同一个刹那，眼看她无法抵御，本来被她拉到背后的渊忽然厉喝了一声，跃出，挡在了她的前面！渊一把用力将她推开，迎着落下的闪电，拔剑而上！

　　"渊！"她睁开了眼睛，失声惊呼。

　　然而，开眼的刹那，她只看到黑暗的地下有滚滚的雷霆从头顶降落，带着诛灭神魔的气势；而渊一人一剑疾刺而上，用黑色的剑迎向了淡紫色的光芒，竟也是不顾一切，毫无畏惧！

　　她大声惊呼，心胆俱裂，不顾一切地一点足掠了过去！

　　看到她忽然跃出阻挡，时影的神色微微变了一下，手腕却依旧往下迅疾地斩落，毫不容情！

　　"不！"她撕心裂肺地大喊，"不要！"

　　天诛从天而降，黑色的剑斩入了迎头而来的光芒，如同两道闪电轰然对撞！光芒四射，如同火焰瞬间吞没整个空间——巨响里，她整个人被震得往后飞出，重重地砸在了墙壁上，"哇"地吐出一口血来，眼前瞬间一片漆黑。

那是直视天诛之后导致的暂时失明。

"渊……渊!"她滑落在地,痛得四肢百骸都像裂了一样,在地上挣扎着爬过去,失声大喊,全身因为恐惧和愤怒而发抖:师父……师父他,竟然在她眼前把渊给杀了?而且,师父为了杀渊,竟然不惜将自己也一起杀掉!

这……这是怎么了?为什么忽然之间所有人都变了!

她挣扎着爬过去,大喊着渊的名字。然而,在黑暗中一路摸索过去,房间的地面空空如也,除了满手的血迹,她什么也没有触碰到。渊……渊去了哪里?

天诛的力量极大,若是正面击中,定然尸骨无存。

"渊……渊!"虽然明知无望,她还是绝望地大喊着,五脏如沸,拖着身体在地上挣扎着爬行,摸索着空荡荡的地面,"渊!你在哪里?回答我!"

忽然间,一只脚踩住了她的肩膀。

"别白费力气了。"头顶传来一个声音,淡淡道,"你受了重伤,动得越多,脏腑就破损得越厉害。"

她愣了一下,失声惊呼,"师父?!"

那、那是师父的声音!师父……他安然无恙?那么说来,渊真的已经……她一时间倒吸了一口冷气,只痛得全身发抖,眼前一片空白。然而,当那个人俯下身,试图将她从地上抱起来的时候,朱颜却一下子回过了神,只觉得愤怒如同火焰一样从心底爆发而出!

"滚开!"她一把推开他,反手就要发出一个咒术。然而时影的速度远远比她快,她的指尖刚一动,他一把就捏住了她的手腕,将她整个人从地上拖了起来。

"别乱动。"他冷冷道,"不然要挨打。"

"放开我……放开我!"平时听到"打"字就吓得发抖的朱颜,此刻却全然无惧。恨到了极处,热血冲上脑子,她拼命挣扎,情急之下用力抽回手臂，将他的手一起拖了过来，恶狠狠地一口咬了下去！

骤然受到袭击的人猛地一震，却没有把手抽出来。

时影低下头，看着如同狂怒小兽一样的她，既没有甩开，也没有说话。她的劲头不小，虎牙尖锐，一下子几乎把手腕咬穿。

他只是沉默地站在那里，任凭她发泄着内心的愤怒。

然而撕咬了片刻，她忽然不动了。那个愤怒的小兽仿佛筋疲力尽，停顿了片刻，埋首在他手腕上，忽然间哭了起来——她呜呜咽咽地哭，含糊不清地说着什么，唇齿间含着他的血肉。

"浑蛋！你……你杀了渊！"她一边大哭，一边拼命地厮打着他，大喊，"该死的，你居然杀了渊！"

是的……师父杀了渊！就在她的面前！她……她要为渊报仇吗？又该怎么报仇？难道去杀了师父？肯定杀不了的吧……不过就是杀不了也得拼一拼！哪怕是被他杀了也好！

心乱如麻之中，身体忽然一轻，她被人抓着后颈一把拎了起来。时影没有说话，抬起流着血的手轻轻按住了她的双眼——他的手指依旧沉稳有力，却微凉，瞬间有一股力量注入。朱颜眼前一亮，忽然间又恢复了视觉。

睁开眼，师父就站在她的对面，依然如同平日高冷淡漠、不苟言笑、不可接近的样子，然而脸色有些苍白，嘴唇是反常的红，仿佛是刚吐了一口血。她顾不得这些，只是四顾看了一眼："渊呢？你……你杀了渊？"

"是又如何？"他只是冷冷道。

朱颜心里一冷，最后的一丝侥幸也没了，如同被沉重的铅块坠着，向万丈深渊急坠而去，一时间痛得发抖，大脑里一片空白，什么话也说不出来，一下子颓然瘫坐到了地上。

时影低下头，审视着她此刻脸上的表情，似乎是迟疑了一下，忽然开口问："你，喜欢那个鲛人？"

他的语气里有一种平常没有的调子，似乎带着一丝不敢相信。然而，深陷在狂怒和悲伤中的朱颜完全没有听出来，全身因为愤怒而发着抖，想也不想地咬着牙大声道："是！我当然喜欢渊！从小就喜欢！你！你竟然把我最喜欢的渊给杀了！浑蛋……我恨死你了！"

她的话冲口而出，如同一柄剑"唰"地急投，划破空气，扎入心脏。对面的人眼神骤然变了，身子一晃，猛然往后退了一步。

"你……真的喜欢那个鲛人？可是你以前明明说过想嫁给……"时影下意识地脱口说了半句，却又顿住了，将剩下的话语咬死在了唇齿之间，没有再说下去，脸色变得苍白，低声道，"你是在说谎吗？"

"废话，那当然是骗你的啊！你……你不是会读心术吗？"她气急败坏地脱口大喊，一把推开了他，哭喊，"我从小就喜欢渊！我……我今天刚刚才找到他呢，你为什么就把他给杀了？浑蛋……我恨死你了！"

之前，无论她怎么拼命地挣扎反抗，都压根碰不到他一根指头，然而不知怎的，这一推居然推了个实。时影似乎有些出神，一时间竟然没有躲开，就这样被她狠狠一把推开，踉跄着往后退了好几步，后背重重地撞上了走廊。

他的脸一下子重新陷入了黑暗里，再也看不见。

"你要为他报仇吗？"沉默了一瞬，黑暗里的人忽然问。

朱颜愣了一下："报仇？"

这个问题让她脑子空白了一瞬，不知如何回答。然而顿了顿，看到满地的鲜血，想起片刻前电光石火之间发生的事情，朱颜心如刀割，忽然间哭出声音来，一跺脚，大声喊："是！我……我要为渊报仇！我……我要杀了你！浑蛋！"

黑暗里的人似乎震了一下，眼里瞬间掠过一丝寒光。

"杀了我？"他低声问，语声冰冷，"为他报仇？"

这种异常的语调让朱颜忍不住打了个哆嗦。时影站在黑暗里，饶有深意地看着自己唯一的弟子——他的眼眸是深不见底的黑，如同亘古的长夜。然而，那黑色的最深处隐约蕴含着璀璨的金色，如同闪电，令人畏惧。

"是！"她心里一怒，大声回答。

"就凭你？"忽然，时影冷笑了一声，无声无息地从黑暗里走出来，"现在我反手就能取你性命，信不信？"

话音未落，他已经出现在她面前。

他脸上的那种表情，是她从未见过的。那一刻，朱颜只觉得毛骨悚然，下意识地往后退了一步。可身后仿佛忽然出现了一道透明的墙，抵住了她的脚步，竟然是一步都动不了！

"要杀我？"时影冷冷道，手指指尖凝结着淡紫色的光芒，直接点向了她的要害，"等下辈子吧！"

"师……师父？"重伤的朱颜怔怔看着他，一时间没有想到要避开——或许是长久以来的依赖和信任，让她此刻虽然翻了脸，嘴上嚷着要打要杀，却压根没想到师父居然真的会下这样的重手。

他的食指如电刺到，一道凌厉的紫光如同尖刀"唰"地插入了她的眉心！

"师……师父？！"她不敢相信地失声惊呼，连退一步都来不及，一下子往后直飞出去，"哇"地喷出了一口鲜血，立刻失去了知觉。

所有一切都平静了，黑暗里，安静得连风回荡的声音都听得到。

九嶷山的大神官站在这座销金窟的最深处，一手抱着昏迷的弟子，一手点住她的眉心，将灵力注入，逼开了逆行而上的瘀血。只听"哇"的一声，昏迷中的朱颜呕出了一口血，气息顺畅起来，脸上那种灰败终于褪去。

被天诛伤及心脉，即便只是从旁波及，也必须要静心敛气、迅速治疗。而这个傻丫头，居然还气疯了似的不管不顾，想要和他动手！

时影低下头，看着满地的血迹狼藉，眉宇之间忽然笼上了一层淡淡的落寞。赤族的小郡主躺在他的怀里，唇角带血——看她最后惊骇的表情，大概是怎么也不敢相信自己会真的对她下手吧？

就和八岁那年闯入石窟深处，被自己震飞瞬间的表情一模一样。

这个傻丫头……要得到多少教训，才会乖觉一些呢？

时影低下头看了她片刻，忽然间轻轻叹了口气，用宽大的法衣轻轻擦去了她脸上血泪交错的痕迹。她的脸上还残留着片刻前的表情，悲伤、惊讶、恐惧和不可思议……鼻息细细，如同一只受伤的小兽。

他修长的手指从她颊边掠过，替她擦拭去了满脸的血泪。

"嗯？喜欢什么样的人？我觉得像师父这样的就很好啊！"

"既然看过了师父这样风姿绝世当世无双的人中之龙，纵然天下男子万万千，又有几个还能入眼呢？"

黑暗里，那几句话语又在耳边响起来，清清脆脆，如同珠落玉盘。每一句都令他觉得微微地战栗，有着宛如第一次听到的那种冲击——只有神知道，当时的他是动用了怎样的克制力，才硬生生压住了心中涌现的波澜。

那些话，她说得轻松。或许是因为年纪小，无心之语，说完了就忘了——却完全不知道那几句话给别人的心里带来了怎样的惊涛骇浪。

在伽蓝白塔绝顶上，他和大司命透露了自己将要脱去白袍、辞去大神官职务的意向。然而那一刻，只有头顶照耀的星辰，才知道他说出这句话的真正原因：是的，他曾经想过要为了她那几句话，放弃在深山大荒的多年苦修，重新踏入这俗世的滚滚红尘。

可是，那些他曾经信以为真的话，到最后，竟然都是假的！

她真正深爱、为之奋不顾身的，居然是一个鲛人！

"废话，那当然是骗你的啊！你……你不是会读心术吗？"

"是！我当然喜欢渊！从小就喜欢！你！你竟然把我最喜欢的渊给杀了！我恨死你了！"

"我要为他报仇！我要杀了你！"

她一把推开他，流着泪对他大喊。

那样愤怒的神色，在一看到他就战战兢兢的她身上，几乎从来没有出现过。那一刻，他可以清楚地感知到她内心汹涌而来的力量，也清楚地明白这句话的真实性——她是真的极爱那个鲛人，甚至可以为之不顾生死！

那一刻，他只觉得森冷入骨的寒意，和满腔的啼笑皆非。

多么可笑啊……多年的苦修让他俯瞰天下，洞穿人心的真假，为什么却听不出她说这些话的时候其实只不过是敷衍奉承呢？

说到底，是他自己欺骗了自己，和她无关。

黑暗里，九嶷山的大神官默默俯下身，展开宽大的袍袖，将她娇小的身体裹了起来——袖子上白蔷薇的徽章映着昏迷中少女的脸，如此的洁净安宁，宛如无辜的孩童。

他想起来，在很久很久以前，自己也曾经这样抱着她，在神鸟上掠过九天。那个被他所伤的孩子在他的怀里，气息奄奄安静得如同睡去。

可是……为什么到了今天，他们之间会走到这一步呢？

时影站在黑暗里，将朱颜从地上抱起，用宽大的法袍卷在怀里，低头看着她，沉默着站了很久，脑海里翻涌着明明灭灭的记忆。

他甚至没有来得及告诉她，自己其实并没有杀她所爱的那个鲛人——因为生怕误伤到她，最后一瞬，他强行将天诛硬生生撤回，任由巨大的力量反击自身，一时重伤至呕血，只能任凭复国军左权使趁机脱身离去。

而她，一睁开眼睛，就嚷着要杀了他为那个鲛人复仇！她说要杀他，她说恨死了他……在说这些话的时候，她眼里燃烧着烈烈的火焰，狂怒而毫不犹豫。这个他看着长大的女孩，似乎会永远依赖他仰望他的女孩，怎么忽然就变成了这样呢？他自以为洞察人心，却竟然从头到尾都误读了她的意思。

他在黑暗的地下静静地不知道站了多久，心中冰炭摧折。思虑到了极处，他身体微微一震，又是一口血从口中喷涌而出，溅得白衣上斑斑点点。

"算了……"许久，一句轻叹从黑暗里吐出，无限寂寥。

算了。事到如今，夫复何言？她当然没有错，错的只是自己罢了。他曾经立下誓言，要为神侍奉一生，到头来却终究动了尘心——当他起了那个不该起的念头的时候，就应该知道即将付出的代价。

说不定，这就是惩罚吧？

"再见。"他轻轻抬起手指，沾着血迹轻轻点在了她的眉心，想要消除她在星海云庭的这一段记忆。既然止渊没有死，只要把这一段插曲抹去，那么，他们之间便能恢复到之前吧？这样激烈的对抗、撕心裂肺的宣战，都将不复存在；而他内心最深处的那一点失落，也就让它一起沉默下去，永远无人知晓。

如果时光可以再倒流更多，他真想把所有的记忆都抹去。这样的话，他从未在她人生里出现，她也不曾陪伴过他，对彼此而言，说不定是更好的人生。

然而，当手指停在少女眉间的时候，看着她脸上残留的愤怒，时影的眉头微微一皱，不知道又想到了什么，停顿了下来。

"我不要忘记你！"

那个孩子的脸又在记忆里浮现出来，惊惶不已，满脸的泪水，拼命扭动着试图躲开他的手指。

最终，他还是放下了手，叹息了一声。

或者，这样也好？在接下来的日子里，就让她恨着自己吧。

第十八章

星魂血誓

等朱颜醒来的时候，已经不知道过了多久。

头顶灯光刺眼，眼前旋舞着无数银色的光点，她下意识地又把眼睛闭上，发出了一声呻吟，在被窝里翻了一下身，只觉得全身滚烫，如同发着高烧，非常难受，不由得下意识地胡乱呓语。

"醒醒。"恍惚中有一双小手停在她额头上，冰凉而柔软，"醒醒啊！"

她模模糊糊地应了一声，感觉眼皮有千斤重，神志只清明了一瞬，只是一恍惚，又急速地陷入了深睡。

"别睡过去！"那个声音有些着急，小小的手用力地摇晃着她，"睁开眼睛！快睁开眼睛！"

谁？是谁在说话？

"别吵……"她嘀咕着，下意识地抬起手将那只小手拨开。然而那只手闪开了，在她即将陷入再度深睡之前，忽然重重地打了她一下！

"谁？！"因为剧痛，朱颜一瞬间弹了起来，眼睛都没睁开，劈手一把抓住了那个人，"敢打我？！"

那人被一把拖了过来，几乎一头摔倒在她怀里，身体很轻，瘦小得超乎意料。

"是你？"她愣了一下，松开手来，"苏摩？"

那个鲛人孩子满脸的不忿，狠狠瞪着她，如同一只发怒的小豹子。朱颜一怔，下意识地又看了看周围，发现自己已经回到了赤王府行宫里。外面斜月西沉，应该正是下半夜时分，四周静悄悄的。

那个孩子站在榻前，还是那么瘦小单薄，只是一双湛碧色的眼睛变成了赤红，里面满是血丝，疲惫不堪——这样深的夜里，连陪护的侍从都已经在外间睡得七倒八歪，只有这个鲛人孩子还一直守在她的榻边。

她心里暖了一暖，放开了他小小的手腕："小家伙，你……你怎么不去睡？"

话一出口，她几乎被自己吓了一跳——她的嗓音破碎，如同在烈火里燃烧过，低沉沙哑，几乎完全听不出来了。

"谁敢睡啊？"那孩子看了她一眼，嘀咕，"你一直醒不来，我……我担心你随时都会死掉……"

朱颜感觉到孩子的手腕有些颤抖，不由得有些愧疚，轻声道："我不会死的……只是睡过头罢了。"

"胡说！你……你都昏迷了半个月了！"苏摩冲口而出，声音有些发抖，"整个行宫都乱套了！管家……管家都已经派人去找赤王回来了，就怕你有什么三长两短不好交代……那些空桑人都已经在替你准备后事了，你知道吗？"

"什么？"朱颜吓了一跳，"我……我昏过去半个月了？"

苏摩点了一下头，咬着嘴唇不说话，双眼里满是血丝。

"哦，也对。"她回想了一下，顿时也没有多大的惊讶，"我挨了一记'天诛'，能活下来就不错了，昏过去半个月也不算什么。"

"在星海云庭到底出了什么事？你为什么变成这样？"孩子不解地

间，顿了顿，忽然有些愧疚地道，"那一天……那一天我要是跟你一起去就好了。"

那一天发生了什么？听到这个提问，朱颜怔了一下，心中忽然一痛，泪水便如断了线的珍珠一样滚落下来，撕心裂肺地痛——星海云庭里的一切忽然间又浮现在脑海里：黑暗中，她生命中最重要的两个人陌路相逢，拔剑相向。

天诛迎头轰下来，渊将她挡在了身后，尸骨无存！

那一刻，记忆复苏了。所有的一切骤然涌入脑海，如同爆炸一般。她闭上了眼睛，肩膀剧烈地发起抖来，抬起手捂住了脸，全身宛如一片风中的枯叶，忍了又忍，还是忍不住失声痛哭起来。

"你……"苏摩看着她，似乎愣住了。

在相处的这些日了里，这个空桑贵族少女一直都是那样开朗愉快，朝气蓬勃，似乎从来不知道忧愁是何物——此刻她忽然间爆发的哭泣却是撕心裂肺。鲛人孩子站在那里，不知所措，小小的手臂几次抬起，又放了回去。

"郡主醒来了！"她哭的声音太大，立刻惊动了外间的人。盛嬷嬷当先醒来，惊喜万分地嚷了起来，随即门外有无数人奔走相告，许多的脚步声从外间涌过来，大家将她团团簇拥。

"郡主的脉象转平了！"大夫惊喜道，"应该是平安无事了！"

"郡主，你觉得怎样？"人群里传来盛嬷嬷的声音，挤到了她的面前，一把将她抱入了怀里用力地揉着，"哎呀，我的小祖宗……可把嬷嬷的魂都吓掉了！"

她被揉得全身骨头都快散架了，勉强止住了哭泣，抬起头看了看房间里乌压压围上来的人，下意识地抹了抹满脸的泪水——然而放下来时，手指间全是血迹！

怎么回事？她吓了一跳，扭头看到了床榻对面的镜子，不由得愣住了：镜子里的她看起来就像个鬼。蓬头乱发，嘴唇苍白，脸上没有一丝血色，双眸深陷，简直像从鬼门关刚回来一样——更要命的是被人画了个大花脸，用浓浓的血红色在眉心、太阳穴、天庭和人中连成了十字符号。乍一看，她几乎都吓了一大跳。

"这……这是怎么回事？"朱颜愕然惊呼，顺手就抓起了手帕往脸上擦去，"苏摩，一定是你这个小兔崽子做的吧？"

"不是我！"一个细细的声音从人群里传来，抗议。在人群涌来时，那个小小的鲛人便瞬间默默地被挤到了人群之后。

"不是你又是谁？"她招手让他过来，看了一圈周围的人，"他们可都不会干这种无聊事。"

"是时影大人。"忽然间，有人插话。

什么？听到这个名字，朱颜猛然一震，如同一把刀刺入心口，脸色"唰"地雪白。

说话的是管家，正站在床头恭谨地躬身，向她禀告："那天属下带人找到郡主时，郡主已经昏迷不醒了，大神官把郡主从地底抱出来，说郡主受了不轻的伤，三魂七魄受了震动，除非自行苏醒，否则千万不可以擦去他亲手画下的这一道符咒，以免神魂受损。"

"符咒？"她愣了一下，重新拿过镜子，细细地端详了一下自己脸上的朱红色花纹，恍然大悟：是的，这的确是一道摄心咒！而且，这上面用的不是朱砂，而是……她皱着眉头，用指尖沾了一点红色，在唇边尝了一下，忽然失声惊呼，"血？"

她顿时呆呆地坐在那里，回不过神来。

师父说过，这天地之间，万物相生相克。六合之中六种力量：金木水火土风，都是可以借用的，唯独血咒却是禁咒，轻易不得使用——因为血咒的力量不是来自六合天地，而是来自人，是靠着汲取人之生命而释放，为九嶷神庙所禁忌。

她自小追随师父，也只在几年前坠入苍梧之渊的时候才见他施展过一次血咒——而此刻，师父……师父竟然是用自己的血，给她镇魂？

朱颜不由得颤抖了一下，脱口道："他……他人呢？"

管家叹了口气，遗憾地道："大神官把郡主送回来之后，连赤王府的大门都没有进，转头就走了，也不知道有什么事情那么急。"

她没有说话，心里一阵复杂辗转，觉得隐隐作痛。

"看上去，大神官好像受了伤。"管家不无担心地道，"只说了短短几句话，就咳了几次血。"

"什么？他受伤了？"朱颜吃了一惊，情不自禁地脱口道，然而顿了顿，她又咬住了嘴角，半晌才问，"他……他说了什么？"

"大神官说了很奇怪的话。"管家皱起了眉头，似乎有些迟疑要不要复述给她听，"他要我等郡主醒了再告诉您。"

"说什么？"朱颜看他吞吞吐吐，有点不耐烦。

"大神官说……"管家迟疑了一下，终究还是压低了声音，如实复述，"让你好好养伤，学点本事——他说他等着你来杀他！"

"等着我来杀他？！"她猛然一颤，只觉有一把利剑狠狠插入了心里，痛得全身都发抖——是的！渊死了，死在了师父手里！这个人，双手沾满了血，竟然还敢放出了话，说等着她来报仇！这是挑衅吗？

她只觉得脑子里一团乱，心口冰冷，透不出气来。

"郡主，郡主！你怎么了？"盛嬷嬷看到她的脸色又变得煞白，连忙上前推开了管家，急切地问，"又不舒服了吗？要不要叫大夫进来看看？"

"我没事。"她只是摇着头，低声道，"你们都出去吧。"

"郡主……"盛嬷嬷有些不放心，"要喝点什么不？厨房里备着……"

"出去！都给我滚出去！"她忽然歇斯底里地叫了起来，"别烦我！"

郡主虽然顽劣，但对下人一直很客气，从没有发过这么大的火，盛嬷嬷倒吸了一口冷气，连忙站了起来，对管家递了一个眼神，管家连忙将手一摆，带着下人齐刷刷地退了出去。

房间里终于安静下来了，安静得如同一个坟墓。

朱颜独自坐在深深的垂帘背后，一动不动。低头将事情的前因后果想了又想，心里乱成一团，又悲又怒，忽然间大叫了一声，反手就拿起枕头，一把狠狠地砸在了镜子上！

瓷枕在铜镜上碎裂，刺耳的声音响彻空洞的房间。她放声大哭起来——是的，师父居然放话说，等着她来杀他！好，那你给我等着！我一定会来的！

朱颜扑倒在床上，也不知道哭了多久，终于觉得心头的沉重略轻了一些，这才抬起头，胡乱擦拭着脸上的血，咬着牙——是的，报仇！一定要报仇！她手指下意识地在枕头下摸索着，摸到了那一本薄薄的册子，用颤抖的手将它翻开。

开篇便是熟悉的字迹——"朱颜小札"。

古雅的字如同钉子一样刺入眼里，令她打了个冷战。朱颜忍着心里的刺痛，飞快地将册子翻到了最后几页，手指停在了"千树"那一页上——是的，就是这个咒术！如果那时候她学会了这个，渊就不会死了！

她停在那里，反复看着那一页，手指一遍遍地跟随着册子上的内容比画着，将那个深奥的术法一遍遍地演练，越画越快——如果不是因为她坐在榻上，并未足踏土地，无法真正汲取力量，相信此刻整个赤王府行宫已经是一片森林了。

然而学着学着，她的手指忽然在半空定住了，一大颗眼泪滚落下来。

是的……事到如今，还有什么用呢？渊已经死了，她就算将千树学得再好，也无法令死去的人复活——现在学这个有什么用？应该要学的是……对了！这册子里，有起死回生之术吗？

她心里一动，急急地将册子又翻了一遍。

手指颤抖地一页页翻过，最后停在了手札的最后一页。那里，本来应该是记录着最艰深强大的最后一课的位置，翻开来，上头却只有四个字：星魂血誓。

朱颜心里一震，擦去了眼泪，睁大了眼睛。

接下来，师父详细地记录了这个术法的奥义——这片大地上的每一个人，他们的魂魄都对应着天上的星辰。而这个术法，便是以星辰作为联结、以血作为祭献，通过禁忌的咒术，将受益者的生命延长。

这个咒术的力量是如此强大，只要对方新死未久、魂魄未曾散尽，甚至可以点燃黯星，逆转生死！但与之相配的，则是极其高昂的代价：施术者要祭献出自己一半的生命，来延续对方的生命。

下面有蝇头小楷注释，说明此术是九嶷最高阶的术法，非修行极深的神官不能掌握。一旦施行，可以"逆生死、肉白骨"，乃是"大违天道之术""施此术，如逆风执炬，必有烧手之祸""若非绝境，不可擅用"。

她一目三行地跳过了那些严厉的警告，直接看了下去，即便是这样触目惊心的警告也丝毫不能减弱她的满心欢喜——太好了！只要她学会了这个术法，岂不是就能用自己的命作交换，将渊从黄泉彼岸拉回来了？

朱颜一阵狂喜，迅速地翻过了这一页，马上又怔住了。

这最后的一页，竟然被撕掉了！

那一刻，她想起了在苏萨哈鲁的金帐里，他最后拿回了这本册子撕掉最后一页的一幕。是的，他对她倾囊以授，却独独将星魂血誓给拿了回去——难道他早就预见到了会有今天？他为什么会料到有今天？

朱颜怔怔地对着手札看了半天，忽然发出了一声烦躁的大叫，一把将那本册子朝着窗外扔了出去——是的，不管用！什么都不管用！这世上，已经没有任何法子可以把渊救回来了！

忽然间，她听到窗外有簌簌的轻响，如同夜行的猫。

"谁？"她正在气头上，抓起了一只花瓶，"滚出来！"

窗被推开了一线，一双明亮的眼睛从黑暗里看了过来："我。"

"怎么又来了？"朱颜没好气地将花瓶放了回去，瞪了窗外那个孩子一眼，声音生硬，"我不是说过了谁都不要来烦我吗？"

苏摩没有说话，只是轻灵地翻过了窗台，无声无息地跳进房间里，将那本小册子交给了她："别乱扔。"

然而朱颜一看到封面上熟悉的字迹，心里就腾起了无边无尽的愤怒和烦躁，一把将那本书又狠狠地扔到了地上："拿开！"

那个孩子看着她发狂的样子，只是换了手，将一个盒子推到了她的面前。

"什么？"朱颜定睛一看，却是那个熟悉的漆雕八宝盒。然而，里面不光有糖果，也有各种精美的糕点，满满的一盒子，琳琅满目，香气扑鼻。苏摩将盒子往她面前推了推，抬起眼睛看着她，小声道："吃吧。"

"说过了别烦我，没听见吗？"朱颜一巴掌就扫了过去，怒叱，"烦人的小兔崽子，滚开！"

"哗"的一声响，那个递到眼前的盒子被骤然打翻，各色糖果糕点顿时如同天女散花一样撒了出来，掉落满地。苏摩蓦然颤了一下，似被人扎了一刀，往后退了一步，默默抿住了嘴唇，看了她一眼。

那一眼令朱颜心里骤然一惊，冷静了下来——是了，这个孩子心眼小，如同敏感易怒的猫，随便一个眼神不对语气不好，他都能记恨半天。

"哎……"她开了口，试图说什么。然而苏摩再也不看她，只是弯下腰，将那些散了一地的糖果糕点一个个捡起来，放回盒子里，紧紧抿着嘴角，一句话也不说。

"喂，小兔崽子，你从哪里找来那么多糖果糕点？"朱颜放缓了语气，没话找话，"是盛嬷嬷让你拿来给我的吗？"

那个孩子没有回答她，只是弯下腰，细心地吹去了糕点上沾着的尘土，放回了那个漆雕八宝盒。然后他直起了身子，转身就走，也不和她说一句话。

"喂！"朱颜急了，跳起来一把拉住了他，"我和你说话呢！"

苏摩却只是看了她一眼，又转过头去往外走。

"喂！不许走！"她怒了，一把抓住这个瘦弱的孩子，用力拖回来，"小兔崽子，我和你说话呢，闹什么脾气？"

"我不想和你说话。"苏摩冷冷道，用力挣开了她的手，"烦死了，滚开！"

没想到自己说的话这么快就被原封不动地反弹了回来，朱颜不由得噎了半晌。眼看那个孩子朝着外面就走，她连忙往前一步，想把他拉回来——然而重伤之下昏迷了半个月，哪里还有一点力气？她刚迈出一步，只觉整条腿仿佛是醋里泡过那么酸软，顿时便踉跄了一下，重重跌在了地上。

那孩子已经走到了门外，回头看到她狼狈的样子，不由得停了下来。

"好痛！"朱颜连忙捂着膝盖嘀咕了一声，"痛死了！快来扶我一把！"

苏摩停顿了一下，回身看了她一眼，眼神如同一只受过伤的小兽警惕地望着人类，正在迟疑要不要靠近。

看到孩子的神色，朱颜连忙哄他："别生气了……刚才是我不对。你小人不记大人过，别让我摔死在这里，好不好？"

苏摩停了片刻，最终还是转身走了回来，伸出细小的手臂，用力将她从地上搀扶了起来，面无表情地把她送回了榻上，转身就走。

"哎！"朱颜连忙一把拉住了这个孩子，好声好气地说道，"我刚才心情不好，对你乱发火了，对不起，请你原谅我。"

苏摩只是冷冷斜了她一眼，问："为什么心情不好？"

"因为……因为……"朱颜说了一句，停顿了半晌，声音有点发抖，"你知道吗，我最喜欢的那个人，他死了！"

"你说的是那个鲛人吗？"那个孩子终于转过头来看着她，眼神变幻，有些吃惊地问，"他……他死了？"

"是啊。"朱颜咬牙点了点头，终于哭了出来。

这一次她没有作假，是真的哭得痛彻心扉，一时间连停都停不下来。苏摩怔怔地看着她哭泣的样子，脸上露出了不知所措的表情——仿佛有点惊讶，又有点畏惧，手臂动了一动，摸了摸她的肩膀，却又放下。

孩子似乎也不知道说什么好，许久才开了口，声音细细地说："最喜欢的人死了？那应该真的会很难过吧……就像……就像我阿娘死了一样，会让人觉得……虽然这世上那么大，以后却只能自己一个人活着了。"

那句话简直是直插心肺般痛，那一刻，朱颜再也忍不住，放声大哭起来。

孩子看着她，终于迟疑地伸出小手，摸了摸她的头发，口里轻声道："好了……不要哭了。"顿了顿，看她还是哭得伤心，他便从盒子里拿出了一颗康康果，剥了糖纸塞过来，"吃吧。"

她捏在手里，哭得上气不接下气。孩子拿起手绢，小心地替她擦去满脸的血泪，眼神里的阴鸷和猜疑完全不见了，嘴里轻轻地念着："好了好了，不要哭了。你是大人了啊……怎么还能哭成这样呢？"

朱颜没有理睬，只管放声大哭，这一哭便哭了半个时辰。直到她好容易哭得没有力气了，那个孩子才放下了手绢，俯身将漆雕八宝盒推了过来："吃点东西吧，不然你连哭都没力气了。"

朱颜呜咽着，将那颗康康果吞了下去，一口气吃了十几颗糖。

"慢点……慢点。"苏摩拍着她的后背，低声劝，又从地上捡起了那本小册子，放在了她面前，"别乱扔，这东西丢了被捡走了就麻烦了。"

朱颜擦着眼泪，看了他一眼："你看过了？"

苏摩没有否认，只是点了点头。

"看得懂吗？"她问。

孩子点了点头，想了一下，又摇了摇头。

"上面是空桑上古的文字，你估计看不懂。回头我翻译出来讲给你听。"朱颜叹了口气，声音因为一场痛哭而有些嘶哑，"等学会了这些，以后天下再也没人敢欺负你了！"

"真的吗？"苏摩一喜，然而眼神瞬间又黯淡了，迟疑地问，"我是鲛人……学你们的东西，你的师父会同意吗？"

她愣了一下，一想到师父，心里有一阵怒火冲上来，脱口道："才不管！这个家伙杀了渊，我和他势不两立！他再也不是我师父了！"

苏摩愣了一下，忽地明白过来："你喜欢的人，难道是被你师父杀了的？"

朱颜点了点头，眼神黯淡了下去，用力咬着嘴唇才咽下了泪水，沉默了片刻，哑声道："我……我会替他报仇的！"说到最后一个字的时候，她已经带了哭音，恶狠狠地道，"我一定会替他报仇的！"

那个孩子看着她，忽然抬起细小的手臂，轻轻抱了她一下。

这一场伤，令她足足在榻上休养了一个月。

在这足不出户的一个月里，朱颜只觉得自己如同一只被困在牢笼里的鸟，无比低落和烦闷，偶尔兴致刚刚略微好一点，只要一想起师父的绝情和渊的死，心情便立刻跌落到谷底。心情一差，脾气便跟着变坏，连盛嬷嬷在内的所有人都被她骂了一个遍，渐渐地，侍女们都不敢再到她跟前来了。

只有苏摩，还是每天来房间里陪伴她。

大部分时间，这个孩子并不说话，只是沉默地陪着她坐着。她打起精神，把里面难懂的上古蝌蚪文翻成空桑文，再耐心地讲给这个孩子听，同时自己也在心里温习默诵了一遍。就这样，在短短的一个多月内，她竟然将手札上的所有术法都学会了。虽然有些还不能彻底领会，但都已经大致过了一遍。

当册子翻到了最后一页时，她忽然有一种空洞的感觉。

是的……缺了最后一页，学什么都是没用！

那个沉默寡言的孩子陪伴她挨过了这一段生不如死的日子。很显然，从小孤僻的他，此生从未和其他人建立过太深的联系，不擅长言辞，也不知道该怎么安慰她，每天只是不说话陪伴在她身边，低下头认认真真地翻阅着手里的册子。

终于有一天，翻到最后，他忍不住指着被撕掉的那一页，好奇地问她："这上面，本来写的是什么？"

"星魂血誓。"朱颜看着那缺失的一页，低声解释，"最高的禁忌血咒，可以逆生死、肉白骨，转移星辰——可是师父竟然把它撕掉了……"

说到这里她又生气起来，咬着牙，"他一定是知道会有今天，才故意这么做的！真是老奸巨猾！"

那个孩子没有说话，只是看着星魂血誓的释义，许久，才轻声道："即便你学会了星魂血誓，也救不了喜欢的那个人啊！"孩子抬起头来看着她，"这个术法只对空桑人起作用吧？鲛人没有魂，又怎么能够靠着这个术法复生呢？"

那一瞬，朱颜竟然愣住了。

是的，鲛人和陆地上的人类不同，是没有三魂七魄的。他们来自大海，在死后也不会去往黄泉转生，只会化成洁净的云，升到天上，然后再成为雨水回到大海，进入永恒的安眠。既然没有魂魄，星魂血誓又怎能对他们有效？

这是最简单的道理，她本该一想就明白的。可是，在急痛攻心的情况下，她竟然一直没有想通这一层！

那一瞬，她只觉得心里涌出无穷无尽的绝望，整个人顿时委顿了下去。

"是啊……你说得没错。无论如何，我都救不了渊！"她声音有些发抖，顿了顿，喃喃道，"所以……所以，我就只能去找师父报仇了？"

说出这句话的时候，她心里骤然揪紧，几乎有哭音。

那个孩子在一边静静地看着她，眉头蹙起，小脸上也有担忧的神色。

"你师父很厉害，你打不过他的。"他说，"你教我，我帮你打。"

那一瞬，朱颜心中一震，忍不住掉下了眼泪。

第十九章

师徒之缘

自从在星海云庭受了重伤，朱颜在赤王府里躺了一个多月才渐渐恢复了元气。等她进了饮食，恢复了一点气色，赤王府上下无不欢庆。

她重伤初愈，平日里只能和苏摩在房间里切磋一下术法，聊聊天，直到五月初才下地行走，第一次回到了庭院里。

外面日光明丽，晴空高远，令卧床已久的人精神一振。

"啊……菡萏都蓄起花蕾了？这么快？"朱颜呼吸着久违的新鲜空气，却看到了池塘里的花，不由得有些吃惊地喃喃，再转过头去，发现墙角的一架荼蘼也已经开到了最盛处，显出了凋败的迹象。那一刻，她忽地想起了那一句诗——

最是人间留不住，朱颜辞镜花辞树。

回忆起来，这一年的时间，似乎过得分外快呢……不过短短数月，世事更迭、变乱骤起，她一直平顺的人生大起大落，在半年里经历了无数之前从未想过的事情。现在站在叶城温暖和煦的春风里，回想初嫁苏萨哈鲁那天，师父打着伞从雪夜里向她走来的样子，竟恍然像是前世的事情，如此遥远，恍如梦幻。

是的，师父他……他把渊给杀了！

她曾经是那么地依赖他、信任他，可是，他毫不留情地摧毁了她的一切！

大病初愈后，朱颜怔怔地站在庭院里望着暮春的晴空，心里恍恍惚惚，空空荡荡，觉得一切似乎都是假的，就像是做了一场梦。

是的……真希望这都是一场梦啊，醒来什么事都没有，那就好了。可是，这一切虽然残酷，竟都是真的！渊死了……她要为他报仇！

朱颜一想到这里，胸口血气上涌，便变了脸色。是的，既然她要为渊报仇，便不能什么也不做地坐以待毙。以她现在的微末本事，师父一只手都能捏死她，如果不抓紧时间日夜修炼，此生此世是没有报仇的指望了。

她支开了盛嬷嬷和所有的侍女，独自走到了花园最深处人迹罕至的回廊，站住身，打量了一下周围的环境——这里是个九曲回廊，周围翠竹环绕，没有人居住，安静而偏僻，倒是很适合修炼。

朱颜刚走到石台上，双手虚合，忽然间觉得身后有一双眼睛。

"谁？"她骤然回身，看到了藏在假山后的那个鲛人孩子。

苏摩没有和其他人一起离开，依旧跟着她来到了这里，远远地看着。

"怎么了？"她忍不住皱了皱眉头，"你是怕我有什么事吗？放心，我还要为渊报仇呢，现在要好好修炼，可不会想不开。"

那个孩子沉默着，却不肯回去。

朱颜想了一想，招了招手，让那个孩子过来："哎，你不是想要学术法吗？先看看我怎么练，如何？"

"在这里？"苏摩愣了一下，眼里露出了一丝光芒。

"嗯。你坐那边走廊底下去，免得被伤到了。"朱颜指了指不远处的长凳，让苏摩避开一点，然后便退入了天井，在中心站定。那个孩子在远处乖乖地坐下，静默地看着她，湛碧色的眼睛里出现了一丝罕见的好奇。

天高气爽，朱颜沐浴在倾泻而下的日光里，微微闭上了眼睛，将双手在眉间虚合。那一瞬间，她心里的另一只眼睛在瞬间睁开，凝视着天和地。

她缓缓将双手前移展开，十指微微动了动。

忽然间，那落了一地的荼蘼花簌簌而动，竟然一朵一朵地从地上飞起，排列成了一条线，飘浮到了她的掌心上！

"啊？"那个鲛人孩子坐在廊下，眼睛一亮。

"看！"朱颜抬起手，对着手掌心轻轻吹了一口气——只听"唰"的一声，那些凋落的花朵忽然间如同被春风吹拂，瞬间重返枝头，盈盈怒放！

"啊！"苏摩再也忍不住，脱口惊呼了起来。

"这只是最基本的入门功夫。"朱颜拍了拍手，对一边的孩子解释道，"提升个人的灵力，固然是必要的。可是人生不过百年，即便一生下来就开始修炼，又能攒下多少力量呢？所以，最重要的是控制六合之中五行万物的力量，为自己所用。知道吗？"

"嗯。"那个孩子似懂非懂地点着头，忽然开口，"可是……我们鲛人可不止百年啊，我们能活一千年呢！"

朱颜被他噎了一下，忍不住白了这孩子一眼："好吧，我是说空桑人！我教你的是空桑术法好不好？"

苏摩努力理解着她的话，又问："六合五行？那又是什么？"

"金木水火土谓之五行，东南西北天地谓之六合。在它们中间，有着无穷无尽的力量在流转。凡人只要能借用到万分之一，便已经不得了啦！"朱颜尽量想说得直白浅显，然而显然并没有昔年师父那么大的耐心，双手再一拍，道，"落花返枝算什么，我再给你看一个厉害的！"

她手腕一翻，十指迅速结了一个印，掌心向上。不到片刻，头顶的万里晴空中，骤然凭空出现了一朵云！

那朵云不知道是从何处招来的，孤零零地飘着，一路逶迤，不情不愿，似乎是被一根无形的线强行拖来，停在了庭院的上空，几经挣扎扭曲，最后还是颤巍巍地不能动。

"啊？这云……是你弄来的吗？"苏摩忍不住轻声惊呼。

"从碧落海上抓了一朵最近的！"她带着一丝得意道，却微微有些气喘，显然这个术法已经是颇耗灵力，"你看，操纵落花返回枝头，只是方圆一丈之内的事。而力量越大的修行者，所能控制的半径范围也越大。"

"那最大的范围能有多大？"孩子的眼睛里有亮光，惊奇不已，"有……有整个云荒那么大吗？"

朱颜想了一下，点了点头："有。"

"啊……"孩子情不自禁地发出了一声惊叹，"这么厉害？！"

"当你修炼到最高阶位的时候，五行相生，六合相应，便能借用这天下所有的力量为自己所用！"她微微提高了声音，抬起手，指着天空那一朵云，"你是鲛人，天生可以操纵水的力量——只要你好好修炼，到时候不但可以呼风唤雨，甚至还能控制整个七海为你所用呢！"

苏摩"啊"了一声，小脸上露出吃惊憧憬的表情来。

她默默念动咒术，在双手之间凝聚起了力量，飞速地变换着手势。万里晴空之上，那小小的一团云被她操控着，随着她手势的变化，在天空里变出各种各样的形状：一会儿是奔马，一会儿是骆驼，一会儿又是风帆……如同一团被揉捏着的棉花。

"啊……"鲛人孩子在廊下看得目瞪口呆，说不出话来。

"看，竹鸡！"最后，朱颜把那朵云揉搓成了她刚吃完的竹鸡的形状，不无得意地抬起手指着天空，"怎么样？我捏得像吧？"

苏摩嘴角一动，似是忍住了一个笑，哼了一声："这明明是一只……一只肥鹅。"

"胡说八道！"朱颜刚要说什么，忽然头顶便是一暗。

头顶那朵饱受蹂躏的云似乎终于受不了折磨，骤然变暗。乌云盖顶，云中有倾盆大雨轰然而下，雨势之大，简直如同水桶直接泼下来一般！

朱颜站在中庭，压根来不及躲避，就被直通通地淋成了落汤鸡。

"哈哈哈哈！"她湿淋淋地站在雨里发呆，却听到苏摩在廊下放声大笑。

"笑什么！"她本来想发火，然而一转头忽地又愣住了——这么多日子以来，还是第一次听到这个孩子放声大笑吧？这个阴郁孤僻的鲛人孩子以前不知道受了多少折磨，眼神里总是带着无形的戒备和敌视，遍体是刺。而这一笑简直如同云破日出，璀璨无比，令人心神为之一夺。

朱颜看在眼里，满腹的怒气便散去了。

"没良心的，我还不是为了教你？"她嘀咕了一声，抹了抹满头的雨水，等回过神抬起头来，那朵号啕大哭的乌云早就飞也似的逃得不见了踪影。

"给。"苏摩跳下地来，递过来一块手巾。孩子的眼睛里闪着亮光，仿佛有人在他小小的心里点起了一盏灯，他抬头看着她，语气都变得有些激动，"这些……这些东西，你……你真的打算都教给我？我学了真的可以控制七海吗？"

"叫我一声姐姐。"她刮了一下那个小鲛人的鼻子，"叫了我就教给你。"

苏摩有些不高兴："我都七十二岁了，明明比你老。"

"不愿意就算了。"朱颜哼了一声，"那我走了。"

当她扭过头去装作要离开的时候，那个孩子的嘴角动了动，却没有发声，似乎有无形的力量在他心里设了一个牢笼，将什么东西给死死地关了进去，无法释放。

"哎，真的不肯啊？"她装模作样地走到回廊尽头，眼看他不动，又飘了回来，没好气地瞪了一眼，"臭脾气的小兔崽子！"

苏摩站在那里，嘴唇翕动了一下，嘴形似乎是叫了一声姐姐，声音却是怎么也发不出。朱颜叹了一口气，也不好再为难他，便戳了戳他的额头，道："好了好了，教你啦！今天我先给你看一遍所有的术法，让你大概有个了解——然后明天再选择你最感兴趣的入门，好不好？"

"好！"苏摩用力地点头，两眼放光。

朱颜用手巾草草擦了一把头脸，重新回到了庭院里，开始演练从师父那个手札上刚学会的术法。从最简单的纸鹤传书、圆光见影，到略难一点的水镜、惑心，到更难的定影、金汤、落日箭……一个一个施展开来。

或许是这些日子真的突飞猛进了，或许是来不及救渊的记忆令她刻骨铭心，这一次，那么多那么复杂的咒术，她居然一个也没有记错，飞快地画着符咒，瞬间就从头到尾演练了一遍！到最后，便轮到了最艰深的防御之术：千树。

当她结印完毕，单手按住地面，瞬间无数棵大树破土而出，小小的庭院转瞬成了一片森林！

苏摩在一边定定地看着这一切，小脸上露出目眩神迷的表情来——这个来自大海深处的鲛人孩子似乎第一次感到了天地间澎湃汹涌的力量，为这些术法所震慑，久久不语。

"怎么样，我厉害吧？"她擦了擦额角的微汗，无不得意地问。

"嗯！"苏摩看着她，用力地点了点头，眼里露出由衷的敬佩。

"来，我教你。"她在将所有术法演练过一遍后也觉得疲累无比，便拉过他，将师父给她的那一卷手札拿了出来，翻开，"我们从最基本的五行生克开始……"

苏摩非常认真地听着，一丝不苟地学习，甚至拿出笔将手札上那些上古的蝌蚪文用空桑文重新默写了一遍，方便背诵。

然而，奇怪的是，这个孩子看着聪明无比，学起术法来却是十分迟钝，任凭她耐着性子一遍又一遍地复述，居然什么都记不住，半天下来，就连最简单的七字口诀都背不下来。

苏摩仿佛也有些意外，到最后只是茫然地看着那一卷手札，湛碧色的眸子都空洞了。

"没事，刚开始学的时候都会慢一点的。"朱颜强自按捺住了不耐，对那个孩子道，"我们先去吃晚饭吧……等明天再来继续！"

然而，到了第二天，第三天，无论怎么教，苏摩始终连第一个口诀都记不住。

"喂！你到底有没有在听啊？"朱颜性格急躁，终于不耐烦起来，劈头就打了他一个爆栗子，"那么简单的东西，就七个字，连鹦鹉都学会了，你怎么可能还记不住？"

孩子没有避开她的手，任凭她打，咬紧了牙关，忽然道："可是，我……我就是记不住！这上面的字……好像都在动。"

"什么？"朱颜愣了一下。

"不知道为什么……我就是记不住！"苏摩低下头看着手札第一页，眼里流露出一种挫败感，喃喃，"那些字，我一眼看过去清清楚楚，可到了脑子里，立刻就变成一片空白了。就好像……就好像有什么东西挡住了一样。"

朱颜越听越是皱眉头，不由得点着他的额头，怒骂："怎么可能？才七个字而已！你们鲛人是不是因为发育得慢，小时候都特别蠢啊？"

苏摩猛然颤了一下，抬头瞪了她一眼。

朱颜愣了一下，下意识地闭上了嘴。这个孩子大约由于童年时遭受过太多的非人折磨，心理脆弱非常，只要一句话就能令他的眼睛从澄澈返回到阴暗。真是养不熟的狼崽子……

"唉，算了，我怕了你！"她嘀咕了一声，"你自己练吧。"

她扔下了那个孩子，自顾自进了庭院。侍女战战兢兢地跟在她后面，不敢凑得太近，生怕这个小祖宗忽然间又翻脸闹脾气。

外头传来一阵喧闹声，似是管家在迎送什么宾客。

"谁啊？"她顺口问。

盛嬷嬷在一边笑道："大概是总督大人又派人来问安了。"

"白凤麟？"朱颜怔了一下，"他来干什么？"

"郡主昏迷的这段日子，总督大人可是亲自来了好几趟！每次都送了许多名贵的药材补品……哎呀呀，郡主你就是活一百年也用不了那么多！"盛嬷嬷笑了起来，脸皱成了一朵菊花，"最近几天大概是外面局势紧张，忙不过来，所以才没亲自来探望了，但还是每日都派人送东西过来。"

"他怎么忽然那么巴结？"她心里"咯噔"了一下，觉得有些不舒服，嘀咕，"无事献殷勤，非奸即盗！"

盛嬷嬷笑眯眯地看着出落成一朵花的赤族小郡主："窈窕淑女，君子好逑。郡主那么漂亮的女孩儿，自然每个男人都想献殷勤……"

"哼，我在叶城出了事受了伤，他一定是担心我会转头在父王面前告他的状，所以才来百般讨好罢了。"朱颜却是想得简单，冷哼了一声，忽然想起了一事，不由得转头问，"对了，我父王呢？我病了那么久，他怎么都没来看我？"

"王爷他……"盛嬷嬷愣了一下。

"我父王怎么了？"朱颜虽是大大咧咧，心思却是极细，一瞬间立刻觉得有什么不对，瞪着眼睛看住了盛嬷嬷，"他到底怎么了？为什么一到叶城就把我扔在了这里，那么久没来看我？"

盛嬷嬷咳了一声，道："王爷其实是来过的。"

"啊？"她不由得吃了一惊，"什么时候？"

"就是郡主受了伤回来后的第三天。"盛嬷嬷道，"那时候大神官把郡主送回来，同时也通知了在帝都的王爷赶来。"

"真的？"朱颜一时有点反应不过来，"那……父王呢？"

"王爷在病榻前守了一天，看到郡主身体无虞之后，便匆匆起身走了。"盛嬷嬷有些尴尬地道，"说是在帝都还有要事要办，不能在这里耽搁太久。"

"什么？"她有点愣住了，一下子说不出话。

父王虽然是霹雳火般的暴脾气，从小对自己的宠爱却是无与伦比。她有一次从马上摔下来，只不过扭了脚，他都急得两天吃不下饭。这次她受了重伤，父王居然不等她醒来就走了？到底是什么样天塌下来的大事，才能让他这样连片刻都等不得？

朱颜心里不安，思量了半日想不出个头绪来，不由得渐渐急躁起来。

"到底有什么急事啊！"她一跺脚，再也忍不得，转头便冲了出去，直接找到了管家，劈手一把揪住，"快说！我父王为什么又去了帝都？那边到底发生了什么事情？为什么他这么急？"

"这……"管家正在点数着一堆总督府送来的贺礼,一下子被揪起来,不由得变了脸色,"郡主,这个属下也不知道呀!"

"胡说!"朱颜却不是那么好蒙骗的,对着他怒喝,"你是父王的心腹,父王就算对谁都不交代,难道还不给你交代上几句?快说!他去帝都干什么?"

"这……"管家满脸为难,"王爷叮嘱过,这事谁都不能说!就是郡主杀了属下,属下也是不敢的。"

听到这种大义凛然的话,朱颜气得扬起了手,就想给这人来一下。旁边盛嬷嬷连忙惊呼着上前拉开,连声道:"我的小祖宗哎……你身体刚刚好,这又是要做什么?快放开快放开……"

朱颜看了管家一眼,冷笑了一声,竟真的放下了手。当所有人都松了一口气时,她却骤然伸出手,快得如同闪电一般点住了管家的眉心!

她的指尖有一点光,透入了毫无防备的管家的眉心。

那是读心术——只是一瞬间,她便侵入了这个守口如瓶的忠仆的内心,将所有想要知道的秘密瞬间直接提取了出来!

"郡主!"盛嬷嬷不知道发生了什么事,连忙扑过来将两人分开,死死拉住了她的手,"你在做什么?天……你、你把管家都弄晕过去了!"

然而那一刹那朱颜已经洞察了一切,往后连退了两步:"什么?!"

当她的手指离开时,对面的管家随即倒了下去,面如纸色。然而朱颜完全没有顾得上这些,只是站在那里发呆。她忽然间一跺脚,转头便往里走去。

"郡主……郡主!"盛嬷嬷扶起了管家,用力掐人中唤醒他,那边却看到朱颜冲进房间,随便卷了一些行李,便匆匆往外走,她不由得吃了一惊,连忙赶上来,一迭声叫苦,"我的小祖宗哎!你这又是要做什么?"

"去帝都!"朱颜咬着牙。

盛嬷嬷蒙了:"去帝都?干吗?"

"去阻止父王那个浑蛋!我再不去,他……他就要把我卖了!"她恨恨道，几乎哭出声来。是的，刚才，她从管家的脑海里直接提取出来了父王所说过的话，一句一句，如同亲耳听见——

"既然阿颜没有大事，我就先回帝都了，白王还在等我呢！那边事情紧急，可千万耽搁不得。你替我好好看着阿颜，不要再出什么岔子了。"

"王爷密会白王，莫非是要两族结盟？"

"不错，白王提出了联姻，我得赶着过去和他见面。这门婚事一成，不但我族重振声望，阿颜也会嫁得一个好夫婿，我也就放心了。"

她只听得一遍，便冷彻了心肺。

什么？她的上一个夫君刚死了没几个月，父王居然又要谋划着把她嫁出去！他……他这是把亲生女儿当什么了？

朱颜气得浑身发抖，牵了马就往外走。

是的，她得去阻止父王做这种蠢事！他要是执意再把她嫁出去，她就和他断绝父女关系！然后浪迹天涯，再也不回王府了！

然而，她刚要翻身上马，看到了跟在后面的瘦小孩，愣了一下，皱着眉头不耐烦地道："苏摩，怎么了？你就好好待在这里吧！别跟来了。"

那个孩子却摇了摇头，拉住了她的缰绳，眼神固执："我跟你去。"

"哎，你跟着来凑什么热闹！别添乱了。"朱颜心情不好，有些急躁起来，便用马鞭去拨开他的手，嘴里道，"我只是要出去办点要紧事而已！你就不能听话一点吗？"

"不。"那孩子也是倔强非常，怎么都不肯放手——仔细看去，孩子眼睛深处其实隐藏着深深的恐惧和猜疑，然而，着急要走的赤族郡主并没有注意到，只是气急："放手！再不放我抽你了啊！"

可是苏摩死死地拉住她的马缰，还是怎么也不肯放。

"我真的打你了啊！"她气坏了，手里的马鞭高高扬起，"唰"地抽了他的手一下——那一下并不重，只是为了吓吓这个死缠着她不放的孩子，然而那一刻苏摩瞬地颤抖了一下，眼神忽地变了。

"你打我？"那个孩子有些不敢相信地看着手背上那一道鞭痕，又抬头看了她一眼。朱颜被他的眼神刺了一下，然而在气头上没有立刻示弱，怒道："谁让你不肯放？自己找打！"

苏摩忽地放开了手，往后退了一步，死死看着她。

"哎呀呀，我的小祖宗，你们闹什么呢？"盛嬷嬷趁着这个空当追了上来，拦住了马头，苦着一张老脸迭声道，"快下马吧！别闹了，如今外面到处都戒严了，你还想跑哪儿去？"

"戒严？"朱颜愣了一下，"为什么？"

"还不是因为前日星海云庭的事！真是没想到，那儿居然是复国军的据点，窝藏了那么多逆贼！"盛嬷嬷一拍大腿，露出了不敢相信的表情，"如今总督大人派人查抄了星海云庭，封锁了全城，正在挨家挨户地搜捕复国军余党呢！"

她听得一惊，不由得脱口："真的？"

"当然是真的！"盛嬷嬷拉住了缰绳，苦口婆心地劝告，"外面如今正在戒严，没有总督大人的亲笔手令，谁也不许出城——你又怎么可能出去？"

朱颜愣了一下，脸上的神色凝重了起来。

渊本来是复国军的左权使，如今却已经被师父杀了。那么说来，鲛人目下正是群龙无首的时候，白风麟借此机会调动军队全城搜捕，只怕形势更加严峻——她一想到这里，心里便是沉甸甸的，满是忧虑。

是的，她还是得出门一趟，顺便也好查探一下外面的情况。

朱颜二话不说地推开了盛嬷嬷的手，道："无论如何，我还是要去一趟的！"

"哎哟，我的小祖宗哎！"盛嬷嬷一迭声地叫苦，"你这是要我的命哪！"

"放心，我会先去总督府问白风麟要出城手令，不会乱来。"朱颜顿了顿，安慰了嬷嬷一句，又指了指一边的苏摩，"你们在府里，替我看好这个小兔崽子就行了。"

"不！我不要一个人在这儿……"那个孩子却叫了起来，看了看周围，声音里有一丝恐惧，"这里……这里全是空桑人！"

"放心，他们不会虐待你的。我只是去办一件事，马上回来。"她想了想，从怀里拿出一本手札，扔到了苏摩的怀里，"喏，我把手札全部都翻译成空桑文了，你应该看得懂。有什么不懂的等我回来再问——记着不要给别人看。"

然而苏摩只是站在那里，看着她，不说话。这个孤僻瘦小的孩子，表情却经常像是个饱经沧桑的大人。

街上还是如同平日一样，热闹繁华，并不见太多异常。只是一眼扫过去，熙熙攘攘的人群里果然再也不见一个鲛人。朱颜策马在大街上疾奔，每个路口都看到有空桑战士驻守，正在挨个地盘查行人，更有许多战士正在挨家挨户地敲门搜索，竟是一户也不曾落下。

靠着腰间赤王府的令牌，她一路顺利地过了许多关卡，满心焦急地往总督府飞驰而去。然而，在一个路口前，她眼角瞥见了什么，忽然勒马停住了，抬头看向了墙上。

那里贴着几张告示，上面画着一些人像，是通缉令。

迎面一张就画着她熟悉的脸。下面写着："复国军左权使，止渊。擒获者赏三千金铢，击毙者赏两千金铢，出首者赏一千金铢。"

"什么？"朱颜吃了一惊，忍不住转头问旁边的士兵，"这……这个左权使，不是死了吗？怎么还在通缉？"

"哪里啊，明明还活着呢！"士兵摇头，"如果真的死了，叶城哪里会被他搅得天翻地覆？"

"什么？"朱颜全身一震，一把将那个士兵抓了过来，"真的活着？"

"当……当然是真的啊！"士兵被吓了一跳。

她只觉得双手发抖，眼前一阵发白，二话不说，扔掉了那个快要喘不过气来的士兵，一把将墙上贴着的通缉令撕下来，策马就向着总督府狂奔而去。渊……渊还活着！他、他难道从师父的天诛之下活下来了？

怎么可能！师父的天诛之下，从未有活口！

"郡……郡主？"正好是白风麟的心腹福全在门口当值，一眼认出了她，惊得失声，连忙迎了上去，"您怎么来了？小的刚刚还去府上替大人送了补品呢！不是说郡主您还在卧病吗？怎么现在就……"

"白风麟在吗？"朱颜跳下马，将鞭子扔给门口的小厮，直接便往里闯。

"郡主留步……郡主留步！"直到她几乎闯到了内室，福全才堪堪拦住了她，赔着笑脸道，"总督大人不在，一早就出去了。"

"怎么会不在！"她一怔，不由得跺脚，"去哪里了？"

"星海云庭出了那么大的事，总督这些日子都在忙着围剿复国军，很少在府邸里。"福全知道这个郡主脾气火暴，因此说话格外低声下气，"今天帝都派来了骁骑军帮助平叛，总督一早就去迎接青罡将军了。"

"那好，我问你也一样。"朱颜也不多说，一把将那张通缉令扔到了他的怀里，"这上面说的是真的吗？"

"什……什么？"福全愣了一下，展开那张通缉令看了看，满怀狐疑地喃喃道，"没错。这上面的人，的确是叛军逆首！"

"我不是说这个！"她皱眉，"这通缉令上的人，如今还活着吗？"

福全一时间没明白她为什么要这么问，又看了一眼通缉令，点了点头，口里赔笑："自然是还活着。这个逆党首领三天之前还带着人冲进了叶城水牢，杀伤了上百个人，劫走了几十个复国军俘虏呢……"

"真的？"朱颜脱口道，只觉得身子晃了一晃。

"当然是真的。为何有这一问？"福全有些诧异，看着她的脸色，"莫非郡主有这个逆首的下落？"

她没有回答，只是慢慢地摸索着找到了一张椅子，坐了下来，长长地松了一口气。沉默了片刻，忽然失声笑了起来。

"郡……郡主？"福全愣住了。她笑什么？

"哈哈哈……"她仰头笑了起来，只觉得一下子豁然开朗，神清气爽，心里沉甸甸压了多日的重担瞬间不见，笑得畅快无比，"还活着……还活着！太好了！居然还活着！"

福全在一边不知道说什么，满头雾水地看着这个赤王的千金坐在那儿，一边念叨，一边笑得像个傻瓜。

"太好了！渊……渊他还活着！"

隔着一道深深的垂帘，内堂有人在静静地听着她的笑。

"咕。"身边白色的鸟低低叫了一声，抬眼看了看他的脸色，有些担忧畏惧之色。然而时影坐在叶城总督府的最深处，听着一墙之隔那熟悉的银铃般的笑声，面色却沉静如水，没有丝毫的波澜。

她笑得这样欢畅，这样开心，如同一串银铃在檐角响起，一路摇上云天，听得人心里也是明亮爽朗了起来——想必这一个多月的时间里，她也经受了不少的折磨和煎熬吧？

所以在压力尽释的这一刻，才会这样欢笑。

原来，在她的心里，竟是真的把那个鲛人看得比什么都重。

"不过……为什么师父要瞒着我？还说等着我找他报仇？"笑了一阵，朱颜才想到了这个问题，嘀咕了一声，有些不解，"渊要是没死，我迟早都会知道的呀！他为什么要故意那么说？"

帘幕后，时影微微低下了头，看着手里的玉简，没有表情。重明抬起四只眼睛看了他一眼，却是一副洞察的模样。

"算了……师父一向冷着脸，话又少，估计是懒得向我说这些吧？"外头朱颜又嘀咕了一声，"让渊跑了，他大概也觉得很丢脸，所以不肯说？真是死要面子啊……"

重明"咕噜"了一声，翻起四只怪眼看了看身边的人，用喙子推了推他的手——你看你看，人家都想到哪儿去了？心里的想法若是不说出来，以那个死丫头的粗枝大叶，下辈子都未必能明白你的心意吧？

然而时影袖子一拂，将嘀嘀咕咕的神鸟甩到了一边，冷着脸不说话。

外面，朱颜嘀咕了几句，没想明白是怎么回事，又觉得有点侥幸，拍了拍胸口，松了口气："太好了！既然渊没死，我也就不用找师父报仇了！哎，说句老实话，我一想起要和师父打，真是腿都软了。"

"啊？"福全在一边听她笑着自言自语，满头的雾水。

帘幕后，重明听得摇了摇头，眼里露出嘲讽。

"本来想着，就算我打不过，被师父杀了也是好的。"朱颜摇了摇头，叹了口气，"现在好像也不用死了。"

她最后一句极轻极轻，帘幕后的人却猛然一震。

"啊？郡主还有个师父？"福全听得没头没尾，只能赔笑着，勉强想接住话题，"一定是个了不起的人物吧？"

"那是。"朱颜笑了起来，满怀自豪，"我师父是这个云荒最厉害的人了！"

帘幕后，时影的手指在玉简上慢慢握紧，还是没有说话。

"唉。"朱颜在外面又叹了口气，不知道又想起了什么，忧心忡忡，"不过等下次再见到，他一定又要打我了——我这次捅的娄子可大了！"

是啊，谁叫那天她气昏了头，竟嚷着要为渊报仇、要杀了师父？对了，还有，她以前那句随口的奉承谎话也被他戳穿了！天哪……当时没觉得，现在回忆起来，那时候师父的表情真是可怕！

她怔怔地想着，不由得打了个寒战。

算了，既然师父没杀渊，就没什么事情了。反正她也不用找他报仇，也不用你死我活……最多挨几顿打，软磨硬泡一下，估计师父也就和以前一样原谅自己了。

她满心愉悦地站了起来，一伸手将那张通缉令拿了回来，对福全道："哎，没事了！对了，等白凤麟回来，你跟他说，我要去帝都一趟，想问他要个出城的手令——回头让他弄好了，我明天再来拿。"

她说得直截了当，只当统领叶城的总督是个普通人一般呼来喝去。

"郡主要出城？"福全有些诧异，但不敢质问，只能连声应承，

"好，等总督大人回来，属下一定禀告！"

"嗯，谢谢啦。"朱颜心情好，笑眯眯地转过身。

她转过身，准备离去，外面暮春的阳光透过窗帘，淡淡地映照在她身上，让这个少女美得如同在云霞之中行走，明丽透亮。

眼看她就要走，房间里，重明用力地用喙子推了推时影的手臂，四只眼睛骨碌碌地转，急得嘴里几乎要说出人话来了。然而白袍神官坐在黑暗深处，手里紧紧握着那一枚玉简，低下头看着手心，依旧一言不发。

赤王的小女儿心情大好，一蹦一跳地往外走去。然而，刚走到台阶边，忽然感觉背后有一道劲风袭来！

"谁？"她吃了一惊，来不及回头，想也不想抬起手，"唰"地结了一个印——这些日子以来她的术法突飞猛进，挥手之间便已经结下了"金汤之盾"，只听"啊"的一声，有什么东西一头撞上了无形的结界，瞬间发出了一声重重的闷响，摔在了地上，整个结界都颤抖了一下。

"啊？"她定睛一看，不由得失声惊呼，"四……四眼鸟？"

果然，有四只血红色的眼睛隔着透明的结界瞪着她，骨碌碌地转，愤怒而凶狠。刚才的一瞬间，化为雪雕大小的重明从内室冲出，想要上去叼住她的衣角，结果却一头撞在了结界上，几乎整个头都撞扁了。

"对……对不起！"朱颜连忙挥手撤去了结界，将它抱在了手里，抬起手指，将重明被撞得歪了的喙子给正了回来，"你怎么会在这里？"

神鸟愤怒地在她手背上啄了一下，痛得她忍不住叫了一声。

"谁知道你会在这里啊？还一声不响就上来咬我！我这是误伤！"朱颜愤然嘀咕，仿佛忽地想起了什么，陡然变了脸色，脱口而出，"呀！你既然在这里，那么说来，师父他……他岂不是也……"

话说到一半，她就说不下去了，张大了嘴巴怔怔看着房间的深处。

重门的背后，珠帘深卷，在黑暗的深处静静坐着一个白袍年轻男子，正在无声地看着她，眼神锐利，侧脸寂静如古井，没有一丝表情。

师……师父！

第二十章

与君陌路

那一瞬，她只觉得腿一软，几乎当场就跪下了。

如果不是重明死死扯住她的衣角，朱颜几乎要下意识地拔腿就逃了，然而在最初一刻的惊骇过后，她的脑子恢复了一点知觉，在脸上堆起了一点谄媚的笑，咳嗽了一声，一点点地蹭过去，便想要好好地求饶道歉。

是的，既然闯了祸、惹恼了师父，总不能缩着头躲一辈子吧？既然迟早都要过这一关，择日不如撞日，今日碰见，不如就硬着头皮过去求饶。

以师父以往对自己的态度，拼着挨一顿打，估计也就好了。

"啊……这位是……"作为心腹，福全自然也知道总督大人最近在深院里接待了一位贵客，然而对方身份神秘，总督大人从不令仆从进去，此刻他也是第一次看到这个客人的模样，不由得有些无措，不知道该不该阻拦郡主。

然而，这边朱颜赔着笑脸刚走到了房间里，不等想好要怎么说，时影已经从榻上站了起来，也不见抬脚，一瞬间已经到了她的面前。

"师、师父……"朱颜下意识地倒抽了一口冷气，往后退了一步，背后却靠上了一堵无形的墙，再也不能退——她只觉得背心一冷：他……他要干什么？这样沉着脸瞪着她，不会又要打自己吧？

她吓得心里一跳，脸色都白了，求助似的看了看旁边的福全。然而奇怪的是就在这短短刹那间，那个近在咫尺的侍从忽然就从她的视野里消失了！

朱颜深深吸了一口冷气，知道师父已经设下了天罗地网，隔绝了周围的一切，只能无奈地收回了视线，一咬牙，猛然低下头，"扑通"一声双膝跪地，用负荆请罪似的态度低头大声求饶："师……师父饶命！徒儿知错了！"

一语出，她屏住呼吸等待回答，心里计算着如果师父问她"错在哪里"，就立刻回答："对师尊动手，出言不逊，罪该万死！"

然而耳边寂静，竟然没有声音。

她以为师父还在生气，背心一冷，不敢抬头，连忙又低着头大声喊了第二遍："徒儿知错了！求……求师父原谅！要打要骂，绝不抱怨！"

然而，话音落地，一片寂静。时影竟还是没有回答。

朱颜心头"扑通"乱跳，感觉全身冷汗涌出，将小衣都浸湿了。她低着头正在胡思乱想，只见眼角白影一动，心里一喜，以为师父要伸手拉她起来。然而抬头一看，发现那居然是重明飞上来，用喙子扯住她的衣襟拼命拉她起来。神鸟的四只眼睛看着她，血红色的瞳子里满是焦急。

怎么了？它是让自己别这么干吗？师父……师父为什么不说话？为了让师父息怒，她一上来就行了这么大的礼——要知道离开九嶷山后，她几乎没有对任何人再下过跪，哪怕是父王狂怒时要打断她的腿，她也绝不屈服。此刻她做出了这样大的牺牲，几乎是拼着不要脸皮和骨气了，他难道还不肯原谅她吗？

朱颜小心翼翼地抬起头，却对上了一双沉默的眼睛。

时影站在旁边，却还是没有说话，也没有如她所预想的那样问她"错在哪里"，只是沉默地看着她——那种眼神是如此陌生而锋利，令朱颜心里一冷，有一种莫名其妙的害怕。

糟了！师父……师父这次，看来是真的很生气？

耳边重明的咕咕声转为焦急，用力扯着她，想要把她拉起来。然而时影眉头微微一皱，袍袖一拂，瞬间将这只多管闲事的神鸟给扫到一边，然后走近一步，对着她伸出手来，终于开口说了三个字："还给我。"

朱颜下意识地一哆嗦，结结巴巴地问："什……什么还给你？"

"玉骨。"时影的声音冰冷而平静。

"不要！"朱颜瞬地一惊，往后缩了一下，脱口，"你明明……明明已经送给我了！十三岁那年就送给我了！怎么还能要回去？"

时影冷冷道："不拿回来，难道还让你留着它来杀我吗？"

"师……师父！"她震了一下，猛然间明白了他眼神里的冷意，背后瞬间全是冷汗，结结巴巴，"徒儿……徒儿怎么敢？"

"呵，你向来天不怕地不怕，有什么不敢的？"时影居然冷笑了一声，语气平静，看了一眼她手里拿着的通缉令，忽然问，"今日你若是没看到这个东西，此刻见到我，是否就要跳上来为他报仇了？"

他的声音很淡，却如静水深流，让人心里发寒。

朱颜愣了一下，竟无言以对——是的，若是渊真的死了，此刻她一看到师父，说不定怒火万丈，早就冲上去和他拼命了！可是谢天谢地，这一切不都没有发生吗？为啥师父老是揪着这个问题不放？

糟了，这回她得怎样求饶，他才肯放过她呀？！

她哭丧着脸，垂头丧气："我……我那天是随口乱说的！您别当真。"

"欺师灭祖，这种话也能随口乱说？"时影却不动声色，语气依然平静而锋利，没有半分放松的迹象，"你那时候是真的想杀了我，对吧？"

"徒儿年纪小，口无遮拦，您大人不记小人过，千万别往心里去。"朱颜结结巴巴地开口，努力堆起笑脸来，"我哪敢和您动手啊……以徒儿那点微末功夫，还不立刻被师父打趴到地上了？"

"是吗？"他看了她一眼，似乎立刻洞察了她近日的改变，淡淡说道，"不必太过谦虚。你进步很快，以现在的能力，和我动手至少也能撑一刻钟吧……如果掌握了玉骨的真髓，甚至可以和我斗上一场。只可惜……"

他手指微微一动，朱颜忽地觉得头上一动，玉骨竟然"唰"的一声从她的发髻里跳了出来，朝着时影的手心飞去！

"师父！"她惊呼了一声，不顾一切地扑上去，一把抓住了玉骨，"不要！"

还好，她这一抓还抓住了玉骨的尾巴。那支簪子在她掌心微微跳跃，似乎被一根看不见的线牵着，竭力想要挣脱。她用尽全力用两只手死死地握住玉骨，和那一股力量抗衡着，一时间竟然都没有办法开口说上一句求饶的话。

然而，这一场短暂的拔河，最终还是以她的失败而告终。

当身体里力气枯竭的瞬间，"唰"的一声，玉骨如同箭一样从她掌中飞去，回到了时影的手中——晶莹剔透的尖端上还沾染了一丝殷红，那是从她掌心飞出时割破的痕迹。

那一丝血沁入玉骨，转眼间消失无痕。

时影低头看着手里的这一支簪子，眼神复杂，沉默无语——原来，转眼已经过去那么多年了。

在她离开九嶷神庙的时候，他送了她这一支簪子，为她绾起了一头长发。铜镜里她的眼眸清澈，神情却懵懂，对于这个礼物的珍贵并没有太多的清晰了解。

这支簪子流传自远古，从白薇皇后开始，便在空桑皇后发上世代相传。母亲去世后，父王拿走了她手指上的后土神戒，也褫夺了她的身份，然而这支簪子被保留了下来。那是母亲留给他的唯一遗物。

他曾经将它郑重托付给了她，一并托付的，还有心中最珍贵的东西。可是时隔多年，事过境迁，到最后，竟发现原来一切只不过是自己的一厢情愿！

多么可笑，多么愚蠢啊……

他没有说话，只是收回了这支簪子，在手心默默握紧，就如同握紧了一颗在无声无息中碎裂的心。

"师父！"朱颜踉跄着跌倒在地上，看到他这样的表情，心里不由自主地往下沉——是的，那种沉默，甚至比发怒时更吓人！

他看了她一眼，脚步一动，便想要离开。那一眼令朱颜打了个寒战，连站起来都忘了，连滚带爬地扑过去，在地上便一把抓住了他的衣角，失声道："师父！你……你不会就这样不要我了吧？"

他似乎也被这句话震了一下，低下头看着她——她倒是乖觉，不用他开口，就猜测到了他此刻忽然下定的决心。

"是我不好！千错万错都是徒儿的错！"听到他没有否认，朱颜心头更害怕，声音都有些发抖，"您要是生气，就狠狠地责打徒儿好了，我一定一声痛都不喊！可……可千万别这样不要我了啊……"

时影还是没有说话，只是往后退了一步。朱颜死死抓着他的白袍下摆，怎么也不肯松手，居然整个人在地上被拖得往前了一步。

"放手。"他终于开了口，语气冰冷，"拉拉扯扯，像什么样子！"

"不！不放！"她被拖着，在地上死死抓住他的衣服，披头散发，狼狈万分，却怎么也不肯放手，"师父不原谅，我就不放手！就……就是打死我，我也不起来！反正……反正你也不要我了，我活着还有什么意思！"

刚开始她只是横了一条心要赖，说到最后却动了真感情，语气哽咽，眼眶都红了。时影看得她这种狼狈的样子，眼神略微有一点点波动，语气依旧冷淡："哭什么？我可没有这种欺师灭祖的徒弟——给我站起来！"

朱颜一向了解师父的脾气，知道他心里松动，连忙一边顺势站起，一边赔笑："师父说哪里的话？一日为师终身为父，给徒儿十个胆子，也不敢欺师灭祖啊！"

"一日为师终身为父？"时影微微一震，眼神忽然又变得森冷而严厉。

她心里一个"咯噔"，不知道这话又是哪儿不对了，脑子飞快地转着，刚要说什么，却见师父一振衣襟，眼前白光一闪，"唰"的一声，她手里一轻，整个人跌到了地上，摔了个嘴啃泥。

她艰难地抬起头，看到师父手里握着的是玉骨——玉骨切过之处，衣襟下摆齐齐断裂！朱颜握着那半幅衣襟，不由得蒙了一下，脱口道："师父……你、你干吗？不会是要和我割袍绝交的意思吧？"

顿了顿，她连忙堆起一脸的笑："师父肯定舍不得的，是不是？"

"少给我嘻嘻哈哈！"时影看着她，语声竟是少见的严厉，带着严霜，一字一句，"你现在敢和我这么嬉皮笑脸地说话，只不过是仗着我没真的杀那个鲛人而已——不要笑得太早了。你以为这件事就这么算了吗？告诉你，那个鲛人，我是杀定了！"

"师父！"朱颜倒吸了一口冷气，猛然跳了起来，"你说真的？"

"我什么时候开过玩笑？"时影看着脸色煞白的弟子，冷冷道，"这些日子我吩咐叶城总督封城搜人，就是为了找他。复国军被全数围在城南，负隅顽抗，已经撑不了几天了。"

"什么？白风麟封城，原来……原来是你指使的？"朱颜越听心越往下沉，忍不住一跺脚，失声道，"你、你为什么非要杀渊啊？你们两个素不相识，到底有什么仇什么怨？"

时影停了一下，眼神复杂地变幻，最终只是冷冷回答："止渊是复国军的逆首，于公于私，都是必杀之人！"

"可是，师父你不过是个神官而已啊！出家人不是不问国事的吗？"朱颜一急之下忘了要说得委婉，几乎冲口而出，"这是帝君六王和骁骑军才该管的事，跟你又有什么关系？！"

时影看了看气急败坏的弟子，嘴角忽然浮现出了一丝冷笑，问："怎么，你这么想知道原因？如果我有正当的原因，你就不会有异议了吗？"

"这……"朱颜迟疑了一下，立刻点头，"是！"

"那好，我就告诉你，让你心服口服。"时影看着她，屈起了第一根手指，一字一句，"第一，身为北冕帝的嫡长子，身负帝王之血，云荒上的所有事情，当然都跟我有关系！"

朱颜大吃一惊，如同被雷劈了一样，结结巴巴道："什么？你……你是帝君的儿子？！"

没有顾得上她的吃惊，时影只是继续淡淡地说了下去："第二，我之所以针对复国军，是因为我和大司命都预见到了空桑的国祚不久，大难将临——而那一场灭亡整个空桑的灾祸，将会是由鲛人一族带来！"

"什……什么？"朱颜几乎已经说不出话来了，"真的假的？"

"当然是真的。"时影深深看着目瞪口呆的弟子，依旧波澜不惊，淡淡问，"现在，你觉得我要杀那个人，有足够理由了吗？"

朱颜愣在了那里，半晌没有说话。

"真……真的吗？"过了许久，她终于吃力地吐出了一句话，"你……你是皇子？鲛人会让我们亡国？会不会……会不会有什么地方搞错了啊？"

时影皱了皱眉头："你是说第一个问题，还是第二个？"

"两个都是！对了！这么说来，你娘……你娘难道是白嫣皇后？"她仿佛被踩了尾巴的猫一样跳了起来，摸了摸头发，失声道，"你为什么要瞒着我？原来如此！难怪……"她在头顶摸了一个空，回过神来，指着他手心里的玉骨，颤声道，"难怪你会有这个东西！"

"我从没打算要瞒着你。"时影无声皱眉，握紧了那支簪子，"我以为你看到玉骨该早就知道了——原来你的迟钝还是超出我的想象。"

朱颜被噎得说不出话来。

晶莹剔透的簪子，如同一树冰雪琉璃——那是远古白薇皇后的遗物，从来只在帝都的王室里传承。如果师父不是帝王之血的嫡系传人，又怎么会有这么珍贵的东西？那么简单的问题，粗枝大叶的她居然一直没想到！而父王应该是早就知道了吧？所以才对师父这样敬畏有加。

可是这些大人，为什么一直都瞒着自己？

"那……那第二个问题呢？"她急急地问，"鲛人会灭亡空桑？不可能！"

时影蹙眉，语气严峻："你觉得我会看错？"

师父语气一严肃，朱颜顿时不敢回答了，然而很快又意识到如果默认这一点，基本就等于默认师父可以杀掉渊，立刻又叫了起来："不可能！鲛人……鲛人怎么可能灭亡我们空桑！他们哪里有这个能力？"

"现在还没有，但再过七十年，就会有了。"时影的声音冷酷而平静，"鲛人眼下还不能成气候，只不过是因为千百年来，始终没有一个继承海皇血脉的人出现，群龙无首而已——可是，他们中的皇，如今已经降临在这个世上了。"

"什么？！"朱颜愣了一下，脱口而出，"不可能！星尊大帝不是把最后一任海皇给杀了吗？海皇的血脉在七千年前早就中断了！"

时影点了点头："是。星尊帝是杀了最后一任海皇纯煌，并且将他唯一的同胞姊妹雅燃封印在了自己的地宫——但是，海皇的血脉，并没有因此而断绝。"

"怎么可能？"她不敢相信，"人都死光了！"

"鲛人的血脉和力量传承，和我们陆地上的人类是不一样的。"时影并没有嘲笑她的见识浅薄，只是语气淡淡的，"他们的血脉，可以在间隔了一代人，甚至几代人之后，骤然重返这个世间。"

朱颜不可思议地睁大了眼睛："什么意思？"

时影这一次非常有耐心地解释了下去："海皇纯煌在死之前，可以在某处留下自己的血，让力量得以封存。在时隔多年之后再化为肉胎着床，从而让中断的血脉再延续下去。"

这一次朱颜没有被绕晕，脱口道："那……那不就是隔世生子吗？"

"是。"时影难得地点了点头，"你说得很对。"

"怎么可能！"她叫起来了，"有这种术法吗？"

"这不是术法，只是天道。"时影语气平静，"鲛人和人不同。造化神奇，六合之间，万物千变万化——我以前不是跟你讲过'六合四生'吗？六合之间，万物一共有四种诞生的方式，记得是哪四生吗？"

"啊……"她没料到忽然间又被抽查功课,愣了半晌,才结结巴巴地道,"湿生、胎生、卵生和……化生?"

她居然又蒙对了。时影点了点头:"天地之间,蝼蚁湿生、人类胎生、翼族卵生,而极少数力量强大的神灵,比如龙神,则可以化生——唯独鲛人,既可以胎生,也可以化生。只不过能化生的鲛人非常少,除非强大如海皇。"

"什么?"朱颜睁大了眼睛,"你是说……最后一任海皇在灭国被杀之前,秘密保存了自己的血脉,再用化生之法让后裔返回世间?"

"这就是鲛人中所谓'海皇归来'的传说。"时影颔首,居然全盘认可了她的话,"七千年前,当星尊帝带领大军杀入碧落海时,纯煌自知灭族大难迫在眉睫,便在迎战前夕,将自己的一滴血保存在了明珠里,由哀塔女祭司溟火守护——海国灭亡之后,星尊帝杀了海皇,却没有在哀塔里找到那位女祭司,也没有找到那一缕血脉。"

朱颜愣了一下:"那……当时为什么没有继续找下去?"

时影沉默了一下,似乎在斟酌是否要继续说下去,最终还是说道:"因为,当时白薇皇后已经生完了皇子,重返朝堂,得知了海国被星尊帝屠灭的消息,盛怒之下与丈夫拔剑决裂——云荒内战由此爆发,星尊帝已经没有精力继续寻觅海皇的血脉。"

"白……白薇皇后和星尊帝决裂?怎么可能!"朱颜脱口喃喃道,"不是都说他们两个是最恩爱的帝后吗?《六合书》上明明说,白薇皇后是因为高龄产子,死于……对,死于难产!"

时影沉默着,没有说话。

朱颜看到他没有否认,不由得松了一口气,嘀咕道:"你一定是骗我的对吧?别欺负我史书念得少啊……还绕那么大一个圈子……"

时影微微皱起了眉头,叹了口气:"你错了。后世所能看到的《六合书》,其实不过是史官按照帝君意图修改过的赝品而已,有很多事,并没有被真实地记录下来。"

"啊？"她愣住了，"什……什么意思？"

"意思就是，和其他云荒大部分人一样，你所知道的历史，都是假的！"九嶷山的大神官顿了一下，语音严厉，"唯一的真实版本，被保留在紫宸殿的藏书阁，只供皇室成员翻阅。"

"真的吗？那你怎么又会知道……"她愕然脱口，转瞬又想起师父的真实身份，愣了一下——是了，他当然会知道，他是帝君的嫡长子，身负空桑最纯粹的帝王之血！

那一瞬，眼前这个人似乎忽然就陌生了，极近，却又极远。

是的，在童年时第一次见到他的时候，她对那个在空谷里苦修的白衣少年的身份一无所知。现在想起来，那个孤独的少年能够在那种禁忌之地里来去自如，必然是有着极其特殊的身份吧？在她十三岁那年，他们在苍梧之渊遇险，几乎送命——那时候，她背着他攀出绝境，一路踉跄奔逃，仓促之中甚至来不及想一下：到底为什么会有人要杀害这样一个与世无争的少年神官？

可他实际身份之尊荣，最后还是超出了她的想象。

但既然他是皇后嫡出的嫡长子，又为什么会自幼离开帝都，独自在深山空谷里苦修呢？在懵懵懂懂中长大的她，对身边的这个人居然从未真正地了解。

"内战结束后，毗陵王朝的几位帝君也曾经派出战船，在七海上搜索海皇之血的下落，一度甚至差点擒获了溟火女祭司，可最终还是一无所获。"时影的声音低沉而悠远，如同从时间另一端传来，"如今，海国已经灭亡了七千年，海皇的血脉似乎真的断绝了——直到五年前，我忽然在碧落海上看到了那一片虚无的归邪！"

"归邪？"朱颜愣了一下。

"是啊。似星非星，似云非云，介于虚实和有无之间。"时影忽然转头看着她，又问，"归邪在星相里代表什么？"

没想到又被冷不丁考了一道题，她下意识结结巴巴地回答："归……

归国者？"

今天运气真是一流，虽然是大着胆子乱猜，这一回居然又答对了。时影点了点头，低声道："归邪见，必有归国者。而那一片归邪，是从碧落海深处升起的！所以，归邪升起，代表着沉睡在海底千年的亡者，即将归来！"

朱颜倒吸了一口冷气，不再说话了。

"这些天机，原本是不该告诉你的。"时影叹了一口气，摇头，"按照规矩，任何观星者即便看到了天机，都应该各自存于心中——而一旦泄露，让第二人知晓，便会增加不可知的变数。"

可是……即便如此，师父还是告诉了她？

他为了挽回她，不让师徒两人决裂，已经顾不得这样的风险。

朱颜沉默着，不肯开口承认，心里却已经隐隐觉得师父说的可能都是真的。那一刻，她的心直往下沉去，只觉得沉甸甸压得她喘不过气来。

"现在，你心服口服了吗？"看着她的表情，时影不动声色，"今天我之所以耐心和你说这么多的话，是看在你年纪小，只是被私情一时蒙蔽的分上，不得不点拨你一下——相信你听了这些话，应该会有正确的判断。"

"我……我……"她张开嘴，迟疑了半天，说不出一句话来。

是的，话说到这份上，她自然是没什么好讲。可是，心里有一种不甘心和不相信熊熊燃烧，令她无法抑制。

时影的语气冰冷："所以，那个人，我是杀定了！"

朱颜猛然打了个寒战，抬起头看着师父，失声大喊："可是，即便海皇重生的事是真的，那个人也未必就是渊啊！万一……万一你弄错了呢？一旦杀错了，可就无法挽回了！"

"为了维护那个人，你竟然质疑我？"时影骤然动容，眉宇间有压抑不住的怒意，"那个复国军的领袖，不但能让所有鲛人听命于他，而且还拥有超越种族极限、足以对抗我的力量！这不是普通鲛人能够做到的，如果不是传承了海皇的血统，又怎么可能？"

朱颜不说话了，垂下头去，肩膀不住颤抖。

那一刻，她抬手摸了摸脖子里的玉环，想起了一件事，心里忽然凉了半截——是的，这个玉环！这个玉环是他送的，却封印着古龙血，跟龙神有着千丝万缕的联系，如果渊不是身份非凡，又怎会持有它？

可是，如果……如果那个人真的是渊，那么说来，他就是整个空桑的敌人了？师父要与他为敌，要杀他，也是无可争议的。

可是……她又怎能眼睁睁看着师父杀了渊！

"不要杀渊！"那一瞬，她心里千回万转，泪水再也止不住地下落，哽咽，"我……我很喜欢渊！我不想看他死……师父，求求你，别杀他！"

听到这句话，时影的肩膀微微一震，往后退了一步。

"真没想到……我辛辛苦苦教出来的，会是你这种徒弟。"时影看着她，长长叹息，"为了一己之私，置空桑千万子民于水火！"

"不……不是的！"朱颜知道这种严厉的语气意味着什么，换了平日早就服软了，此刻却还是抗议起来，"如果将来渊真的给空桑带来了大难，我一定会第一个站出来阻止他的！可是……可是现在不能确定就是他啊！为什么你要为没发生的事杀掉一个无辜的人？这不公平！"

没想到她会这样说，时影倒是怔了一下。

"那么说来，你是不相信我的预言了？"他审视了满脸泪水的弟子一眼，发现她整个人都在剧烈地发抖，心里不知道是什么样的滋味，却依旧不动声色，"或者说，你其实已经相信，却还是心存侥幸？"

朱颜被一言刺中心事，颤了一下："师父你也说过，天意莫测——如果不是亲眼看到，我……我是不能任由渊就这样被人杀掉的！"

"不到最后一刻，你都不会死心，是不是？"时影长长地叹了口气，眉宇之间迅速地笼罩上了一层阴郁，往后退了一步，语气低沉，一字一句，"既然这样，我们师徒，便只能缘尽于此了。"

"师父！"最后一句话落入耳中，如同雷霆，朱颜微微颤抖，握着那一片被他割裂的衣襟，失声，"不要！"

"如果你还想要维护他，我们师徒之情便断在今日。从此后，尘归尘土归土。"时影的声音很冷，如同刀锋一样在两个人之间切下来，"日后你要是再敢阻拦我杀他，我便连你一起杀了！"

他说得狠厉决绝，言毕便拂袖转身。朱颜看到他转过身，不由得失声，下意识地上去拉住了他的袖子："不要走！"

然而这一拉，她居然拉了个空，一跤狠狠摔了下去。

时影微微一侧身，便已经闪开，眼里藏着深不见底的复杂感情。她心里一急，生怕他真的便要这样大怒之下拂袖而去，也不等爬起来，瞬间便在地上往前挣了一步，伸出手去，想要抱住他的脚苦苦哀求。

然而她刚伸出手，他瞬间便退出了一丈。

时影看着在地上可怜兮兮的她，眼里忽然露出一种难以压抑的烦躁来，厉声道："好了，不要这样拉拉扯扯，纠缠不清！既然你选择了那个人，必然就要与我、与整个空桑为敌——这是不可兼顾的，不要心存幻想了！"

"师父！"朱颜心里巨震，脑海一片空白，只是下意识地喃喃，"我……我不要与你为敌……我不要与你为敌！"

"那就放弃他，不要做这种事。"时影冷冷道，用尽了最后的耐心，"你是赤之一族的郡主，即便不能为了空桑亲手杀了他，至少也不该阻拦我！"

"不……不行！"她拼命摇头，"我不能看着渊死掉！"

时影眼神重新暗了下去，语气冷淡："既然你做不到，那就算了。"

一语毕，他转过头，拂袖离开。

朱颜看着他的背影，只觉得心里有一把利刃直插下来，痛得全身发抖，她往前追了几步，颤声喊着师父，他却头也不回。

"师父……师父！"眼看他就要离开，她的眼泪终于再也止不住，如同决堤一样涌出，看着他的背影，哭着大喊起来，"你……你真的不要我了吗？你在苍梧之渊说过，这一辈子都不会扔下我的！"

时影微微一震，应声停顿，却没有回头。停顿了片刻，他只是头也不回地回答了一句："不，我没有扔下你——是你先放弃我的。"

汉

朱颜愣了一下，一时竟无言以对。

"凡是我想要杀的人，六合八荒，还从来没有一个能逃脱。"时影转头冷冷看着她，语气冰冷严厉，"我看你还是赶紧好好修炼，祈祷自己那时候能多替他挡一会儿吧！"

一语毕，他拂袖而去，把她扔在了原地，身形如雾般消失。

当周围他设下的结界消失之后，朱颜发现自己还是站在叶城总督府，满脸眼泪地对着空无一人的庭院大喊——而一边的福全正在惊诧无比地看着她，显然完全不明白刚才片刻之间发生了什么。

那一刻，朱颜只觉得无穷无尽地悲伤，双膝一软，竟然跪倒在了那一架开得正盛的蔷薇花下，放声大哭起来。

师父……师父不要她了！他说，从此恩断义绝！

她在白蔷薇花下哭得说不出话来，只觉得从出生以来从未有过这样的伤心——师父和渊，是她在这个世上除了父母之外最亲的两个人，却居然非要她在其中选择一个，简直是把心都劈成了两半。

"郡……郡主？出什么事了？"此刻，结界已经消失，福全骤然看到她伏地痛哭，不由得手足无措，不知如何是好。

"怎么了？"忽然间，外面传来一句惊诧的问话，"这不是赤之一族的朱颜郡主吗？为何在这里哭？"

两人一惊，同时抬起头，看到了满脸惊讶的叶城总督。

白风麟应该是刚从外面回来，身上还穿着一身隆重的总督制服，在他的身后跟着一个黑衣黑甲的劲装中年将军。两人原本是一路客套地寒暄着从外面进来，此刻站在回廊里，吃惊地看着花下哭泣的少女，不由得面面相觑。

"福全！怎么回事？"白风麟率先回过神来，瞪了一眼旁边的心腹侍从，"是你这个狗奴才惹郡主生气了吗？"

福全立刻跪了下去："大人，不关小的事！"

"没……没什么。"朱颜看到这一幕，立刻强行忍住了伤心，抹着泪水站了起来，为对方开脱，"的确不关他的事情……别为难他了。"

白风麟看着她在花下盈盈欲泣的模样，更觉得这个少女在平日的明丽爽朗之外又多了一种楚楚可怜，心里一荡，恨不得立时上去将她揽入怀里，然而碍得外人在场，只能强行忍下，咳嗽了一声，道："不知郡主今日为何来这里？又是遇上了什么不悦之事？在下愿为郡主尽犬马之劳。"

朱颜正在伤心之时，也没心思和他多说，只是低声说了一句："算了，你帮不了我的……天上地下，谁也帮不了我。"

说着说着，她心里一痛，满眶的泪水又大颗大颗落了下来。她恍恍惚惚地转身便往外走去，也顾不上什么礼节。白风麟看到她要离开，连忙殷勤道："郡主要去哪里？在下派人送你去，免得王爷担心。"

"我没事了，不劳挂心。"她喃喃道。

然而他一提到赤王，倒令她忽然想起了之前的事情——对了！父王不是在帝都会见了白王吗？他们这两个王，还正在打算联姻呢。她猛然一惊，下意识地回头看了一眼白风麟：天啊……父王竟然是想让自己嫁给这个人吗？

那一瞬间，这件令她如坐针毡的事情又翻了上来。可偏偏这个时候，白风麟不知好歹地抓住了她的手，口中殷勤地道："外面现在有点乱，不安全。在下怎么能放心让郡主独自……"

"放开手！"她猛然颤了一下，往后退了一步，抬头瞪了他一眼，冲口而出，"告诉你，别以为我父王答应了婚事就大功告成了！别做梦了，打死我我都不会嫁给你！"

"什么？"白风麟猛然愣住了，不知道她在说什么。

朱颜推开他的手，一跺脚就冲了出去，翻身上了总督府外的骏马，往赤王行宫疾驰而去，只留下叶城总督站在那里，张口结舌，脸色青白不定。

"喀喀。"福全不敢吱声，旁边的黑甲将军却咳嗽了一下，"没想到啊，白之一族和赤之一族这是打算要联姻了吗？恭喜恭喜……"

白风麟回过神来，不由得面露尴尬之色："青罡将军见笑了，此事尚未有定论，连在下都尚未得知啊。"

然而一边说着，他心里一边也是惊疑不定——第一次见到朱颜郡主不过是一个多月之前的事情，父王应该刚接到自己的书信不久，尚未回信给他表示首肯，怎么会那么快就和赤王在帝都碰头商量了？这效率也未免太高了吧？

不过，看刚才那个丫头的反应，此事应该是真的，否则她也不会发那么大的火。呵……作为一个嫁过一任丈夫的未亡人，能做叶城总督夫人算是抬举她了，总算她父王知道好歹，那么快就答应了婚事。

白风麟想着，看了一眼旁边的黑甲将军，心中微微一沉：两族联姻的事，居然过早地被青罡知道，也是麻烦得很。这些年来，青王和父王之间的明争暗斗从未停止，一边相互对付，一边又想联姻。如今听青罡这样阴阳怪气地恭喜，不由得暗自担心。

"里面请，里面请。"他心里嘀咕着，却殷勤地引导着。这位来自帝都的骁骑军统领，受帝君之命前来叶城，帮他平息复国军之乱，可是怠慢不得的，否则叛乱的事情再闹大，自己叶城城主的位置岌岌可危。

青罡一边往里走，一边道："叶城复国军之乱最近愈演愈烈，城南已经沦陷，不知总督大人有何对策？"

"将军放心……"白风麟刚要说什么，忽地有心腹侍从匆匆走上来："大人，有人留了一封信给您。"

白风麟看了一眼，认出那是九嶷大神官的字迹，心里一个"咯噔"，抬头往内院看了看——珠帘深卷，房间里空空荡荡。那个一直在垂帘背后的神秘贵客，居然已经走了？

如今铁幕即将围合，青罡将军从帝都抵达叶城，复国军已经是瓮中之鳖，这个一手主持围剿鲛人大局的幕后人物，竟然不告而别？联想起了片刻前朱颜在内庭伤心欲绝的模样，白风麟心里忽然间便是一沉——他们两个见过面了吗？莫非，那丫头如此激烈地抗拒嫁给他，是因为……

他一边沉吟，一边拆了那封信。

上面写的，是关于最后围剿的部署，最后一句话是——

　　明日日出，令青罡率骁骑军围攻屠龙村，封锁所有陆路，所有入海入湖口均加设铁网封印，不得令一人逃脱。唯留向东通路，令屠龙村至星海云庭之路畅通。

星海云庭？奇怪，那个地方因为包庇复国军，已经在前几日查封，如今早已人去楼空了，大神官特意叮嘱这么部署，又究竟是为何？

白风麟心里暗自惊疑不定，握紧了那一封信。

算了，那个神龙见首不见尾的表兄是个世外高人，据说能悉知过去未来。他既然留书这么安排，自然是有他的道理。

白风麟将信件重新读了一遍，熟记了里面的部署，便回头朝着青罡将军走了过去，按照信上的安排，逐一吩咐道："关于明日之战，在下是打算这么安排的……"

叶城总督府里风云变幻，虚空里，乘坐白鸟离开的大神官却只是看着手里那一支玉骨，怔怔地出神。原来以为可以一辈子交付出去的东西，终究还是拿回来了吗？

时间已经过去很久了，可是当日他将这支簪子送出的情景，还历历在目——

那时候，她才刚刚十三岁，可西荒人发育得早，身段和脸庞都已经渐渐开始脱离了孩子的稚气，有了少女的美丽。

从苍梧之渊脱险归来后，他更加勤奋修行。作为弟子，她也不得不跟着他日夜修炼，每天都累得叫苦连天，却不得丝毫松懈。

那一天早上，她没有按时来谷里修炼，他以为这个丫头又偷懒了，便拿了玉简去寻她，准备好好地训斥一番。然而，一推开门，发现她正瑟瑟发抖地躲在房间里，哭得伤心无比，满脸都是眼泪。

"师父……我、我要死了！"她脸色苍白，一看到他就像得了救星，颤声道，"我要死了！快救救我！"

他心里一惊，立刻反手扣住了她的腕脉，却发现并无不妥之处，不由得舒了一口气，不悦地蹙眉："又怎么了？为了逃课就说这种谎，是要挨打的！"

然而她吓得"哇"的一声又哭了："我……我没说谎！我……我真的快要死了！流了好多好多血！"

什么？他看得出她的恐惧惊惶并非作伪，不由得怔了一下："流血？"

她捂着肚子，哭得上气不接下气："不……不知道怎么回事，今天起来，发现忽然从肚子里流了好多血！怎么也止不住！你看……你看！"

她眼泪汪汪地举起手里的衣衫，衣服下摆上赫然有一大片鲜红色。

他愣了一下，一时间说不出话，只能无比尴尬地僵在那里——二十二岁的九嶷山少神官，灵力高绝，无所不能，却第一次有不知所措的感觉，甚至下意识地往后退了一步。

"怎么办啊！我……我要死了吗？"她看到师父无言以对，更以为自己病势严重，扑过来抱住了他的膝盖，哭得撕心裂肺，"呜呜呜……师父救救我！"

他下意识地推开了她，却无言以对。

要怎么和她说，这并不是什么重病，只是女孩子成年，第一次来了天癸而已？经历初潮是一个女孩子成长为一个女人的必然过程，并无须恐惧——这些事情，应该是由她的母亲来告诉她的，怎么就轮到了他呢？

他明明是九嶷神庙的少神官啊！为什么还要管这种事？

"我……我是不是要死了？我要见父王和母后！"她发现师父在躲着自己，不由得又怕又惊，声音发着抖，"师父……师父，救救我！我不想死！"

他哭笑不得地站在那里，僵了半天，才勉强说出了几句话安慰她："没事的。不要怕，你不会死。"想了想，看到她还是惊恐万分，便又道，"放心，这不是什么严重的病症……师父给你配点药，不出七天就会好。"

　　"真……真的吗？不出七天就能好？"听到他这一句话，她顿时如同吃了定心丸，泪汪汪地呜咽，"太好了！我……我就知道师父有办法治好我！"

　　他叹了口气，转身出了门，过了片刻端过来一盏药汤："来，喝了这个。"

　　她以为那是解药，如同得了仙露，接过来一口气喝干，也不知道是不是心理作用，脸色顿时就好了起来，喃喃："果然就没那么痛了哎……师父你真厉害！这是什么药？"

　　他苦笑了一下："只是红糖水，加了一些姜片。这谷里没什么好东西，也就只有这些了——不过你从小身子健旺，也该无妨。"

　　"那是什么药方？能止血吗？"她却依旧懵懂不解，按了按小腹，忽然带着哭音道，"不对！血……血还是不停地在流，一点也止不住！师父，我……我是不是真的要死了？"

　　"别担心……不会有事的，你很快就会好。"他往后退了一步，不想多说，想了想，只道，"等一下我送你去山下的阿明嫂家里吧……她有经验，可以好好照顾你。"

　　她半懂不懂地应着，毕竟是年纪小，师父说什么她便信什么，既然他说无妨，她也就安心了大半，听到这个安排，还满心欢喜地说了一句："太好了！阿明嫂做的菜很好吃……我在山上好久都没吃到肉了，饿死了！"

　　她的表情还是这样懵懂，丝毫不知道自己身上正在发生着一生一次的深远变化，开始从一个女孩子蜕变成了女人。

　　他忍不住叹了口气，道："这几天你在阿明嫂那里住，也不用去谷里练功了——外面下着雨，石洞里又太冷，对你的身体不好。"

　　"真的？不用练功？"她顿时欢呼起来，完全忘了片刻前以为自己要死的惊恐，"太好了！谢谢师父！"

　　十三岁的少女满心只有可以偷懒休息的欢喜，然而，少神官静静地看着她，脸色沉了下来，叹了口气——这一场缘分，终究是到头了。

他们即将回到各自的世界里去，从此陌路。

在离开她之后，他默然转过身，直接走向了大神官的房间，敲了敲门。

"师父，该送朱颜郡主回去了。"他开门见山地对着大神官道，"她已经长大，来了天癸，不能再留下来了。"

是的，虽然她只是个不记名的弟子，但九嶷规矩森严，是不能容留女人的。所以，当这个小丫头长大成人，不再是一个孩子的时候，自然不能留在神庙。

被遣送下山，回到赤之一族的封地的时候，那个丫头哭得天昏地暗，拼命拉着他的衣服，问他自己到底是做错了什么要被赶回家。他无法开口解释，只是默默地将玉骨插入她的发上，拍了拍她的肩膀，让她一并带走。

一切的聚散离合，都有它该发生的时间。她曾经陪伴他度过了那么漫长的山中孤独岁月。然而，当那朵花开放，他却不能欣赏。

最是人间留不住，朱颜辞镜花辞树。

重明神鸟展翅在天上掠过，时影默默握紧了掌心的玉骨，从遥远的回忆里回过了神，看向了脚下的云荒大地——叶城喧闹繁华，参差数十万人家。而他的视线，停在了西北角的屠龙村。

那里，因为近日连续的战火，已经变成了一片废墟，充满了鲜血和烈火。

他坐在神鸟上，俯视着这一片被复国军控制的区域，眼神渐渐变得严厉而锋利——好吧，他已经尽了力去挽回。既然她始终不肯回头，过去的一切也就让它过去吧。

等明日，所有的事都将有一个了结！

第二十一章 求医

　　"郡主，你怎么了？你的脚……"

　　从总督府到行宫，这一路，朱颜不知道自己是怎么回来的，脑海里竟然是一片空白。直到管家迎上来，连声询问，她才从恍惚中回过神来，低下头看到自己脚上的靴子不知何时少了一只，手里紧紧攥着那半截割下来的白袍衣襟，满脸眼泪，发如飞蓬，狼狈万分。

　　管家看到她的模样，心里暗惊："郡主，你没出什么事吧？"

　　"我没事。"她随手把缰绳扔给侍从，恍恍惚惚地走了进去，心里想着半日之前的一切，只觉得痛得彻骨，却又迷惘万分。

　　"郡主你可回来了！"盛嬷嬷迎上来，看到她这种模样，不由得心里也是"咯噔"了一下，连忙把想要说的事搁在了一边，连声问，"怎么啦？出什么事了？"

　　"没什么。"朱颜心里只觉得不耐烦，什么也不想说。

　　"郡主刚才是去了总督府吧？谁惹您不开心了？"盛嬷嬷知道这个小

祖宗此刻心情不好，察言观色，旁敲侧击地问，"是没拿到出城去帝都的文牒吗？没关系，听说王爷很快就要回来了，你不用跑出去啦。"

然而，听到父王即将回来，朱颜脸上也没有丝毫喜悦之情，只是"哦"了一声，继续往里走，两眼无神，脚步飘忽，心里不知道想着什么。

盛嬷嬷看着情况不对，心里一紧，低声道："怎么啦？难道……难道是白风麟那个家伙吃了熊心豹子胆，欺负郡主了？"

"他敢？"朱颜哼了一声，"我已经和他说了绝不嫁给他！"

盛嬷嬷大吃一惊，没想到才离开视线半天，这个小祖宗已经那么快捅了娄子。本来想数落她一顿的，然而一看她的脸色，盛嬷嬷也不敢多说什么，只道："郡主，你一整天没吃饭了，饿不饿？厨房里还有松茸炖竹鸡，要不要……"

"不要！"她不耐烦地道，"没胃口。"

她语气很凶，显然正在心情极不好的时候，气冲冲地往里走，盛嬷嬷赶紧跟上去。朱颜也不知道自己要去干吗，只是下意识地回到了自己的卧房里，坐也不是站也不是，一想到师父片刻前说的那些话，就撕心裂肺地痛。

她在屋子里团团转了半天，"唰"地站了起来，一把将手里握着的半截衣襟扔到了地上，失声道："恩断义绝就恩断义绝！谁怕谁啊？"

然而下一刻，她又怔怔站在那里，"哇"的一声哭了出来。

盛嬷嬷不敢说话，看着她在房间里走来走去，脸色苍白，神色烦躁，仿佛心里燃烧着一把火，坐立不安。这样反常的情况，让老嬷嬷不由得心里一惊——郡主不会是又遇到那个渊了吧？这样的神色，和当年她情窦初开、暗恋那个鲛人时简直一模一样！

"唉，怎么办……"终于，朱颜颓然坐了下来，叹了口气，抬手捂住了脸，用一种无助微弱的声音道，"嬷嬷，我该怎么办啊……"

看到她心里的那一股火焰已经渐渐微小，不再灼人，盛嬷嬷终于小心地走过去，将手轻轻放在少女的肩膀上，安慰："不要急，郡主——世上的任何事，总会有办法解决的。"

可听到嬷嬷温柔的抚慰，朱颜在那一瞬间哭了起来："不……没办法解决啊！我……我刚才在这里想了好久，看来是怎么也没办法了！"

她呜呜咽咽："你知道吗，师父……师父他不要我了！"

师父？盛嬷嬷心里一震，没想到郡主这样失魂落魄竟然是和另一个人有关——郡主在十三岁之前曾在九嶷山拜师学艺，她也是知道的。只是自从回到天极风城之后，那个她口中的师父便再也没有出现过，所以年深日久，渐渐地也就不以为意。

可到了今日，又是忽然来了哪一出？

看到郡主哭得那么伤心，盛嬷嬷不由得着急，却又不敢仔细问，只能轻轻拍着她的肩膀，叹了口气："别急，慢慢来。"

"师父今天和我说，要和我恩断义绝！"一说到这里，她的泪水就再也止不住，"我……我可从来没看到过他这样的表情，太吓人了！呜……怎么求他，他都不肯回头看我一眼……呜呜，我……"

盛嬷嬷安慰她："他只是气头上说说罢了。"

"不，不是的！你不知道师父的脾气！"朱颜抹着眼泪，身子发抖，"他从来言出必行！既然他说要恩断义绝，那么就会说到做到！下次如果我和他为敌，他……他就真的会杀了我的！"

盛嬷嬷颤了一下，抱紧了少女单薄的肩膀："别乱说！郡主你那么好的一个女娃儿，谁会下得了这个手呢？"

"师父一定下得了。他的心可狠着呢！"朱颜呆呆地想了一会儿，忽然又道，"如果真的到了那个时候，我……我可不甘心就这样被他杀掉！我一定会反抗的！"顿了顿，又垂下头去，嘀咕道，"可是，我就是拼了命，也是打不过他的啊……怎么办呢？"

她迷惘地喃喃，神色时而痛苦，时而决绝。

"唉，郡主，既然一时半会儿想不出来办法，就先别想了。"老嬷嬷轻声劝慰，"好好休息，吃一顿饭，睡一觉。等有力气了再去想。"

朱颜颓然坐下，呆呆沉默了片刻，才点了点头。

"那我们去吃饭？"盛嬷嬷试探着问，把她扶起来。

朱颜没有抗拒，任凭她搀扶，有点浑浑噩噩地往前走。不一时就到了餐室，里面已经摆好了丰盛的饭菜，有她最爱吃的松茸炖竹鸡。然而朱颜的眼神涣散，神色恍惚，喷香的鸡汤喝在嘴里也寡淡如水。

喝着喝着，她仿佛微微回过神了一点，忽然开口问："对了，那个小兔崽子呢？"

"嗯？"盛嬷嬷愕然，"郡主说的是？"

"当然是苏摩那个小兔崽子啦！"朱颜嘀咕着，往四下里看了看，"为什么我回来没看到他？跑哪儿去了？"

盛嬷嬷找来侍女问了一问，回禀："那个小家伙自从郡主早上离开后，就拿着那本册子躲了起来，一整天都没人见到他。"

"嗯……那家伙，人小脾气倒大！"朱颜应了一声，心思烦乱，愤愤然道，"早上不过是没带他出去，就躲起来不见我？"

盛嬷嬷咳嗽了一声，道："郡主是太宠着这孩子了。"

是了，这个残废多病的鲛人小孩，性格如此倔强乖僻，哪里像是半路上捡来的奴隶？十足十是王府里小少爷的脾气。也不知道火暴脾气的郡主是怎么想的，居然也忍了，倒是一物降一物。

"去把他揪过来！"朱颜皱着眉头，"还给我摆臭架子？反了！"

"是。"侍女退了下去。

她随便吃了一点，心情不好，便草草完事，转过头问一边的管家："对了，我在养伤的这段日子，外面的情况怎样了？"

"外面的情况？郡主是问复国军的事吗？"被猝不及防地抓住施用了读心术之后，管家一直对朱颜心有余悸，不敢靠近，远远地退在一边，叹了口气，道，"闹得挺大的，半个月前差点总督府都被他们攻了进去——幸亏最后关头有神明庇佑，天降霹雳，把那些叛军一下子都从墙头震了下去。"

"天降霹雳？"朱颜愣了一下。

哪是什么神明庇佑，应该是师父在最后关头出手相助，帮白风麟挡住了复国军的进攻吧？难怪这次看到师父的脸色有些苍白，想来是因为在星海云庭时就受了伤，中间又没有得到休息，所以积劳成疾累得吧。

这样神一样的人，原来也是会受伤的啊……

她一下子走了神，耳边却听得管家道："那些叛军本来想擒贼先擒王，闯进去劫持总督大人的，没有得逞，便想要退回镜湖大营里去。总督于是下令封城搜索，把各处水陆通路都给锁了，那些叛军一时半会儿无法突围，便只能退到屠龙村那儿负隅顽抗——倒是能扛，缩在那里都大半个月了，还没攻下来。"

朱颜默默听着，下意识地将筷子攥紧。

"不过此事惊动了帝都，帝君今日已经派了骁骑军精锐过来。"管家以为她心里不安，便连忙安慰，"相信天军到来，区区几百叛军，很快就会被尽数诛灭——到时候全城解禁，郡主想去哪里就去哪里。"

然而她听了心里更乱。是的，如果复国军已经到了绝境，那么……渊呢？渊现在怎么样了？他……他是不是也和那些战士一起，被围困在那里？

她忍不住问："复国军是被困在屠龙户那边吗？"

"是。那边水网密布，一边连着碧落海，一边连着镜湖，对鲛人来说是最佳藏身之处，所以复国军无路可走的时候就夺了屠龙村当据点，负隅顽抗。"管家道，"不过总督大人有先见之明，早早地吩咐将叶城出城口的全部水路都设下了玄铁铸造的网，还在上面加了咒术，所以那些复国军突围了几次，死了许多人，也没能突破这道天罗地网。"

朱颜一颤，脸色苍白。

这哪里是白风麟做得到的事？估计又是师父的杰作吧？看来，他是真的立誓不诛灭鲛人不罢休啊……

她一个激灵，腾地站了起来，便想往外奔去。是的！她得去找渊！他现在身处绝境，就算是刀山火海，她也得闯进去把他救出来！

然而刚到门口，一摸头上，玉骨早已没了踪影，朱颜愣了一下，冷静了下来——是的，师父已经收回了给她的神器，此刻赤手空拳就往外闯实在太冒失，至少得想个办法出来。

"郡主……郡主！"管家和盛嬷嬷吃了一惊，连忙双双上前拦住，"你这是又要去哪里？外面不安全，你千金之体万一有什么不测，小的……"

她还没来得及回答，只听门外脚步声响，侍女结香匆匆忙忙地跑了过来，满脸惊慌："不好了！郡……郡主……"

"怎么了？"盛嬷嬷皱眉，"这么大呼小叫的？"

结香屈膝行了个礼，急忙道："奴婢……奴婢在后花园的观澜池里找到了那个鲛人孩子。可、可是……"

"可是怎么？"朱颜有些不耐烦。

"可是他好像……好像死了！"结香急道，"一动不动，半个身子都浸在水池里，奴婢用力把他拖上来，却怎么叫都叫不醒！吓死人了……"

"什么？"朱颜大吃一惊，一时间顾不得复国军的事，连忙朝着后花园疾步走了过去，"快带我去看看！"

这座叶城的行宫，倒是比天极风城的赤王府还大许多，朱颜从前厅走了足足一刻钟才到后花园。已经是暮春四月，观澜池里夏荷含苞，葱茏的草木里映着白玉筑的亭台，静美如画。

水边的亭子里，果然静静地躺着一个孩子。

"喂，小兔崽子！"朱颜三步并作两步过去，俯下身，一把将那个失去知觉的孩子抱了起来，"你怎么了？别装死啊！"

那个孩子没有说话，双眼紧闭，脸色苍白。他虽然说自己快八十岁了，可身体极轻，瘦小得仿佛没有重量一样，被她用力一晃，整个人都软软倒了下来，一头水蓝色的头发在地上滴落水珠。

地上扔着那一册手札，翻开到了第四页。

朱颜拿起来只看得一眼，心里便沉了下去。那一页上有鲜血溅上去的痕迹——鲛人的血是奇怪的淡蓝色，如同海洋和天空一样，一眼看去就能辨认出来。

这个孩子居然整日都躲在这里苦苦修习术法，然后在翻到第四页的时候呕血了？第四页，应该是五行筑基里的"火"字诀吧？那么简单的入门术法，就算最愚钝的初学者也不应该受到那么大的反噬！这是怎么回事？

她不由得又惊又怒：这个小兔崽子，看上去一脸聪明相，事实上居然这么笨，连这么简单的术法都学不会，简直是金玉其外败絮其中！

"派人去找申屠大夫！"她把手札放进了苏摩怀里，吩咐管家，"要快！"

"可是……"管家有些为难。

"可是什么？！"朱颜今天的脾气火暴到一点就着，不由得抬起头怒目而视，"让你去就快点去！找打吗？"

管家吓得又往后退了一步，叹着气道："属下当然也想去请大夫来。可是现在外面复国军作乱，屠龙村作为叛军的据点早就被围得水泄不通，申屠大夫和其他屠龙户一样杳无音信，连是不是活着都不知道，又怎生找得到？"

"放心，那个老色鬼才不会死。"朱颜嗤之以鼻，想起在星海云庭的地下见到过这个人，心里顿时了然，"复国军才不会杀他呢，他和……"她本来想说和渊是一伙的，总算脑子转过弯来，硬生生忍住了没说，只是想到此刻屠龙村兵荒马乱，的确是请不到大夫，不由得心下焦急。

她抱着孩子一路奔回了房间里，小心地放到了榻上，翻手摸了摸孩子的额头，有些烫手——鲛人的血是凉的，这样的高温，不知这个孩子怎么受得了。

所以，刚才他才跳进了池水里，试图获得些许缓解吧？这个孩子，居然是到死都不肯向周围的空桑人求助啊……

朱颜心乱如麻，用了各种术法，想要将孩子的体温降低下来。但不知道是不是因为鲛人的身体和常人不同，她那些咒术竟然收效甚微。她想了半天，心里越发焦急，眼神渐渐沉沉了下去。

就这样到了第二天晚上，所有的方法都用完了，苏摩的脸色却越发苍白，嘴唇没有丝毫的血色，眼眶深陷，小小的身体更似缩小了一圈，奄奄一息。

"不……不要走……"昏迷之中，那个孩子忽然微弱地喃喃了一句，手指痉挛地握紧了朱颜的衣襟，"不要扔掉我……"

她低下头，看着那只瘦小的手上赫然还留着被她抽出的那一道鞭痕，不由得心里一酸，将他小小的身体抱紧，低声道："不会的……我在这里呢！"

"不要扔掉我！"孩子的声音渐渐急促，呼吸微弱，不停地挣扎，似乎想要竭力抓住什么，"等等……姐姐。等等我。"

这个孩子是如此地敏感，反复无常，自己当日在情急之下伤害了他，估计这个孩子已经在心里留下了阴影，不知道日后又要花多久的时间来弥补这个错失。

眼看又折腾了一天，外头天色都黑了，朱颜还没顾得上吃饭，盛嬷嬷便在一旁小心翼翼地道："郡主，要不……先吃了晚饭再说？"

朱颜想了想："你们先下去备餐，我守着这孩子静一静。"

"是。"所有人依次鱼贯退去。

当房间里只剩下她一人的时候，朱颜猛地站了起来，疾步走过去推开窗，往叶城的一角凝视：复国军固守的地方，火光映红了半边天，隐隐传来喊杀之声，显然还在持续进行着搏杀。

她看了片刻，眼神渐渐变得坚定——看来，少不得是要冒险去一趟屠龙村了！反正不管是为了渊，还是为了苏摩，她都是要去的。

朱颜性格一向爽利决断，想定了主意，便立刻着手准备。想到没有了玉骨，总得找一件称手的兵器，她便潜入了隔壁父王的寝宫里，打开他的私藏，想从里面找一些厉害点的武器出来。

然而，赤王身材魁梧，平时赤手便能屠熊搏虎，用的兵器不是丈八蛇矛便是方天戟，虽然都是名家锻造的神兵，锋利无比，却都是她完全不能驾驭的庞然大物。

"丁零当啷"一阵响之后，她灰头土脸地从里面拖出了最称手的一件武器——这是一把九环金背大砍刀，有半人多高，重达五十多斤，她得用双手才能握起，却已经是所有兵器里面体型最小最轻便的一件。

算了，就这个吧！勉强也能用，总不能拖着丈八蛇矛过去。她想了想，从父王的箱子里又拣出了一件秘银打造的软甲，悄然翻身又出了窗口。

苏摩还在昏迷，体温越发高了，小小单薄的身体在不停地发抖，嘴唇上一点血色都没有。朱颜俯下身将苏摩抱了起来，用秘银软甲将他小小的身体裹好，用上面的皮扣带打了个结，将昏迷的孩子挂在了背后。

她站起来，出门时看了看在铜镜里的侧影，忍不住笑了——手里提着大砍刀，背后驮着一个孩子，满身披挂的自己看上去简直如同一头快要被稻草压垮的骆驼。若不是修习过术法，她肯定连走都走不动了吧？

外面传来脚步声，越来越近，应该是侍女们回来了。要是再不走，可就来不及了。这一走可是刀山火海，凶险万分，能不能平安回来都是未知之数——可是，她所爱的人都身在险境，即便是刀山火海，她又怎能不闯？

朱颜最后回过头看了一眼赤王府行宫，再不犹豫，足尖一点，穿窗而出，消失在了暮色里。

外面天已经擦黑了，因为宵禁，街道上人很少，家家户户闭门不出，路上到处都是士兵，每一个十字路口都加派了比白日里更多的人手。

怎么？看起来，是要连夜对复国军发起袭击了吗？

她不敢怠慢，提了一口气，手指捏了一个诀，身形顿时消失。

朱颜隐了身，背着苏摩在街道上匆匆而行，和一列列的军队擦肩而过。空气里弥漫着寂静肃杀的气氛，有零落的口令起落，远处火光熊熊，不时有火炮轰鸣的巨响，显示前方果然在进行激烈的战斗。

不时有惨叫传来，路边可见倒毙的尸体，插满了乱箭，那些箭有些是空桑的，有些是复国军的——兵荒马乱的气氛下，到处一片恐慌。

朱颜眼睛一瞥，看到了一袭华丽的锦袍，不由得愣了一下。

这袍子的样式好熟悉……她忍不住多看了一眼那具尸体，忽地愣了一下！虽然有要事在身，朱颜还是停下来，将那个人从死人堆里面用力拉了出来。

一看之下，不由得"啊"了一声。

"雪莺？"她忍不住惊呼，不敢相信——是的，这个倒在街边的，居然是白王的女儿雪莺郡主！她……她怎么会在这里？这个天潢贵胄、王室娇女，不应该在帝都和皇太子时雨一起吗？怎么会落到如此地步？

朱颜大吃一惊，然而对方昏迷不醒。她费力地将雪莺半抱半拖，弄到了一处安静的地方，用术法护住了她的心脉。然而，手指刚一触及，就感知到了一股奇特的力量，她不由得一怔：奇怪，雪莺的身上，似乎残留着某种遭受过术法的痕迹？

而且这种术法，似乎还是她所熟悉的。

"救……救救……"雪莺郡主在昏迷中喃喃道，"阿雨他……"

阿雨？难道是说皇太子时雨？朱颜猛然一惊，想起皇太子年少贪玩，总是偷偷跑出宫四处玩耍的传闻，心里不由得揪紧了，连忙站起来去原地查看——然而到处看了看，怎么也看不到符合特征的尸体。

或许，皇太子运气好，已经逃离了？

朱颜看了一遍，一无所获。背后的苏摩模模糊糊又呻吟了一声，她心里一急，想起这个病危的孩子得尽早去看大夫，此刻兵荒马乱也顾不上别的，便将雪莺拖离险境，包扎好伤口，绕了一点路，飞速送到了总督府。

白风麟是雪莺的哥哥，送到这里，就算安全了吧？后面的事情她可管不了，她还得忙着自己的事情去呢！

朱颜不敢久留，转头背着苏摩，继续一路飞奔。

眼看再过一个街口就抵达那个小村落了，眼前却出现了一道关卡。那是高达一丈的路障，用木栅栏和铁丝网围着，将通路隔断开来——那一道路障下，密密麻麻站着全副戎装的士兵，刀剑森然，杀气凛冽。

她忍不住愣了一下：这些人也忒蠢了。复国军都是鲛人，若是要逃，也会选择水路潜行更方便吧？又怎么会走陆路？

她用上了隐身术，自然谁都看不到，足尖一点，轻巧地越过路障。刚要拔脚继续飞奔，耳边却听到一阵尖厉的叫声，竟然真的有人从屠龙村方向冲了出来！

那些人成群结队，有十几人，竟是不顾一切地狂奔，直接冲向了路障关隘！

不会吧？朱颜大吃一惊，这些鲛人是疯了吗？

她下意识地往前踏出了几步，双手握刀，默默提起。可是等那些人奔得近了一点，火把的光照到了脸上，她才发现那些逃跑出来的竟然并非鲛人，而是村子里的屠龙户！

"站住！不许过来！"负责这个关卡的校尉厉声大喝，"上头有令，今夜起战区封锁，只进不出！"

然而那些屠龙户仿佛受到了极大的惊吓，不顾一切冲向那道关卡，想要奔回叶城。居中的一个人左手拖着一个伤者，右手拄着拐杖，一瘸一拐地上前，哀求："官爷！前头……前头炮火下雨似的落下来，村里到处都着火了！再不逃，全村都要死绝了！求求你……"

话音未落，只听一声尖啸，那个声音骤然中断。一支利箭透胸而过，将那个求情的屠龙户瞬间钉死在地上。其余的人发出了一声惊呼，恐惧地往后连连退了几步。

"所有人给我听着！擅闯者死！"那个校尉握着弓，对左右厉喝，"上头有令：凡是从里面冲出来的人，无论是不是鲛人，都格杀勿论！"

"是！"周围战士轰然回答，一排利箭齐齐抬起。

那些刚从战场里逃出来的屠龙户吓得往后便逃，将当先那个人的尸体扔在了原地，连着那个伤者也无人看顾。然而，逃不得几步，只听校尉一声喝令，无数支箭便呼啸着朝着那些人射了过去！

"住手！"朱颜大吃了一惊，再顾不得什么，足尖一点，整个人如同闪电般掠出去。那些只顾着逃命的屠龙户自然没有回头看，射箭的士兵却刹那间看得目瞪口呆——夜色里，只见他们射出去的箭在虚空中忽然停顿，然后瞬间被拦腰折断，变成了两截，纷纷坠落在地！

这……这是怎么了？撞邪了？

朱颜背着苏摩冲出去，用尽全力抢起了手中大刀，"唰"的一声，将那些密集如雨的箭都齐刷刷地截断在了半空。然而新兵器完全不称手，这一刀挥舞得太急，刀又太重，她整个人都被抢得几乎飞了出去，踉跄着几乎跌了个嘴啃泥。

幸亏是用了隐身术，否则这样子也实在是太狼狈了。

她嘀咕了一句，顾不得多想，趁着下一轮的攻击还没有到，迅速伸手捞起了那个受伤倒地的人，往前飞奔。可是，她背上背着一个，手上再拉着一个，单手拖着大刀便有点力不从心，刚奔跑出了一里路就累得气喘，不得不找了一个隐蔽的地方略微喘了口气。

然而，当她的隐身术刚撤掉，耳边听到了一声惊呼："朱……朱颜郡主？怎么是你？！"

这骤然而来的声音吓得她一哆嗦，手顿时一松，那个声音便转为一声惨叫。朱颜愕然低头，发现说话的居然是那个被她扔到地上的伤者，定睛一看，也不由得跳了起来："申屠……申屠大夫？！"

是的！那个刚才试图冲破关卡的伤者，居然真是申屠大夫！

昔日不可一世的名医全身血污，似是受了不轻的伤，正吃力地扶着路边的树站了起来，震惊地看着她："你……你怎么忽然间就出现在这里了？这……这是怎么回事？"

"刚才是我救了你，笨蛋！"朱颜看到他一脸茫然，不由得没好气地道，"你以为那些箭会凭空折断，你自己会凭空飞到这里来吗？"

"原来是这样？"申屠大夫愣了一下，"可是……你又来这里做什么？"

"哎，别问东问西了！我刚才救了你的命，你现在快来报答我吧！"

朱颜也来不及和他多扯，急不可待地将背上的苏摩解了下来，托到他面前，“这个小兔崽子病了！你快来替他看看……”

申屠大夫看到被裹在秘银软甲里的苏摩，忽然震了一下，脱口道：“是他？太好了！”顿了顿，他又看了朱颜一眼，用一种奇怪的语气问，“你……你是为了这个孩子，才冒险来这里的？”

“是啊！怎么了？”她皱着眉头，将那个受伤的大夫推到了孩子的面前，焦急地催促，“快来给这小兔崽子看病！我昨天出去了一会儿，回来他全身发烫，打摆子似的抖个不停……你快看看！”

申屠大夫拖着断腿，忍痛低头将手指搭上了苏摩的腕脉，脸色凝重，沉默了片刻，没有说一句话。朱颜心头忐忑，忍不住脱口道：“怎么样？不会是快要死了吧？”

“倒也不至于立刻就死。”申屠大夫摇了摇头，不等朱颜松一口气，却道，“看样子大概还能活个一两天吧。”

朱颜这一口气差点上不来，半晌才失声：“不行！你……你可得给我把他救回来！”

申屠大夫斜眼看了看她，皱巴巴全是血污的老脸上露出一种令人讨厌的表情来，皮笑肉不笑地道：“上次的诊金你还没付呢……在星海云庭老子一个美人都没碰到，让你帮我付钱，你还推托！这还想又来看诊？”

“上次……上次是真的没钱啊！”朱颜不防他在这个时候忽然翻旧账，不由得跺脚，“我的钱那时候都用来抢花魁了，你偏偏在那时候问我要，怎么给得出？”

申屠大夫冷哼了一声：“上次没有，那现在呢？”

“这……这次……”朱颜语塞，摸了摸身上，“也没带……”

申屠大夫哼了一声，将苏摩撇在一边：“上次诊金还没付，这次又来？你当我是什么？冤大头吗？”

“喂！”她急了，一把上去揪住了这个皱巴巴的老头儿的衣领，“我刚才救了你的命！信不信现在把你扔回到乱箭底下？”

"我可没让你救我。是你自己愿意的，我不领这个人情。"申屠大夫却没有丝毫惧色，梗着脖子冷哼了一声，"况且，你把我扔回去了，这世上可就真的没人能救这个小兔崽子了！"

朱颜气得要死，却还真的不敢把他怎样——就算拿刀子架在他脖子上，万一这个老家伙嘴上服软答应，可开方子时随便改动一两味药，苏摩岂不是照样被他弄死了？

"那你想要怎样？"她按捺住怒气，把他扔回了地上，想说点软话，语气却还是僵硬，"你……你要怎样才肯救人？"

"这个嘛……"申屠大夫揉了揉脖子，道，"让我想想。"

"别想了！说什么我都答应！"听到火炮在耳边轰鸣，看到奄奄一息的孩子在怀里渐渐死去，朱颜再也忍不住地怒喝，"少啰唆，快给我先治病！不然要是这个小兔崽子死了，我就拿你一起陪葬！"

仿佛是被她的怒气震慑，申屠大夫停住了手指，看了她一眼："这可是你说的，我要什么你都答应！你发誓？"

"我发誓！"朱颜一把将他扯了过来，"快给他看病！"

"那好，我可记着了……郡主你欠我这个人情，等我将来想好了要什么，无论什么条件，你可都得答应。"申屠大夫笑了一声，一瘸一拐地走过去，重新在苏摩身边坐下，伸出手指头搭了一下脉搏，又沉默下来。

隆隆的火炮声不绝于耳。这一次，骁骑军居然从帝都带来了火炮，以倾国的力量来对付这小小一隅的渔村，简直想要把这个地方彻底摧毁一样。

朱颜躲在残垣断壁的树荫下，双手结了一个印，一道若有若无的光笼罩下来，将他们三个人护在了其中，将那些流矢炮火挡在外面。这是一个简单的防护结界，然而因为炮火力量太大，也颇为耗费灵力。

她满心焦虑地看着申屠大夫给苏摩看诊，想从老人的脸上看出一些端倪，然而申屠大夫半闭着眼睛，那张皱巴巴的脸上却是什么表情也没有。

短短的沉默中，只听一声巨响，仿佛有什么在远处坍塌了。

"攻破了！攻破了！"耳边听到潮水一样的叫喊，是骁骑军在踊跃欢呼。很快，就有一骑从前方战场驰骋而来，手里举着令旗，高声大喊："复国军最后的一处堡垒已经被我们攻破了！青罡将军有令，结集所有力量，围歼火场！"

"是！"守在前方关卡处的战士得令，立刻"唰"地站起，聚集列队，只留了一小部分人看守，便汇入奔往火场的大军之中。

什么？复国军……复国军败了吗？那渊呢？渊他现在怎么样了？朱颜忍不住"唰"地站了起来，几乎要跟着那些人一起冲入火场，耳边却听得申屠大夫忽然开口，问："他这样有多久了？"

"啊？整整……整整有两天了！"朱颜不得不停住了脚步，回到了苏摩的身边，皱着眉头耐心回答大夫的问题，"而且情况越来越糟糕，所以我才不得已背着这小兔崽子过来，想冒险找你看看。"

"幸亏你背着他跑来了。"申屠大夫叹了一口气，放开了搭脉的手指，"再晚一日，他身体里的血就要全部蒸发光了。"

"什么？"朱颜脱口惊呼，"蒸发？"

"这孩子是不是最近受了什么诅咒？"申屠大夫又仔细看了看苏摩的脸色，翻开他的眼睑看了一下，转头问朱颜，"特别是火系的术法？"

"火系术法？没有啊……"她愣了一下，"他这几天一直和我好好地住在赤王府，怎么可能被人袭击或者下咒？"

"那就奇怪了。"申屠大夫摇头，"有烈火的力量侵入了他的身体，将他的五脏六腑灼烤，所以他的身体才会这般滚烫——幸亏他聪明，自己跳入水池，否则血早就烤干了。"

朱颜一怔，忽地想起了发现苏摩时的情景——他在独自修炼那本册子上的术法，被扔在地上的那卷手册，岂不是正翻到了第四页？

第四页，是五行术之"火"！

她脱口而出："是了！我想起来了……这小兔崽子在我离开的时候，好像是正在修炼五行里的火之术！是不是因为这个？"

"什么？"申屠大夫怪眼一翻，厉声道，"你疯了吗？居然让他修炼这个！"

"啊？"朱颜往后退了一步，结结巴巴，"怎、怎么了……这小兔崽子想学啊……五行只是入门术法，又没什么危害。"

"蠢材！鲛人是不能修习火系术法的！你难道不知道吗？"申屠大夫气得脸都皱成了一团，指着她的鼻子，厉声道，"鲛人诞生于大海，天性属水。水火不能兼济，特别是那么小的孩子，你竟然让他去操纵火的力量，这不是害死他是什么？！"

朱颜被骂得脸色阵青阵白，却一声也不敢反驳。

是了，她当时把手札扔给苏摩，便只顾去处理自己的事情了，完全没有细想过把那孩子独自扔在那儿自己摸索着学习，会有什么样的后果——她是个多么不负责任的师父啊……简直是亲手把这孩子推入了火坑！

她心气一馁，便不敢回嘴，怯怯道："那……那要怎么治？"

"幸亏你背着他来找我。这个世上，除了我也没别人能救他了。"申屠大夫将那个昏迷的孩子托了起来，嘴里道，"如果这小家伙出了什么事，你我可都担当不起。"

"什么？"朱颜愣了一下。

然而申屠大夫并没有回答，只是从怀里拿出一卷布包，展开来，竟然是整整齐齐一排十几支银针，再拿出一个小扁盒子，打开来，里面各色丹药俱全。朱颜不由得诧异：这个人在战火里逃生时，居然还来得及把全套的行头都带在了身上？

"不过，就光凭一个入门级的五行术，不至于把孩子弄成这样奄奄一息。"申屠大夫嘀咕了一声，仔仔细细地开始给苏摩望闻问切，"一定还有其他的原因。"

又一个炮火轰下来，地动山摇，废墟的断墙坍塌了下来，朱颜双手一翻，将掉落的砖石扫了出去，在一边提心吊胆地看着大夫问诊。耳边是潮水一样的冲杀声，显然那边的战争已经到了最后关头，她心里焦急如焚，惦记着渊的情况，却是一步也不能离开。

申屠大夫往苏摩的嘴里塞了一颗小药丸，又将药油擦在手掌心，反复按压着孩子的小腹——那里本来是隆起的肿块，在他的一按之下，居然动了起来！同一个瞬间，苏摩抽搐了一下，发出了一声痛苦的呻吟。

这几乎是这两日来，这个孩子第一次发出声音。

"怎么了？！"朱颜吓了一跳，连忙问。

"原来是这个东西在作祟。难怪……"申屠大夫眼里忽然露出了一丝冷光，搓着手，竟然隐约有一丝兴奋，"看来是再也不能耽搁了——若不把这个东西趁着现在弄出来，这孩子迟早没命。动手吧！"

朱颜没有明白他在说什么，却看到申屠大夫抬起头，吩咐了一句："来，帮我按住这孩子。"

朱颜在废墟里弯下腰，帮着大夫将苏摩的手脚按住。这个孩子的手脚细得如同芦柴棒，仿佛一用力就会折断一般。朱颜刚用了一点力，在地上的孩子就蜷缩起来，发出了一声痛苦的低呼。她心里一惊，下意识地松了一下手。

"浑蛋！谁让你放手的？给我用力点！"申屠大夫却是瞬间变了脸色，破口大骂，"不听我的，就会送了这孩子的命，知道吗？！"

除了师父之外几乎没有人敢这样劈头盖脸地骂她，朱颜想要发作，却知道现在情况紧急，和这个人对峙发怒完全没有意义，便默默按捺住了怒火，低头重新把苏摩的手脚紧紧按住："这样行了吗？"

"好，就这样替我把他摁住，一点都不能让他动！"申屠大夫指着她，语气严厉，"下刀若是有一分不准，他的小命就完了！知道吗？"

朱颜还没回过神来，只见眼前寒光一闪，那个衣衫褴褛的老人忽然间爆发出了极其强大的气势，大喝一声，双手一翻，十二支银针从他的指尖齐刷刷地冒出，以看都看不清的速度，瞬间扎入了孩子的脑袋！

苏摩发出了尖厉的叫声，拼命地挣扎。那一刻，这个奄奄一息的孩子竟然出现了骇人的力量，朱颜只是一个分神，孩子的手便从她的手腕底下挣脱了出来！

"痛……痛！"他含糊地喊着，竭力想要睁开眼睛。

孩子的眼睛似乎睁开了一线，恐惧无比地看着她，苍白的嘴唇颤抖着，神志似乎有些混乱，喃喃道："痛……救救我……姐姐……"

那样的眼神，令朱颜心里猛然一颤，然而，她不敢放开对他的禁锢。申屠大夫将全身的本事施展到淋漓尽致，只是一个眨眼之间，银针从上而下，如同一道流光倾泻，在一瞬间钉入了孩子的十二处大穴——而令人惊骇的是，几乎每一处都是死穴！

当最后一支银针钉入气海的时候，苏摩的悸动忽然停止了，就如同瞬间被割断了引线的傀儡，全身瘫了下去，闭上了眼睛，重新一动不动。

一切发生在一瞬间，朱颜怔了一怔，这才跳了起来，失声道："你……你在做什么？为什么要点死穴？你想害死他吗？！"

"闭嘴，我当然是在给他治病！你懂个屁！"申屠大夫不耐烦，短短的一句话里声音却极其疲惫，似乎刚才那一瞬已经耗费了极大的力量。他将手里的银针用光，弯下腰，从那个布包里又拿出了什么东西，毫不客气地吩咐她，"别在那里乱叫。给我重新按住这个孩子！"

朱颜刚要说什么，在火光下一看到他手里的东西，忽然间就愣住了——握在老人枯槁嶙峋手指之间的，赫然是一把雪亮的剔骨尖刀！

第二十二章

孪生

　　战火纷飞之中，不时有流矢飞溅，炮火轰鸣，然而都被朱颜设置的无形结界给挡住了——这废墟里的小小一隅，似乎被隔离出了这个烈火焚城的修罗场。

　　朱颜看着申屠大夫拿着尖刀走过来，俯下身扯开了孩子身上的衣服，不由得头皮一麻，一把握住了老人的手腕，厉声道："喂！你想做什么？"

　　"救这个孩子啊！"申屠大夫的腕骨一阵剧痛，不由得怪眼一翻，怒视着这个不知好歹的女娃，"你懂什么？再不把这个祸害除掉，这个孩子就要没命了！"

　　"什么祸害？"朱颜愣了一下，顺着他的视线看下去。

　　孩子的全身瘦骨嶙峋，唯独肚子却微微隆起，看上去有一种古怪的突兀。不知道是不是幻觉，在黑夜的火光里，竟感觉肚腹之中似有什么在蠕动，而申屠大夫雪亮的刀尖正好对准了脐下的气海。

朱颜恍然道:"你说的难道是那……那个死胎?"

"是。"申屠大夫用力把手腕从她手里抽出,已经有了一圈乌青。他瞪了她一眼:"别愣着了!快上去替我按住这个小家伙!等一会儿破腹的时候会极痛,光靠这些银针,可未必能封得住!"

"要……要在这里?"她却还是有略微犹豫,看了一圈周围兵荒马乱的景象,"就不能等一会儿再换个地方?"

"我倒也想换个像样点的地方……要在这种破地方动这么大的刀子,手头什么都没有,你以为容易?"申屠大夫没好气地回答,"可是救人如救火,哪儿还能挑三拣四算时辰?你看看!这是什么?"

他用尖刀戳了戳苏摩的肚子,那一瞬间,皮肤下似乎有什么东西剧烈地蠕动了一下,仿佛在躲避着刀锋,飞快地在身体里滑行。

那样诡异的景象,令朱颜失声惊呼。

"那个家伙趁着孩子衰弱,正在由内而外地吞噬他!"申屠大夫抬起头,厉声对她道,"不能等了,不然这孩子救回来也是个残废!他的小命在你手上,你想好了,要不要现在就动这个刀子?"

朱颜倒吸了一口冷气,想了一瞬,断然点头:"好!"

既然如此,当断则断。若是耽误了时间,害死了这个孩子的性命,又如何是好?

她俯下身去,按照申屠大夫的吩咐重新按住了孩子的手脚。她本来是个胆气过人的女子,然而看到那一把亮晃晃的剔骨尖刀对着孩子落下来时,还是忍不住别过头,闭上了眼睛。

雪亮的尖刀"唰"地插入腹部的气海,破开血肉,急速划过,将整个腹部破开来。朱颜根本不敢看,只觉得地上的孩子猛然一震,发出了极痛的叫喊,被封住的身体动了起来,猛烈地抽搐。

"阿娘……姐姐!"昏迷中的孩子喃喃道,声音嘶哑,"救救我!"

"乖,忍一忍!"她不敢转过头去看,只能咬着牙,不住地低声安慰,"没事的,很快就好了!"

开膛破肚的剧痛让孩子拼命地挣扎，竟然将眼睛睁开了一线，恍恍惚惚中，似乎看到了她的影子，忽然喃喃道："姐……姐？是你？"孩子只是愣了一会儿，又在剧痛下抽搐着，不停挣扎，"痛……好痛！放开我……放开我！"

"不要动！别怕……很快就好了！别怕！"她拼命地按住孩子的手脚，不让他扭动着逃脱。苏摩在极痛之中大呼，喊着她，求她放手，求她不要杀自己。然而她只能含泪咬着牙，死死抓住他，不敢放松分毫。

她以为申屠大夫会很快结束，然而，不知道过了多久，申屠大夫那边居然还没弄好，甚至连动刀的声音都没有了。

"姐姐……你、你要杀我吗？"挣扎中，苏摩的眼睛死死地盯着她，湛碧色的眸子里充满了震惊和恐惧，"痛……放开……放开我！姐姐！痛！"

"不要动！"朱颜咬着牙按住孩子的手脚，死死地不让他动弹分毫，生怕会影响了大夫的手术，"忍一下！"

孩子在极度的恐惧和痛苦之中抽搐，发着抖，用嘶哑的声音苦苦哀求。她看到孩童眸子里映照出的自己的影子，正在恶狠狠地咬着牙按住他的手脚，在烈火和废墟的背景下，看上去竟然隐约有几分狰狞。她不敢再看，扭过了头。

到后来，孩子的挣扎越来越微弱，声音也从尖厉渐渐变得微弱，奄奄一息——连原本灼热的皮肤都在她的手底下飞快地冰冷了下去。

然而，那种凉，是没有生气的凉，如同死人。

"为、为什么……杀我，姐姐？"终于，苏摩的瞳孔失去了神采，渐渐涣散，最终合上了，"痛……好痛啊……姐姐！"

她终于忍不住，转过头大喊："怎么还没好！"

而下一刻，她就被眼前的惨景震惊了。

申屠大夫正弯下腰，用尖刀破开了苏摩的小腹，血流成河，然而，他僵在了那里，再也没有动——大夫的手握着尖刀，不住剧烈地发抖，看到朱颜终于转过头来，他死死看着她，喉咙里发出"喀喀"的声音。

那一瞬间，朱颜失声惊呼起来。

那……那是什么？火光明灭之中，她竟然看到有一双细小的手，从苏摩血肉模糊的身体里伸出来，死死地扼住了大夫的咽喉！

申屠大夫被扼得双眼凸出，不能说话，手里的尖刀颤抖着，几次试图去割断那一双忽然伸出来袭击自己的小手，却怎么也无法如愿。他的眼神里充满了震惊和恐惧，似乎行医毕生也从未见过这样的情景——

孩子被切开的身体里，露出了另一个血淋淋的婴儿，它霍然睁开了眼睛，伸出手，扼住了大夫的咽喉！

因为预测到藏在苏摩腹中的那个婴儿可能是一个怪物，所以他在事先已经布置了银针，其中有一根正正穿透苏摩的腹部，准确地钉入了那个肉团心脏的位置，将那个只有一尺高的婴儿定住。然而，那一个肉团虽然看上去似已经死了，却在他凑近去查看的一瞬间，猝不及防地伸出了手！

那双细小的血手破体而出，死死抓住了他。那小小的一团血肉模糊的东西，力量竟然大得诡异，申屠大夫说不出话，甚至连求救都来不及。刹那间，他只觉得一股冰冷的力量飞快地侵蚀而入，身体一晃，眼前便全然黑了下来。

太诡异了……这、这是什么东西？这个在母胎里就被吞噬、一直待在这个孩子身体里的，究竟是什么东西？从一开始，自己似乎是太小看它了！

"申屠大夫！"朱颜失声惊呼，直跳了起来。

眼看申屠大夫双眼翻白，手里的尖刀已经掉落地面，她想都来不及想，反手一抓，那把九环金背大砍刀"唰"地跃入她的掌心，大喝一声，一个箭步上前，对着那一双诡异的小手断然一挥！

"咔嚓"一声，是刀锋割断朽木的声音，毫无血肉的感觉。

虽然是在情急之下，但她的控制还是妙到毫巅。巨大的刀锋将那一双小手齐腕割断，却没有伤到申屠大夫分毫。同一个刹那，地上的苏摩发出了一声痛极的呼喊，身体一震，十二支封住他身体的银针齐齐反弹而出！

老人在瞬间往后瘫倒，摸着咽喉，拼命地大口呼吸。朱颜跳过去，一把将还死死嵌在他脖子上的枯瘦小手扯下来，却听申屠大夫发出了一声嘶哑的惊呼，撑起身体，奋力地扑了过去，一把将那个血淋淋的婴儿抓了起来！

那个被斩断了手臂的肉团只有巴掌大，血肉模糊，居然还在扭动，发出奇怪的嘤嘤声，如同枭鸟夜啼，令人毛骨悚然，虽然没有了双手，当被人一把抓起时，它便伸出头，张嘴一口咬住了大夫的手，死死不放。

这……这是什么东西？！朱颜只看得目瞪口呆。

"快！"申屠大夫忍住疼痛，大喝，"斩断它的头！"

朱颜握着刀，看着那咬着大夫手、悬空吊在那里的血肉模糊的婴儿，手指忍不住微微发抖——然而只是瞬间的犹豫，申屠大夫被咬住的手背已经开始变了颜色，有奇怪的污黑迅速朝着虎口蔓延过去。

她不敢再想，咬着牙提起刀，"唰"地一下就砍了下去！

刀锋如电，一掠而过，斩开了空气。"咔嚓"一声，她听到了刀锋切断什么东西的声音，手腕却猛然一震，有一股奇怪的力量袭来，击在她的刀锋上！转头一看，那个婴儿居然还是死死地咬着申屠大夫的手，脖子完好无损，只有双腿齐膝而断。

那一刻，朱颜忍不住失声惊呼！

——是的，刚才那一瞬，那个诡异的婴儿居然是用腿踢开了她的刀！这……这怎么可能？不可思议！

"斩……斩断它的头！快！"申屠大夫竭力大喊，然而短短的瞬间，声音已经迅速地衰弱下去，"它……它想寄生在我身上！"

朱颜在那一声里迅速回过神来，再不犹豫，一咬牙，双手握刀，平持，"唰"地一刀便是横着扫过。

那一刻，似乎知道再也避无可避，那个东西忽然间回过头，看了她一眼。

那一眼，让她心里忽然起了一阵奇特的不舒服之感，如同被一只冰冷的手忽然按住了后颈，刀锋竟然是如同砍入了黏稠的泥淖之中，情不自禁地缓了一缓——然而下一个瞬间，她又猛然清醒过来，为自己刹那间的失神感到了诧异：这个东西带着极其强烈的邪气，竟然是比她有生以来看过的所有妖物都要诡异！

当她的那一刀斩落时，手脚俱断的婴儿忽然间松开了咬着申屠大夫的嘴，"唰"的一声坠落在地，朱颜的一刀便落了空，收势不住，差点就伤到了申屠大夫。

"快！快！"然而，挣脱危险的老人脸色依旧苍白，指着她的身后，微弱地大喊，"阻止它！"

朱颜回头看去，只见那血肉模糊的一团"唰"地重新掉进了苏摩的身体里，竟然在一个劲地往里钻去！她心知不妙，瞬地回过头，刀锋下指，一把将那个小肉团用刀尖挑了起来，用力甩落在一边！

没有手脚的肉团发出了尖厉的叫声，在地上蠕动，似乎想要做最后的挣扎，竭力从这灭顶之难里逃离。然而朱颜哪里肯让这祸害逃走？她一步踏上前，"唰"一刀就将那个肉团斩为两段！

那个诡异的叫声戛然而止，她不敢喘息，仿佛疯了一样地迅速挥刀，将那个肉团大卸八块。同一瞬间，地上的苏摩猛然挣扎了一下，喉咙里发出濒临死亡的微弱喊叫，再也不动。

朱颜刚刚缓了一口气，看到这边的情景，却不由得呆住了——苏摩躺在废墟里，全身上下忽然涌出了鲜血：双手，双脚，脖子……看上去，他受伤的位置、伤口的情况，简直和刚才那个被一刀刀斩断的肉团一模一样！

"这是怎么了？"她惊得目瞪口呆，一把拉起了申屠大夫，指着地上奄奄一息的苏摩，"他的身上……为什么忽然出血？"

申屠大夫正在用尖刀割开自己右手的手腕，将已经变成黑色的血放掉，听到她的责问，看了一眼地上变成了血人的苏摩，神色却是淡定：

"没事，这是'孪生镜像'所导致……我已经事先护住了这孩子的心脉，不会出人命。"

朱颜愣了愣："什么叫孪生镜像？"

"就是他和他的孪生兄弟之间，会存在一种奇特的感应……喏——"申屠大夫指了指地上的那一团血肉，喘着粗气，"你落在这个东西身上的每一刀，相应地，也都会落在那个孩子身上。"

她颤了一下，看了一眼苏摩，不敢想象刚才这个孩子承受了多大的痛苦。外面的战争还在继续，喊杀声如潮，然而那一瞬间，她竟然是来不及去想渊怎么了，只是走过去，将奄奄一息的孩子从地上抱起，将他小小的脑袋搁在自己的怀里，连声道："别怕……没事。没事了！"

昏迷的苏摩仿佛感觉到了她的触摸，却只是恐惧地瑟缩了一下，模模糊糊地喊了一声："别杀我……姐姐……别杀我！"

她不由得眼眶一热：在濒死的剧痛里，这个孩子竟然以为是自己要杀他？在这个孩子最后模糊的视线里，看到的一定是她紧张扭曲的脸吧。

"你好了吗？"朱颜看了一眼申屠大夫，忍不住催促，"快给他用药啊！手上受伤不方便的话让我来喂好了，告诉我药在哪里。"

申屠大夫看了她一眼，道："就在你身上。"

"什么？"她不由得愣了一下，"在我身上？"

申屠大夫将尖刀从自己手腕上拔出，将污血挤干净，用破布条草草包扎了一下，头也不抬地问："止渊他是不是给过你一枚环形古玉？"

"啊？"朱颜怔了怔，脱口，"你怎么知道？"

"我当然知道。是止大人在出发之前亲口告诉我的。"申屠大夫怪眼一翻，没好气地道，"没这个东西，我怎么敢接这趟差事？"

她怔住了："他……他让你来找我？"

"是啊。"申屠大夫包扎好了自己的手，走了过来，将手一摊，"给我。"

朱颜下意识地往后缩了缩，按住了脖子里的古玉，摇头："为……为什么要拿这个玉环？这是渊送给我的！"

"你还要不要他活命了？"申屠大夫却是不耐烦起来，大喝，"别啰唆！快给我！再磨蹭，这娃儿的命就没了！"

她在大夫凌人的气势里颤了一下，咬了咬牙，一把扯下了脖子上那块古玉，交到了申屠大夫的手里："拿去！"顿了顿，她看了一眼地上的苏摩，瞪了他一眼，"快救他！救不回来，我就把你杀了陪葬！"

申屠大夫冷笑了一声，也不说话，拿过那块龙血古玉，在手里一用力，居然就捏成了碎片！

"啊？！"不等朱颜惊呼出来，只见那块古玉碎裂之后，里面那一缕红色居然流动了起来——就像是被封印住的血一样，"唰"地凝结，滴落了下来！申屠大夫俯下身，手腕一转，让那滴血直接滴进了孩子被破开的小腹里。

那一刻，血肉交融，忽然有一道光凌空而起！

那道光是如此奇特，仿佛旋涡一样轰然绽放，在半空中扩散，竟然在夜空里幻化成了一条游弋的、巨大的蛟龙！

"天啊！"朱颜情不自禁地脱口惊呼，仰起了头，"这……这是苍梧之渊里的龙神啊！十三岁那年……我曾经看到过！"

仿佛听到了她的话，虚空里的蛟龙微微低下头来，对着她点了点头，似乎遥遥致意。

"火焰般的小女孩……我们又见面了。"隐约中，有一个声音在她心底响起，雄浑深远，如同从苍梧之渊深处传来，"五年过去了……到了今天，才是星宿相逢的日子啊……"

龙神从半空里俯下身，用巨大如同日轮一样的眼睛凝视着她。朱颜下意识地伸出手，却从龙神的身体里对穿而过。

"只是个幻影吗？"那一刻，朱颜恍然大悟——是的，真正的龙神，在七千年前就已经被星尊帝封在了苍梧之渊的最深处，那个封印何其强大，生生世世无人能解开，龙神又怎能脱之而出？

"龙神……龙神！"远处的战火里传来了惊喜交加的呼喊，"看啊！

龙神出现了！它是来庇佑海国的！我们有救了！"

那是被围困的复国军战士的呼喊，虚弱却振奋，仿佛绝境里的人们忽然看到了曙光，重新振作了斗志——那里面，会有渊的声音吗？朱颜只听得心里热血沸腾，恨不能立刻飞奔而去，然而看到躺在地上的苏摩，又不能马上离开。

"龙神……真的是龙神啊！"申屠大夫抬头看着那道在虚空中变幻的光，眼里也流露出一丝激动，"当它感应到了血脉的呼唤之后，便会绽放出力量！"

她不由得愕然："什……什么的呼唤？"

申屠大夫不说话，只是将苏摩从地上抱了起来，朝着龙神的幻影高高举起，仿佛祭献——那一瞬，仿佛是感觉到了什么，盘旋在战场上空的那一道光忽然呼啸而至！如同闪电，"唰"地从高空射下，直接钻入了孩子赤裸的背部！

昏迷的苏摩猛然颤抖了一下，嘴里发出一声低呼，那一刻，孩子的整个身体仿佛被注入了闪电，竟然内外通透，如同水晶！那道光在他的身体里飞快地流转，仿佛一只梭子，在修复着这一具残破的身体，瞬间所有致命的伤口全部复原，再也没有一丝血流出！

朱颜只看得目瞪口呆，说不出一句话。

最后，当最后一个伤口也消失之后——那道光在苏摩的背部停了下来，瞬间凝聚，然后又瞬间暗淡。当一切都消失之后，地上只有一个昏迷的孩子，背后苍白的肌肤上有着一片黑色，完好无损。

那道光，就是熄灭于此处。

"苏摩！"她从震惊中回过神来，立刻冲了过去，一把将孩子抱了起来，将苏摩抱在怀里看了又看。孩子还活着，气息平稳了许多，看上去和之前并无二样。她心里又惊又喜又纳闷，没想到渊的这个古玉居然还有疗伤的奇效。

"现在怎么办？"朱颜回头想找申屠大夫，却发现那个老人正躬身从地上一块一块地捡起了什么东西，不由得一怔——这个大夫，竟然把那一团四分五裂的血肉重新捡了起来！

"喂，你要做什么？"她愕然，"那是……"

"拿回去研究一下。"申屠大夫用破布包起了那团血肉，呵呵笑了一声，"这种怪胎可是极其罕见的病例，一百年也难得看到一个。"

朱颜不能理解这个奇怪的大夫，只觉得不舒服，便道："好了，现在那边的关卡也撤掉了，没人拦着，你先带着苏摩回赤王府行宫去吧！让盛嬷嬷好好照顾这个孩子。"

"什么？"申屠大夫愣了一下，"你不回去吗？"

"我不回去。"她腾出一只手，从地上拔起了那把九环金背大砍刀，道，"我要去找渊！你带着这小兔崽子先回去吧。"

"郡主，你还是不要去了。"申屠大夫沉默了一瞬，道，"在出来的时候，止渊大人对我说过，让你带着苏摩撤到安全的地方等着他，等战火平息，他一定会来找你的。"

"真的？"她怔了怔，"他是这么对你说的？"

"当然。"申屠大夫翻了翻白眼，"难不成是我骗你？"

"说谎！"朱颜只想了一瞬，忽地抬起眼，瞪着这个老人，"渊怎么会知道苏摩？他可从来没见到过这孩子！"

申屠大夫一时间哑口无言，不知说什么好。

"别浪费唇舌了，我不会扔下渊不管。"她抬起头，看着不远处的火海，将怀里的苏摩递给了大夫，"你反正也帮不上什么忙，就替我把这孩子带回行宫去吧！"

重伤初愈的孩子在大夫的怀里，瘦小得如同一只猫，申屠大夫抱着苏摩，脸上的神情十分凝重，似乎是托着什么价值连城的珍宝。他看了看赤之一族的郡主，忽然问了一句："你就那么喜欢止大人吗？"

朱颜愣了一下，却是坦然："是啊！"

"为什么？"申屠大夫眯起了眼睛，看着这个锦衣玉食的小郡主，

"因为止大人长得帅？"

"也不只是这样。渊很温柔很亲切啊……他一直对我很好，比父王、师父都好呢。"她歪着头想了一下，想不出什么来，便道，"反正我从小就很喜欢他就是啦！"

"可是，止渊大人不见得同样喜欢你啊。"那个大夫居然破例地话多了起来，反问了她一句，"不然为什么总是你去找他，他却从来没有来找你呢？"

朱颜震了一震，竟然说不出话来，在那一瞬，只觉痛得发抖。朱颜站在废墟里，慢慢松开了捏着孩子脸蛋的手指，脸上的笑容消失了，眼里的光亮也迅速黯淡下来，隐约有泪光。

沉默了片刻，当申屠大夫松了口气，以为可以带她一起离开战场时，朱颜却忽地白了他一眼："你这家伙，哪来那么多话？快，带这个小家伙离开这里！有什么差池，我回头可饶不了你！"

她一边说着，一边重新将大刀从地上捡了起来，"唰"的一声背到了背上，回头就往战火里奔了过去。刚走几步，她又站住了脚步，回头对着申屠大夫笑了笑："哎，他当然不喜欢我，我早就知道了！"

那个十九岁的空桑贵族少女背着比她自己还高的九环金背大砍刀，站在烈火熊熊的战场里，赤红色的长发猎猎如旗飞扬，回眸而笑，眼里的泪痕却尚未消散——那样明亮、烈艳而无所畏惧，如同此刻燃烧的火焰。

"可是，他喜不喜欢我，又有什么关系？我喜欢他，那就够了！"她在战火中大声道，足尖一点，瞬地从废墟里掠出，如同一支呼啸响箭射入了战火，一去再不回头，"我现在就要去救他，谁也拦不住我！"

申屠大夫站在废墟里，怀里抱着刚刚死里逃生的小病人，怔怔地看着这个背影，一时间也没有说话。

"唉，这丫头！"许久，老人叹了口气，摇着头嘀咕，"我就和止渊大人说过，估计是怎么也没办法拦住她的……我尽力了，只能由她去。"

"姐姐……姐姐……"怀里的孩子还在剧痛里战栗，不停地喃喃，昏迷中说着语无伦次的话，"不要杀掉我！姐姐……姐姐！"

"居然叫他姐姐？"申屠大夫愕然，低下头，看着怀里的孩子，喃喃道，"叫一个空桑人姐姐，会令长老们失望吧？"

他将孩子抱在怀里，审视似的看了片刻，神色渐渐变得有一丝捉摸不透："来，跟我去见长老们吧……他们为了你的到来，已经等了很久、很久。"

他抱起了苏摩，一瘸一拐地往回走。

然而，他去往的，却不是赤王府行宫的方向！

第二十三章

女武神

朱颜背着大刀，在战火纷飞里急速穿行。

她用了隐身术，在战场上下跳跃，避让着火炮和弓箭，飞快地从外围直插入前线核心战场。因为心急，她跑得很快，奔了一刻钟，眼前便是屠龙村。熊熊的烈火吞噬了整个村庄，每一座房屋、每一个院落，都在燃烧，如同地狱变相。

而村外，是密密麻麻的军队。

那一刻，朱颜终于知道为什么一路过来都没有看到来自帝都的援军了——所有的骁骑军此刻都围在了屠龙村外，铸成了铁一样的围合！在青罡将军的亲自统领下，一队负责截断陆地上的出路，一队负责截断水网通路，另外还有专门的队伍负责发射火炮，号令严明，井井有条。

朱颜心里一沉。目之所及，整个屠龙村已经被夷为平地，废墟里只有烈火，完全看不到一个活人——那些复国军战士呢？渊呢？他们都在哪里？

她心急如焚地穿行，忽然间眼角一瞥，看到了有什么东西朝着她的方向走了过来，连忙躲在了一边。

来的是一队空桑战士，正拉着一辆马车在战场上穿行。

看战甲，似乎是叶城总督府的士兵，而非骁骑军。那一辆车上，居然重重叠叠堆满了尸体！她不由得略微愕然：这场仗还没打完，这些人难道就来打扫战场搜集遗体安葬了吗？可仔细看那些车上尸体的发色，全都是鲛人——这是怎么回事？

她心里正在疑惑，却听到有人大喊："这里还有一具！等一下！"

带队步行的空桑校尉指挥着下属，用带着钩子的长竿从废墟里扯出一具尸体，用力地往车上扔了过去——那个鲛人战士显然是战斗到了最后一刻，手里还紧紧握着武器。叶城的士兵将这具尸体扔上了马车，忽然间尸体动了一动，发出了一声呻吟，竟然是重伤未死。

车上有人叫了起来："堆不下了！别扔了！"

"那就把头剁下来！"那个校尉在下面喊，挥舞着长矛，"鲛人的眼睛挖出来能做成凝碧珠，可以去西市上卖不少钱呢！一个都不能扔！"

"好吧。"车上的同伴嘀咕了一声，摁住那个垂死的鲛人，一手从腰里"唰"地抽出了长刀，劈头便斩了下去。

然而，只听"当"的一声，手腕一震，刀忽然居中断裂！

怎么回事？车上的战士还没回过神来，只觉眼前一黑，一股大力从侧面涌来，肋下一痛，便被人一把踢下了马车。

"谁？！"校尉大吃一惊，拔刀厉声喊。

然而，战场里只有烈火残垣，哪里看得到半个人影？

"见鬼。"他四顾一番，忍不住嘀咕了一声，扶起那个摔倒的士兵，持刀小心翼翼地上前，试图将那个垂死的鲛人战士抓起，重新斩首——然而，就在他动手那一瞬，耳边忽然听到了一声怒叱："住手！"

那是一个女子的声音，近在耳畔。

到底是谁？！叶城校尉瞬地抬头，刀锋立刻便向着声音来处砍了过

去！然而，他拔刀虽快，却砍了一个空。当他身形因为收势不住而往前跟
跄了一步时，一个重重的猛击落在了他的咽喉上，只打得他往后疾飞而
出，眼前一黑，瞬间失去了知觉。

"大人！"其他士兵惊呼着一拥而上。然而当先的还没靠近，接二连
三的重击从空中落下，所有人都被打得飞了出去，横七竖八躺了一地。

在血与火的战场上，空荡荡的没有一个人，只有一车的尸体，以及一
个奄奄一息的鲛人。

"见……见鬼了！"那些叶城士兵面面相觑，然后发出了一声惊呼，
呻吟着从地上爬起，顾不得马车，拔脚一哄而散。

当那一行人逃离后，虚空里有人叹了口气。

朱颜用隐身术飞快地解决了那一队士兵，在战场上蹲下身来，将那个
垂死的鲛人从地上扶了起来。拨开血污狼藉的长发，可以看到那是一个很
年轻的鲛人，看上去不过只有十五六岁的模样，清秀的脸庞上有着不辨性
别的美丽，应该还是尚未分化出性别的少年。

这张脸，似乎是在哪里看到过？

她心里微微纳闷了一下，思索了片刻，忽然想起来了——是了！眼前
的这个鲛人，岂不就是数月之前在叶城码头上偷袭自己的那一队复国军的
队长？当时如果不是她运气好，就直接被他们给溺毙在大海深处了。

虽然想起了旧怨，朱颜却并无报复之心。她探了探鼻息，发现还有
救，便抬起手按在了对方的心口上，护住了他的心脉，轻声念动了咒术。

那个鲛人微弱的气息渐渐转强，吃力地睁开了眼睛四顾。他醒来后茫
茫然地看了一眼战场，纳闷为何忽然间那些叶城士兵会一哄而散，却怎么
也看不见隐身了的朱颜。他喘息了片刻，发现身体似乎略微可以移动，便
用剑撑住地面，摇摇晃晃地站了起来。

他这是要去找同伴了吧？只要跟着他，便会找到渊的所在了！

朱颜默不作声地站了起来，跟在了那个少年鲛人的身后，亦步亦趋。

那个少年鲛人战士一路穿过血和火，跟跄地往战场的西南角走去，

几度跌倒又几度爬起，片刻不敢停顿，眼里满是焦急和愤怒，嘴角紧紧抿着，有视死如归的决绝。

这个家伙，年纪虽然不大，却是个天生的战士呢。

朱颜心里想着，用隐身术默不作声地跟在他后面，转过几个弯，穿过一大片的废墟，刚踏上一片空地，耳边忽然一声呼啸，有什么尖锐的东西划过。

"小心！"她失声惊呼，在千钧一发之际扑了过去，将那个鲛人一把推倒在了一边。一支流矢擦着她的额头掠过，痛得她一声闷哼。那个少年鲛人战士愣住了，直直看着面前，诧异地问了一声："谁？"

然而，声音近在咫尺，面前空无一人。

朱颜跳了起来，顾不得他，扭头看向了前面声音传来的方向。

"最后一个据点！"耳边听到了传来的号令，却是青罡将军的声音，"调集火炮，攒射！弓箭手准备就位！"

她应声转过头，终于看到了左前方密集的军队。

中军帐下，指挥若定的果然是青罡将军。在他身周，密密麻麻排着三道人墙，弓箭密立如云，将这个原本位于屠龙村角落位置的小小角楼围得水泄不通——然而，烈火之中，可以看到角楼里有人影晃动。

渊！渊会在那里吗？

那一瞬，朱颜的心猛然一跳，几乎跳出胸腔。

她毫不犹豫地往那边冲过去，一边跑，一边从背上将那把大刀拿了下来，想要阻止这一轮轰击。然而，当她拔脚奔跑的时候，十几支火把已经凑了过去，将引线"吱吱"点燃——那些火炮，已经对准了复国军的最后据点！一旦炮火齐发，这样大的威力，连她也挡不住！

"住手！"她心里一急，也顾不上多想，来不及赶过去，手一扬，便将手里的大刀迎面扔了过去！

那一把巨大的刀呼啸而出，割破了空气。这一掷她下意识地用上了破空术，只听"唰"的一声，刀光如同匹练划破长空，如电闪过，那十几支火把应声而灭。九环金背大砍刀沉重无比，截断了十几支火把之后去势不衰，竟是"唰"地插了最后一尊大炮里，将钢铁铸造的炮筒一截为二！

那一刻，战场上一片寂静，所有人都愕然地看向了她所在的方向，青罡将军也是悚然动容，转头厉声喝问："是谁？！"

朱颜冲到了正中间，然而在那么多双眼睛的逼视下，顿时心里一凛，几乎忘了自己还在隐身，下意识地往后挪了一步。

"搜！"青罡将军手一挥，无数的弓箭手和士兵蜂拥而来，瞬间将她所在之处包围。朱颜连忙又念了一遍隐身诀，保证自己不被看到。然而，看着那些全副武装的士兵朝着自己走过来，一字形排开，细细地搜索每一寸，她只能小心翼翼地踮起脚尖闪避着，如同风摆杨柳前后挪移，才堪堪从士兵们的缝隙里闪开。

地毯式的搜索结束后，一无所获。

"奇怪，这把刀哪里来的？"青罡看着那把从天而降的大刀，忽地觉得有几分眼熟，突地站了起来，"难道是……"

看到他脸上的表情，朱颜心里觉得不妙，扭头也看向了那把九环金背大砍刀，那一刻，她明白青罡发现了什么，只觉得心猛地一沉——糟了！那把刀！那她从父王房间里偷出来的刀上，定然有着赤之一族的印记！

朱颜心里大惊，拔脚冲了过去。在骁骑军战士将那把插入炮筒的刀拔出来时，她再也不顾什么，冲了过去，劈手将刀夺去，握在了手里，将其一并隐去。

"神啊……"那一刻，在场的人都惊呆了。

那些战士眼睁睁地看着那把斜插在火炮上的大刀忽然凌空飞起，仿佛被一只看不见的手操纵着，在半空调转了头，然后"唰"的一声凭空消失。所有人仰头看着，半晌没有作声，如同做梦。

"不好！这是术法！"只有青罡反应最快，立刻明白这是怎么回事，厉声大喝，"有术士闯入战场，大家小心！影战士出列！"

"是！""唰"的一声，军队应声而动，前面黑甲战士退开，百人齐齐策马，从队伍里踏出一步——这些人骑着白色的骏马，身上穿着和普通战士不一样的长袍，并没有穿铠甲和护膝，也没有佩戴兵器，眼神肃穆，气度沉静。

每一个人的肩膀上，都绣着皇天神戒的徽章。

朱颜倒抽了一口冷气：影战士！这……就是传说中骁骑军里最精锐的影战士？作为六部王室，她从小就听说过这个称呼，甚至也有一些血亲加入过这个队伍。这些战士从六部的贵族子弟中选拔而出，灵力高超，专门配备在军队里，在一般战斗中从不露面，只有在一些需要术法配合的关键场合才会出手。

如果说骁骑军是空桑军队里的精锐，那么，这些影战士便是精锐中的精锐，每一个都可以以一敌百。当那些影战士联袂踏出时，她虽然还在隐身状态，却感觉到了一股威压，下意识地退了一步，眼里露出了一丝恐惧——是的，这些人个个都是术法好手，一旦联手，她……她可能会打不过吧？

"结阵！"青罡喝令。

"是！"影战士从四面缓缓策马，向着她所在的空地围合。

要逃吗？朱颜一步一步往后退，手里握着那把九环金背大砍刀，只觉得掌心满是冷汗，竟然几乎握不住。她心里飞快地盘算着，默默将几个最厉害的术法口诀回忆了一遍，然而越急越是出错，总是忘了这句忘了那句，竟然无法瞬间完整地想起来。

怎么办？这次师父没在身边，真的要自己血战到底了！

她独自握着刀，站在空地中心，面对着成千上万的军队和逼过来的影战士，忐忑不安——这是她生平第一次独自面对那么多那么厉害的对手，不由得胆怯了一下。天啊……当时在苏萨哈鲁，师父他是怎么做到以一敌万面不改色的？那一瞬，她脑子很乱，飞快地想到了父母，想到了师父，却又飞快掠过。

是的，不能多想这些……越多想，越心乱。师父说过了，临大事当静心，如渊渟岳峙，方能挡泰山之崩。

可是……该死的，要怎么才能静心啊！

那些影战士结成了阵，向着她所在的地方慢慢走过来，每个人都将手缓缓抬起，在胸口结印——瞬间，一道看不见的光从他们手里扩散开来，相互联结，将战场上这一方空地笼罩！

朱颜知道厉害，再不能坐以待毙，瞬间吸了一口气，手指在刀背上飞快画出符咒，低喝了一声："破！"

刹那间，一道赤红色的火光从刀背上燃起。

她足尖一点地面，双手握刀，凌空跃起——那把刀附上了赤炎斩的力量，凌厉无比，如同燃烧的闪电。她握刀飞跃，一刀"唰"地下斩，瞬间将即将围合的无形结界划开！

力量斩落之处，那些马背上的影战士顿时齐齐一震！群马惊嘶，不住后退，几乎将他们从马上甩下来。虽然看不见，但他们每个人都感受到无形的冲击，如同有看不见的刀从虚空落下，落在每一个人身上！

一瞬间，正要结成的阵势陡然便散了。

她一击打乱了对方的布阵，出力巧妙而突然，马背上的影战士结印的手指一颤，指尖有血渗出。然而，同一瞬间，带头的影战士也已经通过这一刀的来路，判断出了隐身者所在的方位，厉喝了一声，一按马头，整个人飞速朝着朱颜飞扑过来！

"啊！"那个带头的影战士气势汹汹，双眼杀气逼人，朱颜毕竟年轻，忍不住脱口惊呼了一声。

一声出，更加暴露了自己所在的方位，那个影战士双手一错，指间刹那凝聚出了一把透明的长剑，"唰"地就向着她的方位刺了过来！

凝冰剑！朱颜听说过这个术法的厉害，吓得往后退了一步，忙不迭地回过刀，想要格挡剑势。

只听"叮"的一声，寒冰凝成的剑遇到了燃烧着烈焰的刀，发出了猛烈的震颤。朱颜在那一瞬只觉得一股大力迎面而来，几乎让手里的刀脱手飞出！她用尽全力握住刀，却依然往后踉跄了一步，忍着剧痛勉力扬起手腕，"唰"地将剑拨开。

当她吃力地将飞来的剑压住的一瞬，那把冰之剑在她眼前寸寸碎裂，随即在刀锋的烈焰里消失无痕。她顿时一惊又一喜——

不会吧？她……她挡住了？！

然而，朱颜还来不及反应过来，发现对方已经逼近，一抬眼，几乎和他撞了个面对面——那个影战士首领年龄在三十许，有着刚毅如铁的眼神和古铜色的皮肤，左颊上一道深深的疤痕赫然刺目。

打了个照面的那一刹那，朱颜忍不住失声惊呼。

这……这不是玄灿吗？说起来算是她的远亲，也是传说中族里百年一遇的高手……怎么他现在竟然成了影战士的首领？

在她的那一声惊呼里，玄灿双臂交错，断然斩下！

两道光芒割面而来，凌厉无比。朱颜惊慌之下来不及施用术法，只是飞快地抬起手，用刀硬生生地去格挡——那两道光乍分又合，并为一道，直直地击落在刀背上！她遇到了强大的对手，顿时乱了阵脚，虎口剧震，只听刺耳的一声响，那把重达几十斤的九环金背大砍刀居然居中折断！

断了的刀尖往外飞出，"唰"的一声插入了地里。

"在那里！"战场上发出了惊呼——那把刀现了形，便是暴露了这个闯入者的所在位置，所有的影战士"唰"的一声上前，将朱颜围在了一个直径不过十丈方圆的空地上，齐齐结阵，密不透风。

朱颜吓得倒吸了一口冷气。她不是不知道危机来临，只是刚硬生生接了玄灿那一击，手腕剧痛，骨头仿佛都断了，往后连续退了好几步，差点一屁股坐在了地上，根本来不及在这个当口上做出任何反应，在千钧一发之际逃出去。

就这样，刹那间结界建立，她被围在了中间！

"谁？给我出来！"玄灿厉喝一声，手指一并，那半把插入土里的刀"唰"地反跳而出，化为一道闪电，向着她所在的方向迎头射来！

朱颜心里一惊，想要再度格挡，却发现手里拿着的只是断了半截的刀，一咬牙，"唰"的一声将九环金背大砍刀收回了背上的刀鞘，腾出了双手，飞快地结了一个印——是的，用这么笨重的武器太不称手，还是直接用术法好了！

金汤之盾，她用起来最熟的一个咒术。

当她的尾指勾出最后一笔时，一道金色的光在她面前展开，如同一把伞。只听一声裂帛，飞来的断刀刺入金光，竟然在一瞬间被熔化！

怎么？这么轻松就挡住了？朱颜愣了一下。那一刻，对面发动攻击的玄灿全身一震，竟然往后退了一步。

朱颜一招得手，不由得吓了一跳：金汤之盾只是师父所教的术法里的中等级防守术而已，刚一施展出来，竟然已经有这么厉害了吗？

她心里又惊又喜，就像学步的孩童第一次尝试到飞奔的快感，竟然有按捺不住的激动，转头看到其他影战士蜂拥而来，知道一场大战在即，心里却并无惊慌，她拍了拍身上的泥土，飞快地扯下一块衣襟，蒙住了自己的脸，嘀咕了一声："好，尽管放马过来吧！"

等下估计是一场恶战，万一混战之中自己的隐身术被人破了，岂不是让赤王府惹了大麻烦？还是先蒙住脸比较保险——她虽然平时大大咧咧，在关键的时候，却并不是个没有脑子的人。

然而，不等她系好布巾，攻击已经发动。

影战士策马而上，将她团团包围，各自双手交错胸前，开始收缩结界。她只觉得头顶的天空一分地变成血红色，无数细小的闪电交错穿行，如同群蛇飞舞——她认得，这是师父说过的血池大阵。

一百位术士的力量结成了坚固无比的结界，将一切有形有血的生灵都困在其中，无一能逃脱。

然而，身为九巅门下高足，这些又哪能困得住她？

当血红色的网迎头落下时，朱颜仰起头，从唇间吐出一声清啸，十指飞快地在胸前交错，变幻出复杂的手势。每一次变幻，指尖都绽放出光华。她的口唇无声翕动，吐出绵延的咒语。

这是"天霆"，召唤天地间雷电的力量。

当最后一句咒语顺利完成之后，她双手食指指尖对指，迅速合在一起，又迅速分开——那一瞬，她食指上绽放出强烈的光芒，如同召唤到了一道闪电从天而降，击中了落下来的血红色罗网！

"咔啦"一声，那一道密布的罗网在刹那间被无形的闪电斩为两半。朱颜抓住了这闪电般的机会，从血红色的网里破网而出，乘着闪电飞向天空，如同一只轻灵的燕子。

居然一击就奏效了！师父教给她的可真是厉害啊！

然而，当她刚刚兴高采烈地想到这里，冲出罗网的瞬间，一股巨大的力量忽然间腾起，如同巨锤击向了她的胸口！朱颜身在半空，根本无法避开，只"啊"了一声，眼前一黑，便从半空里颓然跌落，吐出一口血来。

在跌落地面的一瞬，她看到一百个影战士同一刹那也从马背跌落。每个人都和她一样捂着胸口，嘴角沁血。

她猛然一惊，倒吸一口冷气，顿时明白了过来：对了……她怎么忘了？施用天霆这么凌厉的咒术，必然会有反噬！自己真的是得意忘形，以为只要用出最厉害的术法便能打发掉所有的敌人，却完全忘了所有的术法都有代价！

她吸了一口气，勉强撑着身体，想要从地上爬起来。

然而，就在同一瞬间，她看到玄灿也从地上踉跄爬起，手里握着一支青色的像箭一样的东西，念了几句，挥手便往她所在的方向打了过来！糟糕！这……这是青犀刺吧？极厉害的法器，万一被打中了……

朱颜大惊之下往前奔出，身体一侧，竭尽全力想要躲过呼啸而来的青光。然而四肢百骸还是碎了一样的疼痛，动作慢了半拍，只听一声裂帛，身上猛然有剧痛的感觉，仿佛虚空中有什么东西被撕破了。

"在那边！"忽然间，她听到了战场上响起轰然的惊呼，无数双眼睛看了过来，直直地盯着她，纷纷低呼，"居……居然是个女人？"

这是怎么回事？隐身术被破掉了吗？

朱颜吃了一惊，默默运起灵识一看，发现护体的咒术果然已经被青犀刺击破，不由得一颤，下意识地摸了一下脸——还好，蒙面的布巾还在，没有掉落。

好险，她真是有先见之明啊……然而，不等她沾沾自喜地想完，耳边只听一声厉喝："所有人都给我上前，把她拿下！死活不论！"

中军帐下的青罡将军看到了这个竟然敢单枪匹马闯入战场的女人，虎目如电，厉声下令。所有影战士齐齐一震，从地上纷纷站起，朝着她便逼了过来！

朱颜赤手空拳地站在原地，感觉胸口的血气还没有顺，看着无数朝着自己奔来的战士，心里不由得七上八下，紧张万分——那一刻，第一个掠过她脑海的术法，居然是飞天遁地之术。

看这情况，打肯定是打不过的，还不如跑了吧！可是……如果就这样跑了，岂不是就把渊扔在了这里不管吗？眼前大军压城，他和复国军剩下的战士是万万活不了的……

然而，刚想到这里，影战士们已经冲到了面前。

来不及逃了，算了，还是硬碰硬打一场吧！

朱颜吸了一口气，把心一横，卷起袖子，左右手分别结印，瞬间便准备好了咒术攻击来敌——可是刚要动手，无意一瞥，看到火海里有黑影一动，火焰无声无息地分开，有什么掠过。

此刻，满场的注意力都被她吸引，没有人注意到这细微的变化。

中军帐下垂落的旗帜动了一动，似乎有风吹过。

"啊？"朱颜在这边看得真切，不由得失声叫了起来——是的，有人！那里竟然有一个人，趁着这个时机突破了变得薄弱的防护，单刀直入地逼近了中军帐！她刚脱口叫了一声，影战士们纷纷逼上，凌厉的攻击逼得她不能呼吸。

朱颜把心一横，双手朝外缓缓推出，如弯弓射日，右手和左手中指瞬地扣起，又弹直——左手是藏剑术，右手是疾风斩，每一种都具有大杀四方的攻击力。师父在教给她的时候也曾经说过，这两种咒术一旦发出，十丈方圆内无人能活，必须谨慎使用。

可如今不是没办法了吗？都是你们逼我的！

那些影战士的攻击还没抵达，她的左右手已经释放了咒术。半空中忽然有千百支利剑出现，同时，凭空一阵狂风卷起——那些利剑被卷入了风里，呼啸着刺入了千军万马之中，顿时发出了一片惨号。

朱颜站在原地，双手相扣，放在胸口。

力量从六合之中被召唤而出，汹涌注入她的体内。以她为中心，平地上爆发了一阵可怖的剑雨疾风。方圆半径之内，一匹匹战马屈膝坠落，一个个战士呼号跌倒，景象之惨烈，如同地狱。

朱颜毕竟年纪轻，从未如此近距离地目睹过战争的残酷和血腥，心里顿时一惊，有一种无法承受的恐惧——是的，这些都是空桑人……都是她的族人！难道，她真的要亲手杀了他们？

施用术法时是容不得半分犹豫心虚的，她念头一动，便踉跄往后退了一步，手里结的印不知不觉地松开了。疾风顿减，利剑纷纷消失。

然而就在这样的紧要关头，青罡将军从马上跌了下来！

"将军！"左右护卫一声惊呼，想要上前搀扶，忽然间一道电光，尖利的刀锋掠过，那些护卫便已经身首分离。

"给我住手！"一个声音厉声喝道，"谁都不许动！"

骁骑军齐齐一惊，转头看去，却看到从火海里不知何时杀出了一个人，赫然已经在马背上制住了青罡将军，将雪亮的利剑架在了统帅的脖子上！

"渊！"那一刻，她忍不住失声惊呼——是的！那是渊！那个从火海里冲出来，在千钧一发之际胁持了青罡将军的，竟然是渊！

渊从烈火里现身，趁着对方分心的一瞬间，擒贼擒王，迅速将骁骑军的统领制服，出手之快之准，令人瞠目结舌。只是一击之间，他便翻身跃上马背，将手里的俘虏高高举起，对着空桑大军厉声喝令："都给我住手！"

　　然而青罡将军也是硬气异常，虽然落入人手，却丝毫不畏惧，竟挣扎着说出了一句话来："别管我！杀……杀了他们！"

　　不等他一句话说完，渊一手扣住了青罡的咽喉，另一只手倒转刀柄，重重地击中了他的哑穴和麻穴，令他再也无法说出一个字，然后单手将骁骑军统领高高举起，厉喝："所有人后退！否则，斩杀主帅！"

　　一时之间，骁骑军群龙无首，有略微的犹豫。

　　朱颜在不远处看着这一幕，不由得倒吸了一口冷气——那么多年来，她还是第一次看到渊有这样的一面：如同血与火里淬炼出的一把剑，再无丝毫的似水温柔。

　　她心里一震，情不自禁地向他奔跑过去。

　　然而，就在这双方剑拔弩张对峙的短短瞬间，没有人注意到那些差点被点燃的火炮忽然悄无声息地改了炮口的方向——就像是有无形的引线牵着一样，凭空调转了炮口，对准了地上的复国军首领。

　　那是玄灿在一旁默默施展术法，无声无息地调度着火炮的角度，瞄准了敌人——作为身经百战的军人，他只听从于一个人的命令，那就是骁骑军的统领！既然青罡将军已经亲口下令说不要管他自身的安危，必须全歼来敌，那么，作为影战士的首领，他必须听从这个指令！

　　他要秘密控制所有火炮，将这个逆贼和将军一起粉碎！

　　"退后！"渊扣住了人质，厉声道。

　　骁骑军在他的逼视之下微微往后退了一步，却不肯撤离，所有人都看向了另一边的白色旗帜——那里，是此次战役的另一个头领，叶城城主白凤麟。然而此刻白凤麟的脸色阴晴不定，半晌没有说话。

　　此次清剿复国军声势浩大，甚至惊动了帝都，若是至此功亏一篑，他固然无法和帝都交代；可青罡是青王长子，若因为他而死在鲛人手里，这个重担，不要说是他，就连整个白之一族也是担不起——更何况，父王曾经私下和他秘密吩咐过要让他在此次动乱之中，不露声色地削弱青之一族的力量。

情况错综复杂，事情却发生得突然。要在其间权衡轻重，一时间便是心机深沉的叶城总督都开始举棋不定。

"后退！"渊一手提着青罡，另一只手的剑锋已经切入了他的侧颈，鲜血涌出，厉声大喝，"立刻都后退！否则我杀了他！"

战场寂静无声，所有人屏息以待。

渊策马前行，逼视着敌军，一步一步往前。而他所到之处，骁骑军无声后退，铁桶似的包围圈仿佛被一把刀一点点撕裂开来。当道路被清理出来后，在渊的身后，那座燃烧的角楼里，鱼贯走出了一百多个复国军战士，个个都已经筋疲力尽，如同穷途末路的困兽。

他们跟在渊身后，一步步离开。

要是再攻打一刻钟，这些鲛人估计就要撑不住了吧？白凤麟在心里默然想到，眼睛却不离青罡左右，心下暗自焦急。青罡死死地盯着他看，眼睛里满是血丝，如同火焰燃烧。白凤麟知道他的意思，知道他在催促自己下令合围，放弃营救他，捕杀所有鲛人——青罡毕竟是军人出身，悍不畏死。可是……

白凤麟苦笑了一下，默默摇了摇头，错开了视线。

——是，本来接到了父王的密令，要趁机削弱青之一族的力量，我倒也想让你就这样死了，既荣耀你的家族，也成全我的功绩。可是你若在众目睽睽之下因我而死，你那个野心勃勃的老爹会放过我吗？这个黑锅，在明面上我可是背不起。

"放人。"白凤麟叹了口气，调转手指，发出一个命令。看到统帅的命令，骁骑军"唰"地左右退开，让出了一条通路来。

青罡狂怒，目眦欲裂，知道白凤麟不可指望，便狠狠地看向了一边的影武士首领玄灿，眼里带着怒斥。仿佛知道将军的命令，玄灿默不作声地点了点头。

然而，朱颜不知道这边暗流汹涌，看到空桑军队退开，不由得松了口气。她站在烈火燃烧的战场上，看着渊策马朝着自己一步一步走过来，竟然是有些恍惚——这一刻的渊，和她心里的那个温柔的陪伴者完全不一样，简直是十几年来从未见到过的另一个人。

她心里"怦怦"直跳，忘了自己还蒙着脸，就站在那里看着他。

从那个角楼再往外走十几丈，便是水道，直通城外的镜湖。渊带领着一行复国军战士警惕地看着周围，缓缓地朝着那里逼近。只要一回到镜湖，就再也没有任何力量可以困住鲛人了！

渊押着青罡走到水道边上，看着复国军战士一个个地投入水里。当人撤离得差不多时，他回身看了一眼，松开了扣住青罡的手。

那一刻，朱颜忽然发现了有什么不对劲——那些火炮！几乎没有人留意到，随着他们的脚步，那十几门火炮的炮口在无声无息地移动着，调整着微妙的角度，始终对准了这一行复国军战士。

一股寒意从内心直升而起，她失声惊呼："渊！小心！"

渊站在水边，听到这凭空传来的一句话，不由得震了一下，下意识地抬头看过来，看到了这个蒙面的少女，不由得愕然脱口："阿颜？"

然而，就在他视线离开的一瞬间，十几门火炮忽然间无火自燃，同时对准了幸存的鲛人战士，猛然开火！

"不！"朱颜失声惊呼，不顾一切地冲了过去。

炮火离开了炮膛，在虚空里滑出弧线。她飞身跃过，挡在了渊的面前，一手撑地，嘴里飞快地吐出咒术。那一瞬，或许是因为心急如焚，她的声音竟然快过了炮火！土地忽然裂开了，有巨大的树木拔地而起，飞快地交织生长，绕在他们周围。

轰然的巨响里，十几门火炮同时轰击而至，发出令天地都颤抖的声音，震耳欲聋。这样庞大的力量，可以把血肉在瞬间化为灰烬，然而，那些飞来的火炮被那些瞬间从大地里生长出的树木尽数拦住！

太好了！这一次，终于是赶上了！

朱颜松了一口气，第一次成功地用千树挡住了力量巨大的攻击，她只觉得全身的骨骼被震得生疼，整个人摇摇欲坠。她颓然松开了交错的十指，解除了结印。经受住了猛烈的轰击之后，那些瞬间长出的树木也瞬间凋落枯萎，重新回到了土地里，化为乌有。

一切只不过是一瞬间，仿如一场幻觉。

渊在火炮袭来的那一刻，迅速将手里的青罡扯过来，当作盾牌挡在了前面，炮火虽然被术法封住，但首当其冲的青罡已然身受重伤、昏迷不醒。渊顺手将青罡扔在了地上，回过头，愕然道："是你？"

那些枯枝灰土里，有一个声音清凌凌地回答："嗯！是我！"

朱颜从地上灰头土脸地站起来，扒拉开了一头一脸的树叶，看着他笑，虽然脸上还蒙着布巾，但一双眸子明亮如同星辰。她顾不上自己身上的疼痛，跳出来看了看渊，长长松了口气："太好了，你……你没事！"

渊却是皱眉，没有一丝的喜悦，低叱："你疯了吗？为什么要跑到这种地方来？！"

一上来就被骂，朱颜觉得有些委屈："还不是因为你？"

渊看着她，又看了看她身后的空桑军队："你这样跑出来抛头露面，就不怕给赤之一族惹祸吗？你做事能不能不要这么不管不顾！"

朱颜本来是满腔的热情和喜悦，被他劈头一骂，顿时如同一盆冷水泼下，脸上的笑都被冻住了，只能讪讪地摸了摸自己脸上的蒙面布巾，嘀咕道："没事，我及时盖住了脸……他们又不知道我是谁！"

仿佛生怕他又责骂自己，她急急道："好了，你们先离开这里再说吧！"

她看了一眼几乎已经染成了红色的河道，问："是从水路走吗？"

"不知道，还得拼一拼。"渊低声道，"他们在河道里设了许多关卡，重兵把守着，镜湖入口上还有玄铁的格栅，上面罩了很厉害的结界——我们的人里面有许多伤员，根本无法突破这些关卡。"

"谁说无法突破？看我的！"朱颜低叱了一声，双手乍合又分，掌心赫然结了一个璀璨的金印——然而，刚结了印，还没有释放出咒术，一股剧痛骤然涌上心口，痛得她一个颤抖。

"怎么了？"渊看到她脸上变色，不由得问。

"没事。"她勉强忍住痛呼，摇了摇头，看了一眼重新向着他们围过来的骁骑军，深深吸了一口气，双手抬起，向着虚空释放了咒术，然后飞快向下一斩——瞬间，水流哗然涌起，如同被看不见的力量凌空吸起，往前激射而去，在半空中凝结成了一支巨大的箭！

落日箭。以地为弓，以天为靶，上可贯日月，下可洞穿黄泉——在师父传授给她的所有咒术里，攻击力量数一数二，今日却还是第一次使用。

"怎么样，厉害吧？看我的！"她强行忍住了手指上的剧痛，回眸对着他扬眉一笑，眼眸里尽是骄傲，"破！"

朱颜双手交扣，在胸口作势如拉弓满月，然后松开手指，"嗖"地弹出——半空中，那支水流凝聚成的巨箭呼啸而出，划破了虚空。

那一支箭沿着水道飞快前行，一路势如破竹，挡者披靡！只听惊天动地的一声响，空桑军队布置在河道上的铁网栅栏转眼粉碎！

然而，那一刻朱颜觉得胸口剧痛，似乎也有一支箭"唰"地插入了心窝，痛得她脸色煞白，刚想开口说什么，却猛然吐出了一口血来。

"阿颜！"渊失声惊呼，"怎么了？"

她知道那是反噬的力量，吸了一口气，勉强将咽喉里的血咽了下去，摇了摇头："没事。"看着围过来的骁骑军，她连声催促，"快走！"

"那你……"渊有些迟疑。

"我来断后！"她干脆利落地说，"快！"

渊有些犹豫不决，然而知道机会稍纵即逝，等骁骑军重新合围，所有人便再也难以活命，于是再不迟疑，挥手下令："所有人，立刻由水路撤退，返回镜湖大营！"

他点了点一个当先的战士，却是被朱颜从尸体堆里所救的那个少年，吩咐道："简霖，由你负责带大家撤离！"

"是！"那些复国军战士虽然都已经是重伤在身，强弩之末，却依旧训练有素，自动列队，由轻伤者搀扶重伤者，鱼贯跃入水中。

"拦住他们！"叶城总督瞬间站起，厉声道，"一个都不许走！"

然而哪里还来得及？复国军一跃入水中，如鱼得水，瞬间就沿着被拆去了屏障的水路飞快地撤离，转眼就游出了十几丈。

就当复国军离镜湖入口还有几丈远的时候，凭空仿佛忽然出现了一堵无形的墙壁，当先战士发出了一声痛呼，仰面往后便倒，撞得头破血流。

怎么回事？难道前面还有术法结界？朱颜大吃一惊，来不及细想，转瞬又发出了一次落日箭，再度沿着河道呼啸而去。这一箭后，咽喉里的血再也忍不住，"噗"的一声喷在了地上。

然而，这一次她的落日箭被无形的墙挡住了！

凝聚了天地力量的箭，呼啸着射出，居然在叶城镜湖入湖口的地方忽然间停驻了！仿佛虚空里有一面无形的盾牌，让这一支利箭再也无法前进半步，就这样抵在了半空，颤颤无法更进一步。

怎么了？那难道是师父设下的咒术结界？！

朱颜心里又惊又急，眼看骁骑军已经沿着河道策马，马上就要在湖口追上撤退的复国军战士，她再顾不得什么，足尖点住地面，双手虚合又开，如同弯弓，蓄足了势，再度"唰唰"补射了两箭！

这两箭飞快地呼啸而出，直接击中了前面那一箭的末尾。

这三箭叠加，箭箭相连，力量一次大过一次。三次叠加的巨大力量，终于让前面那支被定住的箭动了一动，往前艰难地推进了半尺！

"咔嚓"一声轻响，虚空里，仿佛有什么东西碎裂了。

同一瞬间，复国军面前无形的墙壁也在刹那间崩塌，被拦住许久的战士们如同箭一样地在水里游出，在简霖的带领下跃身进入了城外广袤的镜湖，然后如同一尾游鱼一样消失在浩渺的烟波里。

渊是队伍的最后一个。他却停下来，回身看向了她。

"快走！"朱颜站在废墟里，硬撑着一口气，"别管我！"

被无形的力量逼迫，落日箭在一分一分地往后退，她只能竭尽全力地维持着术法，让这个通向镜湖的通道不至于重新闭合——他还不赶紧撤退，她可马上就要撑不住了！

　　然而，虚空里的力量忽然间加大，从各个方向挤压而来。她身体晃了一晃，脸色有些发白：这个结界是如此厉害，难道……是师父布置的吗？！

　　"快走！"她心里有不祥的预感，忍不住大喊了一声。

　　然而，这一声出，顿时便泄了她勉强维持的一口真气。本来正被缓缓逼退的落日箭"唰"地往后弹出，以惊人的速度呼啸着反击向了她自身！

　　朱颜大惊，知道这就是咒术反噬的力量，却已经措手不及，只能眼睁睁地看着三支落日箭首尾相接，鱼贯而来，连珠一般刺向了她的眉心！她抬起手飞快地结印，想要抵挡，然而刚一动，嘴里便是一口鲜血吐出。

　　眼看落日箭就要穿颅而过，千钧一发之际，忽然一道光掠过，如同闪电下击，将来势正正截断——反噬的落日箭化作一道金光，轰然而散！

　　"渊！"朱颜看清楚了来人，不由得失声。

　　是的，在这个时候返身回来救她的，居然是渊！

第二十四章

战之殇

渊断然返回，转身重新冲入了战场，拔剑斩落了三支落日箭，身形如同白鹤回翔天宇。鲛人水蓝色的长发在战场上猎猎飞扬，犹如最亮的旗帜，一瞬间令朱颜有些失神。

记忆中的渊，明明不是这样子的。

是不是因为她太小，迄今只活了十九年，所以对这个已经活过了自己十倍以上岁月的鲛人，其实是完全不了解的？如果眼前这样的人才是真正的渊，那么，她从小的记忆、从小的爱慕，难道都投注给了一个虚幻的影子吗？

她怔怔地站在那里，一时间竟然没有来得及留意那个通往镜湖的通道在失去了她的支撑之后，竟然已经轰然关闭！

此刻，四周大军环顾，渊已经回不去了！

"伤得重不重？"渊却没有在意这些，眼里满是担忧，一把抓住了她的肩膀把她扶起来，"还能走吗？"

她心里一暖，几乎要掉下眼泪来，跺了跺脚，失声："你……你刚才为什么不走？这回死定了！"

"我要是就这样走了，你怎么办？"渊握剑在手，扫视了一眼周围逼上来的军队，将她护在了身后，"这里有千军万马，若只留下你一个人，万万是没法脱身的。"

她心里一暖，刚要说什么，却被他一把拉了起来，厉声道："愣着干吗？快跟我来！"

渊带着她在战场上飞奔，左突右闪，忽地跃起，将当先驰来的一架战车上的骁骑军给斩了下去，一把拉起了她，翻身而上，握住了缰绳。

朱颜怔了一下："你……你打算就这样冲出去？"

"那还能怎样？"渊沉声回答，"没法回到镜湖那边，也只有往回冲一冲了！"

话音未落，战车冲入一个迎面而来的骑兵队里，七八柄雪亮的长枪急刺而来。"拿着！"渊厉喝一声，将马缰扔给了她，从腰边抽出长剑。朱颜下意识地接过了缰绳，然而等她刚控制住马车，双方已经飞速地擦身而过——那一瞬间，有一阵血雨当头落下，洒满了衣襟。

剑光如同匹练闪过，三名骁骑军战士从马上摔落，身首异处。渊斩开了敌人的阵势，战车从缺口里飞快冲出。朱颜坐在驾驶者的位子上，有一个战士的首级正好摔在了她的前襟上，滚烫的血喷了她半身。

她在那一瞬间失声尖叫，慌乱地将那个人头从膝盖上拂落，却忘记了手里还拿着缰绳。一瞬间战车失去了控制，歪歪扭扭朝着一堵断墙冲了过去。

"你在做什么？！"渊飞身跃过，一把从她手里夺去了缰绳，厉声道，"给我镇定一点！"

他手腕瞬间加力，将失控的骏马生生勒住，战车在撞上断墙之前终于拐了一个弯，堪堪避开。他侧头看了一眼朱颜，想要怒叱，却发现她正在看着膝盖上那颗人头，脸色苍白，全身都在发抖。

那是一颗骁骑军战士的人头，比她大不了几岁，看起来只有二十岁出头的样子，睁着眼睛，犹自温热——这个年轻战士的头颅，在被斩下来的瞬间，眼睛里还凝固着奋勇，并无丝毫恐惧。

朱颜捧着这颗人头，颤抖得如同风中的叶子。

这是一个年轻的空桑战士，立誓效忠国家，英勇地战斗到死。他的一生毫无过错，甚至可说是辉煌夺目的。可是……她又在做什么？为了一个叛乱的异族人，斩下了一个同族的人头？

那一刻，一直无所畏惧的少女剧烈地发抖起来，仿佛心里有一口提着的气忽然间散掉了，那些支持着她的勇气和热血忽然间冷却下来。她颓然地坐在马车上，看着燃烧的战场、满目的废墟、蜂拥而来的军队，怀抱着那一颗人头，忽然间放声大哭起来。

是的！当初，在师父让她选择站在哪一边的时候，她曾经明晰地说出过答案——在那时候，她充满了信心，觉得即便是得知了预言，也不该被命运压倒，不该盲从。她觉得自己应该帮助鲛人一族，哪怕与族人为敌。

是的，她不信命运，她还想搏一搏！

在那时候，她以为自己可以分辨错与对、是与非，能凭着自己的力量处理好这些错综复杂的问题。可是到了现在……她还敢说自己一定有勇气继续坚持下去，踏着族人的鲜血继续往前走吗？

渊看在眼里，不出声地叹了口气，"啪"地一下将那个人头从她手里打飞："好了。别看了。"

"你！"朱颜失声，却对上了一双深渊一样的眼睛。

渊的眼神是如此陌生，却又依稀带着熟悉的温暖。他伸出手，轻轻拍了拍她的肩膀："阿颜，你还不是一个战士，不要去看死者的眼睛——会承受不住的。"

她咬着牙别开了脸，深深呼吸着，竭力平息着身上的战栗。

迎面而来的是如山的大军，长刀如雪，弓箭似林，严阵以待。而他们两个人驾着一辆战车，孤注一掷，如同以卵击石。朱颜振作起了精神，勉力和他并肩战斗。这一路上，他们一共遭遇了五拨骁骑军的拦截，都被渊逐一斩杀，硬生生冲出重围。

两个人驾着战车，从骁骑军合围时的最薄弱之处闯出，向东疾驰。

朱颜从未见过这样的渊，所向披靡，如同浴血的战神。甚至，当剑锋被浓厚的血污裹住，无法继续斩杀的时候，面对着追上来的影战士，他竟然幻化出数个分身，迎上去搏杀！

她在一旁辅助着，只看得目瞪口呆：渊所使出的已经不仅仅是剑术，甚至已经包括许多精妙的术法！这些术法和她从九嶷学到的完全不同。他……他怎么也会术法？海国的鲛人一族里，也有懂术法的吗？

当闯出最后一圈包围的时候，他们两个人的身上已经斑斑点点全是血迹，筋疲力尽。渊驾着战车从屠龙村战场里闯出，一路奔上了官道，竟然是朝着叶城方向冲去，毫不迟疑。

"你疯了吗？为什么要回城里？"朱颜吓了一跳，"那里全是总督的人啊！"

"不，我们得回星海云庭。"渊沉声道，语气冷静，"他们不傻。在碧落海那边一定也布置了重兵，在等着我们自投罗网。"

"回星海云庭做什么？那才是自投罗网！"她茫然不解，忽地想起了一个人，心里顿时有些不舒服，脱口道，"啊？你是想去找那个花魁吗？她……她到底是你什么人啊？"

渊看了她一眼，不说话。

"不过，我想她现在应该自身难保吧？"朱颜想起那个女人来，心里不是滋味，皱着眉头道，"那天师父可把她折磨得很惨……哎，她好像很硬气，为了不供出你的下落，竟咬着牙挨了那么厉害的刑罚！"

说到这里，她语气里的敌意渐渐弱去，竟露出一丝敬佩来："能在师父手下撑那么久的，整个云荒都没几个，了不起。"

渊看了看她，眼里忍不住闪过一丝赞赏。毕竟是个心地澄净的女孩，即便对别的女子满怀敌意，但对于对手依旧也有尊敬——这样的爱憎分明，和记忆中的那个人一模一样。

看到他眼里的笑，朱颜心里更加有些不悦，嘀咕："怎么，你难道真的想回去救她？我们现在自身难保了好吗？"

渊却摇了摇头，道："不，她早已不在那里了。"

"啊？不在那儿了？"朱颜愣了一下，"那你去那儿干吗？"

渊没有回答，闯出了战场，只是向着星海云庭方向策马疾驰。身后有骁骑军急追而来，马蹄嗒嗒，如同密集的雷声。对方轻装飞驰追来，渐渐追上了他们所在的战车。听到蹄声近在耳侧，渊将缰绳扔给了朱颜，再度拔剑站起。

朱颜站起身，拦住了他："我来！"

渊回头看她，却看到少女站在战车上，转身向着追来的骑兵，合起了双手——她从战场上初次遭遇血腥杀戮的惊骇里渐渐平静下来，重新凝聚起了力量。那一瞬，站在战车上的她，似乎笼罩了一层淡淡的光芒。

咒语无声而飞快地从她的唇角滑落，伴随着十指飞快地变幻。那一瞬间，有无数巨大灰白色藤蔓破土而出，飞快生长，瞬间成为一道屏障，缠绕住了那些飞驰而来的骏马！

"快走！"朱颜转头看了他一眼，"缚灵术只能撑一会儿！"

渊抓起了缰绳，策马。战车飞驰而去，转瞬将那些追来的骑兵甩在了背后。灰白的藤蔓里，传来了骁骑军战士的挣扎怒骂，他们抽出刀来砍着，那些奇怪的藤蔓却随砍随长，完全无法砍断。

"是术法！"白风麟大喊，"影战士，上前！"

玄灿带着影战士上前，开始解开这些咒术。然而朱颜一共设了三重咒，那些灰白的藤蔓被砍了一层又飞快长出来一层，一时半会儿竟是无法彻底破除。

得了这一瞬的空当，他们两人驾驶着战车，飞速甩开了追兵。

"还好我师父没来……不然今天我们一定会死在这里。"等到那些人都从视线里消失，朱颜终于松了一口气，"谢天谢地。"

奇怪，为什么师父今日没有出现在战场上？既然他已经布下了天罗地网要把复国军一网打尽，为何只是派了军队去围捕，自己却没有亲自出手呢？难道他对骁骑军和影战士就这么放心？在放松下来的刹那，她只觉得全身酸痛，乏力到几乎神志飘忽——这是透支灵力的象征。上次的伤刚刚好，自己就这样竭尽全力和人斗法，这一次回去只怕要比上一次卧床休息更多的时间。

然而，看到身边的渊，她心里又略微振作了一点。

无论如何，渊还活着！

她只觉得胸口闷，下意识地抬起手，想去解下脸上一直蒙着的布巾——那块布已经沾满了鲜血，每一次的呼吸都带入浓烈的腥味，早已让人无法忍受。可她的手刚一动，耳边听得渊道："别解下来！"

"嗯？"朱颜愣了一下，回头看着他。

"不能让人看到你的脸。"渊专心致志地策马疾驰，语气却凝重，"你这丫头，居然不管不顾地闯到战场上做出这种事来！幸亏没被人识破，若是有人认出你是郡主，少不得又会牵连赤之一族！"

"嗯？"她愣了一下，有略微的失望，一直以来，渊对于赤之一族的关切，似乎比对她本人还要更多，此刻听到他语气里的斥责，她忍不住使了小性子，愤愤道，"反正也不关你什么事！"

"当然关我的事。"渊的手似乎微微震了一下，缓缓道，"很久以前，我答应过一个人，要替她看顾赤之一族。所以，我不能扔下你不管。"

朱颜听得这句话，猛然一阵气苦，冲口而出："就是那个曜仪吗？"

渊听到这句话不由得一怔，看了她一眼："你怎么会知道这个名字？"

她嘀咕了一声："还不是那天你说的。"

"哪天？"渊有些疑惑，"我从没有对任何人提起过这个名字！"

"就是……那天啊！"朱颜想说就是她用惑心术迷惑他的那一天，毕竟脸皮还薄，脸色一红，跺了跺脚，便气冲冲地道，"反正，我知道她就是了！"

渊没有再追问，只是看了她一眼，然后将视线投向了迎面而来的敌人，语气淡漠而坚定："那么你也应该知道，在你诞生在这个世上之前，我的一生早已经过去了。"

朱颜猛然一震，说不出话来，只觉得胸口剧痛。

是的，那是他不知第几次拒绝她了，她应该早就不意外……可是，为何这一次的心里感觉到如此剧烈的疼痛？那是无力到极处的绝望，如同绝壁上的攀岩者，在攀登了千丈百丈之后，前不见尽头，后不见大地，终于想要筋疲力尽地松开手，任凭自己坠落。

曜仪。曜仪……她到底是谁？

朱颜知道现在不是说这种事的时候，然而一提起这个名字，心里却有无法抑制的苦涩和失落，令语声都微微发抖起来："她……她就是你喜欢的人吗？你是为她变成男人的？她到底是谁？"

渊没有说话，也没有回答她的问题。

"她是谁？"朱颜还是忍不住追问，"很美吗？"

"如果我告诉你她是谁，你就可以死心了吗？"渊微微蹙起眉头，扭头看了一眼后面追来的大军，"现在都什么时候了！还说这些干吗？"

"死也要死个明白啊！"朱颜却跳了起来，气急败坏，"我这一辈子还从没有输给过别人呢！偏偏在最重要的事情上输了，还输得不明不白，那怎么行？"

"呵……"渊忍不住笑了起来，转头看向这个恼羞成怒的少女，语气忽然放缓了下来，轻声道，"阿颜，别胡闹。我是看着你长大的，就像是看着……"

说到这里，他轻声地顿了一下，摇了摇头。

"就像是看着她吗？"朱颜陡然明白了过来，脸色微微一变，"你……你是因为我长得像她，才对我那么好的吗？"

她的声音有些微的发抖，宛如被一刀扎在了心口上。

"如果不是她，我们根本就不会相遇。"渊控着缰绳，在战场上疾驰，似乎是下了一个什么决心，语气低沉而短促，"因为，如果没有她，这个世上也就不会有你。"

"什么？"朱颜愣了一下，没有回过神来。

"她比你早生了一百多年，阿颜。"渊的声音轻柔而遥远，眼神也变得有一瞬的恍惚，"当我还是一个试图逃脱牢笼的奴隶，是进帝都觐见帝君的她发现了奄奄一息的我，买下我，把我带回了赤王府。"

朱颜心里一跳，心里隐约有一种奇异的感觉。

进京觐见。赤王府。这是……

"你想知道她是谁吗？"渊若有所思地看着她，一字一句地补充了一句话，"曜仪只是她的小字，她的真名，叫作赤珠翡丽。"

"什么？！"那一刻，朱颜忍不住全身一震，仿佛被刺了一下似的跳了起来，失声道，"你说谎！怎么可能？这……这明明是我高祖母的名字！"

渊却笑了一笑，语气平静："是的，她就是赤之一族三百年来最伟大的王，也是你的先辈，你的高祖母。"

"什……什么？"朱颜说不出话来，张大了嘴巴，怔怔看着他。是的，怎么可能？他……他说他所爱的那个女人，居然是她的高祖母？

那么说来……她心里骤然一跳，不敢想下去。

"从此，我就和赤之一族结下了不解之缘。"渊的声音轻如叹息，"上百年了……恩怨纠缠莫辨。虽然空桑人是我们的敌人，但我对她立下誓言，要守护她的血脉，直至我的灵魂回到碧落海的那一天。"

她怔怔地听他说着，完全忘记了身在战场，只是目瞪口呆。

原来……这就是她一直以来想要的答案？她一生的劲敌，那个她永远无法超越的女子，居然……是自己的高祖母？这个答案未免也太……

渊一直没听到她的声音，不由得转过头看了一眼。赤之一族的少女坐在战车上，张口结舌地看着他——虽然被布巾蒙住了脸，看不到表情，但那一双大眼睛里露出的凝固般的震惊，已经将她此刻的心情显露无遗。

渊忍不住苦笑了一下，不知道该如何开口安慰她。

"这就是你一直想知道的答案。"他轻声道，忽然一振缰绳，策马疾驰，"现在，阿颜，你满意了吗？"

朱颜坐在战车上，说不出话来，似乎被这突如其来的答案惊呆了。许久，她才抬起头，不可思议地看了看他，低声道："那么说来……你喜欢的人，就是我的高祖母？"

她沉默下去，双手绞在了一起，微微发抖："那……那你的剑术，难道也是……"

"是她教给我的。"渊淡淡道，"你也应该知道，曜仪她不仅是赤王，也是一百多年前的空桑剑圣。"

朱颜说不出话，是的，她当然也知道那个一百多前的赤王是传奇般的人物，文治武功无不出色，比她厉害一百倍。她心里沸腾一般，沉默了片刻，忽然想起了什么，骤然抬起头，大声道："不对！赤珠翡丽，不，我的高祖母，她……她不是有夫君的吗？她的丈夫明明是个空桑人啊！"

渊的眼神微微一变，叹了口气："是。在遇到我之前，她已经被许配给了玄王最宠爱的小儿子了。"

"果然我没记错！"朱颜倒吸了一口气，"那……那她是不是也逃婚了？"

"是逃了，但半路又回来了。"渊摇了摇头，"我们那时候都到了瀚海驿了，她忽然又改了心意——她是赤之一族的郡主，不能为了个人的私情把整个族群弃之不顾，她若是逃了，赤玄两族说不定会因此开战。"

"开战就开战！"朱颜愤愤然道，"谁怕谁？"

"孩子话！"渊看了她一眼，眼神却严厉起来，叱道，"作为赤之一族的郡主、未来的赤王，岂能因一己之私，让万人流血？"

她呆呆地听着，一时说不出话来。

这样的话，从渊的嘴里说出来，竟然和当初师父说的一模一样！他们两个，本来是多么截然不同的人啊……可是，为什么说的话如此不约而同？是不是男人的心里，永远都把国家和族人看得比什么都重要？

朱颜一时间百感交集，几乎说不出话来。原来，同样的抉择和境遇，在一百多年前就曾经有过——而那个一百多年前的女子，最终做出了和她今日截然相反的抉择！

她怔怔地问："那……她就这样嫁给了玄王的儿子？"

"是啊。"渊淡淡地说着，语气里听不出悲喜，"她回去和父亲谈妥了条件，为了两族面子，维持了名义上的婚姻，分房而居，各不干涉，一直到十一年后她的丈夫因病去世。"

朱颜怔了怔："那你呢？你……你怎么办？"

渊淡淡地道："我当然也跟着她返回了天极风城。"

他说得淡然，朱颜心里却是猛然一震，知道这一句话里隐藏着多大的忍让和牺牲：作为一个鲛人，他放弃了获得自由的机会；作为爱人，他放弃了尊严，跟随着她回到了西荒的大漠里，隐姓埋名地度过了一生！

"我有幸遇到她，并且陪伴了她一生。"渊的声音温柔而低沉，即便是在这样的杀场上，也有夜风拂过琴弦的感觉，"这一生里，虽然不能成为她的丈夫，但对我来说，这样的一生也已经足够。"

他的声音低回无限，在她听来却如兵刃刺耳。那一瞬，她只觉得心里的某一簇火焰无声地熄灭了……是的，从小到大，赤之一族的小郡主是多么勇敢无畏、充满自信的少女，明亮如火，烈烈如火，从未对任何事情有过退缩。然而这一次，她忽然间就气馁了。

她下意识地喃喃："可……可是，她已经死去许多年了啊。"

"是的。"渊的神色微微一暗，"我要等很久很久，才能再见到她的转世之身。希望到时候我还能认出她来。"

朱颜沉默了一瞬，心里渐渐也凉了下来，喃喃道："你们鲛人，是真的一辈子只能爱一个人吗？可是你们的一辈子，会是别人十辈子的时间啊。你……你会一直在轮回里等着她吗？"

"嗯。"渊笑了一笑，语气宁静温柔。

她坐在战车上，握着缰绳的手颤抖了一下，想了一想，忽然问：

"可……可是！那个花魁如意，又是你的什么人？她……她好像也很喜欢你，对不对？你这么在意她！你……"

"她？"渊仿佛知道她要说什么，笑了一笑，道，"她是我妹妹。"

朱颜愕然："妹妹？"

"我们从小失散，被卖给了不同的主人。直到一百多年后才相逢。"渊低声叹了一口气，"也是因为她的介绍，我才加入了复国军。"

朱颜愣了一下："什么？她……她比你还早成为战士？"

"是的。"渊眼神里带着一丝赞赏，低声道，"如意是个了不起的女子……她领导着鲛人反抗奴役，从很早开始就是海魂川的负责人了，比我更加适合当一个战士。"

"海魂川？"朱颜有些不解，"那是什么？"

"是引导陆地上的鲛人逃离奴役，返回大海的秘密路线，沿途一共有九个驿站。"渊摇了摇头，并没有说下去，只道，"如果不是如意介绍我加入了复国军，我真的不知道在曜仪去世之后，那样漫长的余生要如何度过。"

那是他第一次和她说起这样的话题，让朱颜一时间有些恍惚。是的，这是渊的另外一面，潜藏在暗影里，她从小到大居然一无所知。

她皱了皱眉头，喃喃道："那……她去世之后，既然你加入了复国军，为什么还一直留在赤王府？要知道西荒的气候很不适合鲛人……"

"曜仪刚去世的时候，孩子还太小，外戚虎视眈眈，西荒四大部落随时可能陷入混战。"渊淡淡道，"所以，我又留下来，帮助赤之一族平定了内乱。"

"啊？是你平定了那一场四部之乱？"朱颜愣了一下，忽然明白过来，"这……这就是先代赤王赐给你免死金牌的原因？"

渊不作声地点了点头，手腕收紧，战车迅速拐了一个弯，转入了另一条胡同，他低声道："叛乱平定后，我又留了一段时间，直到孩子长大成人，成为合格的王——那时候我想离开西荒，可长老们并不同意。他们希望我留在天极风城。"

朱颜有些茫然："为什么？"

"怎么，你不明白吗？"渊的嘴角微微弯起，露出一丝锋利的笑容，转头看着身侧的懵懂少女，一字一顿，"因为，这样就可以继续留在敌人的心脏，接触到空桑六部最机密的情报了啊！"

朱颜一震，如同被匕首扎了一下，痛得倒吸了一口冷气，怔怔地看着身侧的男子，说不出一句话来。

"唉……阿颜。"看到她这样呆呆的表情，渊忍不住抬起手摸了摸她的面颊，苦笑着摇头，"你看，你非要逼得我把这些话都说出来，才肯死心。"

她战栗了一下，情不自禁地往后躲闪了一下，避开了他的手指——鲛人的皮肤是一贯的凉，在她此刻的感觉里，却仿佛是冰一样的寒冷。她用陌生的眼光定定地看着渊，沉默了片刻，才道："原来，你一直留在隐庐里，是为了这个？"

"最初是这样的。"渊收回了手，叹息了一声，让战车拐过了一个弯道，"但是十年前，左权使潮生在一次战斗里牺牲了，长老们商议后，想让我接替他，回到镜湖大营去。"

朱颜下意识地问："那你为什么没有回去？"

渊看了她一眼，道："因为那时候你病了。"

朱颜一震，忽然间想起来了——是的，那时候父王带着母妃去帝都觐见帝君了，而她偏偏在那时候得了被称为"死神镰刀"的红薄热病，病势凶猛，高烧不退，在昏迷中一天天地熬着，日日夜夜在生死边缘挣扎。

而在病榻前握住她小小的手的，只有渊一个人。

他伴随着孤独的孩子度过了生平第一次大劫，当她从鬼门关上返回，虚弱地睁开眼睛，就看到了灯下那一双湛碧如大海的双眸。那一次，她哭着抱住渊的脖子，让他发誓永远不离开自己。鲛人安抚着还没脱离危险的孩童，一遍遍重复着不离开的誓言，直到她安下心来，再度筋疲力尽地昏睡过去。

想到这里，她的眼眶忽然间就红了，吸了吸鼻子，忍住了酸楚，讷讷道："所以……你继续留下来，是为了我吗？"

渊看着她，眼神温柔："是的，为了我的小阿颜。"

她嘀咕了一句："可后来……为啥你又扔下我走了？"

"那是不得已。"渊的眼神严肃起来，语气也凝重，"我忘记了人世的时间过去得非常迅速，一转眼我的小阿颜就长大了，心里有了别的想法——我把你当作我的孩子，可是你不把我当作你的父辈。"

"父辈？开什么玩笑！"朱颜愤然作色，忽然间，不知想起了什么，露出了目瞪口呆的神情，定定地看着他，嘴唇翕动了几下，"天啊……天啊！"

"怎么？"渊此刻已经驾着战车逼近了群玉坊，远远看到前面有路障和士兵，顾不得分心看她。然而朱颜仿佛被蜇了似的跳了起来，看着他，嘴唇微微颤抖，仿佛发现了什么重大的秘密，颤声道："原来是这样！天啊……渊！我、我难道……真是你的后裔吗？"

这一次渊终于转过头看了她一眼："什么？"

"我……我是你的子孙吗？！"少女坐在战车上，看着这个已经活了两百多年的鲛人，脸色发白，"你说我的高祖母是你的情人！你说她和丈夫只是维持了形式上的婚姻！那么，她、她生下来的孩子，难道是你的……"

渊没有说话，只是看了她一眼，欲言又止。

朱颜恍然大悟，颓然坐回了车上，捧住了自己的头，脱口道："所以，这就是你把我当孩子看的原因？天啊！原来……你、你真的是我的高祖父吗？天啊！"

她心潮起伏，思绪混乱，一时间说不出一句话来。

多么可笑！她竟然爱上了自己的高祖父？那个在一百多年间凝视和守护着赤之一族血脉的人，那个陪伴她长大、比父亲还温柔呵护着她的人，竟然是自己血脉的起点和来源！

这交错的时光和紊乱的爱恋，简直令人匪夷所思。

她在车上呆呆地出神，不知不觉已经接近了群玉坊。这里是叶城繁华的街区，虽然天刚蒙蒙亮，街上却已经陆续有行人。在这样的地方，一辆战车贸然闯上大街，显然是非常刺眼的，会立刻引起巡逻士兵的关注。

渊当机立断地在拐角处勒住了马，低喝："下车！"

朱颜的脑子一片空白，就这样被他拉扯着下了战车。渊拉着她转到了一个僻静无人的街角，指着前面的路口，道："好了，到这里就安全了——趁着现在人还不多，你马上回去吧！"

"啊？"她愣了一下，思维有些迟钝。

"天亮之前，马上回赤王府的行宫去！"渊咳嗽着，一字一句地叮嘱，"记住，永远不要让人知道你今天晚上出来过，不要给赤之一族惹来任何麻烦——忘记我，从此不要和鲛人、和复国军扯上任何关系！"

"可是……你怎么办？我师父还在追杀你。"她的声音微微发抖，"你、你打不过师父的！"

"战死沙场，其实反而是最好的归宿。"渊的声音平静，神色凝重地对她说了这一番话，似是最后的告别，"阿颜，我和你的师父为了各自的族人和国家而战，相互之间从不用手下留情，也不用别人来插手——哪怕有一天我杀了他，或者他杀了我，也都是作为一个战士应得的结局，无须介怀。"

朱颜说不出话来，眼里渐渐有泪水凝结。

"再见了，我的小阿颜。"渊抬起手指，抹去了她眼角的泪水，声音忽然恢复了童年时的那种温柔，"你已经长大了，变得这样厉害——答应我，好好地生活，将来要成为了不起的人，过了不起的一生。"

"嗯！"她怔怔地点头，眼里的泪水一颗接着一颗落下，忽然间上前一步扯住了他的衣服，哽咽道："渊！我……我还有一个问题！"

渊放下手，原本已经转身打算要走，此刻不由得回过头来看着她：

"怎么？"

她愣愣地看着他："你……你真的是我的高祖父吗？"

渊垂下了眼睛，似乎犹豫了一瞬，反问："如果我说是，你会不会觉得更容易放下一点？"

朱颜不知道该摇头还是该点头，渊却是摇了摇头："不，我不是你的高祖父。我和曜仪没有孩子。鲛人和人类生下孩子的概率并不大，即便生了孩子，孩子也会保持鲛人一族的明显特征——你不是我的后裔。曜仪的孩子，是从赤之一族的同宗那里过继来的。"

"啊……真、真的？我真的不是你的孩子？"她长长松了一口气，嘴角抽动了一下，不知道该哭还是该笑。渊看着她复杂的表情，叹了口气，拍了拍她的肩膀："不过，我看着你长大，对你的感情，却是和对自己的孩子一般无二。"

她只觉得恍惚，心里乍喜乍悲，一时没有回答。

渊轻轻拍了拍她，叹了口气，虚弱地咳嗽着："所有的事情都说清楚了……再见，我的小阿颜。"

他的眼眸还是一如童年的温柔，一身戎装却溅满了鲜血，刺目的鲜红，提醒着她一切早已不是当年。他最后一次俯身抱了抱她，便撑着力战后近乎虚脱的身体缓步离开。她还想叫住他，却知道已经再也没有什么理由令他留下。

渊松开了手，转身消失在了街角。

那一刻，她忽然有一种强烈的预感，觉得这可能是自己一生中最后一次看到他了——这个陪伴她长大的温柔的男子，即将永远、永远地消失在她的生命里，如同一尾游回了大海的鱼，再也不会回来。

"渊！"她冲口而出，忍不住追了过去。

是的，他从战场上调头返回，策马冲破重围来到这里，难道只是为了送她回家？那么，他……他自己又该怎么办？此刻他们刚闯出重围，都已经筋疲力尽，万一遇到了骁骑军搜捕，他又该怎么脱身？

她放心不下，追了上去，渊却消失在了星海云庭的深处。

这一家最鼎盛的青楼在遭遇了前段时间的骚乱后，被官府下令查封，即便是华洛夫人和总督私交甚厚，苦苦哀求也无济于事。此刻，在清晨的蒙蒙天光里，这一座贴满了封条的华丽高楼寂静得如同一座墓地。

朱颜跑进了星海云庭，却四处都找不到渊。

风从外面吹来，满院的封条簌簌而动，一时间，朱颜有些茫然地站住了脚，四顾——那一刻，她忽然福至心灵，想起了地底密室里的那一条密道——是了，渊之所以回到了这里，并不是自投罗网，应该也是想从这条密道脱身吧。

朱颜站了片刻，心里渐渐地冷静下来，垂下头想了良久，叹了一口气，没有再继续追过去，只是在初晨的天光里转过了身。是的，渊已经离开了，追也追不上。而且，即便是追上了，她又该说些什么呢？

他们之间的缘分久远而漫长，到了今日，应该也已经结束了。

一并消失的，或许是她懵懂单恋的少女时光。

初晨冰凉的风温柔地略过耳际，拨动她的长发，让她有一种如梦初醒的感觉。她想，她应该记住今天这个日子，因为即便在久远的以后回忆起来，这一天，也将会是她人生里意味深长的转折点——十九岁的她，终于将一件多年来放不下的事放下，终于将一个多年来记挂的人割舍。

然而，当她刚满怀失落和愁绪，筋疲力尽地跃上墙头的时候，眼角的余光里忽然瞥见有什么东西在远处动了一动。朱颜在墙上站住脚，忍不住回头看了一眼。

什么都没有，只有一只觅食的小鸟飞过。整个星海云庭已经人去楼空，仿佛死去一样寂静。

是错觉吧？她摇了摇头，准备跃下高墙独自离去。然而忽然之间心里总是隐约觉得有什么不对劲，"咯噔"了一下，仿佛一道冷电闪过，"唰"地回头看过去——那只小鸟！居然还在片刻前看到的地方，保持着凌空展开翅膀飞翔的姿势，一动不动！

那居然是幻境！她所看到的，只是一个幻境？

风在吹，而画面上的飞鸟一动不动，连庭院里的花木都不曾摇曳分毫。整个星海云庭上空有一层淡淡的薄雾笼罩，似有若无，肉眼几乎不可见。朱颜心里大吃一惊，足尖一点，整个人在墙上凌空转身，朝着星海云庭深处飞奔了过去！

是的，那是一个结界！

居然有一个肉眼几乎无法分辨的结界，在她眼前无声无息展开，扩散笼罩下来！这……似乎像是可以隔绝一切的"一叶结界"？

"渊……渊！"她失声惊呼，心里有不祥的预感。

然而，不等她推开星海云庭的大门，虚空里忽然一头撞到了什么，整个人踉跄往后飞出，几乎跌倒在地，只觉得遍体生寒，如同万千支钢针刺骨——在这个一叶结界之外，居然还笼罩了可以击退一切的"霜刃"！

朱颜只觉得一颗心沉到了底，在地上挣扎了一下，用尽了力气才站起身来。她飞身跃上星海云庭的墙头，半空中双手默默交错，结了一个印，准备破开眼前的重重结界。

然而，就在那一刻，眼前祥和凝定的画面忽然动了！星海云庭的庭院深处有什么一闪而过，炫目得如同旭日初升！

这是……她心里猛然一惊，还没来得及做出任何反应。那一瞬间，只见一道雪亮的光芒从星海云庭的地底升起，伴随着轰然的巨响，如同巨大的日轮从地底绽放而出！那一道光迅速扩展开来，摧枯拉朽般的将华丽高轩摧毁，地上瞬间出现了一个深不见底的大洞！

那一刻，朱颜被震得立足不稳，从墙上摔了下去。

她狼狈地跌落在地上，顾不得多想，朝着那个光芒的来源飞奔过去，不祥的预感令她心胆俱裂。她飞快地起手，下斩，破开了结界。万千支霜刃刺穿她的身体，她浑然不顾，只是往里硬闯。

"渊……渊！"她撕心裂肺地大喊，"你在哪里？快出来！"

然而，没有一丝声音回答她。

身周的轰鸣和震动还在不停继续，一道一道，如同闪电撕裂天幕——那是强大的灵力和杀意在相互交锋，风里充斥着熟悉的力量！

"渊！"她站在被摧毁的楼前，心飞速地寒冷下去，来不及想什么，耸身一跃，便朝着地下那个深不见底的大洞里跳了下去！

光芒的来源，果然是星海云庭的地底密室。

她飞身跃入，直坠到底。

足底一凉，竟是踏入了一洼水中。这……是地下的泉脉被斩断了吗？朱颜顾不得惊骇，只是呼喊着渊的名字，举头四顾——然而，一抬头，映入眼帘的便是一袭熟悉的白袍，广袖疏襟，无风自动，那个人凌空俯视着她，眼眸冷如星辰，仿佛冰雕雪塑，并非血肉之躯。

那一瞬，她的呼唤凝在咽喉里，只觉得全身的血都冰冷了下来。

"还真是……非要闯进来吗？"那个人凝视着她，用熟悉的声音淡淡地说，"千阻万拦，竟是怎么也挡不住你啊。"

她抬起头，失声道："师……师父？"

是的！那个没有出现在战场上的九嶷大神官时影，此刻终于在此地出现了！他白衣猎猎地站在虚空里，俯视着站在浅浅一湾水中的弟子，语气无喜也无怒："只可惜你来晚了，一切已经结束。"

他袍袖一拂，"唰"地指向了大地深处——

"我已经把他杀了！"

第二十五章

诀别诗

朱颜循着他的手看过去，忽然间全身剧烈地发起抖来。

时影凌空站在那里，衣袂翻涌如云，右手平伸，指尖并拢，透出一道光，仿佛握着一击可以洞穿泉脉的利剑——那是天诛的收手式。

而光之剑的另一端，插入了另一个人的胸口，直接击碎了对方的心脏！

"渊！"她只看了一眼，便心胆俱裂。

是的，那是渊！是仅仅片刻前才与她分离的渊！

"渊……渊！"她撕心裂肺地大喊，朝着那个方向奔去。

渊没有回答她。他被那一击钉在虚空里，巨大伤口里有血在不停地涌出。这是致命的一击，一切在她到来之前已经结束——就在她徘徊着做出决定，准备放弃深爱多年的那个人的瞬间，他，已经死在了地底！

"叛军的首领，复国军的左权使，止渊。"时影的声音冰冷而平静，平平地一字一字吐出嘴唇，似乎在对她宣告着什么，"于今日伏诛。"

那样的话，刺耳得如同扎入心口的匕首，朱颜的眼眸一瞬间变成了血红色，猛然抬起头，恶狠狠地看着自己的师父。那一瞬，她身上爆发出了狂烈的愤怒，充满了肃杀的力量，几乎是失声大喊："该死的！快……快给我放开他！"

时影低头，只是面无表情地看着她，眸子几乎是凝结的。在她几乎要冲过来动手攻击的瞬间，他动了一动，将虚无的剑从渊的胸口拔了出来，淡淡应了一声："好。"

剑光一收，鲛人凌空而落，蓝发在风里如同旗帜飞扬。

"渊！"朱颜撕心裂肺地大喊，迎上去，想要抱住凌空跌落的人。然而，在她的手接触到渊之前，时影的眉梢微微抬了一下，手腕一动，往里瞬间便是一收，一股力量凭空卷来，"唰"的一声将跌落的人从她的手里夺了过去！

渊直接坠落在水底，全身的血弥漫开来，如同沉睡。

朱颜怔怔站在地底的水里，看着空空的双手，又抬起头，看着虚空里的人，一时间眼里充满了震惊，不敢相信。

是的……怎么会这样？只是一个转眼，怎么就成了这样！

她……她不会是出现幻觉了吧？这一切怎么会是真的！

"怎么，你很吃惊在这里看到我吗？"时影冷淡地与她对视，不徐不缓地开了口，"真是愚蠢……早在擒住如意的时候，我就已经读取了她的内心，得知了这里是海魂川的其中一站——呵，那些鲛人想得太简单了……以为拼死不开口，就能不招供了吗？"

朱颜震了一下，喃喃道："所以，你……"

"所以我在所有入湖入海口上布置了结界，安排了重兵。然后，就在这里等着。"他的声音冰冷，"如果无法突破骁骑军的围剿，他就一定会反向突围，回到这里从海魂川返回——多么简单的道理。"

时影的语气平静而冷酷："我在这里已经等了你们很久了……强弩之末不可穿鲁缟，这次我只用了不到十招，就把他击杀。"

朱颜说不出话来，只是浑身发抖。

她只觉得全身的血都是冰冷的，牙齿在无法控制地打着哆嗦，将每一句话都敲碎在舌尖上，一个字都说不出来。

"上一次我没真的杀掉他，但这一次，是真的了——我是个说到做到的人，不是吗？"时影低下头静静地看着她的表情，一抹奇怪的冷笑从唇边泛起，几乎带着恶意，用一种近乎耳语的声音问，"现在，你是不是真的该来替他复仇了？"

"住口！"朱颜再也听不下去，失控地大喊，"我要杀了你！"

"很好。"时影冷冷笑了一声，在虚空里张开了双手，瞬间有一柄长剑在他双手之间重新凝聚！他在虚空之中俯身看着她，声音低而冷："我说过，如果有一天我们在战场上重逢，我绝对不会手下留情。"

"唰"的一声，他调转手腕，长剑下指。一瞬间，凌厉的杀气扑面而来，将她满头的长发猎猎吹起，如厉风割面："你知道我说到做到！"

"该死的浑蛋！你居然……居然杀了渊！"朱颜气到了极点，只觉得怒意如同烈火在胸口熊熊燃烧，几乎将神志都焚为灰烬！在这一刻，她完全顾不得害怕，在瞬间凌空跃起，双手在胸口交错，一个咒术就劈了下去！

气急之下，她一出手就是最猛烈的攻击咒术，然而他手指只是一动，就轻轻松松就化解了她的攻击！

"落日箭？倒是有进步。"时影瞬间定住了她的攻击，微微皱了皱眉头，冷冷道，"但是想杀了我为他报仇，却还远远不够！"

一语毕，他的双手在胸口瞬地张开，十指尖上骤然绽放出耀眼的光华。

落日箭！他用出来的，居然是和她一模一样的术法？

朱颜心里惊骇万分，只看到两道光芒呼啸而来，在空中对撞！她的落日箭被师父折断，激荡的气流反射而来，"唰"的一声，额头一痛，束发玉带"啪"地断裂，一道血迹从头顶流了下来——幸亏她及时侧了一下头，若是慢得片刻，头颅就要被洞穿！

"看到了吗？"他语气冷淡，"这才是落日箭。"

"去死吧！"朱颜狂怒地厉喝，向着他重新扑了过去。她不顾一切地进攻，暴风骤雨一般用尽了所有最厉害的术法——然而，无论她用哪一种，他都在瞬间用了同样的术法反击过来。

光芒和光芒在空中对撞，力量和力量在虚空里消弭，绵延的巨响在空中轰鸣，震得整片废墟都战栗不已。

朱颜在狂怒之下拼尽全力攻击，在一瞬间就将所有会的术法都用了一遍。他却看也没有看她一眼，信手挥洒，转眼便用同样的术法将她的攻击都逐一给反击了回去！

追风对追风！逐电对逐电！落日箭对落日箭！

一道道光芒交错，如同雷霆交击。师徒两人在星海云庭的废墟上对战，一招一式竟然都完全一样！然而，时影的速度和力量显然在她之上，她越是竭尽全力攻击，从师父手里反击回来的力量就越大——到最后，她再也站不住，被逼得往后急退，踉跄落地后一连呕出了几口血。

她低头看着死去的渊，瞬间痛彻心扉。是的……她，她还是太弱了！连替渊报仇，都无能为力！她为什么会这么弱，这么没用？

"真没用。"等她的最后一个术法结束，时影看着她，冷冷开口，"一流的术法，在你手上用出来只能成为三流下品——这是我最后一次为你演示了，要是再学不会，就只能等来世去学了！看好了！"

一语未落，他手腕翻转，十指下扣，食指在眉心交错——那一瞬，十道光华交错，如同锥子，在最下端凝聚成一道，轰然迎头下击！

天诛！朱颜一震，脸色"唰"地苍白。

她当然知道这种术法在他手里施展出来的可怖——她如果不拿出全身的本事来，只怕不但不能为渊报仇，还要送命在这里！

"浑蛋！"心中的愤怒和不甘如同烈火一样直冲了上来，她从背后刀鞘里拔出断了的刀，急速刺了过去。刀上注入了强大的灵力，如同有火焰烈烈燃烧——同样也是一招天诛，她借助了兵器使出来，却有不同于术法的凌厉。

今日就算是把命送在这里，也要和他拼一个你死我活！他可别想这么容易就把她给打发了！

当双方身形在空中交错的那一瞬，朱颜只觉得刀锋一震，几乎脱手，用尽全部力气才死死握住。空气里两股力量交锋，轰然而鸣，竟然是相持不下！太好了，她、她居然抵抗住了师父天诛的这一击？

朱颜心下大喜，身形落地，不等站稳就"唰"地回转。然而刚一回头，她看到不远处时影也刚刚落地，手指再度在眉心合拢，眼神凌厉无比。

不好！师父他要再度施展天诛！

生死一线，她必须要比他更快！慢一瞬就要被轰为齑粉了！

她想也不想，瞬间回过刀锋，凝聚起所有力量，发动了第二次天诛！两人纵身而上，身形第二次在空中交错。

她竭尽全力，只听"唰"的一声，刀光如同匹练，在半空之中横掠而过。那一瞬，她横斜的刀锋上竟然有切入血肉的滞重，手腕一痛，刀竟然脱手飞出。

什么？中……中了吗？还是她的刀被震飞了？

朱颜落地后第一时间震惊地回过头，发现时影的身形竟被自己那一刀逼得急退，如同断线的风筝一样往后飞出，后背重重撞上了废墟里的一堵断墙。

而她的断刀，就这样直接插入了虚空中那个人的胸口！

不可能！那一刻，她的脑海一片空白、全身发抖，竟然不知是喜是怒。而对面那个人正在凝视着他，双手悬停在眉心，指间蓄势待发的光芒还在凝聚，却没有丝毫释放的意图——既不攻击，也不格挡。

在刚才两人交错而过的那一刻，他竟然忽地收住了天诛的力量，任凭她那一刀贯穿了自己的胸口，毫无抵抗！

怎么……怎么会是这样?

朱颜一刀得手,却几乎惊得呆住了,半晌没有动,仰头看着那一击击中的目标,目瞪口呆,不可思议。天诛……他的天诛呢?为什么没有发动?她是做梦了吗?

直到虚空里有鲜血一滴滴落下,落在了她的脸上。

那是殷红、灼热的血。

不……这不是做梦!这竟然不是做梦!

"师……师父?"她试探着问了一句,唇角颤动。然而虚空里的人没有回答,依然只是看着她,眼眸里有无法形容的神色——她的那柄刀,深深地刺入了他的心口,透体而出,将他钉在了背后的墙上!

不!不可能!她、她怎么可能真的杀了师父?那个神一样的人,怎么会被她这样随随便便一击就打中了!她……她一定是在做梦吧?

在这样一个血战归来、筋疲力尽的清晨,一切都转折得太快,快得简直像是瞬息的梦境。朱颜战栗了一下,终于小心翼翼地抬起手,碰了碰那一柄刺入胸口的断刃,冰冷的,锋利的,刀口上染满了鲜血——滚烫的鲜血!

那一瞬,她被烫着了一样惊呼起来,仿佛从梦境里醒来,不敢相信地看着他,眼眸满是恐惧和震惊:"师父……你……"

他、他为什么要在最后关头撤掉天诛?他……他想做什么?!

"很好,你真的杀了我了。"时影垂下头,定定地凝视着她,语气依旧平静,抓住她的手,按在满是鲜血的心口上,"你也说到做到……喀喀,不愧……不愧是我的弟子。"

鲜血不停地从她手指间流下,渐渐将她的双手、衣袖、衣襟染成一片可怖的血红。朱颜在这样的情境下几乎发疯。

"师父……师父!"她拼命地大喊起来,想把手抽回来。然而,他不肯放了她,就这样抓住她满是鲜血的手,看着她拼命挣扎,眼里是她不能理解的灰冷如刀锋的笑意。她全身发抖,头脑一片空白,师父……师父他到底在做什么？这……这是怎么回事？！

"阿颜……你不明白吗？"他看着弟子茫然不解的表情，拍了拍她的肩膀，眼睛里忽然泛起了奇特的笑意，"这是结束。一如预言。"

她脑子有些僵硬，讷讷道："什……什么预言？"

"当我刚生下来不久，大司命便说，我……喀喀，我将来会死于一个女子之手——"他述说着影响他一生的谶语，声音却平静，"我必须在十八岁之前足不出谷，不见这世上的任何女子；若是见到了，便要立刻杀掉她。"

她一惊，下意识地脱口而出："可……可是，你并没有杀我啊！"

是的，他没有杀她！在十年之前，第一次见到她时，那个在帝王谷里孤独修行的少年应该尚未满十八岁，却出手救了那个闯入的小女孩。

"是的，那一天，我本该杀你。"他疲倦地笑了一下，摇了摇头，"不知道为什么，居然没有把你送去喂了重明。"

朱颜全身渐渐颤抖："你、你当时……为什么没杀我？"

时影凝望着她，淡淡道："因为从第一眼开始，我就很喜欢你。"

他的语气很平静，似乎在说着一件很久以前她就该知道的事情。然而那样简短的话里有着一种灼烧般的力量，每一个字入耳，就令她战栗一下，如遇雷击，陡然往后退了一步，震惊地睁大了眼睛："什……什么？！"

"我很喜欢你，阿颜……虽然你一直那么怕我。"

垂死的大神官凝视着自己的弟子，忽然间微弱不可闻地叹了口气："这句话，我原本以为这一辈子都不可能告诉你了……这本该是埋在心底带进坟墓的。"

朱颜说不出话来，只是剧烈地发抖，不可思议，

"在你十三岁那年，我把母后留下的簪子送给了你。"他的声音是平静的，"你大概不知道，这原本是历代空桑帝君迎娶未来皇后时的聘礼。"

那样的话，字字句句，都如同灼烧着她的心。

"那一年，你从苍梧之渊救了我……我说过，将来一定会还你这条命。"他看着她，微微笑了一下，轻声道，"知道吗？我说的'将来'，就是指今日。"

她猛然一震，连指尖都发起抖来。

"所以，大司命说的预言是对的，从第一次见面的时候开始，我的一生就已经注定了。"他的声音平静，终于松开了她的手，反手一把将那把透胸而过的断刀拔了出来，扔到了地上，"预言者死于谶语，是定数。"

那一刻，他从断墙上颓然落下，几乎站不住身体。

"师父！"朱颜扑过去扶住了他，失声叫了起来，"不……不是这样的！方才……方才明明是你自己不躲开！你……你为什么不躲开？"

是的，如果他相信这个预言的话，为什么当时不杀了她？如果他不信这个预言的话，为什么在此刻却要做出这样的事情？

这是一个悖论。他，是自己选择了让这个谶语应验！

"为什么我要躲开？"他的语气里渐渐透出一种虚弱，血从他身体里汹涌而出，一分分带走生命的气息，时影缓缓摇着头，"你喜欢的是别人……你既然发誓要为他报仇，我就让你早点如愿以偿——这也是我能为你做的最后一件事了，不是吗？"

他的声音平静而优美，如同水滴滑过平滑锋利的刀刃，朱颜却只听得全身发抖，喑哑地嘶喊："不……不！一切明明可以不这样！你可以不杀渊！你可以放他走！你……你明明可以不这么做！"

"怎么可能呢？"时影垂下眼眸，看着绝望的少女，叹息，"我是九嶷的大神官，空桑帝君的嫡长子……怎能任凭空桑未来的亡国之难在我眼前开始，而坐视不管？无论那个人是谁，我都必须要杀！"

朱颜说不出话，只有咬着牙，猛烈地发抖。

"这是没有选择的，阿颜。"他低声道，"从一开始，所有的一切都已经是注定好了的，没有其他的选择。"

"就算是这样！就算其他一切都没法改变！可是……可是……"她颤抖着，松开牙关，努力想要说出下面的话，却再也不能控制住自己，骤然爆发出了一声哭喊，"可是刚才，你明明可以挡开我那一刀的啊！"

她抓住了他的衣襟，拼命推搡着他，爆发似的哭了起来："浑蛋！刚才……刚才为什么你不挡？为什么？你明明可以挡开的！"

他看着崩溃的她，眼眸里忽然有了微弱的笑意。

"你很希望我能挡开吗？"时影轻声问，低头看着她，语声里居然有从未有过的温柔，叹息，"我死了，你会很难过吗？会……会比那个人死了更难过吗？"

朱颜说不出话来，全身发抖。

他低声问："如果你事先知道我和他之间必须有一个人要死的话，你会希望谁死呢？"

"我……我……"她震了一下，再也忍不住地放声大哭起来，觉得一生之中从未有此刻的无助和绝望，"不！你们都不要死！我……我自己死了就好了！"

是的，为什么死的不是她呢？

当人生之中这样不可承受的痛苦压顶而来之时，她只希望死去的是自己，而不是眼睁睁地看着所爱的人在身侧一个接着一个离去！

"你……你不知道，我已经不喜欢渊了！"她全身发着抖，喃喃道，"就在刚才……我刚刚把他放下了！可是……可是你为什么转头就把他杀了？"

她握着他的衣襟，哭得全身发抖："为什么？！"

"是吗？"时影的眼里显然也有一丝意外，忽地叹息，"或许，这就是命运吧？是早就已经写在星辰上的、无可改变的命运。"

他抬起头，看了一眼灰冷的天空，忽然道："不过，我愿亲手终结这样的命运，让你早日报完了仇，从此解脱。"

解脱？朱颜愣了一下——是的，他说得没错。若不是这样，那么眼睁睁看着渊被杀之后，她的余生里只会充满了仇恨，日日夜夜想着复仇，却又被师徒恩情牵绊，硬生生地将心撕扯成两半！

他如果不死，她余下的人生只会生活在地狱般的漫长煎熬里。

他又怎能眼睁睁看着她有这样的结局？

"原本，我至少是不想让你亲眼看到他的死的，所以我才在星海云庭之外设置了重重结界。"时影微弱地苦笑了起来，"但是你终究还是闯进来了，看到了我最不想让你看到的一幕。"

他染血的指尖掠过她的发梢，低声叹息："那一刻，我看到你的眼神，就知道一切都无法挽回了……最好的结局，也只能是现在这样。"

"我已经从头到尾仔细想过很多遍了，没有别的方法可以解决——既然我必须杀那个人，那么，只有等你杀了我，一切才算是有个了断。"时影的声音轻而飘忽，渐渐低微下去，"现在，我们之间两清了……阿颜，你还恨我吗？"

"我……我……"她哭得说不出话来，紧握着的拳头却已经缓缓松开——急转直下的情况，如同一盆冷水迎头浇灭了复仇的熊熊火焰。在这一刻，她心里只有绝望和悲伤，再没有片刻前的狂怒和憎恨。

是的，渊死了，师父也死了，这一切都结束了。

可是，她……她又该怎么办？！

"好了，不要哭了……你还小，我希望你能早点忘了这一切。"时影叹了口气，勉力抬起手，将一物插入了她的秀发里，"来，这个给你，就当留个念想吧。"

朱颜知道那是玉骨，忍不住放声大哭起来。怎么可能呢？他们两个人都在她眼前死去了，事到如今，她又怎么可能忘了这一切！

她哭得撕心裂肺，听得他忍不住微微蹙眉，虚弱地叹了口气："阿颜……不要哭了——你说得没错，这都是我自己选的，一点也不怪你……别哭了。"

然而，这一次她没有听他的话，反而无法控制地哭得更加厉害起来。

他眼神开始涣散，又勉强凝聚，心疼地喃喃道："好了……别哭了，别哭了。"

他低低地说着，用沾着血的手指轻抚她的头发，试图平息她的哭泣，然而她全身颤抖，在他怀里哭得更加崩溃。

"别哭了！"在生命之火从身体里熄灭的最后刹那，他眼里露出痛苦的神色，忽然低下头，吻住了她颤抖的嘴唇，硬生生地将她的哭声止住！

他的嘴唇冰冷，几乎有玉石的质感，不像是一个有血肉的活人。朱颜在那一瞬间全身发抖，哽咽着，几乎不能说话。她不敢抬头看他，只是下意识地紧紧抓着他的袖子，身体不停战栗，几乎连站也站不住。

"阿颜……"他的气息萦绕在脸颊边，微弱而温暖，如此贴近，他的声音也轻如叹息，"不要哭了。"

她只觉得呼吸都停止了，一瞬间忘了哭泣，就这样睁着眼睛看着他逐渐失去神采的双眸，那双眼睛里，有着她毕生都未曾看到过的复杂神情。那不再是九嶷山的大神官，也不再是严厉的师长，更不是空桑天下的继承人——

那是在生命的尽头才能第一次看到的、真实的他。

"别哭，这、这真的是最好的结局了……"时影的声音低沉，缓缓道，"你看，我终于做完了我该做的事——为空桑斩除了亡国的祸患，而你……也终于做完了你该做的事——为他报仇。我们之间有恩报恩，有怨报怨，这一世……两不相欠。等来世……"

他轻声说着，眼眸渐渐黯淡下去，语音也慢慢低微。

等来世什么？来世再见，还是永不相见？

在那一刻，朱颜的脑子昏昏沉沉，茫然地想着这个问题，直到再也听不到下面的答案，直到怀里的人猛然一沉，往后倒去，才忽然惊醒过来。

"师父！"她整个心也往下猛然一沉，脱口失声，"不要！"

当她伸出手抱住那个骤然倒下的人时，怀里的那一双眼睛已经闭上了，再也没有一丝光亮。任凭她低下头，用力地摇晃着他，他也一动不动。

"师父！"她撕心裂肺地大喊，"不要扔下我！"

他在她怀里，并没有回答。他永远都不会离开，却也永远都不会回来了……那个在她八岁时就牵起了她的手、承诺过永不离开的人，最终还是留下了她一个人在这个世界上，自己独自走向了远方。

他的面容是平静而苍白的，就如此刻已经微亮，却没有日出的早晨一样。

【未完待续】

更多精彩内容，
敬请期待《朱颜·完结篇》。

图书在版编目（CIP）数据

朱颜 : 全 2 册 / 沧月著 . — 南京 : 江苏凤凰文艺
出版社，2021.9（2022.1 重印）
ISBN 978-7-5594-6136-0

Ⅰ . ①朱… Ⅱ . ①沧… Ⅲ . ①长篇小说 – 中国 – 当代
Ⅳ . ① I247.5

中国版本图书馆 CIP 数据核字 (2021) 第 141593 号

朱颜 : 全2册

沧月 著

策　　划	北京记忆坊文化
特约策划	暖　暖
特约编辑	莫桃桃
责任编辑	白　涵
封面绘图	容　境
封面设计	80 零 · 小贾
版式设计	赵凌云
出版发行	江苏凤凰文艺出版社
	南京市中央路 165 号，邮编：210009
网　　址	http://www.jswenyi.com
印　　刷	环球东方 (北京) 印务有限公司
开　　本	670 毫米 × 970 毫米 1/16
字　　数	387 千字
印　　张	28
版　　次	2021 年 9 月第 1 版
印　　次	2022 年 1 月第 2 次印刷
书　　号	ISBN 978-7-5594-6136-0
定　　价	78.00 元（全二册）

江苏凤凰文艺版图书凡印刷、装订错误，可向出版社调换，联系电话 025-83280257

MEMORY
HOUSE